KB121155

과화

광화

2017년 6월 29일 초판 1쇄 인쇄
2017년 7월 4일 초판 1쇄 발행

지은이 세련
발행인 이종주

기획 편집 주수지 주종숙
경영 지원 배진경
마케팅 김정수

발행처 (주)로크미디어
출판등록 2003년 3월 24일
주소 서울시 마포구 성암로 330(상암동) DMC첨단산업센터 B동 314호
Tel (02)3273-5135 Fax (02)3273-5134
홈페이지 rokmedia.blog.me
E-mail romance@rokmedia.com

ⓒ 세련, 2017

값 10,000원

ISBN 979-11-294-0134-2 03810

이 책의 모든 내용에 대한 편집권은 저자와의 계약에 의해
(주)로크미디어에 있으므로 무단 복제, 수정, 배포 행위를 금합니다.

작가와의 협의에 의해 인지는 생략합니다.
잘못된 책은 구입처에서 바꾸어 드립니다.

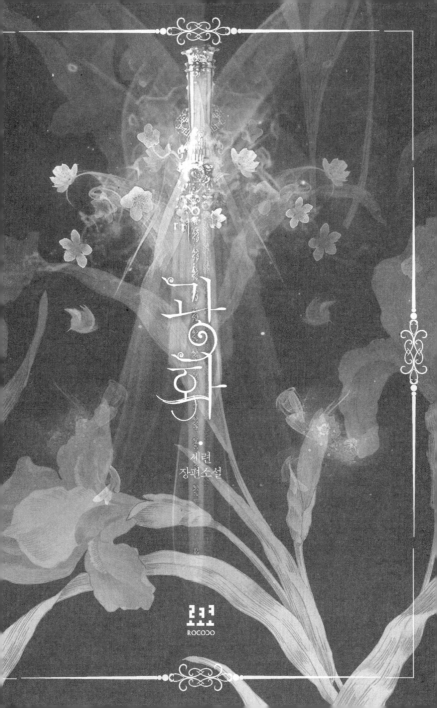

광화

세련
장편소설

ROCOJO

차 례

#1. 령아?

하늘까지 집어삼킬 듯 웅장한 뿔 나팔 소리가 거대한 소천 궁 문 위에서 울려 퍼졌다.

성문 앞에 집결해 있던 수천의 군대가 뿔 나팔 소리에 함성을 지르기 시작했다. 거대한 소천이라는 나라의 모든 것이 단 사흘 만에 무너져 내리는 순간이었다.

어느새 걸어 놓았는지 성문 전각 위에 매달려 시원하게 휘날 리고 있는 율국 태자의 깃발을 슬쩍 스치듯 바라본 사빈이 거대 한 막사 앞에 섰다. 그 앞을 지키고 있던 병사가 급히 고개를 숙 이며 입구를 열었다.

"그래서…… 그것 때문에 완벽한 궁의 접수가 늦어지고 있다 는 것이냐."

서늘하고 차갑게 굳은 태자의 목소리가 막사 안으로 들어서는 사빈의 귓가에 들려왔다. 완벽한 승전에 도취해 있어야 할 장군들의 하얗게 바랜 얼굴이 그의 시선을 잡았다.

거칠게 일어선 태자의 뒤로 사빈이 다가서자 차갑게 일그러져 있던 태자, 사영의 얼굴에 약한 미소가 번졌다. 잔뜩 긴장한 채 태자를 따르던 태자의 부관들도 사빈의 모습에 가슴을 쓸어내리며 한 걸음 뒤로 물러섰다.

"네가 정리해라. 저 녀석들을 믿을 수 없어."

"예. 전하."

무슨 일인지 모르지만 태자가 지독하게 끓어오르는 화를 누르고 있음은 분명했다. 웬만한 것에는 감정 동요를 보이지 않는 형님 태자가 저리 날카로워져 있음은 무언가가 태자의 자존심을 건드렸다는 것이리라.

살짝 고개를 돌리는 사빈의 옆으로 태자의 부관이 다가와 함께 걸음을 옮겼다.

"전각 하나를 정리하지 못하고 있다고 합니다. 어떤 녀석 하나가 막고 있는데 통로가 워낙 좁아 그 녀석이 막고 있는 상황에서는 그 전각 안으로 들어가는 것이 불가능한 모양입니다."

"지금, 한 녀석 때문에 저 궁을 완벽하게 점령하지 못하고 있다는 거냐?"

"예. 저하."

짜증을 가득 담은 사빈의 얼굴이 태자의 등에 닿았다.

태자가 화날 만한 상황이 분명했다. 아무리 뛰어난 놈이 버틴다고 해도 거대한 도성을 점령해 놓고 한 명의 무사 때문에 성안으로 태자가 진격하지 못하고 있다는 것은 어불성설이니까.

이 싸움의 가장 큰 수치로 남을 것이 분명했다.

"내가 해결할 테니 너희들은 전하를 보호해."

"예, 저하."

시간이 걸릴 뿐이지, 이미 다 점령한 궁 안의 한 전각 따위는 문제가 아니다. 다만 지금 이 상황이 조금이라도 지체되거나 다른 병사가 처리한다면 이 엄청난 승전의 티끌 같은 실수로 기록될 것이다.

그것은 곧 태자 사영의 승전에 흠을 만드는 것이다. 누구의 책임이든 이 전쟁은 사영이 그의 이름을 걸고 시작한 것이기에.

그러나 그 어떤 상황에서도 태자는 위험한 상황에 노출되어선 안 된다. 해서 지금 이 상황은 자신이 태자의 이름으로 한순간에 처리해야 하는 것이다. 태자의 분신인 황자 사빈의 이름으로 처리해야 아무 흠도, 그 어떤 구설도 남지 않을 테니까.

"저기냐?"

멀리서 보아도 초라하고 작은 전각일 뿐이었다.

이 화려하고 거대한 궁 안에 저런 초라한 건물이 있다는 것조차 낯설고 황당한 일인데 저곳을 지키자고 율국 군대 전부에 맞서 혼자 버티고 있는 이라니. 제정신을 가진 이라면 상상도 할 수 없는 일이 벌어지고 있었다.

"전하께서는 이곳에 계십시오. 제가 바로 처리하겠습니다."

사빈의 말에 고개를 저은 태자 사영이 그 자리에 버티고 섰다. 확인하고 싶은 모양이었다. 자신의 화려한 승전을 흠집 내는 녀석이 대체 어떤 녀석인지.

더 이상 태자를 말릴 수 없음을 느끼며 사빈이 앞으로 나섰다. 천천히 검을 뽑으며 다가서자 모여 있던 군사들이 길을 내며 두 패로 갈라졌다. 피로 흥건한 바닥은 걸음을 옮길 때마다 발바닥에 끈적임이 느껴질 만큼 붉게 물들어 있었다.

전각 앞으로 다가선 사빈이 천천히 고개를 들었다. 그리고 그 순간 그의 숨결이 그대로 멈춰 버렸다.

작고 가녀린 이였다. 처음 전각 앞을 막아서고 있는 이를 본 느낌은 그것이었다. 자신의 가슴에까지 오긴 할까 싶게 작고 가느다란, 그래서 그 모습 자체가 실감이 나지 않는 이였다.

그리고 그 모습을 눈에 담는 순간 사빈의 뇌리에 무엇인가가 떠오르고 말았다. 저 심장 깊숙이 10년의 시간 동안 잠들어 있었던 그때의 기억이.

붉게 물든 무복이, 피로 감은 듯 피와 땀으로 젖은 칠흑 같은 긴 머리카락이, 힘겨운 숨결이 가득 고인 아름답고 커다란 눈동자가 10년 전의 그때로 그를 돌려놓았다.

"령?"

믿을 수 없다는 표정으로 눈앞의 존재를 향해 검이 아닌 손을 내밀며 다가서는 사빈에게로 검이 날아든 것은 그 순간이었다. 자신을 향한 무섭게 빠르고 날카로운 검을 그저 본능적으로 피하며 사빈이 검을 휘둘렀다. 사빈의 거대한 장검에 부딪친 상대의 검이 그대로 두 동강이 나며 부서져 내렸다.

"하아, 하아."

더 이상 서 있을 힘도 없는 듯 몸을 웅크린 채 눈앞의 존재가 겨우겨우 숨을 토해 냈다. 그러면서도 물러서지 않았다. 힘이 들어가지 않는지 덜덜 떨리는 손으로 반 토막이 나 버린 검을 들고 서 있는 이를 사빈이 물끄러미 바라보았다.

그녀의 눈동자는 지독하게 일그러져 있었다. 고운 입술은 온통 찢겨져 피가 맺혀 있었다. 그때와 똑같이 저 작은 손은 끔찍하게 떨리면서도 여전히 검을 놓지 못한다.

예전과 달라진 것이라고는 갑옷에 감싸여 있어도 여인임이 그대로 드러나 보이는 몸과, 아무리 피 칠갑을 하고 있어도 한숨이 나올 만큼 아름다운 얼굴을 하고 있다는 것뿐. 사내인지 여인인지 구분할 수 없던 기억 속의 모습은 지금 눈앞의 이를 눈에 담는 순간 모두 사라져 버렸다.

"여긴 못 들어가. 날 죽이지 않으면."

피가 배어 나오는 입술을 악물며 뱉어 내는 목소리와 그녀의 하얗게 바랜 얼굴을 멍하게 바라보던 사빈의 표정이 약하게 일그러졌다.

서 있는 것이 신기할 정도로 그녀의 몸 이곳저곳에서는 뭉클뭉클 핏물이 흘러내리고 있었다. 한눈에도 검상이 심각했다. 하지만 그녀는 버티고 선 그곳에서 꼼짝도 하지 않았다. 10년 전 그때 그곳에서처럼.

그녀의 눈동자가 흔들렸다. 엄청난 출혈로 초점이 맞지 않는지 고개를 젓는 움직임을 따라 그녀의 머리카락에서 뚝뚝 피와 땀이 떨어져 내렸다. 그리고 그 순간 그 작은 손에 들린 반 토막 난 검이 다시 그를 향해 날아들었다.

모두의 눈이 커다랗게 열린 순간, 숨 막히는 그 공간이 일순 조용해졌다. 그대로 날아드는 검을 가볍게 몸을 비틀어 피하며 그가 그녀를 향해 달려 들어갔기 때문이다.

커다란 몸이 상대의 몸 안쪽으로 스미듯 다가서며 그의 손이 상대의 검을 든 팔을 잡았다. 그저 살짝 잡은 듯한 손길임에도 여인의 손에 들려 있던 검이 바닥으로 떨어져 내렸다.

그리고 그의 반대편 손이 그녀의 목을 끌어당겨 커다란 품 안으로 그녀를 가두었다. 꼭 그림을 보듯 펼쳐지는 눈앞의 광경에 그저 멍하게 병사들의 눈이 두 사람을 좇았다.

그의 품 안에 갇힌 그녀가 한 손을 잡힌 채 몸을 빼내기 위해 거칠게 몸을 비트는 순간, 그의 커다란 손이 그대로 그녀의 뒷목을 움켜쥐었다. 그 작은 움직임에 지푸라기로 만든 인형처럼 가는 그녀의 몸이 거짓말처럼 툭, 그의 팔 안으로 쓰러져 내렸다.

"와……."

모여 있던 병사들의 입에서 낮은 감탄사가 터져 나왔다. 물 흐르듯 부드럽게 움직이며 검을 든 상대를 제압하는 사빈의 모습이 현실 같지 않게 자유롭고 편안해 보였기 때문이다.

물밀듯이 전각 안으로 병사들이 달려 들어가는 것을 물끄러미 바라보던 사빈이 아래로 시선을 내렸다. 자신의 팔 안에 늘어져 있는 이에게 닿은 그의 시선이 아프게 흔들렸다.

품에 있는데도 여전히 실감이 나지 않는 그 모습을 사빈의 칠흑 같은 눈동자가 응시했다. 하얗게 바랜 여인의 입술에 맺혀 있는 피딱지에 그의 흔들리는 시선이 닿았다.

"안 돼요! 하루아 님!"

찢어질 듯 울리는 여인의 비명 소리에, 품 안의 이에게 닿아 있던 사빈의 시선이 위로 향했다.

한 사내가 병사들에게 끌려 나오고 있었다. 한눈에도 몸이 성치 않은 이임을 알 수 있는 모습이었다. 새하얗게 바랜 머리와는 너무도 다르게 사내의 얼굴은 젊은이의 그것이었다.

분명 젊은이임에도 한눈에 나이를 알아볼 수 없는 것은 새하얀 머리도 문제였지만 사내의 백지처럼 창백한 얼굴에서 눈을 볼 수 없어서인 듯했다. 사내의 눈은 굳게 닫혀 있었으니까.

제대로 걸음을 옮기기도 어려운 듯 보이는 사내가 병사들의 거친 움직임에 끌려 나와 바닥에 주저앉혀졌다. 그렇게 끌려 나와 바닥에 팽개쳐진 사내의 앞을 궁녀로 보이는 한 여인이 달려와 막는 모습이 모두의 눈에 들어왔다.

조그마한 여인이 커다란 사내를 감싸듯 등 뒤로 숨긴 채 수많은 병사들을 올려다보았다. 두려움에 덜덜 떨면서도 사내에게서 떨어지지 않는 여인의 눈에 가득 고인 눈물 때문일까. 병사들이 선뜻 여인을 사내에게서 떼어 내지 못하고 있었다.

사내에게 닿았던 사빈의 시선이 팔 안의 여인에게 향했다. 사빈의 눈에 의아함이 고였다. 그녀가 율국 전군을 상대로 지켜 내려 했던 것이 저 사내임은 의심할 필요조차 없어 보였다. 대체 누구이기에.

천천히 앞쪽으로 걸음을 옮기는 태자의 모습에 병사들이 모두 무릎을 꿇었다. 태자의 걸음이 새하얀 머리의 사내 앞에서 멈춰졌다. 사내의 앞을 막고 있던 궁녀가 움찔 몸을 떨면서도 사내를 자신의 등 뒤로 감추려는 듯 감쌌다. 그런 여인의 절박하고 안쓰러운 모습을 물끄러미 내려다보던 태자가 큭, 웃음을 흘렸다. 서늘한 정복자의 눈에 냉기가 흘렀다.

"이름이 무엇이냐."

누구에게 묻고 있는지 알 수 없었다. 새하얀 머리의 사내인지 그 앞을 막고 있는 여인에게인지. 두려움을 가득 담은 채 그를 막고 있던 여인의 어깨에 사내의 가늘고 긴 손이 닿은 것은 그때였다.

사내를 돌아보는 여인의 눈에서 주룩 눈물이 떨어져 내렸다. 사내가 품을 열어 여인을 당겨 안은 채 고개를 들었다. 푸른 기가 돌 정도로 파리한 입술이 천천히 열렸다.

"나는, 하루아다."

조금도 두려움을 담지 않은 목소리가 허공을 울렸다. 태자의 눈썹이 살짝 일그러졌다.

"지금은 존재하지 않는 제한의 황태자다."

모두의 눈이 커다랗게 열렸다. 사내의 푸른 입술이 경악으로 벌어진 모두의 눈동자 앞에 다시 한 번 조용히 열렸다.

"내 누이는…… 살아 있는가."

모두의 시선이 사빈의 팔 안에 안겨 있는 붉은 인영에게로 향한 것은 그 순간이었다.

다급한 시선으로 환자의 상태를 살피고는 옷고름에 손을 가져다 대는 의원의 팔을 사빈이 움켜잡았다. 놀란 의원이 사빈을 올려다보았다.

아무것도 읽히지 않는 황자의 서늘한 눈빛에 온몸으로 두려움이란 감정이 밀려드는 의원이었다. 이유 없는 두려움이 온몸을 잠식하는 것 같았다.

"황자님, 어찌."

묻고 있는 의원은 바라보지도 않은 사빈이 고개를 돌렸다. 자신을 따라 막사 안으로 들어왔던 부관들이 사빈의 서늘한 눈빛에 서로를 바라보다 놀라며 막사 밖으로 나갔다. 그제야 사빈이 의원의 손을 놓아주었다.

"여인이다."

"……예?"

의원의 눈이 경악으로 커다랗게 열렸다.

전의로 전쟁터만 수십 년을 따라다녔지만 여인의 상처를 치료하기는 처음인 의원이었다. 전장에서 여인은 볼 수도 없을 뿐아니라 성 등을 점령했을 때 그곳에 여인이 있더라도 그녀들을 끌고 가든지 죽여 왔기에, 상처 입은 여인을 시료할 필요는 한번도 없었기 때문이다. 헌데 온몸에 검상을 입은 여인이라니.

조심스러운 손놀림으로 누워 있는 이의 옷을 들추고 상처를 확인하는 의원의 뒤에 선 사빈의 짙게 가라앉은 검은 눈동자가 여인의 깊은 검상에 닿았다. 검상은 한두 개가 아니었다. 깊은 검상만도 두 곳이었다. 약한 검상은 셀 수도 없어 보였다. 보는 이의 눈이 저절로 일그러지는 상처들이었다.

"이 상처는 대체."

검상을 살피던 의원이 낯선 상처에 놀라며 눈을 커다랗게 떴다. 검상은 그렇다고 쳐도 여인의 옆구리에 나 있는 거대한 상처의 흔적은 이해할 수가 없는 의원이었다.

무엇인가 거대한 동물의 이빨에 뜯긴 듯 흉물스럽게 일그러진 상처는 오래된 듯 보였다. 가늘고 야윈 여인의 옆구리 한쪽이 흉측한 흉터로 감싸여 있었다.

"늑대 잇자국이다."

"예?"

이제 더 이상 커질 수도 없어 보이는 의원의 눈이 경악을 담고 커다랗게 열리며 뒤에 서 있던 사빈을 돌아보았다. 여인의 몸에 늑대의 이빨 자국이 있다는 것도 놀라웠지만 대체 어떻게 황자가 이 여인의 상처에 대해 알고 있는지가 더 놀라운 의원이었다.

하지만 어둡게 가라앉아 있는 황자의 먹빛 눈동자를 바라보며 더 이상은 그 무엇도 물을 수 없었다.

일렁이는 횃불이 창백한 작은 얼굴에 그림자를 드리우다 사라지기를 반복하고 있었다. 막사 안에 놓여 있는 간이 탁자에 긴 다리를 대충 걸치고 앉은 사빈이 그 모습을 물끄러미 응시했다.

숨조차 내쉬지 못하고 있는 것 같은 모습이 가슴 저 깊은 곳을 아리게 할 정도로 창백하고 아파 보였다. 야윈 몸에 피를 많이 흘려서인지 백지처럼 창백한 얼굴이 그의 시야를 채웠다.

기억 속의 모습은 저렇지 않았다. 붉은 피로 칠갑을 하고 있었지만 강해 보였고, 살아 있음을 느끼게 해 주었다. 그 불꽃을 담은 듯 타오르던 붉은 눈동자가 아직도 자신의 심장 한가운데 박혀 있는데 그 붉은 눈동자는 볼 수가 없었다. 긴 속눈썹이 자리한 눈은 뜨일 생각도 하지 않고 있었으니까.

피곤으로 까칠하게 말라 버린 자신의 얼굴을 커다란 손으로 쓸어내리며 사빈이 허공을 향해 힘겨운 숨을 토해 냈다.

'광화, 이령입니다.'

1년 전부터 소천의 궁에 잠입해 소천의 모든 정보를 율국의
태자에게 전달하던 첩자가 그녀를 확인하고 보고한 말이었다.

광화. 소천의 미친 궁주. 20여 년 전 소천에 의해 멸망당한 제
한의 황후가 소천의 황제에게 겁탈을 당해 낳았다는 소천 황실
의 치부. 제한의 유일한 황자인 아들을 살리기 위해 자결조차
하지 못하고 원수의 핏줄을 낳아야 했다는 황후의 이야기는 모
르는 이가 없었다.

그렇게 끔찍한 상황에서 태어나 하루하루 조금씩 미쳐 간다
던 궁주 광화가 눈앞에 누워 있는 저 여인이라고 했다.

'령이야. 내 이름.'

코를 찌르는 혈 향을 뿜어내면서도 함박웃음을 지어 보이던
작은 소녀가 말했었다. 한순간 짐승의 먹이가 되어 버릴지도 모
를 어둡고 축축한 황실 사냥터의 달빛이 지독하게도 환하던 밤,
그 소녀의 붉게 물든 눈동자는 너무 예뻤다. 검붉게 충혈되었
는데도 너무 예뻐서 한숨이 나올 만큼.

그런데…… 아까 마주했던 그녀의 눈동자는 더 이상 어여쁘
지 않았다. 그녀를 물어뜯던 늑대처럼 끔찍하게 번들거리고 있
었다. 새끼를 잃고 정신을 놓아 버린 듯 검을 든 그녀를 향해 달
려들던 그 어미 늑대의 눈빛처럼.

그녀에게서 시선을 떼지 못하던 사빈이 뒤쪽에서 느껴지는

17

기척에 고개를 돌렸다. 부관인 류한이었다.

"전하께선."

"제한의 태자를 독대하고 계시답니다."

"그래?"

무심하게 대답하고 다시 죽은 듯 누워 있는 여인에게 시선을 주는 황자의 모습을 잠시 바라보던 류한이 입을 열었다.

"오늘 밤 소천의 황녀가 태자 전하의 침소에 든다고 합니다."

여인에게 못 박힌 듯 닿아 있던 사빈의 눈이 순간 의아함을 담고 류한을 돌아보았다.

"아시지 않습니까. 패전국의 황녀나 공주는 폐하의 여인이 되어야 함을. 폐하께서 연로하시니 태자께 그 권한을 부여하셨다 합니다."

"그랬던가……."

무심하게 사빈이 고개를 끄덕였다. 들은 적이 있는 이야기였다. 정복한 나라의 사내들은 하나도 남기지 않고 다 죽이지만 여자들은 죽이지 않고 제 여인으로 삼아 확실하게 그들의 핏줄을 끊는 것이 정복자의 기본 생리일 것이다.

"그래서, 황녀가 몇 명이나 되는데?"

그저 한번 물어본 것이었다. 자신과는 상관없는 일이지만 본국 구중궁궐에서 지아비의 승전만을 빌고 있을 형수인 태자비가 안타까웠기에.

"황녀는 이하 황녀 한 명이랍니다. 그리고 정식으로 책봉되지는 못하였지만 이령 궁주 역시 소천 황제의 핏줄이니, 두 명입니다."

그 순간 류한은 느낄 수 있었다. 눈앞에 있는 사내의 넓은 어깨가 차갑게 굳어 버리는 것을.

사영이 탁자를 사이에 두고 마주 앉은 사내를 물끄러미 바라보았다. 투명하리만치 새하얀 얼굴에 드리운 속눈썹이 유난히 긴 사내였다. 짙게 닫혀 있어서일까, 사영이 무심히 생각했다.

바닥에 끌려 많이 더럽혀져 있었지만 사내의 옷은 누군가의 정성이 가득 담겨 있음을 느끼게 할 만큼 몸에 잘 맞았다. 그 옷 위로 회색빛 긴 머리가 가지런했다. 그런 사내의 모습은 몽환적으로 보였다.

"율국의 태자십니까."

사영의 말없음이 불안해서였을까. 절대 열리지 않을 것 같던 사내의 푸른 기가 밴 입술이 열렸다.

"그렇습니다. 내가 율의 태자, 사영입니다. 제한의 태자, 하루아 님."

"그냥 하루아면 족합니다."

푸르고 얄팍한 사내의 입술 끝에 비릿한 냉소가 번졌다. 태자라는 호칭에 사내의 얼굴은 싸늘하리만치 식어 있었다.

"누이에게 목숨을 빌려 사는 하찮은 맹인 사내일 뿐이니까요."

스스로를 비웃듯 입가에 흐릿한 미소가 담겼다. 초라하게 느껴질 만큼 아무것도 가진 것 없는 사내이건만 이 사내에게서 풍겨 오는 진한 귀태에 사영이 살짝 한숨을 토해 냈다.

"제한이 소천의 침공에 무너지기 전까지 율국과 제한은 동맹국이었습니다."

사영의 말이 시작되자 하루아가 굳게 입을 닫았다. 사영의 의도를 파악하고 싶은 듯 아무 말도 하지 않고 하루아는 사영의 말만을 듣고 있었다.

"동맹국 태자로서의 대우를 해 드리고 싶습니다."

"동맹국이라…… 우습군요."

비웃듯 코웃음을 치는 하루아의 말에 사영의 얼굴에 균열이 갔다.

"제 몸 하나 누일 곳이면 족합니다. 그 외에는 아무것도 필요하지 않습니다."

"다시 제한의 태자로 사실 생각은 없습니까."

"큭."

참을 마음도 없는 듯 하루아가 거칠게 웃음을 토해 냈다. 비웃음이 가득 담긴 그의 웃음에 사영의 눈동자가 서늘해졌다. 눈을 감은 사내를 바라보는 사영의 얼굴에 짜증이 어렸다. 눈빛을 읽을 수 없으니 마음도 읽을 수 없었다.

"제 누이의 상태는…… 어떻습니까."

더 이상 그런 대화는 나누고 싶지 않다는 듯 하루아가 싸늘하게 식은 표정으로 물었다.

누이. 처음 저 사내의 입에서 나온 말도 그것이었다. 그의 말에 사영의 뇌리에 온통 붉은 핏물을 뒤집어쓴 채 끝도 없는 율국의 군사들 앞에 서 있던 여인의 모습이 떠올랐다.

바닥을 흥건하게 적실 만큼 피를 흘리면서도 조금도 물러서지 않던 작고 작은 인영. 두려움이란 것이 무엇인지도 모르는 듯 사빈을 마주하던 그 일렁이던 눈빛이 떠올랐다. 그런 여인의 모습은 상상조차 해 본 적이 없던 그였다.

사영의 눈이 사내를 응시했다. 혹여 이 사내가 눈을 뜨면 그 여인과 같은 눈동자를 가지고 있을까 문득 궁금해졌다.

"검상이 깊고 출혈이 무척 심했지만 다행히 목숨은 건졌다고 들었습니다."

"내 누이는…… 어떻게 할 작정입니까."

"황제의 여인이 될 것입니다."

"큭."

다시 푸른 입술이 비틀렸다. 우습다는 듯 고개를 젓는 사내의 모습에 사영의 얼굴에 노기가 어렸다. 아무것도 무서운 줄 모르는 것은 오누이가 똑같은 모양이었다.

"내일 우리는 율국 도성으로 돌아갑니다. 말을 준비시키도록 하겠습니다."

"나를…… 그냥 놓아주면 안 되는 것입니까."

"제한의 태자로 대우해 드릴 것입니다. 그대는 소천의 볼모였으니까요 ."

"태자로 살기를 원한 적 없습니다."

"하지만 그대는 제한의 태자, 하루아입니다. 원치 않으신다 해도 어쩔 수 없습니다. 그것이 황실의 피를 타고난 우리의 숙명일 테니까요."

단호한 사영의 말에 하루아의 얼굴이 어둡게 가라앉았다. 소천의 볼모라는 굴레를 벗어나기 무섭게 이제 율국의 꼭두각시가 되어야 할 모양이었다. 선택권이란 자신에게 애당초 없었을 것이다.

"그 아이, 어디 있습니까."

처음으로 푸른 입가가 떨리는 것이 보였다. 간절함이 사내의 얼굴에 배어나고 있었다. 유일하게 사내를 간절하게 하는 존재가 있음을 사영은 느꼈다.

"그 궁녀를 말씀하시는 것입니까."

"제…… 여인입니다."

✕

칠흑 같은 어둠 속에 서 있었다. 불빛 하나 없이 자신의 존재조차 느껴지지 않는 공간에 무엇인가가 들어서는 것이 온몸으로와 닿았다.

놀라 고개를 돌리는 순간, 우습게도 어둠뿐인 공간을 침략한 존재가 보였다. 보일 리 없는데, 이 어둠 속에 그것의 존재가 보일 리 없는데 눈 안에 그 존재가 확연하게 들어왔다.

날카롭고 억세 보이는 이빨, 번들거리는 붉은 눈빛, 끔찍하게 코끝으로 스미는 내음. 그놈이다. 10년 전 그놈. 그 늑대.

크왕―! 끔찍한 비명처럼 울부짖으며 거대한 늑대가 달려들었다. 쓰러져 내린 자신의 몸 위에 올라탄 늑대의 이빨이 옆구리를 향한다. 숨이 막힌다. 너무도 생생한 고통이 다시 다가올 것이라는 자각이 온몸을 조여 왔다.

그때였다. 무엇인가가 이마에 닿은 것은.

"헉!"

눈이 떠졌다. 아니, 눈이 떠졌다는 것을 자각했다고 해야 맞을 것이다. 일렁이는 불빛이 시야에 들어왔기 때문에 알 수 있었다. 자신이 지금 눈을 떴다는 것을. 그리고 일렁이는 눈앞의 불빛 안에 낯선 존재가 있다는 것을 자각하는 순간 온몸을 덮치는 끔직한 고통에 숨이 막혀 왔다.

"윽."

"고통이 심할 것이라 했습니다. 환약을 삼킬 수 있겠습니까."

귓가로 들리는 말소리가 무엇을 뜻하는지 떠오르지 않았다. 끔직한 통증에 펼 수조차 없는 몸이 그 어떤 자극도 받아들일 여유가 없는 모양이었다.

움츠러지지도 않는 작은 몸을 힘겹게 움직이며 이를 악문 입술이 고통에 덜덜 떨리고 있었다. 환약을 삼키기는커녕 숨조차 제대로 내쉬지 못하고 있는 것처럼 보였다. 그 모습을 바라보는 사빈의 눈에 난감함이 고였다.

잠시 망설이던 사빈이 환약을 자신의 입안에 머금고 옆에 놓인 물을 마셨다. 그리고 그의 커다란 손이 잔뜩 움츠려 있는 여인의 작은 머리를 받쳐 들었다. 고통에 이를 악문 작은 얼굴이 그를 향했다. 그리고 그의 입술이 피가 맺힌 작은 입술에 닿았다.

처음에는 무엇이 닿아 오는지 느낄 수조차 없었다. 끔직하게 온몸을 조이는 고통에 몸조차 제대로 펼 수 없는 상황에 입술에 닿는 따스한 감각은 너무도 낯설었기에.

그리고 다음 순간 그 온기가 앙다물린 입술을 살며시 벌리며 무엇인가 입안으로 흘러들었다. 따스하고 미지근한, 그리고 조금은 쌉싸름한 느낌에 자신도 모르게 꿀꺽 그것을 삼키며 이령

23

이 천천히 눈을 떴다. 닿을 듯 자신을 향한 검은 눈동자가 보였다. 그 눈동자 가득 자신의 모습이 비치자 이령은 그제야 숨을 토해 낼 수 있었다.

가만히 이령의 작은 머리를 침상 위에 내려놓은 사빈이 곁의 무명천을 들어 그녀의 얼굴에 송글송글 맺혀 있는 땀을 닦아 냈다. 얼마나 힘겨운지 파랗게 악문 입술 끝에서 약한 신음이 새어 나오고 있었다.

질끈 감은 그녀의 눈가에 물기가 맺혀 있는 것이 보였다. 그의 커다란 손이 가만히 그녀의 눈가로 다가갔다.

커다랗고 단단한 손등에 닿는 낯설고 까칠한, 그러면서도 부드러운 느낌. 사빈이 그녀의 눈가에 맺힌 눈물을 손등으로 닦아 내었다. 낯선 손길 때문일까. 굳게 닫혀 있던 여인의 눈이 천천히 떠졌다.

환약의 약효가 퍼지기 시작한 것일까. 온몸이 꽁꽁 얼어붙은 듯 굳어 있던 그녀의 몸이 천천히 풀리는 것이 느껴졌다. 붉게 충혈 된 그녀의 눈이 그를 올려다보았다. 흐릿해진 붉은빛이 아프게 아름다웠다.

"오랜만이다. 이령."

사빈이 나직하게 속삭였다. 이령의 눈가에 의아함이 맺힌 것도 잠시 이령의 눈이 다시 천천히 감겨 왔다. 환약은 분명 강한 진통제일 것이다. 그것의 약효가 이제 천천히 그녀를 삼키고 있는 듯 보였다. 천천히 감겨지는 이령의 눈 안에 따스함을 담은 사내의 검은 눈동자가 들어왔다.

"철수 준비는 모두 끝났습니다. 태자 전하."

"소천의 궁을 관리할 일부 병력만 남겨 둘 예정입니다. 부상이 심한 자들과 그들을 간호할 이들도 일부 남겨 두겠습니다."

"제가 이곳의 책임자로 남겠습니다. 전하."

부장들의 보고를 듣고 있던 태자 사영이 갑자기 들려오는 사빈의 목소리에 고개를 들었다. 다른 부장들도 의외라는 듯 사빈을 돌아보았다.

엄청난 승전을 거두고 돌아가는 회군이었다. 태자의 이름을 걸고 한 승전이라 해도 황자 사빈이 얼마나 큰 공을 세웠는지 모르는 이는 없었다.

위험을 감수해야 하는 전장에 실질적으로 맨 앞에 서서 싸울 수 없는 태자를 대신해 전군을 통솔하고, 위험한 상황마다 전군을 독려해 위기를 헤쳐 나간 것은 황자 사빈이었다. 헌데 그런 그가 아무 생색도 낼 수 없는 잔류군의 수장으로 남겠다는 것은 의아할 수밖에 없는 일이었다. 율로 돌아가면 엄청난 상이 그들을 기다리고 있을 것이 뻔한 상황이기에 더욱 그러했다.

"네가?"

"혹여 도주했던 잔당들이 기회를 엿보려 할 수도 있지 않겠습니까. 소천의 도성을 확실하게 수호하겠다는 의지를 보여 주심이 좋을 것 같습니다."

말릴 이유는 없었다. 스스로 남겠다는 의지를 보이는 황자를. 사영이 고개를 끄덕였다.

"그래, 부상자들의 상처가 회복되고 소천의 도성이 완벽하게 정리되었다고 느껴지면 언제든 돌아오거라."

"예. 전하."

뒷정리를 떠안아야 하는 잔류군의 책임자가 너무도 쉽게 정해지자 수장들의 회의는 일찍 끝이 났다. 임시 대전 역할을 하는 태자의 막사를 나서던 사빈이 낯선 모습에 멈춰 섰다.

태자의 수발을 위해 전장으로 따라왔던 내관들과 궁녀들이 한 여인을 둘러싸고 태자가 머무는 침소를 향해 가고 있었다. 수많은 이들 사이에 갇힌 듯 걸음을 옮기고 있는 여인은 새하얀 자리옷 차림이었다. 온통 갑옷만으로 치장을 한 군사들 무리에서 눈에 띌 수밖에 없는 모습이었다.

"소천의 이하 황녀군요."

류한의 말에 사빈이 무리에게 닿아 있던 시선을 거두고 고개를 돌렸다. 보지 말아야 할 것을 본 듯 그의 얼굴이 거칠게 일그러져 있었다.

"상황 파악이 빠른 여인인 모양입니다. 목숨이라도 끊는다며 난리를 피울 줄 알았는데 너무도 쉽게 태자 전하의 잠자리 시중을 받아들였다 합니다."

사빈의 입가가 비틀렸다. 자신의 나라를 박살 내고 아비와 형제들을 죽인 자의 여인이 되어 살겠다니. 목숨이란 그리도 끈질기게 연명하게 되는 것인 모양이었다.

본능적인 선택일 것이다. 그것밖에는 무엇도 할 수 없는 힘없는 패전국의 황녀인 그녀에겐.

"헌데 왜 잔류군에 남겠다고 하신 것입니까. 사실 공은 황자께서 다 세우셨는데 이리 이곳에 남으시면 그 모든 공이 허공으로 날아가 버리는 것임을 모르십니까? 폐하께서 그 공을 오래 기억해 주실 분도 아님을 아시지 않습니까."

"내가 가지 않는 게 형님께도 좋은 일이다."

"……"

달빛이 아름답게 반짝이는 투명하리만치 맑은 밤하늘을 올려다보는 사빈의 말에 류한이 미간을 찡그리며 한숨을 토해 냈다.

죽을 고생은 혼자 다 하고 또 공을 태자에게 넘기려는 모양이었다. 언제나 그랬듯이.

황제의 세 아들 중 유일하게 후궁에서 태어난 둘째 황자 사빈은 어려서부터 저렇게 스스로가 서야 할 자리를 너무도 잘 알고 있었다. 누구보다 뛰어나고 누구보다 강하지만 자신이 이룬 모든 공은 언제나 태자인 형에게 양보하고 자신은 그 뒤에 선 것으로 만족한다. 그래서 태자 쪽의 견제를 받지도 않지만 정치적인 힘도 가지지 못했다.

"광화는 남지만 그 오라비는 데리고 가실 모양입니다."

걸음을 옮기던 류한이 멈춰 서서 한곳을 바라보았다. 사빈의 눈이 류한의 시선이 닿은 곳에 멈췄다. 오늘 아침 낡은 전각 앞에서 새하얀 머리의 사내를 막아서던 궁녀가 무엇인가를 들고 종종걸음을 치는 것이 보였다.

잠시 여인을 바라보다 고개를 돌리려던 사빈의 날카로운 시선이 다시 여인에게로 향한 것은 그 순간이었다. 막사들 사이 어둠이 담긴 공간에서 나온 팔이 궁녀를 잡아당기는 모습이 그의 시선에 들어왔기 때문이다.

"놓아주세요!"

자신을 가운데 세워 놓고 재미있다는 듯 응시하는 병사들을 향해 여인이 파르르 떨리는 음성을 내뱉었다. 두려움으로 온몸을 떨면서도 기가 죽지 않으려 눈을 부릅뜨고 자신들을 노려보는 여인을 향한 사내들의 눈이 욕망으로 번들거렸다. 여인 구경을 해 본 게 얼마 만인지 모를 일이었다.

"재미있겠는데? 앙탈도 좀 부려야 맛있잖아?"

"큭큭. 나부터 한다? 내가 아까 내기에서 이겼잖아."

"젠장. 그래. 서둘러라. 시간 별로 없어."

번들거리는 눈을 여인에게서 떼지 못한 사내들이 음흉하게 웃음을 흘리는 모습에 여인의 눈이 불안으로 거칠게 흔들렸다. 그것을 재미나다는 듯 바라보던 한 사내가 여인의 몸을 그대로 잡아당겼다.

"꺄악!"

그 순간이었다. 여인을 잡아당기던 사내의 몸이 허공으로 떠오른 것은. 그리고 누군가의 커다란 몸이 여인의 앞을 막아선 것도.

"류한 님!"

여인의 팔을 잡았던 사내가 허공으로 떠올랐다가 그대로 바닥으로 떨어져 내렸다. 자신들을 공격하는 이를 향해 거칠게 움직이려던 다른 병사들이 여인의 앞을 막아선 낯익은 이를 보고 움찔 몸을 뒤로 물렸다. 그렇게 물러서는 병사들 앞으로 눈앞에 있던 사내보다 더 두려운 존재가 다가서고 있었다. 병사들의 얼굴이 하얗게 질려 갔다.

"병영 내 규율 5조. 병영 내에서 여인을 취하려 하는 자는 그 자리에서 효수한다."

짙은 밤하늘을 잘라 낸 듯 차가운 검은 눈동자를 본 병사들의 얼굴이 파랗게 질렸다. 바람에 흩날리는 짙푸른 머리카락이 사내의 날카로운 얼굴을 감싸며 날리고 있었다.

"시행하라. 류한 부장."

일말의 망설임도 없이 새어 나오는 사빈의 목소리에 병사들의 얼굴에 경악이 어렸다.

"다친 곳은 없느냐."

떨리는 손으로 바닥에 떨어뜨렸던 먹을거리를 챙겨 드는 여인을 내려다보며 사빈이 물었다. 여인의 작은 손이 떨어뜨렸던 먹을거리를 소중한 듯 꼭 쥐어 잡았다. 작고 가녀린 손이었다.

"감사합니다."

여전히 두려움이 남았는지 제대로 시선도 들어 올리지 못하고 대답하는 여인을 사빈이 물끄러미 내려다보았다. 그 수많은 병사들 앞에서 새하얀 머리의 사내를 감싸던 모습은 거짓이었던 것처럼 눈앞의 여인은 가냘프고 약해 보였다.

"저……."

막사 앞까지 여인이 다가서는 것을 보고 돌아선 사빈의 등 뒤로 여인의 머뭇거리는 목소리가 들려왔다.

"이령 님은…… 괜찮으신 거지요?"

두려움이 일렁이는 여인의 눈을 보며 사빈이 약하게 고개를 끄덕였다. 아직도 덜덜 떨리고 있는 여인의 입가에 그제야 약한 미소가 번져 갔다.

여인이 막사에 들어가는 모습을 바라보던 사빈이 몸을 돌렸다. 아마도 이 안에 이령의 오라비, 하루아가 있는 모양이었다.

일석이조. 그것이 이런 경우를 두고 하는 말일 것이다. 동맹국이었던 제한이 망하고 나서 도망친 수많은 제한의 백성들은 율의 변방에 터를 잡고 살고 있었다. 처음에는 그저 패망국의 난민이었지만 20여 년의 세월이 흐른 지금 그들은 나름의 힘을 가지고 율국의 국경을 수비하는 하나의 축이 되어 있었다.

하지만 문제는 그들의 자치권 주장이었다. 율에 확실하게 복속되지 않고 자꾸만 자치권을 원하는 그들을 끌어안을 수도 밀어낼 수도 없는 율국이었다. 명분도 실리도 없는 싸움을 그들과 할 수는 없었으니까.

헌데 골칫거리지만 놓아줄 수 없는 제한의 후계자가 자신들의 손안에 들어온 것이다. 제한을 자신들의 힘으로 복속시킬 수 있는 확실한 빌미가 마련된 것이다.

자신의 막사 앞에 선 사빈이 뒤에 서 있는 류한에게로 고개를 돌렸다.

"귀찮다고 약재들 다 실어 보내지 말고 제대로 챙겨 놓으라고 전의에게 전해."

"예, 저하."

무심하듯 말하면서도 조심스럽게 막사를 열고 들어서는 사빈의 뒷모습을 걱정스럽게 바라보던 류한이 한숨을 토해 내며 대답했다. 그의 막사 안에 누워 있는 존재의 무게가 류한의 가슴을 무겁게 누르고 있었다.

"배고프시지요? 먹을거리를 좀 얻어 오느라고요. 금방 준비할게요. 조금만 기다리세요, 하루아 님. 고기를 얻었거든요."

서늘한 바람이 몸으로 느껴지더니 따스하고 다정한 목소리가 들려왔다. 언제 들어도 행복하고 마음이 놓이는 목소리에 막사 한구석에 쪼그려 앉아 있던 하루아가 천천히 몸을 폈다. 낯선 공간에서는 어둠이 더 짙게 느껴지는 법이어서일까. 연이가 없는 공간에서는 숨조차 제대로 내쉬어지지 않는 그였다.

"연아……."

"예."

다가오는 그녀의 기척이 느껴졌다. 어느 곳에서도 느낄 수 있는 그녀의 걸음걸이. 작은 보폭으로 종종거리듯 걷는 그녀의 발소리는 어디에 섞여 있어도 들을 수 있을 것이다. 다가오는 발소리와 함께 코끝으로 스미는 그녀의 향기에 하루아가 입가를 끌어 올렸다.

"식었지만 드실 수 있을 거예요. 제가 작게 찢어 놓을게요."

자신의 앞에 작은 다탁이 놓이는 것이 느껴졌다. 그녀의 손이 그의 손을 잡아끌었다. 손끝에 무엇인가가 닿았다. 미지근하고 축축한 것. 아마도 그녀가 말하는 고기인 모양이었다.

자신의 손을 그렇게 먹을거리에 대어 주고 물러나려는 그녀의 손을 하루아의 커다랗고 긴 손이 쥐어 잡았다. 손을 빼려던 그녀가 흠칫 놀라는 것이 느껴졌다. 하루아의 얼굴에 약한 주름이 잡혔다.

"무슨 일…… 있었어?"

"예? 아니요."

"네 목소리도, 손도 떨리고 있는데."

놀란 연이 몸을 움츠렸다. 최대한 내색하지 않으려 했는데 그에게 숨기는 것은 불가능한 모양이었다. 자신의 아주 작은 변화조차 온몸으로 느끼는 그이니까.

"병사들이 많이 모여 있어서인지 좀 무서웠거든요. 엄청 험상궂은 이들도 있고. 사내들만 잔뜩 있잖아요."

"……그렇겠지."

"그래도 그분이 이곳까지 함께 와 주셔서 괜찮았어요."

"그분?"

"율의 사빈 저하요. 병사들이 절 건드리지 못하게 보호도 해 주셨고 이령 님 안부도 알려 주셨어요."

"……."

아무 말도 없는 하루아를 바라보며 연이 자신의 손을 잡고 있는 그의 손을 꼭 잡았다.

"사빈 저하 따스한 분 같았어요. 이령 님을 그분이 돌봐 주신다고 하니 왠지 걱정이 안 되던걸요."

"그래."

하루아가 고개를 끄덕이며 그대로 연의 손을 잡아당겼다. 연의 작은 몸이 하루아의 커다란 품으로 안겨 들었다. 등을 돌린 채로 그의 품에 안긴 연의 얼굴이 붉게 물들었다.

"난 나쁜 오라비인 모양이다."

하루아의 따스한 입김이 연의 가느다란 목덜미에 닿았다. 그의 온기를 느끼며 연이 자신을 끌어안고 있는 그의 손 위에 자신의 손을 얹었다.

"이령이는 나를 지키다가 그리 다쳤다는데…… 난 너를 잃을까, 그게 더 두려웠으니까."

"하루아 님."

"너 없이 살게 하지 마라. 연아."

나직하지만 너무도 아프게 울려오는 하루아의 목소리에 연의 눈가에 물기가 맺혔다. 자신의 손등으로 떨어지는 그녀의 눈물을 느낀 하루아가 가만히 그녀를 돌려 안았다. 연의 시선 안에 물기에 일렁이는 하루아의 모습이 들어왔다. 꼭 감긴 그의 눈이 아프게 그녀의 심장으로 파고들었다.

살기 위해 눈을 잃어야 했던 그. 고작 세 살이었던 어린아이가 그 고통을 어떻게 견뎌 냈을까. 연의 작은 손이 하루아의 눈가를 살며시 쓸었다. 그 고통을 함께해 주지 못했던 것이 가슴 아픈 그녀였다.

하루아의 길고 야윈 손이 더듬거리며 그녀의 볼 위로 올라왔다. 조금은 차가움이 어린 그의 손길이 그녀의 볼을 조심스럽게 쓰다듬었다. 그의 손가락 끝에 그녀의 보드라운 입술이 닿았다. 말캉하고 보드라운 입술을 손끝으로 가만히 쓸던 하루아가 그녀를 향해 고개를 내렸다.

그의 낮은 체온을 삼키고 그 대신 자신의 따스한 온기를 내어 주고 싶은 듯 그녀가 그를 끌어안았다. 커다란 몸 가득 담기는 그녀의 온기에 취하며 하루아가 그녀의 숨결을 삼켜 갔다.

기척을 죽이며 조심스럽게 막사 안으로 들어서던 사빈이 우뚝 그 자리에 멈춰 섰다. 일렁이는 불빛이 가득한 공간 안에서 서늘함을 느끼게 하는 시선이 닿아 왔기 때문이다.

막사 안을 환하게 밝히지 못한 불빛의 한계일까. 침상 위에 웅크리고 있는 듯한 인영은 꼭 상처 입은 짐승처럼 보였다.

자신의 상처를 숨기며 상대를 향해 달려들 준비를 하고 있는 작은 늑대처럼, 눈앞 인영에게서는 지독한 살기가 퍼져 나왔다. 붉은 기를 담고 있지만 이제는 불빛을 품어 번들거리는 눈동자가 그의 심장으로 박혀 들었다. 10년 전 보았던 그 눈빛처럼.

"일어나는 것은 아직 무리일 텐데."

자신을 향해 날 선 경계를 잔뜩 품고 있는 인영 앞으로 사빈이 천천히 다가섰다. 인영이 더욱 강한 살기를 뿜어내는 것을 느끼면서도 사빈은 멈추지 않았다. 최대한 자연스럽고 최대한 경계하지 않는 듯한 모습으로 다가서는 그를 작은 인영의 번들거리는 붉은 눈동자가 올려다보고 있었다.

"전쟁은 끝났고, 그대의 오라비는 내일 새벽 율국의 도성으로 출발할 거다. 그대는 부상이 심해서 한동안 이곳에 머물러야 할 거고."

"너…… 누구야."

꽉 잠겨서 잘 들리지도 않는 목소리가 이령의 목에서 새어 나왔다. 듣는 것만으로도 미간이 좁아지는 그녀의 목소리에 사빈의 얼굴이 어둡게 가라앉았다. 눈을 뜨는 것도 힘겨울 상황일 텐데 억지로 버티고 있는 모습이 안타깝기보다 화가 날 지경이었다.

"상처 벌어진다. 출혈이 너무 많았어. 누워서 이야기하자."

"누구냐고 물었다."

내미는 사빈의 손을 금방이라도 물어뜯을 듯 눈을 치켜뜨며 다시 목을 긁어 뱉어 내는 듯 말한 이령에 사빈이 한숨을 내쉬며 침상 옆 의자에 걸터앉았다.

이제야 눈높이가 맞추어졌다.

"율의 둘째 황자, 사빈이다."

"사……빈?"

순간 그녀의 눈동자가 약하게 흔들리는 것을 사빈은 느낄 수 있었다. 그의 입가가 살짝 끌어 올려졌다. 자신을 살피는 그녀의 시선에 행복했다.

"그래. 빈."

그녀의 붉은 눈이 천천히 커지기 시작했다. 붉은 눈이 의아함과 망설임을 담고 흔들렸다. 그 눈빛을 똑바로 바라보며 사빈이 빙그레 미소를 지어 보였다.

"10년 만이다. 늑대 소녀."

시원한 미소가 사내의 붉은 입술에 가득 맺히는 모습을 이령이 물끄러미 바라보았다.

10년 전.

온몸의 뼈가 서로 부딪칠 만큼 엄청난 두려움에 덜덜 떨고 있을 때였다. 적국 황실의 사냥터 안에서 일행을 잃어버렸다. 그것도 적국 황실의 모든 일원이 사냥을 하고 있는 시점에서.

적국 황제와 태자 등의 모습을 지척에서 확인할 수 있다는 유혹에 못 이겨 외숙이 결단을 내린 일이었다. 공을 세우고 싶었을 것이다. 어미도 없는 사빈을 지켜 내고 가문을 키우기 위해서 모험을 하지 않을 수 없었으니까.

하지만 그 결과는 처참했다. 이곳저곳에 불을 놓고 산짐승들을 몰아가는 소천 군사들의 움직임에 성이 날 대로 난 산짐승들은 무엇도 가리지 않고 덤벼들고 있었다.

살아남기 위해 절규하듯 달려드는 산짐승들이 얼마나 무서워질 수 있는지 처음으로 알게 된 사빈이었다. 그렇게 미쳐 버린 산짐승들에게 쫓기다 외숙 일행을 놓치고 만 것이다.

"하아, 하아."

터질듯 뛰어 대는 심장을 겨우겨우 누르며 사빈이 수풀 속에 몸을 묻으려던 순간이었다. 무엇인가 지독한 내음을 풍기는 묵직한 덩어리가 그의 앞에 떨어진 것은.

"으악!"

"야!"

세상이 떠나갈 듯 고함을 치는 사빈의 입을 무엇인가가 막았다. 끈적거리고 비릿한 내음이 나는 강하고 작은 것이. 그리고 귓가에 속삭이는 목소리가 들렸다.

"죽기 싫으면 조용히 해! 짐승들 다 쫓아오기 전에!"

자신에게만 들릴 만큼 작은 소리였지만 그 목소리에서 느껴지는 지독하게 강한 느낌 때문이었을까. 아니면 이 상황에서 너무도 반갑게 사람의 소리가 들려왔기 때문일까.

사빈이 터져 버릴 것 같았던 심장을 부여잡으며 천천히 고개를 돌렸다. 그리고 그 순간 그대로 엉덩방아를 찧고 말았다.

"헉."

"쉿!"

다시 비명이라도 지를 듯 경악으로 일그러지는 사빈의 얼굴을 본 이가 입가에 손가락을 대며 미간을 좁혔다. 그 얼굴이 소름 끼치게 무서웠기 때문일 것이다. 사빈이 자신의 손으로 직접 입을 막은 것은.

"젠장. 뭐 이리 무거워."

자신이 더 이상 소리를 내지 않음을 확인한 이가 조금 전 사빈의 앞에 툭 떨어진 무엇인가를 보며 투덜거렸다. 사빈의 시선도 그를 따라 천천히 움직였다. 달빛이 사빈의 시선 앞에 그 무엇인가를 내어 보였다.

"헉."

붉게 물들어 있는 덩어리는…… 새끼 늑대였다. 새끼라고 해도 자신의 상체만큼이나 커다란 놈이었다. 죽었는지 축 늘어져 있는 그 몸에서는 지독한 내음이 풍겼다.

"어느 가문이냐?"

새끼 늑대에 관심을 집중하고 있던 사빈이 옆에서 들리는 목소리에 고개를 돌렸다. 조금 전 자신의 입을 막던 그 엄청난 악력의 주인이 묻고 있었다. 그쪽을 향해 고개를 돌린 사빈의 눈이 동그랗게 커졌다.

"뭐야? 꼬마잖아?"

놀람을 담고 커다랗게 열렸던 사빈의 눈꼬리가 그 말에 확 치켜 올라갔다. 눈앞의 사람이야말로 아직 아이처럼 보이는 작은 소년이었다. 아니, 소년인 듯 느껴졌다.

"꼬마 아니거든!"

"꼬마가 자신을 꼬마라 하는 거 본 적 없다."

말대꾸는 해 주면서도 아이는 사빈을 보고 있지 않았다. 늑대를 향한 그 시선이 무척이나 탐욕스럽다고 느끼며 사빈이 여전히 끈적이는 얼굴을 손으로 닦아 냈다.

　무엇인지 모를 것이 손에 묻어나는 것을 느끼며 사빈이 달빛 아래 손을 들어 올렸다. 손에 가득 묻은 건 검붉은 핏물이었다.

　"헉."

　"풀로 닦아라."

　"뭐?"

　손에 묻은 것이 끔찍해 그대로 옷에 문지르려는 사빈의 손을 아이가 쥐어 잡았다. 역시나 너무도 강하게 느껴지는 악력에 사빈이 얼굴을 일그러뜨렸다. 손목이 아플 지경이었다.

　"야! 아파!"

　"옷에 닦으면 냄새가 옷에 묻어서 짐승들 먹이가 된단 말이다. 풀에 닦아. 풀 내음이 묻으면 짐승들이 잘 알지 못해."

　너무도 익숙하게 손을 풀에 닦아 내는 아이의 모습을 물끄러미 바라보던 사빈이 미간을 살짝 좁히며 시야를 모았다. 구름을 벗어난 너무도 밝고 환한 보름의 달빛 아래 보이는 이의 얼굴이 조금 전 어둠 속에서 보았던 느낌과는 많이 달라 보였다.

　야윈 얼굴선, 달빛 아래 하얀 가루를 뿌려 놓은 듯한 피부, 도톰하게 붉은 입술과 그 입술 아래 턱을 지나 가늘고 아름다운 곡선을 그리고 있는 목이 시야에 들어왔다. 자신도 모르게 사빈의 시선이 목에 머물다 천천히 더 아래로 내려갔다.

　"계집애……냐? 너 설마?"

　경악이 어린 사빈의 물음에 죽은 늑대 새끼의 다리를 묶던 이가 고개를 돌렸다. 서늘한 냉기가 그 눈동자에서 흘러내리는 듯해 사빈이 움찔 몸을 움츠렸다.

"령, 이령이다. 내 이름은. 계집애가 아니라."

"그, 그러니까 사내가 아니란 말이냐?"

그 순간이었다. 이령의 억센 손이 사빈의 몸을 그대로 내리누르며 함께 풀밭에 엎어지듯 엎드린 것은.

"그르릉."

너무도 낮았지만 똑똑히 들리는 소리에 사빈은 아득해지는 정신을 느껴야 했다. 마주친 적은 없어도, 제대로 본 적조차 없어도 이 소리가 무엇의 소리인지는 느껴져 왔기 때문이다. 거대한 늑대의 저 깊은 배 속에서부터 울려오는 낮고 낮은, 그렇지만 무엇인지 알 수 없는 거대한 적개심을 담은 소리였다. 그것도 몇 발치 떨어지지 않은 곳에서 들려오고 있었다.

자신을 내리누르고 있는 존재가 나타나며 조금은 진정되었던 심장이 다시 거칠게 뛰기 시작했다. 아니, 이젠 숨이 목구멍을 막을 만큼 더 지독한 두려움이 밀려오고 있었다.

"괜찮아. 바람이 우리 쪽으로 불어서 아직 냄새 못 맡았어."

귓가에 낮지만 확신에 찬 흔들림 없는 목소리가 들려왔다.

이 순간 어떻게 이리 두려움이 없을 수 있을까 사빈이 생각했다. 늑대에 대한 두려움보다 이 소녀의 편안함에 대한 궁금증이 더 커지고 있었다. 그 느낌에는 소녀가 주는 알 수 없는 안도감이 있었다.

사빈이 자신을 작은 몸으로 감싸고 있는 소녀를 물끄러미 올려다보았다. 어딘가를 향해 있는 소녀의 눈이 빛이 없는 이 공간에서도 참 어여쁘게 빛나고 있었다. 달빛이나 별빛과는 다른 아름다움.

"후아."

숨조차 멈춘 듯 앞을 응시하던 소녀가 사빈에게서 몸을 떼며 털썩 그의 곁에 주저앉았다. 그녀에게 닿아 있던 시선을 얼른 거두며 사빈이 조금 전 소녀가 바라보고 있던 곳으로 시선을 주었다. 그곳은 텅 비어 있었다.

"간 거냐?"

"일단은."

소녀가 두 손으로 자신의 머리를 받치고 허공을 바라보며 대답했다. 숨 막힐 듯한 공포가 지나간 후라고는 믿을 수 없을 만큼 소녀의 목소리는 여유로웠다.

하지만 사빈은 아직도 머릿속을 맴도는 늑대의 울음소리에 마음이 놓이지 않았다. 게다가 '일단'?

"여기 계속 있어도 되는 거냐, 우리?"

불안을 담고 주변을 살피며 묻는 사빈을 향해 소녀가 고개를 돌렸다. 소녀의 입가에 맺혀 있는 것이 조롱이 섞인 비소임을 확인한 사빈의 얼굴이 거칠게 구겨졌다.

"도망가자고? 몇 발자국 움직이기도 전에 그놈이 네 목줄을 물어뜯을걸?"

"헉!"

"큭큭."

소녀의 말에 사빈이 금방이라도 무엇인가가 자신의 목을 물어뜯는 것만 같은 느낌에 목을 움켜쥐자 소녀가 웃음을 참지 못하고 고개를 숙였다. 사빈의 얼굴이 제대로 구겨졌다.

"계집애가 어찌 하는 말마다."

"여기 아이가 아니구나, 너."

무심하지만 그 말끝에 알 수 없는 편안함을 담고 소녀가 말했다. 사빈의 어깨가 살짝 움츠러들었다. 정체가 들통났다가는 정말 죽은 목숨일 것이다. 헌데 우습게도 이 순간 자신의 정체를 눈앞의 소녀가 알았다 해도 아무 일도 일어나지 않을 것만 같은 마음이 들었다. 이유를 알 수 없는 안도감이었다.

"그게……."

"그러니 날 모르겠지."

"너 유명하냐?"

사빈이 동그랗게 눈을 뜨고 소녀를 바라보았다. 그러고 보니 당연한 질문을 한 것만 같았다. 황실의 전용 사냥터에서 사냥을 하고 있는 소녀이니 당연히 황실의 일원이거나 웬만한 이들은 바라볼 수도 없을 높은 가문의 이일 것이다. 붉게 물든 핏물을 뒤집어쓰고 있어 미처 생각지 못한 것이다. 어리고 여인인 이 소녀가 병사일 리는 없으니까.

"조금?"

"하긴 계집애가 이리 다니니 유명하지 않다면 그게 이상한 것이지."

"자꾸 계집애, 계집애 할 거냐? 죽고 싶지, 너?"

"사내 아니라며? 그럼 계집애라고 하지, 뭐라 하라는 거냐!"

"령이라고, 내 이름. 그런 너는 뭐라고 부를까? 쪼그만 사내 녀석이라고 부를까?"

허공을 향해 있던 시선을 자신에게로 향하며 묻는 소녀의 말에 사빈이 잠시 망설임을 담았다. 자신의 이름을 알려 줄 수는 없는 것이다. 자신은 지금 소천에 숨어든 것이니까.

하지만 거짓으로 알려 주고 싶지도 않았다. 이상하게 그런 마음이 들었다.

"빈이다. 내 이름은."

"빈? 뭐냐? 계집애 이름처럼?"

"야!"

그 순간, 자신도 모르게 벌떡 몸을 일으키며 고함을 지르려는 빈의 몸 위로 소녀의 몸이 덮쳐 왔다. 그리고 막 고함이 터져 나오던 빈의 입술이 무엇인가에 막혀 버렸다.

두근, 빈이 숨을 삼켰다.

이제 제법 단단해지기 시작한 자신의 몸 위에 올라와 있는 가벼운 것의 무게와 온기가 온몸으로 스며들었다. 쥐 죽은 듯한 고요와 정적 때문인지 그 감각은 유난히 날카롭게 온몸으로 느껴져 왔다.

단단한 가슴을 지그시 누르는 알 수 없는 부드러움과 자신의 입술을 누르고 있는 따스하고 작은 감각. 우스운 것은 입술을 누르는 것은 따스한 대신 거칠었지만 가슴에 닿는 감각은 당황스럽게도 부드럽고 말캉하다는 것이었다.

낯선 감각을 느끼느라 담지 못했던 것이 시야에 들어온 때는 말캉한 감각이 무엇인지가 머릿속에 떠오른 그 순간이었다. 자신의 눈 바로 앞에서 자신을 내려다보고 있는 눈동자가 시야를 가득 채우고 있었다.

한 뼘이나 될까 싶은 거리 앞에 있는 눈동자가 눈이 아닌 심장으로 박혀 드는 듯한 아찔한 감각이었다. 따스한 숨결이 얼굴 위로 쏟아져 내린 것은 그다음이었다.

"죽고 싶냐. 조용히 안 해?"

금방이라도 터질 듯 반짝이는 그 갈색 눈동자는 서늘했다. 치열함이 가득 담긴 서늘함. 그것이 자신의 몸에 닿아 오는 이에게서 느껴지는 온기와는 참 많이도 다르다고 사빈은 생각했다.

사빈이 살짝 고개를 끄덕이는 것을 확인하고서야 그를 누르고 있던 령의 몸이 사빈에게서 떨어져 나갔다. 홀가분해지는 몸이 왠지 달갑지 않은 사빈이었다.

알 수 없이 가슴 저 깊은 곳이 간질거려 사빈이 고개를 돌리지 못하고 허공만을 바라보았다. 나무토막처럼 보이지만 제 또래의 여자아이임이 확연하게 느껴지는 몸이었다. 마르고 가벼웠지만 낯선 부드러움을 품고 있던 작은 몸.

이제 막 여인이 되어 가는 듯 느껴지는 말캉한 감각이 그녀가 멀어지고 나서도 여전히 사빈의 가슴에 남아 있었다. 귓가가 약하게 뜨거워져 왔다.

"저건 왜 잡은 거냐? 저것 때문에 늑대가 널 쫓는 거 맞지?"

여전히 몸에 남겨진 낯선 감각을 떨쳐 버리고 싶은 듯 사빈이 낮게 물었다. 소녀가 힐끗 사빈이 가리키는 것을 바라보고는 다시 허공을 향해 시선을 돌렸다.

"내기를 했거든."

"내기?"

"늑대 굴에서 새끼를 가져오면 약을 주고, 그러지 못하면……."

잠시 말을 끊는 소녀의 옆얼굴에 사빈의 시선이 닿았다. 알 수 없는 어둠이 소녀의 반짝이는 눈동자에 담기는 것이 보였다. 그 어둠이 마음에 들지 않는 사빈이었다.

"못하면?"

"가져왔으니 상관없어."

"고약한 내기도 다 본다. 어미 늑대가 지키고 있는 늑대 굴에서 새끼를 가져오라는 건 죽으라는 것이나 마찬가지 아니냐?"

"그렇게 되나."

죽음을 이야기하고 있는데 소녀는 웃고 있었다. 무엇인가 무척이나 재미있다는 듯 피식 입가를 올리는 소녀의 얼굴이 그 나이에 맞지 않게 참 아프다고 사빈은 생각했다.

"그 약이 대체 뭐길래 넌 늑대 굴에…… 야!"

심드렁한 얼굴로 말을 하던 사빈이 그대로 몸을 일으키며 앞을 바라보는 령의 움직임에 놀라 고개를 들었다. 나른하게 늘어져 있던 령의 온몸에서 처음 느꼈던 지독한 살기가 다시 뿜어져 나오고 있었다. 그리고 그와 동급의 지독한 살기가 그들의 앞쪽에서도 확연하게 느껴져 왔다. 사람의 살기가 아닌, 동물의 본능적인 살기였다. 등으로 차가운 냉기가 주룩 흘러내렸다.

"령아?"

"뛰어!"

그 순간이었다. 사빈이 얼음처럼 굳어 어쩔 줄 몰라 하며 옆에 있는 령을 바라보던 그 순간 소녀의 작은 몸이 튕기듯 앞으로 달려 나갔다. 구름 속에 잠겨 있던 달이 천천히 모습을 드러내고 있었다.

"아우우!"

끔찍한 소리가 공간을 찢었다. 멍하니 앞을 향한 사빈의 눈 가득 뒤엉킨 두 개의 그림자가 들어왔다. 커다란 짐승의 그림자와 작은 그림자가 엉켜 있었다. 절대 엉킬 수 없을 것 같은 두 개가 그렇게 엉켜 바닥을 구르고 있었다.

숨조차 쉬지 못한 사빈이 덜덜 떨며 한 걸음 뒤로 물러섰다. 그렇게 고개를 돌리려던 사빈의 눈에 거대한 늑대의 이빨이 들어왔다. 달빛에 반짝이는 그 끔찍한 것이 그대로 작은 인영의 옆구리를 물어뜯는 모습이 고스란히 시선 안에 들어오고 있었다. 질끈 눈을 감은 사빈의 귓가에 낯선 소리가 들려온 것은 그 때였다.

"크윽! 큭!"

괴기한 소리였다. 무엇인가의 목줄이 끊기기라도 하는 듯 숨통이 틀어막히는 소리였다. 엉킨 인영들 쪽에서 불어오는 바람에 지독한 혈 향이 울컥, 사빈의 숨통으로 스며들었다. 꽉 감겼던 사빈의 눈이 호기심을 이기지 못하고 천천히 열렸다.

눈 안에 분명 들어오는 모습이건만 믿을 수 없는 광경에 사빈이 멍하게 앞을 바라보았다. 조금 전 분명 거대한 이빨에 물어뜯기던 작은 인영이 일어서 있었다. 작지만 꼿꼿한 모습으로 서 있는 인영의 발밑에 누워 있는 것은 그 인영의 두 배도 넘어 보이는 거대한 늑대였다.

꿀렁꿀렁 늑대의 목에서 검붉은 피가 쏟아져 나왔다. 울컥거리며 쏟아져 나오는 것은 꼭 막혀 있던 물줄기가 터진 듯 거세게 흘러내렸다. 달빛 아래 검어 보이는 그것이 바닥으로 줄줄 흘러내리는 모습을 멍하게 바라보던 사빈의 어깨에 무엇인가가 닿아 온 것은 그때였다.

"헉!"

"저하. 접니다."

까무러칠 듯 놀라며 고개를 돌린 사빈의 눈앞에 보인 것은 낯익은 외숙의 모습이었다. 놀란 눈으로 눈앞의 광경을 잠시 바라보던 외숙이 사빈의 손을 잡아끌었다.

"어서 오십시오. 병사들이 올 것입니다."

"하지만 저 아이……."

"어서요, 저하! 이곳을 벗어나셔야 합니다!"

강하게 끌어당기는 외숙의 손을 뿌리치고 눈앞의 인영에게로 달려가려던 사빈이 우뚝 그 자리에 멈춰 섰다. 저 멀리에서부터 수많은 이들의 함성이 들려왔기 때문이다. 주춤주춤 뒤로 물러서는 사빈의 손을 외숙이 거세게 잡아당겼다.

마지못해 고개를 돌리는 사빈의 눈 안에 서 있던 그 자리에서 그대로 쓰러져 내리는 작은 그림자가 들어오고 있었다.

누워 있는 인영의 거칠던 숨소리가 조금씩 일정해지는 것을 느끼며 사빈이 등을 막사 기둥에 기댔다.

며칠이나 이어진 전투에 선봉을 섰던 자신의 몸이 이제 긴장이 풀리는지 아우성을 치고 있었다. 그냥 고꾸라져도 아무 이상할 것이 없을 몸 상태일 것이다. 한데 눈앞에 있는 이의 모습이 자꾸만 신경을 잡아당겨 쉬이 잠들지 못하는 그였다.

"여전히 이리 살고 있었던 거냐."

아프게 일그러진 사빈의 눈이 푸른 기가 담긴 이령의 눈가에 닿았다.

그 사냥터에 저 아이를 그렇게 두고 돌아왔던 그때, 그대로 죽었을지도 모른다는 자괴감에 며칠이나 잠들지 못했었다. 숨조차 제대로 내쉬지 못하던 열흘의 시간이 지나고 처음으로 방문을 열고 나가서 놀라 달려온 외숙에게 말했었다.

'최고의 검 스승을 구해 주세요.'

그 작은 아이의 치열한 눈빛 앞에 너무도 초라했던 자신의 모습을 다시는 용서하지 못할 것 같아서, 그저 하루하루 돈과 시간을 낭비하며 살아가는 곁다리 황자의 삶 따위론 다시는 용서받지 못할 것 같아서 스스로에게 약속했었다.

긴 시간이 흐른 후 늙고 늙어서라도 혹여 너를 만나면 열심히 살았다고 큰소리쳐 주고 싶었다. 늑대 따위가 아니라 태산 앞에 서라도 누군가를 충분히 지켜 낼 만큼 그렇게 강하게 살아왔다고 자랑하고 싶었다.

이렇게…… 널 만나고 싶지는 않았다.

까칠하게 말라 버린 눈을 힘겹게 감는 사빈의 입술이 악물어졌다.

막사 안을 가득 채운 열기와 시큼한 내음이 짜증스러워 미간을 좁힌 태자 사영의 시선이 여전히 침상에 누운 채 힘겨운 숨을 몰아쉬고 있는 여인에게 닿았다.

부끄러움도 모르는지 여인은 붉은 흔적들이 가득한 가슴을 드러낸 채 자신을 바라보고 있었다. 힘겨움 속에서도 여전히 진득한 욕정을 담은 여인의 눈이 막사 안을 밝히고 있는 불빛에 고스란히 드러나 보였다. 그 끈적이는 시선이 온몸을 감아 도는 것 같아 짜증이 와락 밀려드는 사영이었다.

거의 한 달이 넘는 시간 동안 여인을 구경도 하지 못한 탓일까. 여인의 살 내음과 약한 향내가 조금 마신 술기운을 부추겨 새벽녘까지 눈앞의 여인을 탐했다. 조금의 미진함도 없는 완벽한 승리와 내일이면 다시 도성으로 돌아간다는 안도감이 자신을 폭주하게 한 모양이었다.

예의를 갖춰 조심해야 하는 태자비를 안을 때에는 내어 보이지 못했던 감정들이 다 터져 나온 순간들이었다. 스스로도 짐승이 되어 버린 것을 느낄 수 있을 만큼.

어제까지만 해도 세상에서 가장 존귀했으나 이제는 세상에서 가장 천한 존재가 된 여인이었다. 그래서일까, 여인의 필사적인 몸짓에 짐승처럼 반응했던 것은.

"이름이 뭐라 했느냐."

눈앞에 누운 여인의 이름 따위 기억할 리 없었다. 그저 오늘부터 자신의 부름에 다리를 벌리는 삶을 살아야 하는 여인이라는 것만을 기억할 뿐. 그런데 문득 여인을 보며 떠오르는 이름이 있었다. 이령. 광화 이령.

"이하라 부르십시오."

이름 모르는 것 정도는 아무렇지도 않다는 듯 여인이 천천히 일어나 앉으며 땀에 젖은 머리카락을 쓸어 넘겼다. 풍만한 가슴

48

이 부끄러움도 모르고 출렁거렸다. 역겨운 것을 본 듯 고개를 돌린 사영이 허공을 응시했다. 너무도 어울리지 않는 것을 보며 떠오르는 낯선 모습에 저 자신이 우스운 기분이 들어서였다.

아름답고 화려한 것만을 보고 자라서였을까, 그 핏빛에 절어 있던 자그맣고 보잘것없이 말라비틀어진 계집을 품고 싶다는 알 수 없는 욕망이 들었던 것은.

검상이 깊어 잠자리 시중은커녕 아직 도성으로 데려갈 수도 없다는 말을 듣곤 짜증이 일었었다. 생전 처음 보는 낯선 장난감을 막 집으려는 순간 더러우니 닦아서 주겠다며 너무도 익숙하고 깨끗한 장난감을 건네받은 기분이랄까. 익숙한 여인의 향기와 살 내음에 몸은 반응했지만 시선조차 닿고 싶지 않게 눈앞의 여인은 식상했다.

하루 전까지만 해도 대국의 황녀였던 여인이 살기 위해, 혹여 남자의 마음을 가져 안온한 삶을 살 수 있을까 하는 기대를 담고 자신을 자극해 가는 모습은 우스웠다.

자결이라도 한다고 난리를 피우면 사실 골치가 아파질 테니 저런 반응이 편한 것이다. 그런데 우습게도 저런 모습이 반가운 것이 아니라 짜증스러웠다. 스스로도 우스운 이중적 감정. 차라리 발악하는 여인을 안았다면 지금보단 기분이 나았을까.

"그대의 황제는 좋은 오라비는 아니었던 모양이군. 누이 둘이 다 오라비가 죽은 것 따위 상관도 안 하는 것을 보니."

"풋."

여인의 연지가 번진 입술에 비소가 담겼다. 비틀리는 여인의 입매가 보기 싫었다.

49

"오라비는 무슨. 그저 황제일 뿐이었지요. 자신에게 필요했다면 절 팔기라도 했을 것이니 뭐가 안타까울까요. 황족의 삶이란 것이 원래 그런 것이 아닙니까."

"그런가."

이제 고작 스무 해 조금 넘게 살았을 여인의 입에서 세상을 다 아는 듯한 말이 새어 나왔다. 그럴 것이다. 황실이란 보통의 심장으로는 살아갈 수 없는 곳이니 어리고 늙고를 떠나 저리 자신의 살 기회만을 잡아야 하는 곳이라 배웠을 것이다.

"그런데…… 둘이라 하셨습니까? 혹여 광화 그 아이를 말씀하시는 것입니까?"

태연하게 말을 이어 가던 여인의 얼굴이 험악하게 일그러진 것은 그때였다. 문득 그의 말이 떠오른 것인지 사영을 노려보는 여인의 눈이 노기로 번득였다. 이제까지 나른하게 퍼져 있던 여인의 눈은 독기를 담은 살쾡이처럼 반짝이고 있었다.

"황녀는 아니라 하여도 그대와 아비가 같으니 그 아이도 내 여인이 된다. 왜? 문제가 있는가?"

"하지만 그 아인!"

나른하게 미소까지 지으며 말하는 사영을 보면서 고함을 치려던 여인이 입을 다물었다. 한순간의 실수로 눈앞 사내의 심기를 건드리면 어떤 결과가 나올지 너무도 잘 아는 여인이었다.

순간 현실을 깨달은 여인이 이를 악무는 모습이 사영의 눈에 들어왔다. 자신의 나라를 다 집어삼킨 것보다 배다른 자매를 자신과 동급으로 여겨 눈앞의 사내가 품는다는 것이 더 화가 나는 모양이었다.

쉽게 가라앉지 않는 화를 참느라 어깨를 들썩이는 여인을 보는 사영의 입가가 비릿하게 비틀렸다.

"이제 그대나 광화나 내 것일 뿐이야. 조금도 다를 바 없는. 그리고."

사내의 서늘한 눈빛 앞에 여인이 숨을 삼켰다.

"다시는 내 말에 대꾸하지 마라. 그 천해진 목숨이라도 보존하고 싶으면. 구 내관!"

끓어오르는 열기를 참기 어려운지 바들바들 떨고 있는 여인을 외면하며 태자가 밖을 향해 외치자 기다렸다는 듯 늙은 내관이 들어섰다. 헐벗은 여인의 모습도 상관없는 듯 내관이 자연스러운 몸짓으로 고개를 숙였다.

"데려가. 피곤하다."

"예. 전하."

잔뜩 일그러진 얼굴의 여인이 내관의 손길에 끌려 나가는 것을 무심한 듯 바라보던 사영이 침상에 몸을 눕혔다.

조금 전까지 여인이 누워 있던 침상에서는 익숙한 향내가 풍겨 왔다. 이 순간 코끝을 간지럽히는 사향내가 아닌 비릿한 혈향이 그리워지는 그였다.

#2. 기억의 저편, 그리고 지금

"보급품은 충분하다 들었다. 그렇지만 혹여 부족한 것이 생기면 바로 연통을 하여라."

"예. 전하."

"보충병이 더 필요하지 않다고 했다던데 정말 괜찮겠느냐. 혹여 소천의 잔당들이 급습이라도 하면 버틸 수 있겠느냐."

"급습을 하는 이들이 정예군이 아닌 이상 함께 잔류할 병사들로도 충분합니다."

한 치의 흔들림도 없는 눈빛으로 자신을 향해 고개를 숙여 보이는 동생을 바라보는 사영의 눈에 만족감이 가득 담겨 왔다.

그 누구보다 믿는 동생이었다. 너무 믿기에 더 걱정이 되기도 해서 이리 사설이 길어지는 것이다. 문제가 생겨도 쉬이 연통하지 않고 혼자 해결하려 애를 쓸 녀석임을 잘 알기 때문이다.

"위험한 일은 절대 하지 말고."

못을 박듯 하는 사영의 말에 사빈이 빙그레 미소를 지으며 고개를 끄덕였다. 사영의 커다란 손이 사빈의 어깨에 닿았다. 언제부터인가 자신보다 한참은 커 버린 동생의 넓고 단단한 어깨가 듬직해 가슴 저 깊은 곳이 뻐근해지는 사영이었다.

"준이가 난리일 텐데. 너 두고 왔다고."

"그럴 테지요."

"정리되는 대로 하루라도 빨리 돌아와라. 준이 성화에 내가 못 견딜 테니까."

"예. 전하."

떠날 준비를 마친 사영에게 마지막으로 인사를 하고 몸을 돌리던 사빈을 사영의 목소리가 다시 불러 세웠다.

"아, 그 광화."

"예?"

부드러운 얼굴로 고개를 돌리던 사빈의 몸이 살짝 굳어 왔다.

"살긴 할 것 같다던데 어떻더냐."

"부상이 심하지만 위험한 고비는 넘겼다 합니다."

살짝 잠긴 사빈의 목소리를 사영은 알아차리지 못했다.

"재미있을 것 같아서. 어떻게 하면 계집이 광화란 별칭을 얻는 걸까 했는데 그 별칭이 딱 어울리는 아이더구나."

"……."

흥미를 담고 반짝이는 사영의 눈을 바라보던 사빈의 눈동자에 천천히 어둠이 내려앉았다.

"꼭 살려서 데려오거라."

"……예. 전하."

태자의 막사를 나선 사빈이 깊게 숨을 삼켰다. 가슴 저 깊은 곳이 알 수 없는 묵직함으로 짓눌렸다. 한 걸음 한 걸음 그의 걸음이 무겁게 내려앉았다.

"무슨 일이 있으셨습니까."

차갑게 식은 사빈의 얼굴을 바라보며 류한이 물었다. 주인의 눈빛 하나도 읽을 수 있는 그였다. 걱정 어린 시선으로 자신을 보는 류한을 향해 사빈이 피식 입가를 끌어 올렸다. 자신도 알 수 없는 마음을 설명할 길은 없었다.

"아니다."

가볍게 고개를 저으며 막사 안으로 들어가려는 사빈의 팔을 류한이 잡았다.

"안에 손님이 있습니다."

"손님?"

"어젯밤 구해 주신 그 아이가 광화를 만나겠다고 왔습니다."

"아……."

"아마도 광화의 시녀인 모양입니다."

생각지 못했다. 아무리 광화란 별칭으로 불려도 그녀는 궁주. 정식으로 책봉되지 못하였을 뿐 누가 뭐라 해도 소천 선황제의 핏줄이다. 그런 그녀에게 시녀 하나 존재하지 않을 리 없었다. 앞이 보이지 않는다 해도 사내에게 시녀를 붙이는 법은 없을 테니. 그 시녀가 그녀 오라비의 시녀일 리 없다는 너무도 당연한 사실을 잊고 있었다.

조금 후 눈가를 훔치며 막사를 나서던 소녀가 사빈의 모습에 놀라 고개를 숙였다.

얼마나 울었는지 소녀의 눈은 벌겋게 충혈되어 있었다.

"떠나는 길이냐."

"……예."

"주인 곁에 있어야 하는 것이 아니냐."

나직하지만 알 수 없는 분노가 담긴 사빈의 목소리에 놀란 소녀가 고개를 들었다.

"너의 진짜 주인이 누구냐."

"이령 님이십니다."

소녀가 조그마한 소리로 대답했다. 어린 소녀를 차갑게 보는 낯선 사빈의 모습에 류한이 의아한 눈빛으로 바라보았다. 어젯밤 소녀를 구해 줄 때와는 너무도 다른 모습의 주인이었다.

"헌데…… 어째서 주인의 곁에 머물지 않느냐."

"저는, 이령 님의 명으로 하루아 님을 지켜 드려야 합니다. 그것이 제 주인의 명이십니다."

"그녀의 명?"

"예. 죽어도 지켜야 하는 제 주인의 유일한 명이십니다."

툭, 소녀의 눈에서 굵은 눈물방울이 떨어져 내렸다. 입술을 악무는 소녀의 눈이 더욱 붉게 물들었다.

"가거라."

사빈이 몸을 움직여 소녀에게 길을 내주었다. 소녀의 시선이 뒤쪽 막사를 향했다가 천천히 앞으로 향했다. 그렇게 조금 움직이는 듯 보이던 소녀가 걸음을 멈추고 사빈을 돌아보았다.

"저하."

"……."

"저희 이령 님, 무사하실 거지요? 아무 일 없겠지요?"

"그걸 왜 내게 묻느냐."

차디찬 사빈의 대꾸에 소녀가 입술을 악물고는 숨을 참았다. 소녀의 시선이 사빈을 올려다보았다. 투명하고 맑은 소녀의 눈에 가득 담긴 눈물이 보였다.

"그냥……요. 그냥 저하밖에는 부탁드릴 사람이 없어서요."

"서두르지 않으면 일행을 놓칠 수도 있다."

사빈의 말에 놀란 소녀가 종종걸음으로 멀어져 갔다.

그녀를 물끄러미 바라보다 사빈이 막사 쪽으로 고개를 돌렸다. 아득하게 어두워지는 시선으로 막사를 바라보던 사빈이 안으로 들어섰다.

주인이 막사 안으로 들어선 후 류한이 앞을 지키고 선 채 저 멀리 멀어져 가는 군대를 바라보았다. 최소한의 병력만 남기고 승전군은 도성으로 돌아가는 것이다. 이 전쟁에서 가장 큰 공을 세웠으면서도 잔류군의 수장으로 남은 주인은 또 한동안 거칠고 힘겨운 이곳에서 버텨야 했다.

10대 후반부터 전쟁터만을 누벼 온 주인이 아직도 끝없이 이런 한직만을 원하는 이유를 이해할 수 없는 류한이었다.

정비의 자식이 아니라 해도 주인의 어미는 거대한 가문의 고명딸이었다. 황후가 되지 못했다 하여도 어쩌면 황후보다 더 강한 세력을 가질 수도 있었을 여인이다. 주인을 낳고 바로 세상을 뜨지 않았다면.

황후보다 더 고귀한 여인에게서 태어났으면서도 후궁의 자식이라는 굴레에서 벗어나려 하지 않는 주인의 모습을 때론 이해할 수 없는 그였다.

외가를 등에 업고 얼마든지 태자와 맞설 수 있을 만큼 거대한 세력을 가지고 있는데도 주인은 한 번도 그런 마음을 내보인 적이 없었다. 그 누구라도 경계해야 할 태자가 이복동생인 주인을 경계하지 않을 만큼 주인은 정말 그 마음속에 한 조각의 욕심도 가지지 않은 이니까.

그런데. 세상 그 무엇도 담겨 있지 않았던 주인의 눈동자가 어두워지는 것을 류한은 처음으로 보았다. 이 막사 안에 누워 있는 존재가 나타난 순간 주인의 눈동자가 달라졌음을 그는 느낄 수 있었다. 스스로도 이해할 수 없는 두려움이 심장을 채우는 것을 느끼며 류한이 깊게 숨을 삼켰다.

안 그래도 차갑게 굳어 있던 사빈의 얼굴이 막사 안의 존재를 보고 더욱 진하게 구겨졌다. 누워 있어도 힘겨운 몸 상태가 분명한데 침상에서 몸을 일으켜 벽에 기대고 앉은 이의 모습 때문이었다.

갈아입지 못한 옷은 이제 검붉은 피가 말라 버려 고약한 내음까지 풍기고 있었다. 핼쑥한 하얀 얼굴이 들어오는 이의 기척에 천천히 돌려졌다.

"시녀가 절실히 필요한 것은 그쪽인 듯한데."

입술을 비틀며 하는 사빈의 말에 의아한 듯 잠시 미간을 좁히던 이령이 그 말이 무엇을 뜻하는지 뒤늦게 이해했는지 픽, 입술을 끌어 올렸다.

말라 터진 입술이 다시 찢어진 것인지 붉은 핏물이 흘렀다.

"한 번도 필요한 적 없었던 것을 이제 와 뭐 별스럽게. 천이랑 물만 좀 가져다줄래, 꼬마?"

"……꼬마?"

"하긴 이제 그렇게 부르기엔 좀 너무 크긴 하다."

입가에 흐르는 핏물을 작은 손등으로 쓰윽 닦아 내며 어깨를 으쓱하는 이령의 모습에 사빈이 하, 작은 숨을 토해 냈다.

"그런 것 시키면 안 되나? 아, 황자라고 했지. 그럼 밖에다 부탁만 좀 해 주라. 냄새도 나고 끈적거려서 미치겠다."

미간을 좁힌 채 말하는 이령을 잠시 바라보던 사빈이 막사 밖으로 나갔다 잠시 후 물그릇과 수건을 챙겨 들어왔다. 이령의 얼굴에 환한 미소가 번졌다.

"옷도 갈아입어야 할 텐데……."

난감한 얼굴로 말하는 사빈을 올려다보는 이령의 시선에 사빈이 입고 있는 옷이 들어왔다. 그녀의 시선이 자신을 훑어 내리는 것을 보던 사빈이 손가락으로 자신의 옷을 가리켰다.

"뭐야. 설마 내 옷?"

"한 벌만 빌려주라. 가위 있지?"

"뭐?"

놀라 멍하게 입을 벌리고 있던 사빈이 화들짝 놀라며 몸을 돌렸다. 아무렇지도 않게 자신의 앞에서 피에 전 겉옷을 벗기 시작하는 이령의 모습에 놀랐기 때문이다.

"속옷 입고 있거든?"

놀라는 사빈이 우습다는 듯 이령이 내뱉었다.

물에 넣었던 수건을 꺼내 짜는 소리가 울렸다. 그리고 그 소리 속에 섞인 이령의 낮은 신음이 들려왔다.

"윽……."

"야, 너 괜찮은 거냐?"

돌아보지도 못한 채 묻던 사빈이 대답이 들려오지 않자 놀라 고개를 돌렸다. 사빈의 눈 안에 피에 물든 얇은 속적삼을 입은 이령의 모습이 들어왔다. 붕대 위로 검붉은 속적삼이 작은 몸을 감싸서인지 그녀의 가는 몸이 그대로 드러났다.

"꿰맨 것이 터진 것 같아."

얼굴을 붉게 물들이고 서 있는 사빈을 향해 미간을 좁힌 이령이 낮게 속삭이듯 말했다. 웅크리고 있는 그녀에게로 다가선 사빈의 시선이 전의가 꿰매 놓은 그녀의 상처 언저리에 닿았다. 다행히 터지지는 않은 것 같았다. 아마도 몸을 구부리는 움직임에 상처가 벌어지며 통증이 강하게 밀려온 모양이었다.

"하아."

물수건을 쥔 그녀의 손등에 파랗게 힘줄이 솟아나 있었다. 엄살도 부릴 줄 모르는지 몸을 웅크리고만 있는 그녀가 고통으로 숨조차 제대로 내쉬지 못하는 것이 느껴졌다. 사빈의 손이 그녀에게서 물수건을 빼앗아 들었다.

"큰소리치며 시녀를 보낼 때가 아니거든, 너 지금."

짜증스럽다는 듯 거칠게 물 안에 수건을 넣었다 빼낸 사빈이 여전히 검붉은 핏물로 얼룩져 있는 그녀의 팔을 가만가만 닦아내기 시작했다.

앙상하고 새하얀 팔이 붉은 핏물들이 사라지며 그의 눈앞에 드러났다. 자신이 한 손으로 잡으면 그대로 부러져 버릴 것처럼 가늘고 약해 보이는 팔에 가끔씩 보이는 검에 스친 자국들이 그의 시선을 끌었다.

"대충 닦고 옷이나 갈아입어. 냄새난다고 안 죽으니까 움직일 수 있게 되면 그때 다시 닦고."

그녀의 팔을 닦던 손길을 내리고 사빈이 일어서 막사 벽에 걸려 있는 자신의 무복을 꺼내 들었다. 새로 다림질까지 해서 류한이 가져다 놓은 것이었다.

"많이 크겠지만 그래도 냄새는 덜 날 테니까 대충 입어. 나갈 것도 아니니까 괜찮을 거다. 팔다리는 대충 자르고. 적삼은 벗어 버리는 게 낫겠다. 너무 피에 젖어서 안 입고 있는 게 차라리 나을 것 같으니까."

무심한 듯 말하며 사빈이 이령에게로 자신의 무복을 툭 던졌다. 그리고 막사 밖으로 나갔다.

걸어 나가는 사빈의 넓은 어깨에 닿아 있던 이령의 시선이 물그릇 안에 던져져 있는 수건을 향했다. 차가운 기운을 품은 수건이 자신의 몸을 부드럽게 스쳐 지나가던 감각이 또렷이 남아 있었다.

사내의 손길이 그리 부드러울 수 있을 것이라고는 상상도 해보지 못했던 그녀였다. 그녀에게 사내란 자신과 검을 마주하고 섰던 이들뿐이니까.

철이 들면서 그 누구도 자신의 몸에 손을 댄 적이 없었다. 연이에게도 맡겨 본 적 없던 몸이었다. 그저 연이가 물을 받아 놓으면 혼자 씻었고 혼자 옷을 갈아입었고 혼자 상처를 치료했다.

어려서는 누군가의 도움이 있었겠지만 철이 들면서 기억 속에 누군가의 도움은 한 번도 없었다.

이령이 자신의 팔을 가만히 들어 보았다. 가늘고 여린 팔을 잡고 있던 따스하고 단단하던 손길이 되살아났다. 강하면서도 한없이 부드럽던 느낌. 너무도 낯설어서 머리가 쭈뼛거렸다. 그 래서일 것이다, 그 순간 느꼈던 낯선 감각은.

"와, 정말 무진장 크네. 이걸 어떻게 줄여야 하나."

눈앞에 놓인 사빈의 커다란 무복에 닿은 이령의 눈이 짜증스럽게 구겨졌다.

"어쩌시려 그러십니까."

취사병에게 죽을 준비하라 이르고는 막사 앞에서 들어가지도 못하고 기다리는 사빈을 보며 류한이 물었다.

병사들 사이에서 벌써 조금씩 말이 나오고 있었다. 처음 전각 앞을 막아서던 광화를 사빈이 제압했기에 광화가 사빈의 관할하에 있다는 것은 문제가 되지 않았지만 아무리 싸움에서 패배해 적장의 손아귀에 놓여 있다 해도 광화는 여인이었다. 게다가 무사했다면 지난밤 태자의 밤 시중을 들어야 했을지도 모르는 적국 황실의 핏줄이었다.

그런 이령을 살뜰히 챙기는 사빈의 모습은 분명 군사들 사이에서 여러 억측을 살 수도 있는 것이었다. 아니, 분명 이상한 일이다. 바로 곁에서 보는 류한의 눈에도 분명 그랬으니까.

"무엇을 말이냐."

"그냥 부관들에게 맡기셔도 되지 않습니까. 왜 하필 저하 곁에 두십니까."

"……."

"오늘 안에 소천의 궁이 정리될 것입니다. 궁이 정리되면 바로 외딴 전각으로 옮기겠습니다."

"아니. 내 곁에 둔다."

"저하, 대체 왜……."

"왜인지 궁금한 거냐?"

사빈이 난감함으로 얼굴을 찡그린 류한을 보며 빙그레 웃었다. 류한의 마음이 어떠할지 모르지 않기 때문이다.

"내 목숨을 살렸던 은인이거든."

"예?"

"저 아이가 아니었다면 10년 전에 죽었다, 난. 그러니 목숨 빚은 갚아야지."

상상도 하지 못했던 말에 놀라 멍하게 입을 벌리는 류한을 뒤로하고 사빈이 취사병이 내미는 죽과 약 사발을 들고 막사 안으로 들어섰다.

"풋."

입을 가려도 참아지지 않는 듯 웃음을 뽑는 사빈의 모습에 이령의 얼굴이 확 거칠게 일그러졌다.

안 그래도 너무도 커다란 옷에 몸이 둘둘 말려 있는 것 같아 편치 않았던 그녀였다. 아우성을 치는 자상들 때문에 정말 이를 악물고 핏물 가득한 옷들을 벗어 던지자 조금 살 만했다. 차가운 공기가 몸을 감쌌지만 그게 차라리 살 것 같아서 좋았다. 그 위에 느낌 좋은 사빈의 무복을 대충 걸쳤을 때까지만 해도 괜찮았다. 헌데 정말 커도 너무 큰 사빈의 무복은 아무리 여며도 감당이 안 되었다. 그렇게 고통을 참으며 겨우 걸친 옷을 보고 웃음을 토해 내는 사빈의 모습에 순간 심장에 천불이 이는 이령이었다.

"웃지 마라."

"미안. 그래도 이제 좀 살아난 것 같다."

푸른 기가 돌 만큼 파리했던 이령의 얼굴에 약하게라도 붉은 기운이 도는 것이 반가웠다. 그녀에겐 저런 모습이 어울리니까. 아프고 힘겨운 그녀의 모습은 정말 어울리지 않는다고 사빈은 생각했다.

"그런데 혹시 그거, 먹을 거냐?"

사빈이 들고 있는 것에 시선을 주는 이령의 눈동자가 반짝 빛을 품었다. 사빈이 고개를 저으며 죽 그릇과 약을 이령의 앞에 내려놓았다. 그리고 사빈의 커다란 손이 스치듯 이령의 이마에 닿았다. 움찔, 그녀의 몸이 살짝 굳었다.

"이렇게 열이 펄펄 나면서도 먹을 게 보이는 거냐."

"먹어야지 살거든. 입맛으로 먹는 게 아니라 살기 위해서 먹는 거거든."

손등이 스치는 것만으로도 열기가 확연하게 느껴질 만큼 그녀의 작은 몸은 열에 들떠 있었다. 자상이 심하니 당연한 일일 것이다.

천천히 죽을 입에 떠 넣는 이령을 사빈이 한쪽에 앉은 채 물끄러미 바라보았다. 힘겹게 팔을 올리는 모습이 보기에도 안타까울 지경이었다. 하지만 이령은 멈추지 않았다. 힘겨운지 가끔

숨을 토해 내면서도 죽 그릇을 말끔히 비워 냈다. 그리고 탕제를 마신 이령이 쓴맛 때문인지 미간을 구겼다.

"넌, 하나도 변하지 않았구나."

물끄러미 그녀를 바라보던 사빈의 입에서 꽉 잠긴 목소리가 새어 나왔다.

"넌 많이 변했어."

두 사람의 눈동자가 허공에서 맞부딪쳤다.

"하아, 하아."

말 곁에 서서 걸음을 옮기는 자신에게까지 느껴져 오는 하루아의 힘겨운 숨소리에 연의 얼굴이 점점 어두워져 갔다.

하얗게 질린 하루아의 입술도, 차가운 식은땀이 배어 나오는 얼굴도 지금 그의 상태가 얼마나 좋지 않은지 한눈에 드러내고 있었기 때문이다.

태어나 처음으로 말을 타 보는 하루아다. 앞이 보이지 않아 말을 몰 수 없으니 병사가 말고삐를 쥐고 하루아는 그저 말 위에 앉아 있을 뿐이었다. 하지만 거친 말의 움직임이 그에게는 너무도 힘겹게 느껴질 것이었다.

"많이 힘드세요?"

안타까운 시선으로 올려다보며 묻는 연의 목소리에 하루아가 얼굴을 돌렸다. 시선은 마주할 수 없지만 그녀의 목소리가 들려오는 곳으로 그의 모든 감각이 열려 있었다.

"조금. 괜찮다."

괜찮다 말하는 목소리가 그의 상태가 얼마나 힘겨운지 느낄 수 있게 했다.

어려서 약에 중독되었던 하루아는 그것 때문에 눈만을 잃은 것이 아니었다. 채 성장하기도 전에 독한 약에 중독되어 버린 그는 작은 힘겨움만 느껴도 열이 오르고 숨을 제대로 내쉬지 못했다. 심장마저 망가져 버렸기 때문이다. 심장이 성하지 못했기에 제대로 성장할 리도, 팔다리 모든 것이 제대로 기능을 할 리도 없었다.

"저기요."

연이 무리들 앞에 선 이를 불렀다. 출발할 때부터 나름 하루아를 신경 쓰는 것으로 보아 부장 정도의 직위라는 것을 알 수 있었다. 연이 그의 곁으로 다가서자 사내가 고개를 돌렸다.

"하루아 님 지금 몸이 너무 안 좋으시거든요. 말을 더 이상 타시기는 무리예요. 저러다 큰일 나실 거예요. 허니 제발 조금만 쉬었다 가면 안 될까요?"

사내가 미간을 좁혔다. 한시라도 빨리 도성으로 돌아가고 싶은 이들에게 짐짝처럼 귀찮은 존재가 그였다.

"행렬을 멈출 수는 없다. 해가 지기 전까지 멈추지 말라는 엄명이 있었다."

"하지만 저러다 우리 하루아 님 쓰러지기라도 하시면 어쩌실 건데요?"

자그마한 계집아이가 눈을 똑바로 뜨고 덤비듯 하는 말에 사내가 난감한 한숨을 내쉬었다. 귀찮은 존재라 해도 태자가 직접 신경 쓰라 명을 내렸던 이이다. 이 소녀의 말을 듣고도 무시해 저 사내의 상태에 문제가 생긴다면 자신이 그 책임을 져야 할 수도 있을 것이다.

뒤로 고개를 돌린 사내의 눈에 새하얗게 질린 얼굴로 말 위에서 흔들리고 있는 이의 모습이 보였다. 안 그래도 머리까지 잿빛으로 바랜 사내의 얼굴은 정말 지금이라도 쓰러져 내릴 듯 힘겨워 보였다.

"마차는 없다. 수레라도 괜찮을 것 같으냐."

연이 크게 고개를 끄덕였다. 말보다는 훨씬 나을 것이다.

수레에 담겨 있던 물건들을 병사들이 나누어 등에 메고 하루아가 수레에 오르자 연이 잠시 망설이다 사내를 향해 고개를 돌렸다.

"수레가 작아 제대로 눕지 못하시니까 제가 함께 타고 가도 될까요? 제게 기대시게 하면 훨씬 나으실 거예요."

"하."

사내가 고개를 저었다. 저 계집의 주인도 정말 못 말리는 여인이더니 계집종도 주인을 닮았는지 조금의 망설임도 부끄러움도 모르는 모양이었다.

"그렇게 해라."

"감사합니다!"

서둘러 연이 수레에 오르자 그제야 일행이 다시 움직이기 시작했다. 멀어져 버린 본진을 따라가기 위해 말들이 속도를 내기 시작했다. 덜컹거리는 수레 안에서 연이 늘어져 버린 하루아의 커다란 몸을 작은 몸 안으로 끌어당겼다.

"힘드시지요? 조금만 견디세요. 하루만 더 가면 된대요."

말 등에 놓여 있던 모포를 어느새 챙겼는지 연이 더럽지만 두꺼운 모포로 하루아의 몸을 덮었다. 그녀의 기척을 느껴서일까, 힘없이 눈을 감고 있던 하루아가 천천히 눈을 떴다. 그의 눈가에 그제야 약한 미소가 번졌다.

"이제 괜찮다. 이리하니 좀 살 만하다."

"그러시지요? 이게 훨씬 편하시지요?"

자신이 떼를 써 이루어 놓은 것이 기분 좋은지 연이 환하게 웃자 하루아가 약하게 고개를 끄덕였다. 언제나 자신의 앞에 누이 이령이 서 있었다면 지금은 연이 그 자리를 대신하고 있는 것 같았다.

누군가에게 의지해야 하는, 아무것도 할 수 없는 초라한 몸. 누이에게도 눈앞의 이 아이에게도 짐만 될 뿐인데 왜 이리 자신의 목숨은 질긴지 알 수가 없었다. 그리고 그렇게 질긴 목숨을 이어 가고 싶은 우스운 욕망도.

소천이라는 지옥에서 나왔지만 스스로의 힘이 아닌 다른 이의 손에 의해 벗어난 지금, 이 덜컹거리는 수레가 자신을 어디로 데려가는지 알 수 없는 하루아였다.

그저 위안이라면 지금 곁에 이 작고 소중한 아이가 함께 있다는 것. 그리고 아마도 얼마의 시간이 흐르면 누이가 곁으로 돌아올 거라는 사실이었다.

자신을 더욱 깊이 품어 안는 소녀의 온기를 느끼며 하루아가 천천히 잠 속으로 빠져들었다.

아침 일찍부터 막사 밖이 알 수 없게 수선스럽다고 이령이 생각했다. 막사들을 철거하는지 무엇인가가 무너져 내리는 소리, 물건들이 옮겨지는 소리가 가득했다. 이제 검상에서는 더 이상 피가 흐르지 않았지만 상처의 고통도, 적지 않은 출혈로 인한 어지럼증도 여전히 그녀를 괴롭히고 있었다.

자신에게 막사를 내어 준 주인은 어젯밤 그녀가 잠들 때까지 그녀 곁을 지켰던 것 같은데 아침에 일어나니 보이지 않았다.

누군가에게서 아주 작은 호의나 보호도 받아 본 적이 없기 때문일까. 10년 전 그 까마득한 기억 저편에 묻어 두었던 소년의 당황스러운 배려들이 사실 가슴에 무엇이 걸린 것처럼 편치 않았다. 익숙하지 않은 사람의 온기. 그것이 부담스러웠다.

"일어났나?"

방금까지 머릿속에 가득하던 이가 막사를 열고 들어섰다. 처음으로 뚜렷한 맨정신을 하고 이령이 사내를 응시했다

6척은커녕 7척도 넘어 보일 정도로 큰 키와 넓은 어깨. 한눈에도 엄청난 훈련으로 다져졌음을 느끼게 하는 근육을 가진 사내였다. 길고 날렵한 팔다리가 그냥 만들어지는 것이 아님을 그녀는 누구보다 잘 알고 있었다.

어렴풋이 기억이 난다. 율국 군사들 앞에서 오라비를 지키기 위해 전각 앞을 막아섰을 때 자신을 제압한 저 사내의 움직임을. 긴 시간의 싸움으로 체력이 다 떨어진 몸을 하고 있었다 해도 그리 속수무책으로 다른 이에게 당해 본 적 따위 없었다.

헌데 그런 자신을 너무도 쉽게 제압했다. 엄청난 실력을 가진 자이다.

사내의 몸에 닿았던 이령의 시선이 사내의 얼굴로 올라갔다. 이령의 눈길에 의아한 듯 투명한 검은 눈동자가 그녀를 응시했다. 갸름하고 긴 눈꼬리가 약하게 웃음을 머금고 있었다.

사내이면서 저리 눈가에 고운 웃음을 머금는다는 것도 우스웠다. 높고 단단한 콧날과 뚜렷하고 모양이 좋은 붉은 입술과는 달리 눈에는 부드러움을 담뿍 담고 있는 사내의 웃음.

그 웃음이 얼마나 상대를 무장해제시키는지 눈앞의 이는 알고나 있는 것일까. 그 부드러운 웃음에 10년 전 그 귀엽던 소년의 얼굴이 겹쳐졌다. 이질적인데 또 익숙했다.

"정말 그때의 그놈이 맞나 확인하는 건가?"

뚫어 버리기라도 할 듯 자신을 바라보는 이령의 눈동자를 한 점 흔들림 없이 마주하며 사빈이 능글맞게 웃었다. 사내의 붉은 입술에 맺히는 미소가 낯선지 이령이 미간을 좁혔다.

"응. 뭘 먹으면 저리 커지나 싶어서. 그때는 나보다 크지도 않았는데."

"그때도 너보다 컸다."

"철수하는 것이냐?"

시선을 막사 밖으로 주며 묻는 이령의 말에 사빈이 고개를 끄덕였다.

"소천의 궁으로 들어간다. 이제야 대충 정리가 된 모양이야. 이 막사들은 다 철거하고 제대로 된 곳에서 머물 수 있다는 거지, 이제부터."

소천의 궁. 별로 돌아가고 싶지 않은 곳임을 여실히 드러내 보이는 이령의 표정을 보며 사빈이 얕은 숨을 토해 냈다. 그 안에서 저 작은 아이가 어찌 살아왔을지 더 궁금해지는 그였다.

"황제의 전각에서 지낼 거다. 가 본 적이 있기는 한가?"

이름뿐인 아비와 오라비가 머물던 소천 황궁의 중심부. 그 곁에도 가 본 적이 없는 그녀였다. 아니, 궁 안 그 어느 곳도 그녀에겐 허락된 적이 없는 공간이었다. 자신과 오라비의 낡은 전각 이외에는.

"가자. 제대로 된 침상으로."

"뭐? 뭐 하는 거야!"

그대로 자신을 안는 사빈의 움직임에 이령이 버럭 고함을 쳤다. 단단하고 긴 사빈의 팔이 가벼운 깃털을 들듯 자신의 옷에 감싸인 이령을 안아 들었다.

작고 가는 이령의 몸이 사빈의 커다란 품 안에 파묻힌 듯 보였다. 놀란 이령이 몸을 움직이려 했지만 아직 제대로 아물지 않은 상처가 그녀의 거센 움직임을 허락하지 않았다.

"내려! 내리라고! 아!"

"가만히 있어라. 괜히 그러다 상처 또 벌어지면 다시 꿰매야 하니까. 침상에 더 오래 있고 싶다면 상관없지만."

"걸어갈 수 있어! 그러니 내려!"

"못 걷는다."

이령이 힘도 들어가지 않는 팔로 사빈의 가슴을 두들겨도 아무 상관 없었다. 사빈은 절대 놓아줄 마음이 없는 것 같았다. 몸부림치느라 다친 곳이 아픈지 자신의 가슴 안에서 몸을 웅크리는 이령을 들어 안은 채 사빈이 막사를 나섰다.

"류한 님…… 저기 좀."

보초를 설 군사들에게 주의사항을 알려 주던 류한이 놀란 병사들이 가리키는 쪽으로 눈을 돌렸다. 낯선 광경에 류한의 얼굴이 하얗게 굳어졌다.

병사들의 웅성거림 속에 사빈은 아무렇지도 않은 얼굴로 궁성 쪽을 향해 걷고 있었다. 정복한 나라의 궁주, 그것도 미친 꽃이라는 별명으로 불리는 여인을 안고 있는 황자의 모습은 병사들에게 당황스러울 수밖에 없는 일이었다.

게다가 누가 봐도 사빈의 품 안에 있는 여인은 그의 옷을 입고 있었다. 다른 병사들의 옷과 달리 황자의 무복에는 붉은 수가 놓여 있기에 병사들은 한눈에 이령이 입고 있는 옷이 사빈의 옷을 잘라 만든 것임을 알 수 있었다. 문제는 저 여인이 태자의 여인이 되어야 할 사람이라는 것이다.

"저하, 제가 모시겠습니다. 제발."

서둘러 달려온 류한이 사빈의 뒤에 서서 간곡하게 말했다. 이런 일로 사빈이 구설수에 오르는 것은 정말 최악의 경우가 될 수도 있었다.

"됐다."

한 마디였다. 되물을 수도 없을 만큼 단호함을 담아 대답한 사빈이 큰 보폭으로 뚜벅뚜벅 궁을 향해 걸어가는 모습을 뒤에서 바라볼 수밖에 없는 류한이었다.

"지나치게 화려하군."

황제의 침전이었던 회일전을 마주한 사빈의 입에서 처음 나온 말이었다.

황금으로 발라 놓은 듯 화려하기가 입이 떡 벌어질 만큼의 전각이었다. 궁을 접수하면서 잠시 이곳을 지나쳤을 때에는 수많은 시신들과 핏물들 때문에 느끼지 못했다. 이령이 머물던, 괴기스러우리만치 낡았던 전각과 너무도 비교되는 황제의 전각을 본 사빈의 얼굴에 서늘함이 담겼다.

이령 역시 생전 처음 마주한 황제의 전각에 할 말을 잃었다. 한 번도 제대로 본 적 없는 아비가 이곳에서 살고 있었다는 것은 기이한 느낌이었다. 텅 빈, 화려한 전각의 모습이 기억 속에 없는 아비의 자리처럼 공허했다.

"뭐야?"

거대한 회일전을 돌아 그 뒤쪽의 전각 안으로 들어서는 사빈에게 안겨 주변을 살피던 이령이 아름답게 꾸며진 작은 전각의 모습에 미간을 좁혔다. 궁녀들 몇이 자신과 사빈을 보고 놀라며 고개를 숙이는 모습이 보였다.

"넌 여기서 머문다. 율의 도성으로 돌아갈 때까지는 이곳이 너의 거처야."

"나 이런 곳 익숙하지 않아서 싫어. 내 전각으로 가겠다."

여인이 거하는 곳이라는 분위기를 물씬 풍기는 전각의 모습에 벌레라도 본 듯 짜증스러운 얼굴로 고개를 젓는 이령을 보며 사빈이 큭 웃음을 삼켰다.

사실 참 어울리지 않는 조합이긴 했다. 하지만 더 이상 이령을 그런 허술한 곳에 머물게 하고 싶지 않았다. 자신이 해 줄 수 있는 것은 다 해 주고 싶었다.

"그곳은 헐어 버려서 남아 있지도 않아. 어떻게 산 거냐. 건드리기만 해도 무너지는 그런 곳에서."

"……."

"오늘부터 널 보살필 애들이다."

"데려가."

"뭐?"

"네 감시 안에 있어야 할 테니까 이곳은 인정할게. 하지만 저 애들은 싫어. 그러니 데려가. 그러지 않으면 기어서라도 예전의 전각 자리로 갈 거다."

차디차게 굳은 얼굴로 하는 이령의 말에 사빈이 한숨을 내쉬며 고개를 저었다. 이령은 그러고도 남을 것이었다. 그녀의 단호한 눈이 그렇게 말하고 있었으니까.

"좋아. 대신 의원은 하루에 한 번 들어온다. 그리고 식사는 저 아이들이 준비해 들여놓을 거다. 시킬 일이 있을지 모르니 전각 밖에 한 명씩 대기시킬 것이고."

"그건 맘대로. 내 눈에만 띄지 않게 해 줘."

사빈의 고갯짓에 머뭇거리던 시녀들이 전각 밖으로 나가고서 야 사빈은 그녀를 내려놓았다.

사빈의 팔이 떠나기 무섭게 휘청거리는 이령을 다시 잡았지만 이령은 단호한 손길로 그의 팔을 떼어 냈다. 힘겨워 보였지만 그녀는 자신의 힘으로 꼿꼿하게 섰다.

"안 죽을 거고 도망도 안 가. 죽을 마음도 없고 도망갈 이유도 없으니까."

"이령."

"고마웠다."

뒤도 돌아보지 않고 돌아선 이령의 마지막 말에 사빈이 더 이상 그녀를 잡지 못하고 멈춰 섰다. 아직 제대로 회복되지 못한 몸이 휘청거렸지만 그녀는 멈추지 않았다. 천천히, 그렇지만 혼자만의 힘으로 전각 안으로 걸어 들어가고 있었다.

커다란 옷에 감싸인 그녀의 몸은 유난히 가녀리고 작았다. 하지만 한 걸음도 멈추지 않는 뒷모습은 더 이상 그녀를 부를 수 없게 했다.

정복지를 정리하는 일은 생각보다 쉽지 않았다. 수많은 패잔병들과 백성들까지 살펴야 하는 일이었다. 그들을 감시하면서도 보살펴야 하는 이중의 상황. 그런 모든 일의 마지막 결정권을 쥔 사빈은 한순간도 쉴 틈 없이 움직여야 했다.

그저 대전에 앉아 지시만 해도 상관없을 일이어도 그는 확실하게 확인을 원했다. 몸에 밴 습성이었다. 언제나 가장 힘겨운 변방만을 다니며 전장에서 살아온 그는 자신의 수하들을 챙기는 것을 소홀히 한 적이 없었다. 등 뒤를 누군가에게 맡기며 싸워야 하는 전장에서 수하를 살피지 않는 것은 곧 죽음을 목전에 둔 것이니까.

이틀 동안 눈 한 번 감을 틈 없이 궁 안을 살핀 후 겨우 회일전으로 돌아와 침상에 고꾸라지는 사빈에게 류한이 다가왔다.

"옷은 벗고 주무시지요. 땀 냄새에 코가 짓무르시겠습니다."

"몰라."

"배도 안 고프십니까?"

"그것도 모르겠어."

"그냥 이대로 주무십시오. 지금은 어차피 제대로 된 대화가 불가능하십니다."

류한이 깊게 한숨을 쉬며 막 몸을 돌리려 할 때였다. 다신 열리지 않을 것 같던 사빈의 입이 열린 것은.

"아무 일 없어?"

"뭐가 말입니까?"

"……."

대답을 듣지 않아도 알 수 있었다. 그의 입에서 나온 것이 무엇을 말하는지. 하지만 사실 그것에 대해 말하고 싶지 않은 류한이었다. 그의 입에서 다시는 그 말이 나오지 않길 바라고 또 바랐으니까. 부질없는 바람이었음을 다시 한 번 확인하며 류한이 사빈을 향해 몸을 돌렸다.

"의원이 이제 조금씩 움직여도 좋다는 말을 했답니다. 그리고 식사는 아주 잘하고 계시는 것으로 압니다. 시녀들이 감탄을 할 정도라고 합니다. 여전히 아무도 들어오지 못하게 하시고요. 목욕물을 한 번 준비시키신 적이 있다고 합니다. 전각 밖으로 나오신 적은 한 번도 없습니다."

바닥을 보며 차가운 목소리로 말하던 류한이 고개를 들었다. 멍하게 허공을 응시하고 있는 사빈의 피곤에 전 붉은 눈동자가 보였다. 그 모습에 가슴 한쪽이 콱 막혀 오는 류한이었다. 너무도 오랜만에 보는 주인의 아픈 눈이기에.

"이런 모습으로 보고 싶지 않았어."

"……."

"나, 자랑할 것이 많았는데. 큰소리쳐 주려고 했었는데."

"저하."

"자야겠다. 나가."

고개도 들지 않는 주인을 잠시 바라보던 류한이 깊은 한숨을 내쉬며 밖으로 나왔다. 전각 앞에 선 류한이 이령이 머물고 있는 쪽을 바라보았다. 그의 시선이 서늘하게 굳어 왔다.

"폐하께서 천북성을 하사하셨다고 합니다."

"……."

"천북은 기름진 토지를 많이 가지고 있는 곳이라 쉬이 상으로 내리지 않으시는 곳인데 태자 전하께서 그곳을 저하께 주라 하셨다 들었습니다."

"……그래."

도성에서 온 장계들을 살피며 사빈이 심드렁하게 대답했다. 이번 전쟁의 공을 인정받아 황실의 모든 이들이 탐내는 지역을 하사받았다는 소식에도 아무 반응이 없는 주인을 보며 류한이 고개를 저었다. 언제나 저런 모습의 주인이었다.

"오늘은 비가 오는 바람에 병사들의 훈련이 모두 취소되었습니다. 이 기회에 좀 쉬십시오."

"비가 와?"

이중창으로 된 황제의 침전에 있어서인지 바깥의 소리는 그무엇도 들려오지 않아서 모르고 있었다.

"좀 차갑지만 시원해서 좋습니다."

류한이 안쪽의 창을 열자 바깥쪽의 창 너머로 비 내리는 소리가 들려왔다. 빗소리를 잠시 듣고 있던 사빈이 일어선 것은 그때였다. 류한의 시선이 급히 걸음을 옮기는 주인을 좇았다.

얼굴을 적시는 빗물을 털어 내며 막 전각 안으로 발을 들이던 사빈이 제자리에 멈춰 섰다. 투명하리만치 세상을 맑게 닦아 주는 빗물 속에 그림처럼, 아니, 꿈처럼 낯설지만 아름다운 모습이 보였기 때문이다.

오랜만에 보는 얼굴이었다. 푸른 기운을 품고 힘겨운 모습을 한 채 전각 안으로 한 걸음 한 걸음 걸어 들어가던 뒷모습이 며칠 전 그녀의 모습이었으니까. 헌데 지금 눈앞에 보이는 이의 모습은 그 순간을 까맣게 잊게 할 만큼 행복해 보였다.

푸른 무복을 입고 편한 모습으로 그녀가 전각 난간에 걸터앉아 있었다. 촉촉하게 땅을 적시는 빗방울이 좋은지 그 동그란 눈이 나른하게 퍼져 하늘을 올려다보고 있었다. 그 모습이 낯설어서 좋았다. 핏빛 눈동자가 아닌 투명한 갈색 눈동자의 그녀는 그에겐 너무도 낯설었으니까.

작은 손이 전각 밖으로 내밀어져 있었다. 그 손안에 빗물이 차올랐다 떨어져 내리기를 반복했다.

투명한 물을 담고 있는 것이 우스워 그곳에 사빈의 시선이 닿았다. 작은 손 가득 박인 붉은 굳은살과 상흔들이 보였다. 우스

우리만치 어울리지 않는 조합이었다.

그 순간 빗물을 바라보며 환하게 밝아 있던 이령의 얼굴이 갑자기 차갑게 굳었다. 그녀의 날 선 시선이 사빈이 있는 쪽으로 돌려졌다. 거의 본능적인 움직임에 사빈이 얕은 숨을 토해 내며 고개를 틀었다. 무사인 자신들도 전장에서나 보이는 움직임이었다. 한순간도 긴장을 놓지 않고 있다는 뜻이다.

"살 만해진 모양이다."

빗속을 천천히 걸어 다가서는 사빈을 이령이 물끄러미 바라보았다. 긴장과 서늘함이 사라진 그녀의 눈이 아무 감정도 담기지 않은 채 말갛게 반짝였다.

"몸에 찬 기운 들면 안 좋을 텐데, 아직."

그녀가 앉은 전각 한쪽에 걸터앉은 사빈의 말에 이령이 어깨를 으쓱해 보였다. 가늘고 야윈 어깨가 무복으로 인해 감춰져 있음에도 확연하게 티가 났다.

"팔자 좋은 이들이나 걸리는 것이 고뿔이거든."

"상처는?"

"다 아물었어. 의원 이제 그만 오라고 해라. 귀찮아 죽겠어."

"다 나았으면 알아서 그만 갈 거다. 가야 하니까 들르는 걸 테니 의원이 하라는 대로 하는 게 좋아."

목숨이 위험할 지경의 검상을 입은 지 이제 닷새밖에 되지 않았는데 그 상처가 다 아물었을 리는 없다.

빗속에 내밀었던 손을 거두고 이령이 사빈을 향해 앉았다. 투명한 그녀의 시선이 자신을 바라보는 모습에 가슴 저 깊은 곳에서 알 수 없는 울림을 느끼는 사빈이었다.

"뭐? 할 말 있나? 혹 오라비에 대한 거라면⋯⋯."

"아니."

"궁금한 거 아닌가? 그리 목숨 걸고 지키려 하더니 왜 한 번도 묻지 않아."

"지금 이곳에 있다면 내가 책임져야겠지. 하지만 이미 내 손을 떠났잖아. 내가 뭘 할 수 있는데? 어차피 할 수 있는 것도 없는 거잖아."

"하긴. 그 여종이 목숨 걸고 지키겠더라, 걱정하지 않아도."

"그럴 거야."

"그 황태자, 오라비라는 이를 왜 그리 지키려 하는 거냐."

사빈의 목에서 낮은 울림이 새어 나왔다.

자신 혼자 살아남기에도 얼마나 힘겨웠을지 보지 않아도 알 수 있는 일이었다. 소천의 궁 안에서 광화가 어찌 살았는지는 주변 국가들에게까지 알려질 만큼 유명했으니까. 그런 삶 속에 누군가를 온전히 지켜 내는 것이 과연 가능하기나 했을까. 그렇게까지 하고 싶었던 것일까 의아한 그였다.

사빈의 질문이 의외라는 듯 미간을 좁힌 이령이 살짝 한숨을 토해 냈다. 이제 조금 붉은 기가 도는 입술이 살짝 벌어지는 모습이 사빈의 시선을 잡았다.

그 순간 문득, 그녀의 입술에 닿았던 감촉이 되살아났다. 환약을 녹여 그녀의 입안으로 넣으며 닿았던 입술에서 느껴지던 감각. 난감해진 사빈의 시선이 그녀를 떠나 허공을 헤맸다.

"내 유일한 가족이니까."

당연하다는 듯 말하며 이령이 싱긋, 입가를 끌어 올렸다. 붉은 입술이 예쁘게 끌어 올려졌다. 너무도 해맑아서 아파 보일 만큼 고운 웃음에 자신도 모르게 사빈의 시선이 닿았다.

"그런데…… 너 진짜 율의 황자가 맞긴 한 거야?"

아마도 이것이었던 모양이다, 조금 전 자신에게 물으려 했던 것이. 사빈이 웃음기를 지운 얼굴로 묻는 이령을 보며 고개를 끄덕였다.

"설마 가짜 황자일까 봐? 황자는 맞다. 곁다리 황자지만."

"곁다리 황자?"

"황후의 몸에서 태어나지 못했으니 곁다리지."

"그럼 네가 그 유명한 전장의 신이……."

"전장의 신까지는 아니고, 전장을 많이 다니긴 했다."

이령의 눈이 동그랗게 커졌다. 그 의아함을 담은 눈빛이 기분 나빠 사빈의 얼굴이 거칠게 일그러졌다.

"뭐냐, 그 표정은. 믿을 수 없다는 얼굴인데."

"10년 전의 너를 몰랐으면 믿었겠지."

"뭐?"

오래전 그때를 떠올리는지 이령의 눈빛이 짙어졌다.

"죽은 새끼 늑대를 보고 기겁하고 늑대의 울음소리에 바들바들 떨던 거 다 기억하거든?"

"야, 그건……."

"대체 얼마나 귀하게 자란 녀석이면 저러는 걸까 생각했던 게 기억났어."

부드럽게 휘어지는 그녀의 눈꼬리가 어여뻤다. 예전 사내도 여인도 아니었을 때엔 찾을 수 없었던 여인의 모습이었다. 분

하나 바르지 않고 향내도 나지 않았지만 그 웃음기 어린 눈만으로도 그녀는 이제 완연한 여인이었다.

"귀하게 자라서가 아니라, 아무것도 하지 않았기 때문에 그랬던 거야."

무심한 듯 그녀에게 닿았던 시선을 내리며 사빈이 말했다. 그 말이 너무도 시려서 이령은 더 이상 아무것도 묻지 못했다.

그렇게 잠시 두 사람 사이에 정적이 감돌았다. 공허함이 공간을 물들이는 것이 불편해서였을까. 사빈이 어두운 표정을 풀며 입을 열었다.

"그런데, 그 뒤에도 내내 궁금했었거든."

"뭐가?"

나른한 사빈의 표정을 보며 전각 바닥에 앉은 이령이 고개를 갸웃거렸다. 핏물에 젖지 않은 그녀의 머리카락이 참 찰랑거린다고 사빈이 또 생각했다. 낯선 그녀의 모습 하나하나가 그의 신경을 온통 채우고 있었다.

"대체 그 밤에, 그 어마 무시한 늑대에게서 왜 새끼를 떼어 온 거냐? 늑대에게도 못할 짓이고 너도 죽을 게 뻔한 일인데."

"약을 얻어야 했으니까. 새끼 늑대를 가져와야 약을 준다고 했거든."

"대체 누가? 약은 왜?"

서늘하게 식어 내리는 이령의 눈동자를 바라보며 묻는 사빈의 귀로 저 멀리 류한의 고함 소리가 들려왔다.

"저하! 이선이 추포되었습니다!"

그 순간이었다. 들려온 소리에 일어서는 사빈보다 그녀가 한 발 먼저 일어나 그대로 달려 나간 것은.

대전 앞뜰에 한 사내가 병사들에 의해 바닥에 엎어져 있는 모습이 보였다. 버둥거리는 사내를 병사 세 명이 내리누르고 있었지만 사내는 여전히 악을 쓰며 그 손길에서 벗어나려 애를 쓰고 있었다.

어쩔 줄 몰라 하는 병사들을 향해 류한이 고개를 끄덕이자 병사 하나가 무릎으로 사내의 등을 내리찍었다. 사내의 버둥거리던 몸이 그제야 바닥으로 푹 꺾였다.

그렇게 조금은 조용해진 사내를 바라보던 류한의 고개가 낯선 소리에 그대로 들어 올려졌다. 그의 눈에 바람처럼 달려오는 낯선 여인이 보였다.

아니, 아는 여인이었다. 눈앞으로 달려오고 있는 이가 며칠 전 움직이지도 못해 사빈의 팔에 안겨 궁으로 들어왔던 여인이라는 것이 뒤늦게 류한의 머릿속에 떠오른 순간, 그녀가 땅에 엎어져 있는 사내를 향해 돌진했다.

"어헉!"

무슨 일이 벌어진지도 모른 채 병사들이 사내의 몸에서 튕겨져 나간 것은 그 순간이었다. 여인의 작은 몸이 병사들을 밀어내고 바닥에 엎어져 있던 사내의 멱살을 움켜쥔 것이었다. 작은 손이 갈퀴처럼 사내의 목을 쥐어 잡은 모습에 모두의 얼굴에 경악이 어렸다.

잠시 어쩔 줄 몰라 하던 병사들이 뒤늦게 여인에게로 달려들던 순간, 여인을 뒤쫓아 달려온 사빈이 병사들을 향해 팔을 들어 올렸다. 병사들의 움직임이 그대로 멈춰졌다. 그리고 난감한 모두의 시선이 이를 악물고 사내의 멱살을 쥐고 있는 여인에게로 향했다.

푸른 기가 넘실거리는 여인의 눈이 금방이라도 터질듯 타오르고 있었다. 보는 이들의 등줄기로 서늘한 냉기가 스쳐 지나갈 만큼 여인의 눈에는 지독한 독기가 가득했다.

"살아 있었네. 고맙게도."

이죽거리는 여인의 입술이 파르르 떨려 왔다. 너무도 끔찍한 증오가 묻어나는 그 목소리에 여인에게 목을 잡힌 사내가 고통스러움을 담은 얼굴로 고개를 들어 올렸다. 여인을 마주한 사내의 충혈된 눈이 커다랗게 열렸다.

"광화입니다. 이선 전하."

피식, 그녀의 입가가 잔인한 미소를 담았다.

바들바들 떨리고 있는 그녀의 작은 몸에 사빈의 안타까움이 밴 시선이 닿았다. 그녀의 모습으로 충분히 느낄 수 있었다. 그녀가 지금 눈앞의 사내에게서 어떤 고통을 느끼며 살아왔을지가.

"이령."

사빈이 조용히 그녀를 불렀다. 하지만 그녀의 귀에 그 부름은 들리지 않는 것 같았다. 그의 부름을 듣지 못한 채 사내의 목을 쥐고 있는 여인의 손에 더욱 강한 힘이 실려 갔다. 사내의 얼굴이 푸르게 변해 가는 것이 모두의 눈에 보였다.

사빈의 손이 그녀의 어깨에 닿았다. 그 따스한 감각 때문일까, 칼날 같은 긴장으로 굳어 있던 그녀의 어깨가 살짝 떨렸다. 그녀가 천천히 고개를 돌려 사빈을 올려다보았다.

그때였다. 팔을 묶은 끈이 헐거웠는지 엎어져 있던 사내가 팔을 풀어내며 그대로 이령을 잡아당겼다. 거칠게 자신을 당기는 사내를 이령의 다리가 그대로 걷어찬 것과 사빈이 사내의 팔을 한 팔로 잡은 것은 거의 동시였다.

우두둑! 이령의 발차기에 뒤로 밀려나던 사내의 팔에서 듣기에도 끔찍한 소리가 새어 나왔다. 사빈의 손에 잡힌 팔이었다.

"끄악!"

무릎을 꿇으며 무너져 내리는 사내의 팔은 여전히 사빈의 손에 잡혀 있었다. 고통으로 비명조차 제대로 내뱉지 못하는 사내가 이미 덜렁거리는 자신의 팔을 다른 손으로 움켜쥐었지만 사빈은 그 팔을 놓아주지 않았다.

"으윽!"

온몸을 바들바들 떨고 있는 사내를 여유롭게 내려다보면서도 사빈은 손을 놓지 않았다.

"그대가, 태제인 이선인가?"

사내의 온몸을 부숴 버릴 듯 팔을 움켜쥐고 있는 손에서 힘을 빼지 않은 채 사빈은 부드럽고 조용한 목소리로 물었다. 자신의 힘에 팔이 부러져 나가 몸부림치는 사내를 내려다보며 짓는 사빈의 미소가 너무도 평온해 병사들의 얼굴에 경악이 어렸다.

"그대의 누이가 그대를 무척이나 반가워하는군."

사빈의 눈이 조금 뒤로 물러서 있는 이령을 향해 부드럽게 돌려졌다.

"상봉의 시간이 필요합니까. 이령 궁주?"

부드럽게 묻는 사빈의 목소리도, 그 물음에 차갑게 시린 미소를 담으며 고개를 끄덕이는 이령의 모습도 너무 편안하게 느껴져 병사들이 움찔 몸을 떨었다.

"성정이 가장 지독하다 했었지?"

이령에게서 한순간도 시선을 떼지 않은 채 사빈이 류한에게 물었다. 난감함으로 미간을 좁힌 채 류한이 고개를 끄덕였다.

"예, 유명한 자입니다. 소천 황실 최고의 지독한 폭도라 알려진 자입니다. 마음이 그리 모질지 못했던 황제를 실질적으로 뒤에서 조정했던 자라고 모두 알고 있습니다. 동복아우다 보니 황제가 많이 의지했던 것이겠지요. 자신의 꼭두각시인 형을 황위에 올리기 위해 아비를 독살한 것이 저자라는 소문도 무성했다 합니다. 황실 안 은밀한 곳에서 이루어진 것들이고 아무도 문제 삼지 않고 처리되었던 일이니 그 누구도 진실은 알 수 없겠지만 말입니다."

"어디서 잡은 거야?"

"교활한 자입니다. 멀리도 가지 않고 도성 번화한 시장 안 기방 여인들 틈에 숨어 있었답니다. 수색대를 멀리 보냈었으니 당연히 잡을 수 없었던 것이지요. 도성 안을 정리하던 중 군사들에게 발각되었는데 그 수색대의 대장이 저자의 얼굴을 알고 있었던 모양입니다. 천운입니다."

"기녀들 틈에 숨어 있었다? 큭큭."

"저대로 두어도 괜찮으시겠습니까?"

파랗게 질린 얼굴의 이선을 마주하고 무엇인가를 조용히 말하는 이령의 모습에, 류한의 얼굴에 걱정이 가득 어렸다.

잡히는 과정에서 반항을 해 부상을 입은 상태이고 사빈이 팔을 부러뜨려 놓아 큰 힘은 쓸 수 없다 하여도 커다란 장정이다. 그 사내의 앞에 있는 이령의 모습은 너무도 작아 불안함을 느끼지 않을 수 없었다.

"걱정 마. 저런 놈 열이 덤벼도 끄떡없을 거니까."

팔짱을 낀 채 사내와 이령을 바라보며 대꾸하는 사빈은 재미있는 싸움을 구경하고 있는 듯 여유로웠다.

"그러면 아까는 왜 말리신 것입니까."

조금 전 이령이 사내의 목을 조일 때 분명 사빈은 그녀를 말리려 했다. 하지만 지금은 또 그녀에게 마음대로 하게 해 주고 있었다.

"내가 허락한 것과 그녀 독단으로 한 것은 문제가 생겼을 때 책임 소재가 달라지니까."

류한의 눈이 가늘게 일그러졌다.

자신이 온전히 책임지는 상태에서 그녀가 가슴속 응어리를 풀게 해 주고 싶었다는 것이다. 자신의 허락 없이 그녀가 문제를 만들어 감당해야 할 일이 생기지 않게 하려는 온전한 배려.

세상 그 무엇에도 마음을 제대로 준 적 없는 주인의 눈빛이 저 앞에 있는 작은 이를 담을 때에는 너무도 반짝여서 불안한 류한이었다.

얼마의 시간이 흘렀을까. 사내를 물끄러미 바라보던 이령이 돌아섰다. 이령의 입에서 무슨 말들이 나간 것인지 그 누구도 알 수 없었다. 그저 처참하게 일그러진 사내의 얼굴이 분노와 모욕감으로 벌벌 떨리는 것만 느낄 수 있을 뿐.

그저 벌레 보듯 사내를 바라보던 이령의 얼굴에 그 어떤 회환도 남아 있지 않다는 것을 보는 이들은 느낄 수 있었다.

"네 어미처럼 살게 될 거다! 천한 몸뚱이로 삶을 구걸하며!"

번들거리는 붉은 눈 가득 알 수 없는 분노를 담고 벌벌 떨던 사내가 돌아선 이령을 향해 울부짖듯 소리쳤다. 부드러운 눈길로 이령을 좇던 사빈의 눈이 차갑게 식어 내렸다.

사내의 말에 아주 잠시 걸음을 멈췄던 이령이 다시 꼿꼿하게 걸음을 옮겨 그녀의 전각 안으로 들어갔다. 그녀가 떠나자 대전 앞마당에 고요가 찾아왔다. 한참을 그렇게 물끄러미 이령을 바라보던 사빈의 걸음이 여전히 엎어진 채 꿈틀거리고 있는 사내에게로 향한 것은 그때였다.

끔찍한 고통이 느껴지는 팔을 움직이지도 못한 채 벌레처럼 버둥거리던 사내가 눈앞에 다가오는 검은 가죽신을 보고 움직임을 멈췄다. 커다란 발이 사내의 눈앞에서 우뚝 멈춰 섰다. 세상 그 무엇에도 흔들리지 않을 것 같은 발에 흔들리는 사내의 시선이 닿았다.

"소천의 태제 이선, 그대는 효수될 것이다. 그대의 죄는 이 나라 소천을 제대로 지키지 못한 것, 그대의 황제를 제대로 지키지 못한 것, 그대의 백성을 제대로 지키지 못한 것이다. 율의 태자 사영의 권한을 위임받은 나, 율의 황자 사빈의 이름으로 그대를 참형에 처한다. 아, 그리고."

차디차게 장계를 읽듯 내뱉은 사빈이 가만히 몸을 숙였다. 하얗게 질린 사내의 얼굴에 사빈의 시리게 차가운 시선이 닿았다.

"그대의 누이는 절대, 그렇게 살게 하지 않는다. 내가 약조하지."

붉게 물들어 거칠게 흔들리는 사내가 고개를 힘겹게 들어 사빈을 올려다보았다. 그런 사내의 시선 따위 관심 없다는 듯 일어선 사빈이 병사들을 향해 고개를 끄덕였다.

조금씩 굵어져 가는 빗줄기 속에서 하늘을 올려다보며 서 있는 그녀의 모습이 보였다. 전각 안으로 들어서던 사빈의 발걸음이 더 이상 나아가지 못하고 그 자리에 멈춰졌다.

꼭 감긴 그녀의 눈에서 흘러내리는 것이 빗방울인지 눈물인지 알 수 없었다. 하지만 그 물기가 사빈의 가슴으로 아프게 박혀 들었다. 그 투명한 물기를 머금은 창백하고 푸른 입술이 떨리는 모습에 그의 심장이 갈리듯 아파 왔다. 낯선 감각이었다. 그 어디에서도 느껴 보지 못했던 감정의 폭우였다.

"귀한 것들이나 걸리는 고뿔에 걸려 보고 싶은 것이냐."

다가서며 사빈이 하는 말에 허공을 바라보던 이령이 천천히 고개를 내렸다. 그녀의 얼굴을 가득 채우고 있던 물방울들이 그녀의 가는 턱을 타고 흘러내렸다.

"그 약, 어디에 쓰려고 죽을 짓을 했냐고 물었지."

푸르게 떨리고 있는 그녀의 입술이 열렸다. 그녀의 동그란 눈 가득 담긴 물기가 빗물과 함께 떨어져 흘렀다.

"오라비한테 독을 먹였다. 안 그래도 어려서 독에 중독되어 아주 조금의 독조차 해독할 수 없는 몸에 또다시 지독한 독을 부어 넣고는…… 내게 늑대 굴에서 늑대 새끼를 가져오라고 했다. 가져오면 해독제를 준다고, 가져오지 못하면 해독제 따위 없다고."

"······이선이냐?"

미간을 아프게 찡그린 사빈의 말에 이령은 대꾸하지 않았다. 그녀의 시선이 다시 허공으로 향했다.

"해독제를 받긴 받았는데, 늦어 버렸어. 너무 늦어서······ 오라비는 그때부터 걸을 수 없었어. 제대로 무엇인가를 먹을 수 있게 되기까지도 세 달이 걸렸지."

"······."

"그때 알았지. 제정신으로 무엇인가를 아무리 열심히 해도 아무것도 달라지는 것은 없다는 것을. 살기 위해서 발버둥 치면 칠수록 더 죽어 갈 거라는 사실을. 그래서 내가 선택한 삶이 무엇인지 알아?"

빗물에 촉촉하게 젖은 이령의 머리카락이 그녀의 새하얀 얼굴에 가닥가닥 붙어 흘러내렸다. 너무도 하얀 얼굴과 너무도 짙은 머리카락. 그 대조적인 색채가 아름답게 사빈의 심장에 새겨져 갔다.

"미치는 거. 미쳐야 살 수 있다는 걸 알았거든."

푸른 그녀의 입가에 지독하게 아름다운 미소가 걸렸다.

하루 종일 비를 내렸던 구름이 어디론가 사라져 버린 듯 짙은 밤하늘에 떠 있는 달은 너무도 환했다. 동그란 등잔불처럼 그렇게 따스한 색감의 달이 밤하늘에 보석이 박힌 듯 떠 있었다. 그 달빛 아래 천천히 발걸음을 옮기는 사내의 기척에 나뭇가지에 앉아 있던 밤새들이 푸드득 날아올랐다.

기척을 숨기는 것 따위 아무 일도 아니었다. 적진에 숨어드는 일을 밥 먹듯 해 온 자신이니까. 안에서 느껴지는 그녀의 기운에 알 수 없는 설렘을 느끼며 사빈이 조심스럽게 그녀의 방 앞으로 걸어갔다.

조심해야 했다. 다른 이라면 얼마든지 기척을 숨기고 느끼지도 못하게 할 수 있지만 그녀는 다르니까. 혹여 그녀가 놀라서 잠에서 깰까 그것이 걱정되는 그였다. 자는 그녀를 깨우고 싶지 않았으니까. 아니, 어쩌면 그녀가 깰길 바라는 것이 진짜 마음인지도 모를 일이었다. 아프고 힘겨워 보여도 그녀의 눈동자를 보고 싶은 것이 진심이기에.

소리도 내지 않고 문이 열렸다. 육중한 황궁의 문은 질 좋은 나무로 틀을 짜서인지 소리조차 내지 않고 열리곤 했다. 소리 없이 열린 문 너머로 기척도 없이 사빈이 스며들었다.

"하아, 하아."

낯익은 소리가 방 안으로 스며든 그의 귓가에 들려왔다. 기대로 붉게 물들어 있던 사빈의 얼굴이 굳어졌다.

아름다운 붉은 휘장으로 둘러싸인 침상 안에 그녀가 누워 있었다. 약하게 밝힌 등잔불에 휘장은 지독하리만치 선정적인 빛깔을 뿜어내고 있었다. 하지만 우습게도 그 붉디붉은 휘장 안에 누워 있는 이는 검은 무복 차림이었다. 잠자리에서도 그녀가 입고 있는 것은 무복이었다.

휘장 앞에 선 사빈이 숨을 참았다. 안에서 들려오는 그녀의 기척에 그의 온 신경이 날카롭게 곤두섰기 때문이다. 들뜬 듯 거칠게 나오는 숨결, 휘장에 닿은 자신의 손끝으로 미세하게 전해져 오는 열기 때문이다. 그녀의 몸에 문제가 있었다.

그대로 몸을 돌리려던 그가 멈춰 섰다. 안에서 미세하게 흘러 나오는 그녀의 목소리 때문이었다.

"가지 마. 누가 좀…… 하아, 나 좀. 하아."

간절함이 가득 밴 목소리였다. 갈라지고 힘겨운 목소리가 그를 붙잡았다. 의원을 불러야 한다는 자각조차 그녀의 목소리에 까맣게 사라져 버렸다. 그가 휘장을 걷어 내고 천천히 안으로 들어섰다.

열기가 가득한 눈이 보였다. 물기와 열기가 번진 그녀의 눈은 그녀가 지금 무엇을 보고 있는지 알 수 없게 만들고 있었다. 침상에 누운 채 그녀가 그를 향해 손을 뻗어 왔다. 작고 가는 손이 약하게 떨리며 무엇인가를 잡고 싶은 듯 허공을 허우적거렸다. 그 가는 손을 사빈이 가만히 쥐어 잡았다. 몸이 움찔할 정도로 뜨거운 열기가 그의 손바닥을 타고 심장으로 흘러들었다.

"하아, 하아."

그녀는 지금 깨어 있지 않았다. 누군가의 기척을 느끼고 조금 돌아왔던 그녀의 의식이 또다시 잠 속으로 빠져들고 있음을 사빈은 느낄 수 있었다. 자신의 손을 쥐어 잡은 작은 손만이 잡은 것을 놓지 않겠다는 듯 움켜쥘 뿐 그녀의 의식은 점점 멀어지고 있음이 온전하게 느껴져 왔다.

그녀에게 손을 잡힌 채 사빈이 침상 아래 주저앉았다. 커다란 몸이 한 조각 힘도 남아 있지 않은 듯 그녀의 앞에 무방비하게 놓였다.

'미쳐야 살 수 있다는 걸 알았거든.'

푸른 입가에 너무도 아름다운 미소를 지으며 말하던 모습은 그녀가 왜 광화라 불리는지 너무도 여실하게 보여 주었다. 어울리지 않는 눈빛과 그 미소, 그리고 지독하게 번져 오던 삶에 대한 욕망.

혼인하지 않은 황녀는 정복자의 여인이 되는 것이 모든 전장의 관례였다. 하지만 이미 혼인한 다른 사내의 여인들은 달랐다. 그들을 취하는 것은 사내로서 가장 추하고 더러운 욕망이라 치부되었다. 해서 그 누구도 정복당한 자의 여인을 취하는 법은 없었다.

하지만 그 금기를 깬 것이 그녀의 아비인 소천의 선대 황제였다. 아름답기로 소문이 난 제한의 황후를 자신의 궁으로 끌고 가 자신의 여인으로 삼은 것이다. 그녀의 세 살배기 아들을 볼모로 여인을 겁박해 여인은 자결조차 할 수 없었다고 했다.

그렇게 소천의 선대 황제는 세상의 조롱거리가 되었다. 그 추하고 추한 욕망의 산물이 그녀였다.

'전장에도 끌려 나가곤 한다지?'

'죄인들 목을 베는 일을 시키기도 한다던데?'

'누구라도 건드리면 정말 죽인대. 괜히 그 미모를 보고 덤벼든 귀족 집안 자제들이 여럿 죽어 나갔다고 하더라고. 그래도 지 핏줄이라고 황제가 죽이지는 못하게 해서 살려 두는 거라잖아.'

끝도 없이 들려오던 지독한 소문들. 전장을 타고 흘러들던 그녀의 이야기들이 자신이 아는 이 여인의 이야기라고는 꿈에도 생각지 못했었다. 그렇게 지독하게 살아가고 있다는 것을 알았다면…… 무엇을 할 수 있었을까.

"젠장."

사빈의 입에서 이가 악물린 신음이 새어 나왔다. 붉은 기운이 담긴 그의 시선이 눈앞에서 힘겹게 숨을 토해 내는 붉은 얼굴의 여인만을 올곧이 담았다.

"자랑하고 싶었는데…… 또 네 앞에서는 초라해지네. 내가 살아온 삶 따위 네 앞에서는 우스운 거잖아. 그렇지 않느냐, 령아."

그 작은 몸에 피를 뒤집어쓰고도 견디는 모습을 매일매일 떠올리며 전장에서 무너지지 않으려 애썼는데 눈앞의 여인은 그때의 그 핏물보다 더 진하고 더 힘겨운 핏물을 삼키며 살아왔다는 자각에 할 말이 없는 사빈이었다.

'네 어미처럼 살게 될 거다! 천한 몸뚱이로 삶을 구걸하며!'

저주처럼 퍼붓던 이선의 말이 떠올랐다. 떠올리는 것만으로도 온몸이 부들부들 떨려 왔다. 새하얀 자리옷을 입고 형님의 막사로 들어가던 이하 황녀의 모습도 떠올랐다. 그녀의 손안에 잡힌 커다란 손이 약하게 떨렸다.

"이제 혼자 버티지 마라. 혼자 미치지 마라. 내가…… 함께 있으니까."

붉게 물든 그녀의 얼굴을 보며 사빈이 속삭였다. 그녀만이 들을 수 있게.

힘겹게 눈을 뜬 이령이 물끄러미 빈 공간을 바라보았다. 공간은 비어 있었지만 아직 약한 향기는 그곳에 남아 있었다. 푸른 비의 내음처럼 느껴지던 사내의 향기. 자신의 곁에 다가오거나 자신을 안아 올릴 때면 나던 향을 기억한다. 사빈, 그의 향을.

밀어낼 틈도 없이 속수무책으로 다가서는 그 사내의 모습이 난감하면서도, 싫지 않다면…… 우스운 일일까.

아직 열에 들뜬 뿌연 시선으로 천장을 응시하는 이령의 눈동자가 아득해져 갔다.

※

안쪽을 흘끔거리며 소곤거리던 궁녀들이 자신들 앞에 다가와 서는 이를 보고 놀라며 얼른 고개를 숙였다. 그러면서도 시선은 내리지 못하는 궁녀들의 얼굴이 발갛게 달아올라 있었다.

"누가 와 계신 모양이구나."

부드러우면서도 따스한 음성, 그 환한 미소까지. 궁녀들이 멍하게 시선을 올린 채 눈앞의 존재를 바라보았다.

율국 황실의 귀염둥이, 보물, 때로는 문제아로 불리는 막내 황자 사준은 율국 궁녀들의 삶의 의미였다. 세 황자가 다 인물로는 어디에 내어놓아도 빠지지 않았지만, 감히 바라볼 수도 없는 태자 사영이나 1년의 거의 대부분을 타지에서 보내고 잠시 궁에 머물 때에도 여인들에게 시선조차 주지 않는 둘째 황자 사빈과는 다르게 막내 황자 사준은 여인들의 우상이었다.

수려하고 아름다운 외모는 율국 황실의 내력이라 해도 그 따스한 성품과 부드러운 말솜씨, 여인들의 마음을 속속들이 알아주는 배려는 가히 사준만이 가진 존재감이었다. 이제 막 궁에 들어온 어린 궁녀부터 곧 퇴궐을 앞둔 나이 든 궁녀들까지 사준을 보면 다 정신을 차리지 못할 정도이니까.

그런 사준 황자가 바로 눈앞에서 웃음을 담고 물으니 황후전 궁녀들의 정신이 지금 제대로일 리 없었다.

"이보시게들."

장난스러움을 가득 담은 미소를 지으며 코를 찡긋해 보이는 황자의 말에 놀란 궁녀들이 다시 급히 고개를 숙였다.

"새로 태자 전하의 시침을 든 소천의 여인이 들었사옵니다."

"그래?"

장난을 담고 있던 사준의 눈가가 살짝 날카로워진 것을 궁녀들은 알아차리지 못했다. 사준이 문에 다가서자 궁녀가 안을 향해 말했다.

"황후마마, 사준 저하 드셨사옵니다."

맵시 있게 비단 옷자락을 살짝 흔들며 안으로 들어서는 사준에게로 문가에 앉아 있던 여인의 시선이 약하게 닿아 왔다. 그 존재를 의식하지도 못한 듯 사준이 가벼운 걸음으로 황후의 바로 앞으로 다가가 앉았다.

응석을 부리듯 다가앉는 막내아들의 미소 지은 얼굴을 보는 황후의 눈가에 만족스럽고 행복한 미소가 번져 왔다. 문가에 앉은 여인의 시선이 황후의 시선에 닿았다.

"황자 사준, 어마마마를 뵈옵니다."

"오늘은 무슨 바람이 불어 이리 어미를 찾은 것입니까?"

사랑스러워 죽겠다는 듯 미간을 살짝 좁힌 채 아들을 향해 묻는 황후의 목소리에 정이 잔뜩 묻어났다.

"서역을 다니는 제 친우가 귀한 타니를 구해 왔지 뭡니까. 너무도 어여쁜 타니를 보니 어마마마 생각이 나서 가만히 있을 수가 있어야지요."

"젊은 아가씨들이나 하는 타니를 이 늙은 어미에게 주려고 오셨단 말입니까?"

"그런 말씀 마십시오. 늙긴 누가 늙으셨다는 것입니까!"

서운함을 담은 사준의 갸름한 눈에 살짝 물기가 맺히는 모습에 황후의 얼굴에 환한 미소가 번졌다. 문가에 앉은 이 따위 지금 모자 사이에는 안중에도 없는 것 같았다.

"어? 누구……십니까? 저분은?"

한참을 그리 어미 앞에서 재롱을 부리던 사준이 짐짓 이제야 그 존재를 알아차린 듯 문가의 여인을 향해 고개를 돌렸다. 사준의 입가가 마뜩잖다는 듯 살짝 일그러졌다.

"태자께서 소천의 궁에서 데려온 여인입니다. 태자의 여인이 되었으니 얼굴은 알고 계세요."

이제 황녀라는 호칭은 이하, 그녀에겐 없어진 것이리라. 자신을 그저 태자의 여인이라 부르는 황후의 말에 이하의 얼굴이 차갑게 일그러졌다.

그런 이하를 사준이 빤히 바라보았다. 무엇인가 의아한 듯 그녀에게서 시선을 떼지 않는 사준을 의식한 이하가 고개를 들었을 때였다.

"아프시다 하였는데?"

사준의 입에서 나온 말에 이하의 얼굴이 살짝 굳었다. 이하의 표정 변화를 느낀 사준의 입가에 아주 약한 비소가 번지는 것을 두 여인은 보지 못했다.

"그게 무슨 말입니까?"

무슨 의미인지 모를 말을 하며 고개를 갸웃거리는 사준의 모습에 황후가 물었다.

"태자비마마께도 타니를 드리러 갔었습니다. 헌데 태자비마마께서 새로 황궁에 온 소천의 여인이 아픈 모양이라며 걱정하고 계셨습니다. 태자비께서 불러도 오지 못할 만큼 아픈 걸 보니 위중한 것이 아니냐고 안빈께서도 함께 걱정하셨는데, 혹여 소천에서 온 여인이 저분 이외에 또 있습니까, 어마마마?"

천진한 표정으로 고개를 갸웃하는 사준의 말에 황후의 시선이 이하에게 닿았다. 온화함을 가득 담고 있던 눈이 서서히 식어 갔다. 사준의 입가에 보일 듯 말 듯 미소가 맺혔다.

"태자비의 부름에 응하지 않았느냐."

"그것이, 황후마마께 먼저 예를 취하는 것이 맞는 것이라 생각하였습니다. 황후마마께서 가장 웃어른이시기에."

"내 물음에 대답부터 하여라."

"……예."

마지못해 대답하는 이하의 얼굴이 창백하게 일그러졌다.

"태자비의 부름에 몸이 좋지 않다 거짓을 고하고 내게 왔다는 것이구나."

"황후마마, 그것이 아니옵고……."

"네가 우스운 착각을 하고 있구나."

98

부드럽지만 차디차게 울려 나오는 황후의 목소리에 이하가 마른침을 삼켰다.

"너는 후궁이 아니다. 그저 태자의 시침을 드는 존재일 뿐. 그저 태자전 궁녀와 다를 바 없는 존재다. 그런 천한 것이 감히 태자비의 부름에 거짓을 고해?"

"황후마마! 용서해 주십시오. 저는 단지……."

이하가 급히 몸을 납작하게 엎드리며 읍소했다. 하지만 이미 식어 내린 황후의 눈빛은 더욱더 차가워질 뿐이었다. 황후가 손을 들어 올리자 황후 뒤에 서 있던 궁녀가 다가섰다.

"저 아이를 자신의 거처에 가두고 절대 문밖 출입을 못 하게 하여라. 내 명이 있을 때까진 그 누구라도 저 아이를 거처에서 데리고 나갈 수 없음도 명심하여라. 태자라 하여도 말이다."

황후의 말에 이하의 얼굴이 파랗게 질렸다. 황후의 차디찬 시선이 그녀를 내려다보았다.

"네 말처럼 내가 이 궁 안에서 여인들 중 가장 어른이다. 그것이 무엇을 말하는지 아느냐. 황제 폐하라 하여도 내 허락 없이는 그 어떤 여인도 손대실 수 없다는 것이다. 데려가거라."

"마마! 용서해 주십시오!"

이하가 애원했지만 그녀의 애원은 그리 오래가지 못했다. 궁녀들이 버티고 있는 그녀의 몸을 우악스럽게 끌어당겼기 때문이다.

더 이상 추한 모습을 보여선 안 된다는 자각이 들었는지 입술을 피가 나게 물면서 힘겹게 궁녀들에게 끌려 나가는 이하의 모습을 바라보는 사준의 얼굴에 잔인한 미소가 번져 왔다.

"그래, 이제 되었더냐."

이하가 궁녀들에게 끌려 나간 후 잠시 옷자락을 수습한 황후가 사준을 보며 나직하게 물었다.

이미 모든 것을 알고 있다는 듯 미소 짓는 어미를 보며 사준이 활짝 그 잘난 얼굴에 진한 미소를 담았다. 여인이라면 그 누구라도 심장을 졸인다는 그 미소였다.

"알고는 그저 보아 넘길 수가 없어서 말입니다. 어마마마."

"그래, 그저 넘겨 주면 세상이 우스운 줄 알 것이다. 저런 아이들은 그런 법이지."

"큰형님께서 조금만 더 형수님께 신경을 써 주시면 이런 걱정 따위 하지 않아도 될 텐데 말입니다."

퉁명스럽게 말하는 사준을 향해 황후가 살짝 눈을 흘겼다.

"언제까지 사사로운 호칭을 담을 생각이냐. 이젠 큰형님이란 호칭은 하지 말라는데도."

"다른 이들 앞에서는 몰라도 어머님이나 사빈 형님 앞에서까지 그러기는 싫습니다, 정말."

"못 말리겠구나, 너는."

황후가 눈가를 곱게 휘며 웃음을 흘렸다. 눈에 넣어도 아프지 않을 막내아들의 어리광이 마음에 들기 때문이다. 저러면서도 다른 이들 앞에서는 언제 저랬냐는 듯 위엄과 품위를 확실히 세우니 탓을 할 것도 없는 아들이었다.

"아, 그리고 어마마마께 말씀드릴 것이 또 하나 있었습니다."

"무엇이냐."

"이번에 사빈 형님이 소천의 궁을 정리하고 궁으로 돌아오시면 혼례 좀 확실하게 주선해 주십시오. 궁 안에 자신의 집이 없으니 그리 밖으로만 도는 것이 아닙니까."

"집이 없어서 그러겠느냐. 그 아이 성정인 것이지."

살짝 굳어지는 어미의 얼굴을 의식하며 사준이 고개를 크게 저었다.

"황자 나이 스물다섯입니다. 장가를 가도 몇 번은 갈 나이입니다. 헌데 아직 혼사조차 거론하지 않으시는 것은 차별을 하신다는 소문을 만드실 여지가 충분합니다."

"그게 무슨 말이냐. 내가 그 아이를 차별한다는 소문이라도 도는 것이냐?"

"설마요. 사빈 형님의 생모께서 돌아가신 후 어마마마께서 사빈 형님을 품 안에 거두어 키우신 것은 세상이 다 아는 일인데 그런 말이 돌 리가 있습니까? 태자이신 형님도 저보다 사빈 형님을 더 총애하신다는 것도 모두가 아는 일이구요. 하지만 혼사는 또 다른 문제가 아닙니까. 이곳에 머물려 하지 않으시는 형님을 자주 오시게 할 수도 있고 황실에 제대로 뿌리내리시게 하려면 혼사가 필수입니다."

"그건 그렇겠구나."

"약조하십시오. 이번에 돌아오면 좋은 혼처로 정혼이라도 시키신다고요."

"내 알아보마. 하지만 그 아이처럼 자유를 바라는 아이가 원할지 모르겠구나."

"그건 제가 알아서 하겠습니다."

"사빈이…… 그리 좋으냐."

황후가 나직하게 물었다. 의아함과 살짝 서운함을 담고 묻는 어미의 말에 사준이 입가를 끌어 올렸다.

"솔직하게 말씀드려도 됩니까?"

"솔직하게?"

"저는 태자이신 큰형님보다 사빈 형님이 천만 배는 더 좋습니다."

"……."

잠시 말을 잇지 못하던 황후가 낮게 한숨을 내쉬고는 고개를 저었다. 그리고 사준을 향해 다시 입을 열었다.

"어디, 가져온 타니 좀 보자꾸나."

금방 무슨 일이 있었냐는 듯 황후가 사준을 향해 손을 내밀었다. 손가락 하나하나마다 끼워져 있는 수많은 가락지들이 불빛에 아름답게 반짝였다. 어느새 세상 가장 순진한 얼굴로 황후를 향한 사준이 자신의 커다란 손을 펴 보였다.

"어마마마께 정말 잘 어울리실 것입니다."

투명한 눈웃음을 뿌리며 말하는 막내아들의 얼굴에 황후의 다디단 미소가 닿았다.

※

"언제까지 미루실 것입니까."

율의 도성에서 온 태자의 서신을 펴지도 않은 채 물끄러미 바라만 보고 있는 사빈을 향해 류한이 물었다.

벌써 몇 번째 서신인지 모를 정도였다. 오래 걸려야 보름이면 끝날 정복지 정리가 아직 완료되지 못했다는 보고를 올리며 사빈이 시간을 끈 지 한 달이 넘어가고 있었다. 이미 정복한 땅에 완벽히 훈련된 정예부대를 남겨 둔 채 엄청나게 들어가는 경비를 부담할 황제는 없었다.

핑계도 이제 바닥을 드러내고 있음을 모르지 않는 류한이었다. 돌아갈 수 없는 것이 아니라 돌아가지 않으려 하니 더 이상 만들 핑계도 없는 것이다.

"……가야지."

"병사들 사기도 생각하셔야 합니다. 완전한 승리를 거두고도 한 달째 포상은 고사하고 집으로 돌아가지도 못하고 있는 이들에게서 불만이 거세지고 있습니다."

"……."

"준비시킬까요?"

"응."

너무도 낮아서, 너무도 힘겨워서 듣는 이가 미안할 정도의 대답이 사빈에게서 흘러나왔다. 더 이상 시리게 아픈 주인의 눈을 보고 있을 수 없어 류한이 방을 나섰다.

알고 있다. 그저 기다린다고, 이렇게 시간을 끈다고 해결될 일이란 없다는 것을. 그런데도 그저 막무가내로 끌어 보고 싶은 치졸한 욕심이 자꾸만 자신을 괴롭히고 있었다.

생전 처음 누군가에게 심통을 부려 보고 싶고 억지를 써 보고 싶었다. 처음으로 손안에 잡아 본 소중한 것을 잃을지도 모른다는 두려움이 그를 억지 쓰는 아이처럼 만들었다.

"하아."

사빈이 마른 손으로 얼굴을 쓸어내렸다. 이런 갑갑한 마음으로 더는 이곳에 앉아 있을 수가 없었다. 그가 긴 몸을 거칠게 일으켰다.

후원을 스치는 바람에 나뭇잎들이 날리는 소리 때문이었을 것이다, 무심하게 후원으로 들어서다 한쪽에 서 있는 커다란 느티나무에게로 시선을 준 것은.

높이 솟은 느티나무를 올려다보던 사빈의 눈이 살짝 일그러졌다. 높은 가지 위에 누운 듯 앉아 있는 인영 때문이었다.

가늘고 작은 몸을 하얀 무복에 감싼 이가 느티나무 가지에 기대앉은 채 하늘을 올려다보고 있었다.

세상 그 무엇도 상관없다는 듯 편안하고 자유로워 보이는 모습이었다. 하늘에 떠 있는 새하얀 구름 위로 성큼 뛰어올라 사라져 버려도 하나도 이상하지 않을 만큼 그 모습은 세상 사람 같지 않았다.

그래서였을 것이다. 구름이나 바람에 실려 멀리 사라져 버릴 것만 같은 두려움이 일어 그 인영의 편안함을 깨 버린 것은.

"오늘은 웬일이냐. 후원이 조용할 날도 다 있고."

밑에서 들려오는 소리에 나무 위의 인영이 고개를 내렸다. 그 고갯짓에 작은 얼굴에 드리워져 있던 긴 머리카락이 얼굴을 감싸며 흐르듯 흩어졌다. 물결치듯 나부끼는 그 머리카락이 사빈의 시선을 잡았다.

"재미없어."

심드렁한 표정으로 이령이 볼을 부풀렸다. 작은 얼굴에 하얀 볼이 동그랗게 부어오르는 모습이 재미있어 사빈이 작게 웃음을 품어 냈다.

한 달의 시간 동안 이령의 얼굴은 제법 살이 올라 처음 보았을 때와는 비교도 되지 않을 만큼 고왔다. 한숨이 나올 만큼.

더 이상 그녀의 얼굴을 바라볼 수 없어 몸을 돌린 사빈이 느티나무 줄기에 등을 기대고 섰다. 나무 향이 은은하게 그의 코끝으로 스며들었다. 나무에 기댄 사빈도, 나무 위 가지에 누운 이령도 한참을 그렇게 말이 없었다.

"이제 율로 가야 하는 건가?"

무심한 듯 들려오는 나무 위쪽의 목소리에 사빈이 대답하지 못했다. 그녀가 어떻게 알았는지는 중요하지 않았다. 그녀의 물음에 아니라고 말할 수 없기에 대답할 수도 없었다.

"거기에 가면…… 또 뭐가 기다리고 있는 거니."

나직하지만 서늘하리만치 담담하게 이령은 묻고 있었다. 이제 고작 스물다섯이 되었을 여인이 80년은 산 노파처럼 세상사 그 무엇도 상관없다는 듯 무심하게 묻고 있었다.

하지만 사빈은 느낄 수 있었다. 그 안에 담긴 미약한 두려움을. 사빈의 얼굴이 아프게 일그러졌다.

"도망……갈래?"

너무도 짓눌려져서 듣는 이도 힘겨운 목소리가 나무줄기 위에 기대앉은 이령의 귓가로 들려온 것은 그때였다. 허공만을 물끄러미 바라보던 이령의 눈이 거세게 아래로 향했다. 조금 아래 커다란 나무 기둥에 기대선 이는 그녀를 보고 있지 않았다. 그의 입이 다시 열렸다.

"가고 싶다면 내가……."

"됐어."

입을 열던 사빈이 단호하게 들려온 목소리에 고개를 들었다. 자신을 보며 싱긋 웃고 있는 이령의 조그마한 얼굴이 보였다.

"도망 따위 안 가. 도망갈 거였으면 벌써 열두 번도 더 갈 수 있었어."

"……."

"너 황자라며. 내가 너 목숨도 구해 주었는데 설마 율국에서 날 죽이기야 하겠어?"

"내가 널 지켜도 되는 것이냐?"

너무도 진지해서 숨이 막힐 듯한 사빈의 얼굴을 잠시 바라보던 이령이 큭, 웃음을 토해 냈다. 시원하고 호탕한 그녀의 웃음이 바람을 타고 공간을 울렸다.

"됐거든. 진지하긴. 너도 율국의 궁 안에서 살기 팍팍할 텐데 나까지 괴롭히고 싶지 않다. 난 내가 알아서 잘 살 테니 걱정마."

아무 기대도, 상관도 없다는 듯한 얼굴로 고개를 돌리는 이령의 모습에 다시 입을 열려던 사빈이 천천히 시선을 내렸다. 하고 싶었는데 하지 못한 말이 입안을 맴돌았다.

'가고 싶다면 내가, 데려가 줄 수 있어.'

"그런데."

허탈한 얼굴로 고개를 돌리던 사빈이 다시 들려오는 이령의 목소리에 고개를 돌렸다. 무심하던 이령의 눈 안에 아주 조금의 흔들림이 담겨 있다고 느껴진다면 그의 착각일까.

"너도…… 함께 가는 거지? 그곳에?"

이령의 목소리에 긴장이 어렸다. 아무렇지도 않은 듯 사빈을 바라보고 있었지만 그 눈 안에 담긴 불안이 느껴지는 사빈이었다. 그 불안이…… 좋았다.

"물론."

"그럼 됐어."

이령의 눈길이 자신에게서 떠났지만 사빈은 고개를 돌리지 못했다. 사빈의 뇌리에 아직도 그의 대답을 기다리던 이령의 약하게 흔들리던 눈동자가 남아 있었으니까.

자신의 대답에 그녀의 눈이 아주 조금 웃었다고, 그는 생각했다. 가슴 저 깊은 곳이 뻐근하게 차올랐다.

#3. 내가 너를 지키게 해 줘

"못 하는 게 있기나 하는 걸까요?"

능숙하게 말을 몰며 신나게 앞으로 달려 나가는 이령의 모습에 류한이 사빈을 바라보며 물었다. 사빈이 웃음을 토해 내며 달려 나가는 이령을 쫓았다.

수백의 무리가 움직이기 시작했다. 소천의 궁과 도성을 완벽하게 정리하고 율로 돌아가는 길이었다. 두 달이나 전장에서 지낸 병사들의 걸음은 집으로 돌아간다는 기대에 한껏 부풀어 있었다. 전쟁터로 향할 때에는 납을 단 듯 무겁던 걸음걸이가 산책을 나온 듯 모두 가벼웠다.

"제법이다."

신나게 말을 몰아 앞서가던 그녀가 잠시 말을 멈추고 숨을 고르던 때, 그 곁으로 자신의 말을 가까이 몰고 간 사빈이 물주머

니를 내밀었다. 목이 말랐는지 아무 말 없이 건네받은 그녀가
그대로 물을 입안으로 쏟아부었다. 그녀의 입안으로 들어가는
물이 반, 입에서 흘러내리는 물이 반이었다. 앞섶이 물로 다 젖
는 것도 그녀는 상관치 않았다.

"하아, 살겠네."

그녀의 젖은 얼굴이 환하게 웃었다. 하늘 저 높은 곳에 일렁
이는 태양 빛을 품은 작은 얼굴이 너무도 밝았다.

전속력으로 말을 달리면 하루면 닿는 거리이지만 수백의 병
사들을 데리고 움직이는 여정이기에 하루는 무리였다.

어둠이 내리기 시작하자 일행은 잠자리를 준비했다. 하룻밤
만을 보낼 여정이기에 막사 없이 화톳불 앞에 모포를 깔고 잠을
청해야 했다. 수백의 사내들 사이에 이령을 재워야 한다는 사실
이 마음에 들지 않는 사빈과 달리 이령은 아무 상관도 없다는 듯
모포를 깔고 그 위에 대자로 누워 버렸다.

"이봐."

모포 안으로 얼굴을 묻는 이령을 사빈이 슬쩍 발로 건드리자
이령이 빠꼼히 모포 밖으로 고개를 내밀었다.

"이쪽으로 오지."

사빈이 자신과 류한 사이의 빈 곳을 가리켰다. 따스한 불에
가장 가까운 곳이었고 병사들에게서는 조금 떨어져 자신과 류한
사이에 그녀를 눕히려는 사빈의 배려가 느껴졌다. 이령이 웃음
을 터트리며 모포를 들고 일어섰다.

"어?"

모포를 든 채 일어선 이령이 어둠이 짙게 내려앉은 벌판 저

멀리를 바라보며 작은 소리를 낸 것은 그때였다. 그녀의 시선이 머무는 곳으로 사빈의 시선도 향했다. 환한 달빛 덕분에 짙은 어둠을 품고 있는 거대한 숲이 그들의 시야에 들어왔다.

"저기다."

"뭐가?"

이령이 살짝 들뜬 목소리로 말하며 시꺼먼 어둠을 가득 품고 있는 숲을 손가락으로 가리켰다. 그녀의 말에 사빈이 의아함을 담고 그녀를 바라보았다. 그녀의 눈동자가 달빛을 받아 반짝이고 있었다.

"10년 전 그 숲."

"황실 사냥터 말이냐?"

커다랗게 눈을 뜨고 그 어둠의 숲을 향해 고개를 돌린 사빈에게 이령이 고개를 끄덕여 보였다.

거대한 숲을 바라보는 사빈의 시선이 돌려지지 않았다. 그때 그 늑대의 울음소리가 귓가로 다시 들려오는 듯했다.

엄청난 크기의 늑대에게서 느껴지던 죽음의 위압감. 몸을 조금도 움직일 수 없던 순간의 무력감. 그리고 눈앞에서 늑대를 막아 내던 이령의 모습까지, 모든 것이 너무도 또렷하게 머릿속에 떠올라 왔다. 알 수 없는 전율이 그의 온몸을 타고 흘렀다.

"갈까?"

눈도 깜박이지 않고 숲을 응시하는 사빈을 보며 이령이 작게 속삭이듯 말했다. 하지만 그 소리가 사빈의 귓가에는 천둥소리처럼 크게 울렸다. 사빈이 천천히 고개를 돌려 이령을 바라보았다.

"그래."

잠을 청하려다 검을 집어 들고 일어서는 두 사람의 모습에 류한이 기겁했다.

"저하, 대체 어딜 가신다는 것입니까? 저하!"

하루 동안 꼬박 힘겹게 말을 달려 이곳까지 왔다. 내일 새벽이면 또다시 행군을 계속해야 하는 것이다. 그런데 이 밤, 이 짙은 어둠 속에서 어딜 가신다고? 설마.

"새벽까지는 돌아올 터이니 걱정 마라."

갑옷을 걸친 사빈이 얼이 빠진 듯한 류한을 보며 싱긋 미소를 지어 보였다. 너무도 맑아서 익숙한 그 미소에 류한이 멍하게 대답도 잊은 순간 두 사람은 바람을 가르듯 달리기 시작했다.

"저하, 대체……."

예전 그 모습이었다. 세상 그 무엇도 마음에 담지 않고 천방지축으로 살던 어린 사빈의 얼굴에 가끔씩 담기던 그 환하고 맑은 미소. 어느 순간부터 볼 수 없었던 그 미소를 보여 주고 달려가는 사빈의 뒷모습에서 류한은 10년 전 처음으로 만났던 어린 주인을 떠올렸다.

여전히 숲은 거대했다. 그 어리던 소년 시절, 자신의 몇 배는 되는 듯했던 나무들은 그때보다 조금 더 작게 느껴질 뿐 웅장한 느낌은 여전히 심장 속으로 파고들 만큼 강렬했다.

진한 나무 향이 숲속으로 스미듯 들어서는 두 사람의 코끝으로 강하게 스며들었다. 숨이 막힐 만큼 강렬한 향기였다. 폐 깊은 곳까지 닿아 오는 향기에 머릿속이 지끈거릴 지경이었다. 쥐 죽은 듯한 고요 속에 천천히 숲 깊은 곳으로 걸음을 옮기며 이령이 고개를 까닥거렸다. 이 상황이 무척이나 신나고 재미있는 모양이었다.

"재밌는 거냐? 여기가?"

못 말리는 그녀의 모습에 고개를 젓는 사빈을 올려다보며 이령이 크게 끄덕였다.

"이런 곳에 있어야 사는 것 같거든."

"설마."

"이런 곳에서는 내 힘만으로 나를 온전히 지킬 수 있으니까. 그 누구도 날 옭아맬 수 없으니까 이런 곳이 좋아."

사빈의 아픈 시선이 맑게 빛나는 이령의 눈동자를 바라보았다. 사빈의 시선을 마주한 이령이 무엇인가 재미있는 것이 떠오른 듯 고개를 사빈 쪽으로 숙였다.

"얼마 전에 이곳에서 범이 사람 여럿을 잡아먹었다는 소문이 있었어."

주변을 살피던 사빈의 고개가 휙 돌아갔다.

"참 빨리도 말한다."

"재미있잖아. 범 사냥."

"안 재미있거든, 그거."

"해 본…… 거야?"

설마라는 대답을 하려는 순간, 코끝으로 훅 끼쳐 오는 낯선 노린내에 사빈이 그대로 고개를 돌렸다. 온몸으로 거대한 살기가 스미는 것이 느껴졌다.

"젠장."

사빈이 낮게 뇌까리며 천천히 검을 빼 들었다. 그의 커다란 몸이 이령을 막아선 채.

천천히 시선을 들어 올리는 사빈의 눈에 이질적인 광채를 띤 노란 불빛 두 개가 보였다. 광채가 아니었다. 광기라고 불러야 할 듯한 빛이었다. 예전 어미 늑대를 상대하던 이령의 눈에서 보았던 것과 같은 이성적이지 못한 지극히 본능적인 살기였다. 살기 위해 상대를 향해 쏟아져 나오는 지독한 본능적 미움.

"으르릉."

낮게 목구멍 저 안쪽에서부터 분노를 끌어 올리며 범이 한 걸음 한 걸음 두 사람에게로 다가왔다. 숲을 환하게 밝힌 달빛 아래 범의 거대한 자태가 보고 싶지 않아도 시야를 가득 채웠다.

자신의 구역을 침입한 낯선 이들을 그대로 돌려보내지 않겠다는 듯 범의 시선은 두 사람을 옭아매며 조여 오고 있었다. 열 걸음이나 떨어져 있는 곳인데도 범의 지독한 노린내가 온몸에 감기는 듯했다.

사빈이 한 손에는 검을 든 채로 나머지 한 손은 뒤쪽의 이령을 감싸듯 뒤를 향하며 속삭였다.

"범이 뛰어오르면…… 뛰어."

"싫어."

"이령."

"혼자는 안 가."

누군가에게 하는 말 따위가 아니었다. 스스로에게 다짐하고 있었다, 그녀는. 세상에 태어나 단 한 번도 도망가 본 적 없는 이의 당당함이 그녀의 목소리에서 스며 나오고 있었다.

끔찍하게 매력적인 그 목소리에 사빈이 미소를 지었다. 지금 이 순간 죽으면 참 행복할 것 같다는 우스운 생각이 그의 머릿속을 파고들었다.

그 순간이었다. 눈앞의 존재가 그대로 뛰어오른 것은.

사빈의 검이 허공을 가른 것과 상대의 거대한 앞발이 사빈을 내리친 것은 같은 순간이었다. 물러서지도, 눈을 감지도 않는 이령의 시선 안에 달빛 아래 범의 움직임이 그대로 드러나 보였다. 범의 날카로운 발이 사빈을 내리치는 순간 사빈의 검이 범의 앞쪽 목을 그대로 베어 버렸다.

폭포수처럼 붉은 피를 쏟아 내며 범이 무너져 내렸다. 하지만 문제는 범이 사빈을 그대로 안듯 무너져 내린 것이었다. 범과 사빈이 뒤엉켜 무너지는 순간 이령의 가벼운 몸이 허공으로 날아올랐다. 그리고 무너져 내린 채 핏빛 이빨을 벌려 사빈을 물어뜯으려는 범의 정수리에 그대로 검을 박아 넣었다. 그 모든 것이 너무도 짧은 순간에 끝나 버렸다.

"으윽!"

이가 갈리게 끔찍한 비명이 사빈에게서 흘러나오는 것을 이령은 들을 수 있었다. 그의 허리 밑이 범의 몸에 깔려 있었기 때문이다.

온몸에 튄 핏물을 거칠게 털어 내며 범의 몸에서 뛰어내린 이령이 사빈의 머리맡으로 갔다. 일그러진 사빈의 얼굴과 벌겋게 벌어진 가슴의 상처가 시선에 들어왔다. 상황이 좋지 않았다.

"젠장. 미치겠네."

짜증스러운 욕설을 내뱉은 이령이 사빈의 두 팔 아래 자신의 팔을 밀어 넣었다. 그 움직임만으로도 사빈이 이를 악물었다.

죽어 버린 범의 무게는 상상을 초월했다. 다리뼈가 부서져 버리는 것 같았다. 아마도 범에게 가격당한 가슴의 상처 때문에 더 고통스러운 모양이었다.

"참아라. 잡아당길 거야."

"하아, 하아."

"하나, 둘, 셋!"

"아악!"

작은 동굴 안 벽에 자신을 기대 앉혀 놓고 입구 쪽으로 움직이는 이령을 사빈이 힘겹게 뜬 눈으로 천천히 따랐다. 이령의 작은 몸에 기대 움직여야 할 때에는 가슴의 통증이 끔찍하게 힘겨웠지만 움직이지 않고 기대앉으니 견딜 만해지고 있었다.

작은 다람쥐처럼 동굴 안과 밖을 들락거리던 이령이 동굴 앞에 나뭇잎들을 모아 작은 불을 피우는 모습이 그의 시선을 잡았다. 아마도 연기를 피워 올려 동물들이 자신의 피 냄새를 맡지 못하게 하려는 모양이었다. 냄새가 독한 풀만을 모아 불을 피우는 그녀의 움직임은 능숙하고 편안해 보일 지경이었다.

"상처 장난 아니다."

연기가 제법 올라오는 것을 확인한 이령이 동굴 벽에 기대앉아 자신을 물끄러미 바라보는 사빈의 앞으로 다가와 앉았다.

그녀의 미간이 그의 가슴에 닿자 거칠게 일그러졌다. 범의 앞발톱에 제대로 긁힌 그의 가슴에서는 여전히 붉은 핏물이 흘러내리고 있었다. 다행히 내상까지는 입지 않은 것 같았지만 갈비

뼈가 부러진 것인지 움직일 때마다 비명을 내지르고 있었다.

"상처 지혈해야 하는데……."

힘겹게 숨을 토해 내느라 대답도 거의 하지 못하는 사빈을 잠시 바라보던 이령이 몸을 돌렸다.

"이봐, 눈 좀 감아라."

"뭐?"

"눈 감으라고."

그녀가 자신의 갑옷을 벗어 던지며 하는 말에 사빈이 자신도 모르게 질끈 눈을 감았다. 뭘 하려는 것인지 모르지만 일단 옷을 벗는 것은 느낄 수 있었다.

쥐 죽은 듯 고요한 공간에 매듭이 풀리는 소리는 유난스럽게 선명했다. 가슴의 고통도 잊을 만큼 사빈의 귓가로는 그 소리가 강하게 박혀 들고 있었다. 피가 흘러서일까. 심장이 조금씩 뜨거워지는 듯한 사빈이었다.

"됐어."

사빈이 자신의 앞으로 다가오는 이령의 기척에 천천히 눈을 떴다. 어느새 다시 옷깃을 여민 이령의 모습에 알 수 없는 서운함이 느껴지는 그였다. 고통스러움이 가득한 속에서도 휘몰아치는 자신의 감정이 우스웠다.

"등 좀 벽에서 떼어야 하는데, 조금만 참아."

그녀의 손에 들린 것은 긴 천이었다. 그것이 어디에 쓰이는 것인지, 어디에서 생긴 것인지 의아함을 품으며 사빈이 이령의 손길에 따라 동굴 벽에 기댔던 몸을 조심스럽게 떼어 냈다.

온몸이 조이는 듯한 고통이 일순 그를 덮쳤다. 그가 입술을 악물었다.

"됐다. 제법 괜찮네."

온몸이 식은땀으로 축축해질 만큼 고통을 참으며 진한 숨을
토해 낸 사빈이 밝게 들리는 이령의 목소리에 힘겹게 눈을 떴
다. 자신의 몸을 감은 천이 대체 무엇인지 알 길은 없었지만 상
처를 감싸기엔 적절했다. 지혈이 되고 제법 제대로 처치한 상처
도 아까보다는 덜 고통스러웠다.

자신의 처방이 만족스러운지 이령의 눈동자가 반짝이고 있었
다. 그녀가 동굴 입구에 피워 놓은 불빛에 작은 그림자가 동굴
벽에서 일렁였다. 꼭 가는 몸이 춤을 추는 것처럼 보였다.

"물 좀 마셔야 하는데."

조금 숨을 돌려서인지 이제야 제대로 눈앞이 보이는 사빈을
두고 이령이 동굴 안쪽으로 스미듯 들어가더니 곧 작은 손안에
물을 떠 왔다. 사빈의 눈이 동그랗게 커졌다.

"안쪽에 물이 있는 거냐?"

"벽을 타고 조금씩 흐르는 게 있어. 예전부터 있었는데 아직
도 그대로던걸."

"너 여기 와 본 거냐?"

"그때 와 봤었어. 늑대 굴을 찾느라 여기저기 굴이란 굴은 다
뒤지고 다녔거든."

"아……."

"자, 아 해 봐. 피 많이 흘려서 목마를 텐데."

물방울이 뚝뚝 떨어지는 작은 손을 들어 올린 이령이 그의 입
가로 손을 가져갔다. 바싹 마른 입술을 사빈이 천천히 열자 그

녀의 손에서 떨어져 내린 물줄기가 그의 입안으로 천천히 흘러들었다.

"하……."

"살겠냐? 이제?"

사빈의 앞에 다리를 쭉 펴고 앉은 채 이령이 물었다. 그런 이령의 모습을 사빈이 물끄러미 바라보았다.

10년 전 그때처럼 그녀의 온몸은 피로 붉게 물들어 있었다. 익숙한 그 모습에 그 눈빛을 한 그녀가 다시 자신의 앞에 있는 것에 행복한 것인지 아픈 것인지 그는 종잡을 수가 없었다.

"에이, 범을 잡았는데 그리 버려두어야 하다니 진짜 아깝다."

볼을 부풀리며 말하는 이령의 모습에 사빈이 하, 한숨을 토해냈다. 지금 이 상황에 범을 가져오지 못한 것을 아쉬워하는 모습이 황당하면서도 재미있었다. 그녀에게 두려움이나 고통은 별 의미가 없는 모양이었다.

"끌고 오지 그랬냐."

"낮이었으면 내가 그 녀석 이빨이라도 하나 뽑아 왔을 건데, 지금은 한순간도 그 옆에 있으면 안 되거든. 이 숲의 늑대들이란 늑대들은 다 모여들었을걸?"

그랬을 것이다. 범이 다니는 곳에는 나타나지 못한 늑대들이지만 죽음의 냄새는 얼마든지 맡을 수 있었을 테니까. 이 숲의 주인이 죽었다는 것을 느낀 늑대들이 그 주인의 사체를 남겨 두지도 않았을 것이다.

"새벽이면 네 부하들이 우릴 찾으러 오겠지, 아마?"

사빈이 큭, 웃음을 토해 내다 미간을 좁혔다. 가슴의 상처가 칼로 저미듯 아파 왔기 때문이다.

"하아, 후."

"많이…… 아픈 거냐?"

장난스럽게 말하던 이령이 미간을 좁히며 사빈의 앞으로 다가앉았다. 그녀의 투명한 눈에 가득 걱정이 담겨 있었다. 따스한 물기가 가슴을 적시듯 사빈이 빙그레 웃었다.

"죽을 것 같다."

"그러게 왜 앞은 막아서서는."

퉁명스럽게 말하는 이령을 보며 사빈이 푸른 기가 가득 밴 입술을 열었다.

"널 지키고 싶으니까."

"……"

두 사람의 눈동자가 일렁이는 불그림자를 담고 서로를 바라보았다. 대답을 하지 못한 이령이 가만히 사빈의 눈을 응시했다. 그의 붉어진 눈이 일렁이는 것이 불빛 때문인지 아니면 그가 내어 보이는 마음 때문인지 가늠할 수 없는 그녀였다. 따스함과 단단함을 한가득 담고 있는 그의 눈빛에 저 깊은 마음속 어딘가가 자꾸만 간질거렸다.

"10년 전 그때처럼은 절대 하지 않을 거니까. 그때처럼 네 뒤에 숨는 짓 따위 죽어도, 죽어도 다신 하지 않을 거거든."

"……"

"전장에 설 때마다, 누군가를 지켜야 할 때마다 그때를 떠올렸다. 그래서 다신 무엇에도 물러서지 않아, 난."

"……"

거칠게 흔들리는 이령의 눈동자가 불빛에 드러나 보였다. 그 흔들림마저 너무도 고와서 사빈이 한숨을 토해 냈다.

"그러니까…… 이제부터 내 뒤에 서면 안 될까?"

"……뭐?"

"내 뒤에 숨고, 내 뒤에서 숨 쉬고…… 그렇게 내가 널 지키면 안 될까?"

"이봐, 꼬마."

"꼬마는 이런 거 하지 않는다."

그 순간 사빈의 손이 그녀의 뒷목을 감아 왔다. 그리고 그의 뜨거운 입술이 그녀의 작은 입술을 삼켜 버렸다.

지독한 뜨거움이 닿아 왔기 때문일 것이다. 너무도 뜨거워 참을 수 없어서였을 것이다, 그녀가 입술을 연 것은. 자신도 모르게 열린 입술 사이로 뜨거운 숨결과 뜨거운 열기가 쏟아져 들어오는 순간 이령은 질끈 눈을 감았다.

심장이 데일 것처럼 뜨거웠다. 이 뜨거움이 어쩌면 심장을 지나 온몸을 터지게 할지도 모른다는 두려움이 일 만큼 그에게서 쏟아져 들어오는 뜨거움은 지독했다. 그리고 그 뜨거움은 그녀의 머릿속까지 익혀 버리려는 모양이었다.

그의 숨결이 자신의 안으로 스며들 때마다 머릿속이 텅 비어 버리는 듯 아득해지는 것을 느끼는 이령이었다.

그리고 그렇게 그의 숨결에 매달려 숨을 참는 것조차 한계에 다다랐을 때, 자신 앞에 있는 사내가 천천히 무너져 내리는 것이 느껴져 왔다.

쏟아지던 뜨거운 숨결이 멀어지고 온몸을 조이듯 감겨 오던

121

그의 손이 목에서 떨어져 나갔다. 그리고 그가 그대로 그녀의 어깨에 얼굴을 묻었다.

"빈?"

"……."

"이, 이런!"

붉게 물든 이령의 얼굴이 거칠게 일그러졌다.

열이 오르는 이를 어떻게 해 줘야 하는지는 이미 도가 튼 그녀였다. 조금만 피곤하거나 힘겨우면, 찬바람만 불면 금세 열이 오르고 힘겨워하는 하루아와 함께한 시간이 20년이었다.

거대한 사빈의 몸을 겨우 지탱해 조심스럽게 바닥에 누인 이령이 한숨을 토해 냈다. 아직 떨리는 심장도 제대로 수습하지 못했는데 엄청난 무게의 사내를 감당하느라 숨이 자꾸만 차올랐다. 게다가 아까부터 그의 얼굴만 보면 자꾸만 심장이 두근거려 미칠 지경이었다.

"이 몸을 해 가지고 넌 진짜."

이령이 자꾸만 달아오르는 얼굴에 손부채를 부치며 자리에서 일어서려다 누워 있는 사빈에게로 시선을 돌렸다.

'내 뒤에 숨고, 내 뒤에서 숨 쉬고…… 그렇게 내가 널 지키면 안 될까?'

두근, 심장에서 나직하고 힘 있게 울리던 사빈의 목소리가 들려왔다. 이제 정말 미쳐 가는 모양이었다. 이제껏 미쳐도 이상하지 않을 상황에서는 잘 버텨 놓고 고작 이런 것에 미치다니.

"아, 진짜!"

고개를 거칠게 저으며 이령이 동굴 안쪽으로 걸음을 옮겼다. 불에라도 덴 듯 자꾸만 뜨거워지는 가슴 때문에 그가 아닌 자신도 물이 필요했다.

얼마나 그의 온몸을 찬물로 닦아 주었을까. 손끝에 닿는 열기가 조금은 약해졌음을 느낀 이령의 얼굴에 편안함이 담겼다.

가만히 사빈의 이마에 대었던 손을 거두며 이령이 동굴 벽에 기대앉았다. 새벽을 향해 가는 시각이어서인지 몸이 무거워지고 있었다. 웬만한 피곤은 내색조차 하는 법이 없는 그녀이지만 하루 종일 말을 타고 달렸고 범과의 사투를 벌였다. 긴장이 풀어진 몸은 천근처럼 무거웠다.

온몸의 힘을 풀고 다리를 쭉 편 채 앉은 이령의 시선이 죽은 듯 잠들어 있는 사빈에게로 닿았다. 의식하지 못한 사이 입술에 자신의 손이 닿았다.

숨이 막힐 듯한 뜨거움. 그 너무도 낯선 감각에 온몸이 녹아내릴 것만 같던 순간 떠오른 또 하나의 기억이 있었다. 조금 전의 뜨거움까지는 아닐지라도 그 온기가 언젠가 자신의 입술에 닿았던 것 같은 기억 속 편린. 너무도 흐릿하지만 분명 기억 속 어딘가에 남아 있는 기억이었다.

따스하게 자신의 입술을 베어 물던 감촉이 조금 전 그 뜨거움을 품던 감각과 많이 닮아 있다는 것은 부정할 수 없었다. 그저 다른 것이라면 기억 속의 그 따스함엔 조금 전의 열기가 담겨 있지 않았다는 것뿐. 그리고 그 따스함 뒤에 쌉싸름하게 혀를 감싸는 느낌이 남았다는 것이었다.

이령이 고개를 거세게 저었다. 이런 낯선 감정에 휘말려 있는 것이 편치 않았다. 한 번도 느껴 보지 못한 이물질이 목 저 깊은 곳에 걸린 듯 신경을 쓰지 않으려 해도 자꾸만 신경을 날카롭게 긁고 있었다. 결코 떨쳐 버리지 못할 것이라는 예감이 그녀를 두렵게 했다.

이령이 사빈의 얼굴 쪽으로 고개를 내렸다.

"잘생기지도 못한 꼬마 주제에 왜 이리 신경 쓰이게 하는 거야, 넌."

혼잣말을 내뱉는 그녀의 숨결이 그의 얼굴에 닿아서인지 그의 길고 섬세한 속눈썹이 천천히, 힘겹게 들어 올려졌다.

사빈의 눈꺼풀에 닿은 이령의 시선이 움직여지지 않았다. 심장 저 깊은 곳에서는 어서 도망가라고, 지금 이 사내의 눈앞에서 도망가라고 그녀를 잡아당기고 있었지만 움직일 수 없었다. 아니, 움직이고 싶지 않았다. 열리는 그 눈동자를 보고 싶다는 열망이 도망가라고 재촉하는 열망 따위는 느끼지도 못할 만큼 강하게 그녀의 심장을 조이고 있었으니까.

그녀의 눈앞에 제 모습이 가득 담겨 일렁이는 검은 눈동자가 보였다. 그 눈 가득 담긴 자신의 모습이 너무 예뻐서 그녀의 심장이 뛰었다.

"꼬마, 아니라고 했을 텐데."

아프게 잠겼지만 그녀의 마음을 편안하게 해 주는 따스한 목소리가 들려왔다.

"이게 대체……."

동굴 안으로 들어선 류한의 입에서 처음으로 나온 말이었다. 류한의 입술이 이제 하얗다 못해 파랗게 질려 가는 모습을 보며 사빈이 피식 입가를 끌어 올렸다. 크게 웃을 수도 없기에 그저 미소를 지어 보일 수밖에 없었다.

류한이 짜증스러운 듯 머리를 거칠게 쓸어 넘기며 이령을 노려보았다. 이 모든 것이 저 여인 때문임은 자명할 것이었다. 사고라고는 한 번도 쳐 본 적 없는 주인이 이리 말도 안 되는 일을 벌이기 시작한 것이 저 여인이 나타나면서부터니까.

여인과는 눈도 한 번 마주친 적 없던 주인이 전장 한가운데서 그녀를 자신의 막사에 거하게 해 기함하게 하고, 점령군으로 궁성에 머물 때에도 자신의 전각 옆에 두어 얼마나 병사들 사이에서 말이 많은지 류한은 알고 있었다.

말려도 아무것도 바뀌지 않을 것을 알기에 참고 있었고, 율로 돌아가면 어차피 그녀는 태자의 여인이 될 것이기에 그냥 주인의 마음대로 조금은 하게 해 주고 있었던 것이다. 처음 느끼는 여인에 대한 감정에 조금 휘둘리고 있지만 도성으로 돌아가면 제자리를 찾을 거라고 믿었으니까.

헌데…… 이제 하다 하다 여인과 함께하느라 저리 부상까지 당한 것이다. 새벽녘까지 돌아오지 않는 주인 때문에 자신이 얼마나 놀랐는지 주인은 모를 것이다. 출발도 하지 못하고 전군이 이 새벽에 숲을 뒤져야 했다. 정말 미칠 노릇이었다. 그 모든 것의 원흉을 보는 류한의 마음이 편할 리가 없었다.

"별것 아니다. 범 사냥을 했거든."

"······예?"

하얗게 눈이 돌아갈 만큼 이령을 노려보던 류한의 시선이 사빈을 향해 거칠게 돌려졌다. 사빈의 가슴을 꽁꽁 싸맨 붕대가 그의 시선에 들어왔다.

그럼 저 상처가 범이 만든 것이란 말인가? 진정?

"숲을 뒤지면서 범은 보지 못한 모양이네. 벌써 늑대들이 다 뜯어 갔구나. 젠장."

지금 이 상황을 이해하지 못하는 것인지 자신이 노려보는 것은 상관도 않더니 범을 보지 못했다는 말에 하늘이 내려앉을 만큼 탄식을 뱉는 이령에게로 류한의 시선이 다시 돌았다. 제정신이기나 한 여인일까 문득 두려워지는 그였다. 별명대로 정말 미친 여인이 아닐까 하는 의문이 뒷머리를 잡아당겼다.

"우리가 범 사냥을 했다는 증거가 이렇게 내 가슴에 남아 있으니 그것으로 만족해라."

"지금 농담이 나오십니까, 저하?"

"부축이나 해. 돌아가야 할 거 아니야."

"그 몸으로 말을 타실 수 있으시겠습니까?"

"타야지. 괜찮아."

사빈이 천천히 고개를 끄덕였다. 힘들겠지만 말도 못 탈 정도는 아니라 느껴졌다. 다행히 스치듯 범의 앞발에 긁혀서인지 어제보다는 통증도 훨씬 약해져 있었다. 제대로 지혈을 하고 열을 내려서 큰 문제는 느껴지지 않았다.

한숨을 토해 낸 류한이 고갯짓을 하자 병사들이 사빈을 부축했다.

고통으로 일그러지는 사빈의 얼굴을 안타깝게 바라보며 류한이 조심스럽게 사빈을 말 위에 앉혔다. 이를 악물며 고통을 참던 사빈이 말 위에 앉고 나서야 힘겹게 숨을 토해 냈다.

"괜……찮으시겠습니까."

"괜찮아. 그러니 얼굴 좀 펴라."

"저하, 아시지 않습니까. 저 여인은 궁으로 가면……."

"그만."

짜증 섞인 목소리로 내뱉던 류한이 차디차게 들려오는 사빈의 목소리에 고개를 들었다. 짙푸른 서늘함을 담은 사빈의 눈동자가 그를 노려보고 있었다. 온몸이 움찔할 만큼 서늘한 냉기가 쏟아져 들어왔다.

"그런 일 따위, 생기지 않아."

"저하."

"출발하자."

조금 전 말 위에 오를 때의 힘겨운 모습은 거짓인 것처럼 말 고삐를 잡고 달리기 시작하는 사빈의 뒷모습에 류한의 놀란 시선이 닿았다.

"저 사람, 무지 화난 것 같아."

죽일 듯 노려보며 따라오는 류한을 피해 사빈 곁으로 말을 몰아 온 그녀의 말에 사빈이 큭, 입술을 올렸다.

부드러운 그의 시선이 이령을 바라보았다. 너무도 따스해서 온몸이 녹아내릴 것 같다고 이령이 생각했다. 그 시선만으로 또다시 심장이 뛰기 시작했다.

"날 걱정해서 그런 거야. 내가 한 번도 사고 같은 거 안 치다가 요즘 엄청나게 치고 있으니 엄청 걱정될 거거든."

"좋은 부하네."

"응?"

"그쪽을 정말 귀하게 여기는 것이 보여. 저 사람의 눈빛에서
부터."

이령이 부러운 듯 시선을 류한에게로 돌렸다. 자신을 노려보
는 사내의 눈빛 안에 사빈에 대한 커다란 마음이 숨어 있음이 느
껴졌다. 그런 든든한 이를 언제나 곁에 두고 있는 사빈이 부러
워지는 그녀였다.

"잘 아네? 그럼 내 눈빛도 좀 읽어 보지. 내 눈빛에서는 뭐가
보이는지."

사빈의 말에 이령이 숨을 삼켰다.

딸꾹! 그녀의 입에서 순간 터져 나온 소리에 사빈이 큭, 웃음
을 삼키다 이를 악물었다.

"큭큭, 윽!"

"괜찮아?"

웃음을 삼키지 못해 통증을 불러온 모양이었다. 몸을 구부리
며 이를 악무는 사빈의 모습에 이령이 놀란 목소리로 물었다.
고삐도 놓지 못한 사빈이 힘겹게 숨을 내쉬는 모습이 이령의 마
음에 불안을 드리웠다.

잠시 커다란 몸을 구부리고 고통을 참던 사빈이 견딜 만한지
다시 몸을 들었다. 그리고 걱정스러운지 사빈의 말 바로 옆으로
다가온 이령을 돌아보았다.

걱정이 가득 고인 이령의 따스한 검은 눈동자가 사빈의 눈동

자와 마주치는 순간 허공으로 돌려지는 것이 보였다. 그녀의 볼이 아주 조금 붉어져 있었다. 사빈의 입술이 열렸다.

"예쁘다."

이령이 숨을 참았다. 그녀가 꼼짝도 하지 못한 채 굳어 버리자 그녀를 태운 말이 조금씩 속도를 줄이기 시작했다. 그렇게 멈춰 선 채 저 멀리 앞을 향해 달려 나가는 사빈의 뒷모습에 닿은 이령의 눈동자가 거칠게 흔들리고 있었다.

✂

거대한 성문 앞에 선 이령의 시선이 끝없이 높은 듯 느껴지는 성벽을 올려다보았다. 거대한 감옥에서 나와 마주 선 또 다른 거대한 세상. 눈앞에 있는 이곳이 자신에게 어떤 의미가 될지 그 무엇도 알 수 없기에 불안할 수밖에 없을 것이었다. 그런 이령의 곁으로 사빈이 다가섰다.

"무서운 거냐. 천하의 광화가."

자신을 온통 감쌀 정도로 거대한 그림자를 드리우며 다가온 사빈을 이령이 물끄러미 보았다. 우스웠다. 눈앞의 거대한 성각의 그림자보다 이 사내의 그림자가 더 크게 느껴지는 것이.

"무서워해야 하나? 그쪽이 있어서 별로 안 무서운데."

장난스럽게 뱉어 내는 말에 사빈이 숨을 삼키며 이령을 물끄러미 내려다보았다. 장난이라도 좋았다. 그녀의 입에서 이런 말이 나올 수 있음이.

"그래, 무서워하지 마라. 그래야 광화다우니까."

두 사람의 앞에서 거대한 성문이 열렸다.

"형님!"

막 성문으로 들어서는 순간이었다. 모두의 시선이 저 앞쪽에서 달려오는 이에게로 향했다. 화려하기 그지없는 은빛 수가 가득한 비단 장의에 감싸인 젊은 사내였다. 한눈에 봐도 손질이 잘되었음이 느껴지는 반짝이는 검은 머리카락을 휘날리며 함박웃음을 담고 달려오는 사내의 모습이 막 사빈에게로 다가서는 순간, 모두의 귀에는 다른 소리가 들려왔다.

"으악!"

모두의 시선이 눈앞의 광경에 얼어붙어 버렸다. 사빈을 향해 달려드는 사내의 앞을 막아선 이령이 그대로 사내의 몸을 거세게 밀어 버린 것이었다.

이령의 힘에 밀려난 사내가 그대로 바닥으로 넘어지며 몇 바퀴 바닥을 굴렀다. 다행히 몸이 유연한 덕인지 다치지는 않은 것 같았지만 사내의 아름다운 은빛 장의는 말 그대로 흙투성이가 되어 있었다. 아름답게 날리던 머리카락은 흙먼지를 가득 품고 헝클어진 채였다.

경악이 어린 모두의 시선 앞에 벌떡 일어난 사내가 그대로 이령의 앞으로 다가서는 모습이 보였다. 아름답던 사내의 눈이 끔찍하게 일그러져 있는 모습에 모두의 숨이 멈춰졌다.

놀라며 다가서는 사빈 쪽은 바라보지도 않고 사내가 이령의 바로 코앞에 섰다. 숨결이 닿을 정도의 거리에 선 사내를 아무 두려움도 담기지 않은 이령의 시선이 올려다보았다.

"지금…… 날 민 거냐?"

파란 불꽃을 품은 듯 이글거리는 사내의 눈동자를 말간 눈으로 바라보며 이령이 고개를 끄덕였다. 아무 거리낌도 없는 고갯짓에 사빈이 한숨을 내쉬며 고개를 저었다.

"미안하게 됐다. 그런데 이쪽은 부상이 심해 그렇게 안으면 큰일 나거든."

"뭐?"

여전히 사빈을 막고 서서 시큰둥하게 말하는 이령을 사준이 죽일 듯 노려보다 사빈 쪽으로 향했다. 그제야 사빈의 옷 속에 붕대가 감겨 있는 모습이 보였다. 다시 사준의 시선이 앞에 선 이령에게로 향했다. 조그만 체격의 이가 엄청난 기운으로 자신을 밀던 순간이 떠올랐다. 볼썽사납게 뒤로 넘어지는 모습을 모두의 앞에서 보인 것이다. 천하의 사준 황자인 자신이!

"준아."

사빈의 나직한 목소리가 사준과 이령 사이의 공간으로 스며들었다. 무엇이 문제냐는 듯 물끄러미 바라보는 이령의 시선이 사준의 심장을 더 끓게 한다는 걸 아는 사빈이었다. 여기서 그만 이 상황을 종료시켜야 했다.

"잘 지낸 거냐?"

부드럽고 따스한 사빈의 목소리에 이령만을 향했던 사준의 시선이 사빈을 보았다. 서늘하기가 새벽 한기처럼 차갑던 사내의 눈이 일순 따스하게 풀어져 내렸다.

"왜 이제야 오십니까."

"그렇게 되었다."

"헌데…… 전쟁이 끝난 지가 한 달이 넘었는데 그 상처는 무엇입니까? 형님께서 다치셨다는 이야기는 들은 적이 없었는데."

"별것 아니다. 폐하께서 기다리시겠구나. 가자."

걷기가 조금 불편한 몸을 사준에게 기대 걸음을 옮기기 시작하던 사빈이 무엇인가가 떠오른 듯 고개를 돌렸다. 그의 시선 안에 뒤를 따르는 이령의 모습이 들어왔다. 아무것도 거리낌 없는 표정으로 주변을 살피는 그녀의 모습에 차라리 마음이 놓이는 그였다.

"류한, 일단 내 궁으로 모셔라."

"예."

마지못한 듯 류한이 대답하는 것을 보며 사준이 고개를 갸웃거렸다.

"누굽니까? 형님 손님입니까, 저 천방지축 여인은?"

"그건……."

"광화, 이령 궁주입니다."

그냥 모른 척 돌아서려는 사빈의 귓가로 류한의 차갑게 식은 목소리가 들려왔다. 사빈을 부축하던 사준이 딱 멈췄다.

"누……구?"

놀라 커다랗게 눈을 뜨고 다시 고개를 돌려 이령의 모습을 좇는 사준을 당겨 자신의 몸을 의지하며 사빈이 류한을 향해 시선을 내렸다.

차갑게 일그러진 주인의 시선 앞에 고개를 숙여 보인 류한이 이령 쪽으로 움직이고 나서야 사빈은 걸음을 옮기기 시작했다.

깨끗하고 단아했지만 그뿐이었다. 류한의 안내로 들어선 전각 앞에서 이령이 느낀 감정이었다. 누군가가 계속 보살핀 티가 났지만 또한 그 누구도 꾸미지 않는 공간 같았다.

"이곳에서 잠시 기다리십시오."

주변을 살피는 이령의 움직임을 가만히 응시하던 류한이 다가와 말했다. 차디차게 울리는 사내의 목소리에 이령이 고개를 들어 류한을 바라보았다. 사빈이 없는 공간에서 이 사내와 둘인 것은 처음이었다.

"내 오라비는……."

"곧 만나 보실 수 있으실 것입니다. 그럼."

"그쪽은 내가, 마음에 들지 않는 거죠?"

고개를 살짝 숙여 보이고 돌아서려던 류한이 이령의 말에 천천히 얼굴을 들어 올렸다. 차디차게 굳은 류한의 시선이 자신을 바라보는 이령의 시선과 마주했다.

여인의 시선은 단단했지만 약한 불안이 담겨 있었다. 아마도 사빈이 곁에 없기 때문일 것이다. 그녀 스스로는 느끼지 못한다 하여도 류한은 느낄 수 있었다. 한 달 동안 사빈이 곁에 있을 때면 이령의 눈빛이 편안하게 부드러워지곤 했다는 것을.

지금 사빈이 없는 이 공간이 그녀를 불안하게 만드는 것이리라. 그녀 스스로는 느끼지 못한다 하여도.

"그렇습니다."

담백한 대답이 돌아왔다. 이령이 큭큭 웃음을 토해 냈다. 시원한 그녀의 미소가 햇살 아래 반짝였다.

"무척 솔직하군요."

"궁주님."

차가운 기를 담뿍 담고 있었지만 너무도 정중한 부름이 들려왔다. 이령의 눈동자가 아주 약하게 흔들렸다.

"저하의 마음을 아십니까."

이령의 눈이 커다랗게 열렸다. 너무도 단도직입적으로 물어오는 사내의 말이 무슨 뜻인지 가늠이 되는 데 어느 정도의 시간이 걸려야 했다. 질문의 뜻을 깨달았지만 대답을 할 수가 없었다. 답은 들을 마음도 없었다는 듯 류한이 낮게 한숨을 토해 내며 다시 입을 열었다. 사내의 입이 열리는 것을 두려운 마음으로 이령이 응시했다.

"그분의 마음은 생명의 은인에 대한 미안함입니다. 하지만 그 마음이 지금 그분을 너무도 위험하게 하고 있습니다."

"무슨…… 말인가요?"

이령의 미간이 좁아졌다. 이해할 수 없는 말들이 자꾸만 눈앞의 사내에게서 흘러나오고 있었다. 생명의 은인에 대한 마음이라고? 그리고 그 마음이 그를 위험하게 한다고? 대체…….

"이령 궁주님의 이복자매 되시는 이하 황녀께서 지금 이 궁안에 계십니다."

"……그래서요?"

듣고 싶지 않은 이름과 이해할 수 없는 말들. 그녀의 온 신경이 날카롭게 곤두서기 시작했다. 그녀의 눈에 붉은 핏기가 서서히 맺히는 것을 보며 류한이 잠시 숨을 삼켰다. 사빈이 이야기했을 리 없을 것이다. 하지만 그녀는 알아야 할 일이다.

"태자 전하의 여인이 되신 것입니다."

이령의 눈이 얼음처럼 굳어졌다. 꼭 움켜쥔 그녀의 주먹이 바들바들 떨리는 모습을 물끄러미 바라보며 류한이 마지막 말을 뱉었다.

"궁주님을 이곳에 모시고 온 이유도, 그것입니다."

"황자 사빈, 폐하를 뵈옵니다."

사빈이 힘겨운 모습으로 용상에 앉은 황제를 향해 고개를 숙였다. 한 달의 시간이 흘러서일까. 지병으로 원래도 약했던 황제의 모습은 더욱 힘겨워 보였다. 거의 모든 정무를 태자인 사영에게 맡기고 있다는 말이 뜬소문은 아니라는 것을 한눈에 알수 있을 정도였다.

"고생이 많았구나."

"황공하옵니다, 폐하."

"이번 전쟁에 얼마나 큰 공을 세웠는지는 태자에게 들어 잘 알고 있다. 네가 그리 든든하게 태자의 곁을 지키니 좋구나."

아비의 말에 사빈이 숙이고 있던 고개를 들었다. 아비의 부드러운 눈이 그를 내려다보고 있었다. 가슴 저 깊은 곳에서부터 따스한 물결이 일렁였다.

자애롭고 좋은 아비였다. 어려서 어미를 잃고 그런 아비의 곁에 머물고 싶지 않았다면 거짓일 것이다. 하지만 자신의 존재가 어떤 것인지 사빈은 너무 일찍 알아 버렸다. 어미를 잃은 자신을 안타까워하는 아비의 사랑을 탐하다 보면 그것이 걷잡을 수 없는 문제가 된다는 것을. 죽은 어미 대신 자신을 품어 안은 황후의 품이 어쩌면 가장 위험한 곳이라는 것도. 그래서였다. 세상을 알고 나서부터 바깥으로만 돌며 살아온 것은.

"이번에는 궁에 좀 더 머물지 않겠느냐. 또 떠날 생각이냐."

"아닙니다. 폐하. 당분간은 궁에 머물 생각입니다."

너무도 낯선 대답이어서일까. 사빈의 예상치 못한 대답에 사영과 사준의 시선이 사빈에게로 향했다. 환하게 밝은 사준의 표정과 달리 사영의 표정은 알 수 없는 의아함을 담고 있었다.

"웬 상처냐."

술잔을 마주하고 앉은 사영이 사준의 잔에 술을 따른 후 물끄러미 사빈을 바라보았다. 사빈이 자신의 술잔에 술을 따르지 않고 자신을 바라보는 사영을 향해 고개를 들었다. 모르게 하려 그리 애를 썼는데 사영은 알아차린 모양이었다.

"별것 아닙니다."

"술은 하지 않는 편이 좋을 것인데."

"괜찮습니다. 궁에 돌아왔는데 술 한 잔도 못 하면 어쩝니까."

사빈이 편하게 웃으며 하는 말에 사영이 가만히 사빈의 잔에 술을 따랐다. 아까 사빈의 상처를 대충 보았던 사준이 말리고 싶은 듯 잠시 술잔에 시선을 주었지만 그런 것은 상관없다는 듯 사빈이 술을 입안에 털어 넣었다.

"당분간 머물 줄 알았다면 전각을 조금 더 살피라 이를 것인데 그랬구나."

사영의 말에 사빈이 옅은 미소를 지으며 고개를 저었다.

"지금이 좋습니다. 아시지 않습니까. 저는 번거로운 것을 싫어하는 것을요."

"딱 세 가지만 있으면 되지요, 사빈 형님은? 서책, 향기로운 차, 검."

사준이 두 사람의 딱딱한 대화 속에 끼어들며 재롱을 부리듯 말했다. 태자에게 언제나 깍듯하게 대하는 사빈이기에 태자와 사빈의 대화는 때론 형제의 대화 같지 않은 것이 불만인 사준이었다. 사빈과 둘이 있으면 그리 편할 수가 없는데 태자와 셋이되면 사빈이 신하의 자리로 돌아가는 것이 싫었다.

"국경은 아무 일 없을 듯하더냐."

"예. 소천이 워낙 민심이 좋지 않은 상태였고, 살기가 궁핍했기 때문인지 그 어디에서도 반란의 기미 따위는 없었습니다. 돌아가신 후 이선을 잡아 효수하였으니 이제 서천의 황실 핏줄은 남아 있지 않습니다."

"여인들만이 남은 거군요."

사준의 말에 술잔을 입가에 가져다 대던 사빈의 움직임이 아주 잠깐 멈춰졌다. 사준의 말에 무엇인가를 떠올린 듯 고개를 든 사영의 시선이 자신을 향하는 것을 보며 사빈이 숨을 참았다. 나오지 않았으면 하는 말.

"아, 광화. 그 아이는 회복되었더냐."

"많이 좋아졌습니다만 워낙 상처가 깊었기에 아직은 조심해야 한다고 전의가 당부하였습니다."

"그리 위중했던 것이냐."

낯선 두 사람의 대화에 사준의 시선이 허공을 헤맸다. 지금 분명 조금 전 자신이 마주쳤던, 아니, 정확하게 말하면 자신을 밀어 바닥에 구르게 했던 그 엄청난 힘의 여인에 대해 말하고 있는 것이 맞나 의아한 그였다. 그 여인이 부상을 입었었고 아직 회복이 덜 된 상태라는 것인가? 그 멧돼지도 한 손으로 때려잡을 것 같던 여인이?

"태자비에게 잘 돌보라 해야겠구나."

사영의 말에 사빈의 얼굴에 그늘이 아프게 드리워지는 것이 사준의 눈에 들어왔다. 사준의 시선이 차갑게 굳어 있는 사빈의 옆얼굴에 닿았다.

"그 오라비는……."

잠시 입을 다물었던 사빈이 조심스럽게 사영을 향해 물었다.

"별궁에 머물고 있다. 워낙 몸이 상한 곳이 많아 어의가 진맥을 하고 기함을 하더구나. 독을 해독하는 것에도 몇 년은 족히 걸릴 것이라고."

"예."

"제한 유민들 쪽과 거래를 하는 중이다. 아무래도 자신들의 황제라 할 수 있는 이가 우리에게 있으니 예전과는 조금 달라질 수밖에 없겠지."

"자치권을 허용하실 생각이십니까."

"자치권? 큭."

사영의 얼굴에 날카로운 미소가 번졌다. 부드러운 그의 얼굴이 일순 정복자의 얼굴로 변하는 것을 느끼며 사빈이 입을 다물었다. 필요 없는 질문을 한 것이리라.

"상처도 아직 회복되지 않으셨고 하루 종일 말을 타시느라 피곤하실 텐데 이만 사빈 형님 보내 드리지요. 며칠 후에 제가 거하게 두 분을 모시겠습니다."

사영과 사빈 사이의 어색한 공기 속으로 사준의 따스한 목소리가 스며들었다.

태자의 궁을 나와 걸음을 옮기며 사준이 물끄러미 사빈을 올려다보았다. 어려서는 정말 한도 끝도 없이 올려다보아야 했던 형이었다. 자신이 조그마한 꼬마였을 때부터 그는 이미 장대했으니까. 키도 몸도 무척이나 큰 사빈은 사준에게 거대한 산처럼 든든한 형이었다. 사가에서처럼 클 수 없는 형제였고, 태자이기에 큰형에겐 감히 엄두도 낼 수 없던 어리광도 형제로서의 여러 가지 장난들도 다 사빈이 받아 주었다.

검을 처음 잡았을 때도, 말을 처음 타게 되었을 때도 사준의 곁에 함께한 것은 사빈이었다. 어린 사준의 세상은 사빈으로 가득했었다.

"그 조그마한 여자가…… 광화라고요?"

무엇인가를 향해 급히 걸음을 옮기는 사빈의 뒤에서 사준이 물었다. 물어보지 않아도 느낄 수 있었다. 지금 자신의 형님을 이리 급하게 하는 존재가 무엇인지. 사빈을 막아서던 그 여인의 모습도, 그런 여인을 바라보던 형님의 눈빛도 느낄 수 있었으니까. 그리고 사영의 말에 태어나 처음으로 사빈이 하는 거짓말을 들었다. 그 여인의 상태를 사빈은 다르게 말하였다.

사준의 물음에 급하게 옮겨지던 사빈의 걸음이 멈춰졌다. 사빈의 눈이 동생을 돌아보았다.

"큰형님의 시침 상대가 되어야 할 여자고요?"

"……."

확인하고 싶었다. 자신이 본 것이, 느낀 것이 잘못된 것이기를 바라는 건 태어나 처음이었다. 그런 사준의 눈앞에 거칠게 흔들리는 형의 검은 눈동자가 보였다. 차라리 보지 않았으면 좋았을 그 눈동자는 너무도 선명하게 말하고 있었다. 숨기지 못하는 마음이 그 눈에서 가득 고여 흘러내렸다.

사준이 지그시 이를 악물었다. 머릿속이 뿌옇게 흐려져 왔다. 아니, 머릿속에 아득한 어둠이 가득해지는 것 같았다. 머리가 아파 온다.

"형님에겐 의미가 되어 버린 사람이군요."

"준아."

"이런⋯⋯."

사준이 주춤 뒤로 물러섰다. 그런 사준을 물끄러미 바라보던 사빈이 몸을 돌렸다. 어둠 속으로 멀어져 가는 사빈의 뒷모습에 닿은 사준의 얼굴이 아프게 일그러져 갔다.

무엇이 이리 불안한지 스스로도 알 수 없었다. 그저 불안했다. 그녀가 자신의 눈에 보이지 않는다는 것 자체가 불안한 모양이었다. 율의 궁 안으로 들어서는 순간부터 사빈의 심장이 조여들었다.

"오셨습니까."

기다리고 있었던 듯 류한이 다가왔다. 사빈의 시선이 다가오는 류한에게로 향하지 못하고 허공을 맴돌았다. 그 시선이 찾는 것이 무엇인지 눈치챈 류한의 얼굴이 차갑게 굳었다.

"안쪽 내실에 모셨습니다. 한참 전에 불이 꺼졌습니다."

류한의 말은 듣지 않는 듯 거칠게 사빈이 걸음을 옮겼다. 스스로의 눈으로 그녀가 지금 이 공간에 있는 것을 확인해야 숨을 쉴 것 같았다. 알 수 없는 초조함이 그를 몰아세우고 있었다.

내실이 있는 전각 안쪽이 지독한 고요에 휩싸인 채 그를 맞이했다. 거친 발걸음으로 내실 앞에 선 사빈이 문에 손을 대려다 움찔, 움직임을 멈췄다. 급한 맘에 우스운 짓거리를 할 뻔했다.

"하아."

소천의 궁 안에서와는 다른 것이다. 이제 이곳에서 그녀는 자신의 책임도 소관도 아니다. 잠시 그렇게 안쪽을 바라보던 사빈이 막 몸을 돌리려는 순간이었다, 안쪽 문이 조용히 열린 것은.

"기다렸다."

차디차게 얼어붙은 이령의 목소리에 사빈의 고개가 거세게 돌려졌다.

화려한 꽃나무 하나 없는 정원은 그저 달빛만이 가득했다. 그 달빛 아래 선 남녀가 서로를 다른 시선으로 응시하고 있었다. 지독하게 붉어진 그녀의 눈을 차디차게 식어 내린 사내의 눈이 마주 바라보았다.

"말해."

사빈이 나직하게 말했다. 터질 듯한 그녀의 눈 가득 많은 것들이 보였다. 그녀의 분노, 그녀의 아픔, 그녀의 흔들림. 그 모든 것이 자신에게 쏟아져 내리기를 그는 빌었다.

"내가 이곳에 있어야 하는 이유, 알고 있었던 거지?"

"……."

"그것 때문에 도망가라고 한 거고?"

"……"

"그것 때문에 지켜 주겠다고 한 것이냐, 나를?"

그녀의 눈이 점점 더 붉게 물들어 가고 있었다. 그녀의 눈을 따라 그의 눈도 짙어져 갔다.

"내가…… 불쌍해서?"

"뭐?"

거칠게 일그러지는 사빈의 눈을 똑바로 노려보며 사빈에게로 다가선 이령이 그대로 사빈의 멱살을 움켜쥐었다. 그녀에게 멱살이 잡혀 목을 숙인 사빈이 그녀를 내려다보았다. 이령의 눈에 사빈의 가슴에 묶여져 있는 피 묻은 천이 들어왔다. 자신의 가슴에 묶여 있었던 것이 지금은 그의 가슴에 묶여 있었다. 그것을 바라보며 이령이 이를 악물었다.

아프게 흔들리는 그녀의 눈은 바삭하게 말라 보였다. 금방이라도 부서져 버릴 것처럼 마른 그녀의 눈이 그에겐 지독하게 아팠다.

"동정 따위 필요 없어. 미안함 따위도 필요 없고. 그 옛날 늑대 앞에서는 나도 살아야 했으니까. 너를 살리려던 게 아니라 내가 살아야 해서 싸웠을 뿐이야. 그러니까 내게 목숨값 따위 빚진 거 없다고."

"이령, 대체 왜……"

무슨 말인가를 하려는 사빈을 이령의 손이 거세게 당겼다. 그녀에게서 터져 나오는 거친 숨결이 그의 얼굴에 닿아 흩어졌다.

"그러니까…… 내 앞에서 꺼져."

흔들림을 멈춘 사빈의 눈이 자신에게서 멀어지는 이령을 그

저 바라보았다. 작고 가는 몸이 한 치의 흔들림도 없이 걸어가
는 모습이 그의 눈 안에 가득 담겨 왔다.

칠흑 같은 어둠 속으로 스미듯 들어선 이령이 주르륵 바닥으
로 미끄러졌다. 문을 등지고 앉은 그녀가 무릎 사이에 고개를
파묻었다. 이제야 겨우 어깨를 떨 수 있었다. 이제야 겨우 눈물
을 흘릴 수 있었다.
"윽."

*'내 뒤에 숨고, 내 뒤에서 숨 쉬고…… 그렇게 내가 널 지키면
안 될까?'*

"흑."
그 따스하던 목소리가, 그 단단하던 눈빛이 떠올라 이령이 숨
을 삼켰다. 목이 조이고 가슴이 터질 것 같아 숨조차 제대로 내
쉴 수 없었다.
태어나 처음 들었던 말이었다. 태어나 처음 믿고 싶었던 말이
었다. 태어나서 처음…… 설렌 순간이었다.
하지만 그 말을 지키려면 그는 엄청난 대가를 치러야 할 것이
다. 그의 마음이 어떤 색깔이라 하여도 그는 자신으로 인해 다
쳐야 한다. 그 말을 지키려면.

'그분의 마음은 생명의 은인에 대한 미안함입니다.'

우스웠다. 자신이 태자의 여인이 되기 위해 이 궁에 왔다는 말보다 그 말이 더 힘겹다는 것이. 자신을 보던 그의 눈이, 그 따스함이, 그 설렘이 미안함이었다는 것이.

다시 고개를 든 이령의 시선이 창문 쪽으로 향했다. 달빛 아래 긴 그림자가 여전히 그 자리에 굳은 듯 서 있었다. 한 치의 흔들림도 없이 그 그림자는 조금 전 그 자리에 그대로 서 있었다. 절대 움직이지 않을 것처럼.

우스웠다. 그 그림자만으로도 편안해지는 심장이. 그 그림자가 저기에 있다는 것만으로도 아픈 가슴이 조금은 행복해진다는 것이. 그림자에게서 떨어지지 않는 시선을 돌린 이령이 차가운 바닥에 몸을 기댔다. 작고 작은 몸을 웅크리고 그렇게 그녀가 눈을 감았다.

정신이 돌아오며 가장 먼저 느낀 지독한 어지러움에 이를 악물며 사빈이 천천히 몸을 일으켜 앉았다. 깨질 듯 아파 오는 머리 때문에 눈이 뜨인 모양이었다. 머리뿐만이 아니라 가슴의 상처가 불에라도 데이는 듯 아파 왔다.

어젯밤 마신 술 때문일 것이다. 게다가 한참을 차가운 공기 속에 노출되어 있었기에 여전히 열이 들끓었다. 어지러운 몸을 겨우 곧추세우며 침상에서 일어난 사빈이 방을 나섰다. 자꾸만 휘청거리는 몸을 겨우 수습하며 그가 다가선 곳은 안채, 그녀가 머무는 방 앞이었다.

바싹 마른 입술에서 뜨거운 숨이 토해져 나왔지만 말해야 했다. 어제 그렇게 돌아서 버린 그녀에게 하지 못한 말을 지금이라도 해야 숨을 제대로 쉴 수 있을 것만 같았다. 그녀가 있는 방문에 그가 손을 가져다 댔을 때였다.

"그곳에 계시지 않습니다."

차디찬 류한의 목소리가 들려왔다. 천천히 고개를 돌리는 사빈의 뿌옇게 흐려진 시선 안에 류한의 얼굴이 보였다. 그를 바라보는 사빈의 시선이 아프게 흔들렸다.

"새벽에 태자비마마의 궁에서 모시고 갔습니다."

사빈의 손이 툭, 떨어져 내렸다.

자신을 머리끝부터 발끝까지 훑어 내리는 여인의 시선에 이령이 이를 악물었다. 곱고 화려한 옷을 입고 있지만 눈앞의 여인이 태자의 여인 중 하나일 뿐 태자비가 아니라는 것쯤은 한눈에 알 수 있었다. 그녀의 옷이, 그녀의 노리개들이 그것을 말해 주고 있었다.

"나는 태자 전하의 후궁, 안빈이라 하네. 태자비마마의 명으로 내가 그대들을 보살필 것이네."

……그대들?

'이령 궁주님의 이복자매 되시는 이하 황녀께서 지금 이 궁 안에 계십니다.'

류한의 말이 뇌리에 떠올랐다. 끔찍한 그 이름에 구역질이 올라올 지경이었다.

"그대가 부상이 심해 아직 회복이 다 되지 않았다는 소리에

145

태자비마마께서 내의원에 연통을 하셨네. 곧 의원이 와서 그대의 상태를 확인할 것이야."

이해할 수 없는 말에 이령의 눈이 차디차게 빛났다. 상처는 이미 다 나았다. 소천의 궁 안에서 사빈이 귀찮을 정도로 전의를 매일 보내 시료를 하고 귀한 약재를 달여 주었기 때문이다. 그런데 이제 와 그 상처가 낫지 않았다고 하는 눈앞 여인의 말이 이해가 되지 않았다.

새벽, 궁녀들이 조심스럽게 깨워 사빈의 궁을 나섰던 그녀였다. 연기처럼 스며들어 자신을 이끄는 궁녀들을 따라가면서 이령은 뒤를 돌아보지 못했다. 다시는 그를 보지 못할지도 모른다는 두려움이 그녀를 숨 막히게 했다. 그렇게 그의 곁을 떠나 또다시 새로운 삶 속으로 걸어 들어온 지금이었다.

"마마. 의녀가 도착하였습니다. 그리고……."

"그리고 무엇이냐."

발갛게 상기된 얼굴로 말하는 궁녀를 의아한 듯 바라보던 안빈의 눈에 생각지도 못한 이가 들어왔다.

"저 왔습니다."

궁녀들 사이에 소리 없이 공기가 일렁이는 것이 느껴질 지경이었다. 불쑥 들어서는 이를 돌아본 이령의 눈가가 짜증스럽게 일그러졌다. 낯이 익은 이였다.

"아니, 사준 저하께서 이곳에는 어찌."

"고뿔 기운이 조금 있는 듯하여 내의원에 들었는데 의녀가 마마의 부름을 받고 간다 하지 뭡니까? 해서 마마를 뵙고 싶어 쫓아왔지요."

"고뿔 기운이 있으십니까?"

"아주 미약합니다. 걱정하지 마십시오. 마마를 이리 뵈올 수 있게 해 준 고뿔이니 아주 고마운 고뿔이지요."

헉! 이령이 고개를 저었다. 정말 듣고 있기도 민망한 황당한 말이었다. 헌데 그런 사내의 말에 눈앞 여인이 발갛게 볼을 물들였다. 그 모습이 당황스럽기까지 했다. 차디찬 얼굴로 고고함이 하늘을 찌르던 여인은 어디 가고.

"혹여 마마께서 의녀가 필요하신가 심히 걱정하였는데 다행히 아니라 하더군요. 저 여인에게 의녀가 필요한 모양이지요?"

"소천의 이령 궁주입니다. 소문은 익히 알고 계시지요?"

"진짜요? 저 여인이 그 유명한 광화, 이령 궁주란 말입니까?"

이령이 웃음이 터지려는 것을 억지로 삼켰다.

어제 분명 자신을 보았고 제 이름 역시 들었으면서 저리 천연덕스럽게 자신을 모른 척하는 사내의 모습이 우습다 못해 당황스럽기까지 했다. 분명 사빈의 동생인데 왜 저리 이상한 행동을 하는 것인지 이해할 수 없었다.

"소문으로는 섬뜩할 줄 알았는데…… 나름 괜찮습니다."

이령의 눈이 순간 서늘함을 담고 사준을 노려보았다. 이령의 시선을 느낀 사준이 살짝 시선을 돌리며 안빈 곁으로 다가섰다.

"의녀가 궁주를 진맥할 동안 기다리셔야 하지 않습니까? 제게 차 한잔 주시지 않겠습니까, 마마?"

귀여운 고양이가 애교를 부리듯 안빈의 곁으로 다가앉으며 말하는 사내의 모습에 모여 있던 궁녀들의 애간장이 녹아드는 소리가 이령의 귀에까지 들릴 지경이었다.

이곳저곳 그저 형식적으로 자신의 몸을 살핀 의녀가 방 밖으로 나간 후 이령이 그제야 자신의 거처가 될 작은 전각을 둘러보았다. 소박하다 하나 궁 안 전각답게 깔끔하고 아름다운 공간이었다. 어제 머물렀던 사빈의 전각보다도 더 아름다웠다.

여인의 공간이라는 분위기를 물씬 풍기는 방을 바라보는 이령의 눈 안에 어둠이 천천히 고여 왔다. 이 공간을 어떤 용도로 쓰기 위해 만들었는지 확연하게 느껴졌기 때문이다.

아름답고 고운 색감의 휘장, 부드러운 침상의 감촉, 외부로 통하는 창문 하나조차 없는 구조. 감옥처럼 갇히는 공간이었다. 숨 막힐 듯 느껴지는 작고 화려한 그 속에 선 이령의 시선이 허공을 헤맸다. 이 공간에 존재할 수 없는 이가 문득 그리워지는 그녀였다.

딸칵. 누군가의 손이 문에 닿는 소리에 이령이 흠칫 놀라며 고개를 돌렸다. 반사적으로 방어 자세를 취하던 그녀가 문을 열고 들어서는 이의 모습에 경계를 풀었다. 안빈이었다.

"걱정하던 대로 아직 몸이 많이 회복되지 않았다 하네. 얼마나 큰 부상이었기에."

이령이 이해할 수 없는 이상한 말을 하며 안빈이 손끝으로 자신의 이마를 짚었다. 그 손길 하나마저 부드럽고 우아했다. 가식적인 그 모습이 황당해 이령이 어깨를 으쓱했다.

"다행히 체력이 많이 상해서 그런 것이라 하니 몸을 보하는 것에 주력하면 될 것이네. 그대의 소임은 몸을 하루라도 빨리 회복해 태자 전하를 모시는 일이야. 그것을 명심하게."

"그런 일은 안 합니다."

"……뭐라 했는가?"

황당하다는 표정으로 묻는 안빈을 향해 이령이 눈을 치켜떴다. 이글거리는 이령의 눈을 본 안빈의 표정이 불안을 담고 일그러졌다.

"안. 한. 다. 고. 그런 거."

씹어뱉듯 하는 이령의 말에 안빈이 새하얀 손으로 자신의 입을 막으며 고개를 저었다. 가락지가 빛을 받아 반짝였다.

"어찌…… 하아. 하긴 그대가 쉬운 이가 아닐 것이라고는 이미 들어 알고 있었지. 하지만 명심하게. 이 안에 들어온 이상 그대는 그대의 뜻대로 살 수 없음을. 어차피 우리 모두가 그런 운명인 것을."

"그쪽은 그럴지 몰라도 나는 아닙니다."

"오늘 한 말은 듣지 않은 걸로 하겠네. 어차피 상관없으니."

붉은 입술을 실룩이며 한숨을 내쉰 안빈이 더 이상은 말을 섞을 필요도 느끼지 못하는지 그대로 몸을 돌렸다. 꼿꼿하게 몸을 돌리는 안빈의 뒷모습을 바라보며 이령이 다시 입을 열었다.

"내 오라비는…… 언제 만나게 해 줄 겁니까."

기가 차다는 듯 고개를 돌리며 자신을 노려보는 안빈을 향한 이령의 시선이 서늘하게 반짝였다.

"이 일을 윗전에서 알게 되시면…… 흑. 저는 죽습니다."

자신의 허리를 끌어안고 보드라운 목에 입을 맞추는 사준의 품 안에서 의녀가 가쁜 숨을 내쉬며 속삭였다. 말로는 죽는다고 걱정을 늘어놓으면서도 그의 품에서 떨어지기 싫은 여인이 사준의 허리를 꼭 끌어안았다.

지분거리던 입술을 가만히 떼어 내며 사준이 주머니에서 작은 무엇인가를 꺼내 여인의 손에 쥐여 주었다. 그리고 언제 여인을 탐했냐는 듯 부드러운 움직임으로 여인에게서 물러났다. 붉게 물든 여인의 얼굴이 아쉬움으로 일그러졌다.

"그러면 알게 하시면 안 되겠지? 죽을 수는 없지 않느냐."

"저하!"

"살고 싶다면 실수가 없어야 할 것이다. 물론 너의 수고에 내가 충분한 보상을 할 것이고."

"정말이시지요?"

아쉬움과 기대를 함께 담으며 묻는 여인의 말에 살짝 고개를 끄덕인 사준이 몸을 돌렸다. 이제 이쪽은 대충 수습을 했으니 다른 쪽을 살펴야 하는 것이다.

"이런……."

자신을 불안하게 하던 실체를 눈앞에 마주한 사준이 급한 걸음으로 앞으로 달렸다. 어딘지 불안해 보이고 힘겨워 보이는 사빈의 모습이 사준의 눈에 들어왔기 때문이다.

"이런 몸으로 어딜 가십니까."

갑자기 자신의 앞을 막아서는 사준의 모습에 사빈이 멈춰 섰다. 붉은 기운을 가득 품은 그의 시선이 사준을 담느라 살짝 흔들렸다. 열에 들뜬 그의 입술에서 새어 나오는 뜨거운 숨결에 사준이 미간을 좁혔다.

"비켜라."

사빈의 눈은 자신의 앞에 있는 사준에게 닿아 있지 않았다.

그의 눈길이 사준의 뒤를 넘어 저 멀리를 향해 있었다. 그녀가 있을 곳을 향한 그의 시선에 어린 아픔에 사준이 숨을 참았다. 너무도 짙어서 두려운 사빈의 눈빛 안에 담긴 그 마음이 보고 싶지 않아도 보였다.

"그분께 가시는 것입니까."

허공을 헤매던 사빈의 시선이 그제야 천천히 눈앞에 있는 사준을 향했다. 일그러져 있는 동생의 눈동자가 자신을 향해 있음을 그제야 느끼는 사빈이었다.

"준아."

"가지 마십시오."

간절함을 담은 동생의 눈에 닿은 사빈의 눈동자가 약하게 웃었다. 금방이라도 바스라질 것처럼 반짝이는 사빈의 눈은 열기와 아픔으로 가득했다. 한 조각의 숨결에도 흩어져 내릴 것처럼 버석거렸다. 하지만 사빈은 시선을 돌리지 않았다.

"그럴 수 있다면 좋겠다."

"형님."

"가지 않아도 숨 쉴 수 있다면, 보지 않아도 살아갈 수 있다면 좋겠다."

"……."

"헌데 어떻게 할까, 준아. 이제 그렇게는 내가 살아갈 수가 없어져 버렸는데."

푸르게 바래 버린 입술에서 힘겨운 숨을 토해 내며 겨우겨우 말을 뱉는 사빈을 바라보는 사준의 눈이 아프게 일그러졌다. 처음 보는 형의 낯선 모습이 불안하고 두려웠다. 저 깊이를 알 수 없는 마음이 터져 나온다면 무슨 일이 벌어질지 그 누구도 알 수 없을 것이다. 그 무엇도 담겨 있지 않던 눈 가득 담긴 지독한 열망은 그 스스로를 태워 버릴 것이다, 분명.

"안…… 되겠습니다. 형님."

사준에게서 흘러나오는 힘겨운 말에 사빈의 붉어진 눈에 서늘한 살기가 돌았다. 사준이 숨을 삼켰다. 몸으로라도 막아야 한다는 절박함이 뇌리에 떠올랐다.

그렇게 이를 악무는 사준의 시선 안에 낯익은 이의 모습이 들어온 것은 그때였다. 저 멀리 이 궁 안에서 한 사람만이 입을 수 있는 황금색 용이 수놓인 붉은색 용포가 보였다. 반사적으로 사준이 사빈을 끌어당겨 담장 밑으로 숨어들었다.

"태자 전하 드십니다!"

사준의 팔에 이끌려 엉겁결에 담장 아래로 기대선 사빈의 귀에 끔찍한 소리가 들려온 것은 그때였다. 그대로 앞으로 달려 나가려는 사빈의 팔을 사준이 움켜잡았다. 터질듯 일렁이는 사빈의 눈이 금방이라도 사준을 죽일 듯 바라보았지만 사준은 사빈을 놓지 않았다.

"지금 나가시려면, 저를 죽이셔야 할 겁니다."

"……."

아득, 사빈의 이가 갈리는 소리가 들렸다. 사준이 등줄기를 타고 흐르는 두려움을 삼키며 사빈과 시선을 맞췄다.

"아직은 시간이 있습니다. 제가 그리 만들어 놓았습니다."

"무슨…… 소리냐."

이해할 수 없는 사준의 말에 사준의 눈썹이 치켜 올라갔다.

시선은 사준에게 닿아 있으면서도 사빈의 온 감각은 저 멀리 태자에게로 향해 있음이 온전히 느껴졌다.

"오십시오. 이곳에서 그런 모습으로 누군가의 눈에 띄시면 제가 만들어 놓은 시간이 다 허사가 될 테니까요."

사빈이 자신에게 손을 내민 사준을 물끄러미 바라보았다. 한 치의 흔들림도 없이 자신을 보는 동생의 모습은 언제나 느끼던 장난기 많고 어리기만 한 그 동생이 아니었다. 그 눈동자가 자신에게 말하고 있었다. 자신을 믿으라고.

사빈이 천천히 사준의 손을 잡았다. 뜨거운 열감이 가득한 사빈의 손을 잡은 사준이 깊은 한숨을 내쉬었다.

"살아 계셔야 만나실 수 있지 않겠습니까."

막 침궁을 나서려던 안빈이 들어서는 태자의 모습에 급히 몸을 숙였다. 지아비라 해도 직접 마주하기는 하늘보다 더 높은 이였다. 그런 태자를 이런 곳에서, 이리 예고도 없이 마주한 안빈의 심장이 여러 가지 이유들로 거칠게 뛰기 시작했다.

"태자 전하를 뵈옵니다."

"광화를 안빈이 살피십니까."

차디차지만 예의 바른 태자의 목소리에 안빈이 더욱 깊이 고개를 숙였다. 이 사내의 앞에 서면 자신도 모르게 주눅이 드는 그녀였다.

"예. 태자비마마의 명이 계셨습니다. 의녀를 데려와 살피라 하셨습니다."

"뭐라 합니까."

안빈이 잠시 말을 멈추고 숨을 삼켰다. 태자비가 몸이 아프다 해도 관심조차 갖지 않는 태자였다. 헌데 그런 태자가 일개 정복국의 궁주를 살피러 와 상태를 묻고 있었다. 혼란스러워지는 정신을 수습하며 안빈이 다시 입을 열었다.

"몸이 많이 상했기에 회복이 더디다 합니다. 해서 계속 시료를 하라 하였습니다."

"그래요."

고개를 끄덕인 태자가 안쪽으로 걸음을 옮기는 모습에 안빈이 얼른 침궁을 나섰다.

"태자비마마를 뵈어야겠다."

서늘하게 식은 안빈의 얼굴에 그녀를 모시는 궁녀들의 얼굴에도 어둠이 내려앉았다.

"태자 전……."

"쉿."

안쪽에 기별을 넣으려는 내관을 태자가 막았다. 그리고 아무 기별도 넣지 않은 여인의 침실 문을 천천히 열었다. 내관의 얼굴에 놀라움과 경악이 어렸다.

처음에는 밝은 빛 아래에서 어둠 속으로 들어왔기 때문이라고 생각했다. 작은 침실 안에 있어야 할 존재가 눈에 들어오지 않았기 때문이다.

의아함을 담고 한 발을 안으로 밀어 넣던 태자가 그 순간 문 뒤쪽에서 천천히 걸어 나오는 인영을 보고 그 자리에 멈춰 섰다. 기억 저편에 각인된, 붉은 핏물에 잠겨 있던 그 작고 가녀린 여인이 자신의 눈앞에 있었다. 처음 보았던 그 모습이 지금의 모습과 겹쳐 왔다.

"율국에선 여인의 침실에 기별도 없이 들어오는 것이 예법인 모양이네."

비아냥을 담은 이령의 입가가 진하게 올라갔다. 핏빛을 닮은 그녀의 입술이 잔인하리만치 아름답게 보였다.

"그대가 여인이긴 했던가?"

재미있다는 듯 묻는 태자의 말에 이령이 고개를 저었다. 그녀의 작은 몸이 웃음에 약하게 흔들렸다.

"다행이군요. 여인이라 보지 않으신다니. 그렇다면 지금 당장 나를 이곳에서 내보내 주었으면 하는데."

"그건 안 되겠는데. 여인이건 사내이건 내가 원하면 내 곁에 머물러야 한다. 그것이 법이다."

"이봐요, 전하."

이령의 이죽거리는 입술 끝에 비소가 번졌다. 나른하게 풀린 그녀의 시선이 우습다는 듯 자신을 바라보는 너무도 낯선 느낌에 태자가 시선을 올렸다. 태어나 자신을 저런 눈빛으로 보는 이는 처음이었다. 불쾌감과 흥미로움이 함께 심장을 달궜다.

"그냥 솔직하게 말합시다. 예법을 지키는 짓 따위 솔직히 하기 싫다는 거잖습니까. 태자비마마나 조금 전 그 여인에게는 한 치의 틀림도 없이 지키는 그 예법, 나같이 천하고 의미 없는 존재에게는. 안 그런가요?"

"……이런, 들켜 버렸군."

태자 사영의 어깨가 흔들렸다. 얕은 웃음을 뱉어 내는 사내의 얼굴에 진한 미소가 번졌다. 온몸에 돋아나는 소름을 느끼며 이령이 이를 악물었다. 자신이 아는 사내와 참 많이도 닮은 얼굴을 하고 있지만 전혀 다른 존재의 모습이 더욱 심장을 불안하게 하고 있었다.

"처음 소천의 궁에서 그대를 보았던 순간, 궁금해졌다. 그대도 과연 여인이 맞는 걸까."

"너무하네. 아무리 내가 그런 모습이었다 해도 여인이 맞는지 확인까지 필요할 정도였나?"

"더 궁금하거든, 사내들이란. 그런 모습을 하고 있으면."

한 발, 한 발 사영이 이령에게로 다가섰다. 물러서지 않고 그를 노려보고 선 그녀의 앞으로. 한 걸음 앞에 멈춰 선 사영이 물끄러미 이령을 내려다보았다.

한 치의 두려움도 담기지 않은 투명한 여인의 눈이 자신을 올려다보고 있었다. 자신과 이런 식으로 시선을 맞추는 여인은 생전 처음인 그였다.

"여인 맞군. 한 치의 틀림도 없이."

그저 바라만 보고 있음에도 온몸 속속들이 파고드는 듯한 사영의 노골적인 시선에 이령이 이를 악물었다. 저런 사내들의 눈빛이 무엇을 원하는지는 너무도 자명했다. 아이에서 소녀가 되고 나서부터 수없이 보았던 시선이니까.

얼마의 시간이 흐른 것일까. 숨결조차 흐트러지지 않고 서로를 경계하듯 바라보던 긴장을 먼저 푼 것은 사영이었다. 그가 한 발 뒤로 몸을 물렸다.

"뭐, 시간은 많고 어차피 그대는 나의 것이니. 괜히 몸도 회복되지 못한 여인을 강제로 안았다는 소리는 들을 필요가 없겠지. 나는 평판이 나쁘지 않은 태자거든."

"좋은 선택입니다, 전하. 다른 선택을 했다면 여인을 억지로 취하다 비명횡사한 최초의 태자가 되셨을 테니까."

"뭐? 아하하."

시원한 사영의 웃음이 작은 공간을 가득 메웠다. 사영의 웃음을 머금는 얼굴을 여전히 경계심 가득한 얼굴로 응시하며 이령이 숨을 삼켰다. 웃음을 담은 상대라 해도 방심해선 안 된다는 것을 그녀는 누구보다 잘 알고 있었다. 그런 방심이 모든 것을 무너뜨릴 수 있기에.

"그런 선택을 한다면 그쪽 역시 살아남을 수는 없을 것인데, 그것은 무섭지 않은가?"

여전히 입가에 웃음을 머금고 묻는 사영의 말 속에 담긴 서늘함을 확인하며 이령이 큭, 웃음을 토해 냈다. 순수함이 가득한 사빈과는 너무도 다른 사내의 모습이 차라리 익숙한 그녀였다. 이제껏 살아온 시간 속에 함께해야 했던 이들 모두가 어차피 이런 모습이었으니까.

"내 의지가 아닌 다른 이의 의지대로 사는 삶은 지겹도록 살아 보았으니 이제 그만했으면 해서 말입니다. 죽으면 죽었지."

"그대만이 아니라 그대 오라비의 목숨 또한 달렸다 생각지는 않는가?"

사영의 눈빛 속에 조롱이 담겨 있음을 느끼며 이령이 천천히 눈꺼풀을 감았다 떴다. 또다시 시작된 선택. 하지만 이제는 모든 것이 달라졌음을 그녀는 알고 있었다.

"내 오라비를 살려 둔 이유가 나 때문이 아님은 세상 모두가 알고 있는 일입니다. 헌데 그런 것으로 저를 겁박하기에는 명분이 너무 부족합니다. 다른 명분을 좀 찾아보시지요."

"명분이 부족하다라……."

입가에 여전히 미소를 짓고 있었지만 사영의 눈빛은 서서히 식어 갔다. 광화의 오라비인 제한의 황태자, 하루아를 살려 둔 이유는 이 여인 때문이 아니었다. 그럴 필요도 마음도 없었으니까.

하루아의 존재 가치는 제한의 합병이다. 계속되는 제한의 자치권 요구를 확실하게 묵살할 방법으로 하루아만큼 제대로 된 패는 없으니까. 그것을 이미 간파한 눈앞의 여인을 편하게 안을 방법이 필요하다 느끼는 사영이었다.

억지로 안을 수도 있지만 왠지 그러고 싶지 않았다. 그렇게 한다면 눈앞의 이는 정말 어떤 선택을 할지 알 수 없을 것이다.

그녀 스스로 자신의 품에 안기고 싶게 만들고 싶은 우스운 욕망을 느낀다. 자신에 대한 경멸이 가득한 저 눈에 아주 조금이라도 자신을 담게 하고 싶다는 치기. 처음 핏물로 가득하던 저 여인을 본 순간부터 느낀 욕망이었다.

"찾아보지, 그 명분. 아, 오라비 만나고 싶지 않나?"

#4. 심장이 하는 말

쨍그랑!

조심스러운 걸음으로 찻잔을 들고 걷던 연이 막 문으로 들어서는 이의 모습에 놀라 그대로 찻잔을 떨어뜨렸다. 그녀의 발바로 옆에서 찻잔이 박살이 나며 흩어졌다.

"잘 지냈니? 연아."

자신을 보며 빙그레 미소 짓는 이의 모습에 연이 손으로 입을 가렸다. 그녀의 동그란 눈에 눈물이 차오르기 시작했다.

그때였다.

"연아. 무슨 일이냐."

창문이 열렸다. 그리고 새하얀 얼굴과 회색빛 머리의 하루아가 걱정 어린 얼굴로 고개를 내밀었다. 이령의 시선이 그를 향해 움직였다.

지독하게 창백하던 얼굴에 아주 조금이지만 화색이 돌고 있었다. 투명한 피부 아래 피가 돌고 있음이 느껴지는 오라비의 낯선 모습에 이령이 낮은 숨을 내쉬었다. 안도감이 밀려왔다.

"좋아 보이네. 하루아."

"……왜 네가 이곳에 있는 것이냐."

미소를 지으며 오라비를 바라보던 이령의 얼굴이 천천히 굳어졌다. 반가움이라고는 한 조각도 찾아볼 수 없는 차디찬 하루아의 목소리가 그녀의 심장으로 박혀 들었다.

"하루아."

"왜 떠나지 않은 거냐. 이제 더 이상 내가 너를 묶는 족쇄가 아닐진대 대체 왜 스스로 이곳으로 들어온 것이냔 말이다."

"……."

"새처럼 자유로이 살아갈 수 있는데 어째서, 대체 왜!"

하루아가 절규하듯 낮게 외쳤다. 붉은 기가 어린 입술을 악문 하루아의 얼굴에 아득함이 가득 고여 있었다. 그 얼굴을 바라보는 이령의 눈동자가 거칠게 흔들렸다. 스스로 한 번도 묻지 않은 의문이 하루아의 말 한마디에 뇌리를 가득 채웠다.

'도망……갈래?'

그때, 사빈이 물었었다. 헌데 왜…… 한 번도 그 물음을 생각해 보지 않았던 것일까. 세상을 인식하기 시작했던 그 시간부터 바라고 바라던 일이었는데 왜 그 순간 조금의 망설임도 없이 그의 말을 거절했던 것인지, 이령은 지금 이 순간 자신에게조차 설명할 수 없었다.

"뭐가 너를…… 잡은 거냐. 령아."

거대한 무엇인가가 심장으로 밀려 들어왔다.

거친 걸음으로 별궁을 나서는 이령을 보고 다른 궁녀들과 잡담을 나누고 있던 침궁 궁녀들이 그녀의 뒤를 따랐다.

궁녀들이 자신의 모든 것을 살피고 따라다니는 것이 짜증스러운 이령이었지만 그들 역시 원해서 하는 일은 아닐 것임을 너무도 잘 알기에 신경 쓰지 않고 있었다. 이령에게서 느껴지는 서늘한 살기 때문인지 다가오지는 않고 조금의 거리를 두고 따르는 것이 다행이라면 다행이었다.

머릿속이 알 수 없는 혼란으로 뒤엉켜 있었다. 하루아가 던진 물음에 대답할 수 없던 마음을 아직 정리할 수가 없어 힘겨운 이령이었다. 어려서부터 그랬다. 도망가려 한다면 궁 담을 넘어서라도 갈 수 있었다. 넘다 걸려 죽으면 그만이니까. 잡혀서 죽어도 무서울 것 없는 목숨이었으니까.

죽음이란 것 따위 단 한 번도 두렵거나 도망가고 싶다고 느껴본 적 없는 삶이었다. 다만, 자신의 선택 뒤에 그 대가를 다른 누군가가 받을 것이 두려워 도망가지 못한 채 살아야 했던 시간들이었다.

하루아. 아비의 피를 나눠도 남보다 못하면 못했지 더 나을 것 하나 없는 소천 황실의 핏줄들과 달리 어미의 피를 나눈 하루아는 달랐다. 처음 만나던 순간부터, 그 새하얗게 질린 얼굴을 지켜 주어야 한다는 것을 그녀는 본능적으로 느꼈으니까.

제대로 걷지도 못하고 앙상한 가지처럼 가는 팔다리를 가진 어린 소년. 세 살 때 세상을 잃은 그의 한 번도 떠지지 않는 눈, 그렇지만 너무도 따스하고 다정했던 손길과 자신을 품어 안던 그 품을 지켜야 해서 살아남아야 했던 곳이었다, 그녀에게 소천의 궁은.

헌데 지금 자신은 대체 왜 살아남고 싶어지는 것일까. 그를 지켜야 하는 것도 아닌데.

"들었어? 사빈 저하 소식?"

"열이 높아서 혼절까지 하셨다며? 상처가 덧나셨다는데 그게 범을 잡다 그러셨대. 세상에. 범과 사투를 벌이셨다는 거잖아? 어쩌면 그리 멋지실까."

허공을 바라보며 멈춰 선 이령의 귀에 궁녀들의 소곤거림이 들려왔다. 이령의 심장이 쿵, 내려앉았다.

"뭐? 혼절?"

"뭐야. 그 소식이 아니었어?"

"황후마마께서 사빈 저하 정혼을 서두르신다는 소리가 있어."

"정말?"

"한참 늦으셨지 뭐. 친아들 같았으면 그리 두었겠냐는 소리들이 간혹 들리니 더는 미루지 못하시겠지. 헌데 그리 몸이 좋지 않으시면 또 미뤄지는 거 아닐까?"

"몸이 문제가 아니라 저하 의중이 문제겠지. 작년에도 전장에서 돌아오신 후 폐하께서 말씀하셨는데 저하께서 아직은 싫다고 하셨다잖아."

"여인을 싫어하시나?"

"설마?"

두근두근, 거칠게 뛰는 심장이 아파 이령이 가만히 가슴을 손으로 눌렀다. 왜 갑자기 심장이 아려 오는지 이해할 수 없었다. 뜨거운 무엇인가가 심장을 달구고 있는 것처럼 느껴졌다. 숨조차 제대로 내쉬어지지 않는 갑갑함이 밀려들었다.

"미치겠네."

입술을 잘끈 씹으며 이령이 낮게 내뱉었다.

"예? 뭐라고 하셨어요?"

서로를 바라보며 소곤거리던 궁녀들이 멈춰 서 뭐라고 말하는 이령의 목소리를 듣고 의아한 듯 고개를 갸웃거렸다. 그 순간이었다. 땅을 바라보고 있던 이령이 그대로 달리기 시작한 것은.

바람이 지나간 걸까. 자신들의 눈앞에서 작고 가는 검은 물체가 사라져 가는 것을 물끄러미 바라보던 궁녀들이 현실을 깨달은 것은 시선에서 이령이 온전히 사라지고 난 후였다.

"절대! 한 발자국도 나가시게 하지 마라. 내 명이다, 류한."

탕제를 마시고 깊이 잠든 사빈의 힘겨워 보이는 모습을 응시하며 사준이 낮게 명했다. 숨소리조차 내지 못하고 서 있던 류한이 깊게 고개를 숙였다.

열에 들뜬 상태로 자신의 궁을 나서는 사빈을 막지 못한 것은 분명 자신의 불찰이었다. 게다가 그가 어디로 향할지 알면서도 그를 막지 못했다. 주인을 제대로 보필하지 못했다는 죄로 지금 당장 목이 날아가도 항변할 말 따위 없는 그였다.

"예. 저하."

"그대는 알고 있었겠지?"

"……."

천천히 고개를 돌려 자신을 노려보는 사준의 시선에 숨을 삼키며 류한이 말을 아꼈다. 사준의 눈빛이 무엇을 말하는 것인지 제대로 확인하지 않은 채 자신이 느끼는 것을 말할 수는 없었다. 자신의 말 한마디에 모든 것이 뒤엉켜 버릴 수도 있는 것이다.

"광화."

사준의 입에서 나오는 한 마디에 류한이 질끈 눈을 감았다. 그 이름이 이제 끔찍해지는 그였다. 주인의 모든 것을 앗아 갈 수도 있는 이름이기에.

"알고 있었군."

"……10년 전 만나셨다 합니다."

"뭐?"

짜증스럽게 미간을 좁히던 사준의 눈이 커다랗게 열렸다. 류한이 깊게 한숨을 토해 내며 말을 이었다.

"광화가 저하의 목숨의 은인이라 하셨습니다."

"은인? 광화가 형님을 살린 적이 있다고? 대체 언제……."

"그건 저도 모릅니다. 하지만 분명 그리 말씀하셨습니다."

"이런……."

사준의 얼굴이 거칠게 일그러졌다. 그저 지나가다 느껴지는 남녀의 호감 따위가 아니란 말이었다. 사빈의 가슴속에 이미 박혀 있던 존재라는 것이다, 그 조그마한 여인이. 그래서 그리 절박했던 것이리라.

"그대 말고 또 아는 이가 있나."

낮고, 속삭이듯 묻는 사준의 목소리에 류한이 고개를 저었다. 서늘하게 빛나는 막내 황자의 눈빛에 심장이 얼어붙는 그였다.

"없습니다."

"이 궁 안 그 누구도 알아서는 안 된다."

"예. 저하."

서늘한 눈빛으로 류한에게 다짐을 받은 사준이 사빈의 곁으로 다가섰다. 힘겹게 새어 나오는 숨결 속에 여전히 뜨거움이 가득 담겨 있음을 느끼며 사준이 사빈 옆에 몸을 낮춰 앉았다.

"내가, 함께 견뎌 줄게. 형님. 그러니까…… 잊자."

안타까움을 담고 사빈을 응시하던 사준이 몸을 일으켰다.

사빈의 궁을 나서는 사준의 뒤를 따르던 류한이 무엇인가 의아한 듯 고개를 돌리는 모습에 사준이 멈춰 섰다. 류한의 시선이 전각 위쪽을 훑듯 바라보고 있었다.

"뭐냐."

"아닙니다. 들고양이인 모양입니다."

소리를 죽인 채 지붕을 타고 전각 안으로 스며든 검고 작은 인영이 달그림자가 스미듯 사빈의 방 창문턱에 걸터앉았다. 작고 가는 몸이 달빛 아래 검은 그림자를 방 안으로 길게 드리웠다. 그림자로 방 안을 감싸듯 앉은 인영의 빛나는 눈동자 두 개가 방 안 저 깊은 곳의 침상 위를 응시하고 있었다.

침상 위 인영에게서 흘러나오는 기운과 열기를 모두 느끼고 싶은 듯 그림자의 모든 감각은 그를 향했다.

"하아, 하아."

공간을 울리는 사내의 거친 숨결이 그림자에게로 스며들었다. 달빛이 등 뒤로 그녀의 가는 그림자를 받쳐 올리듯 여인의 그림자가 누워 있는 사내를 감쌌다.

"이봐."

목 저 깊은 곳에서 흘러나오는 여인의 목소리가 공간을 메웠다. 눈을 뜨지 못하는 사내를 향한 여인의 눈빛이 아득하게 짙어져 갔다. 여인의 눈이 사내에게서 떨어지지 못한 채 아프게 흔들렸다.

"너인…… 거야?"

불안과 두려움, 그 낯선 감정에 흔들리는 이령의 눈이 사빈의 얼굴을 감싸며 젖어 들었다. 스스로도 확인할 수 없는 낯선 욕망을 이해할 수 없는 여인의 짙은 눈동자가 사내의 얼굴을 따라 흔들렸다.

천천히 어둠을 깨우듯 눈꺼풀을 들어 올렸다. 온몸을 감싸고 도는 열기를 온전히 느끼며 어둠을 가만히 응시한 채 목을 막고 있던 뜨거운 숨결을 뱉어 내던 사빈이 무엇인가의 기척을 느끼고 천천히 고개를 돌렸다.

작고 가는 그림자가 달빛을 품고 일렁이는 것이 시선에 들어왔다. 샛노란 달빛이 그 검은 그림자에 부딪쳐 방 안에 흩뿌려지고 조각난 달빛들이 방 안을 메우고 있었다.

열기에 뿌옇게 흐려져 있던 시선이 달빛에 조금 맑아지고 나서야 사빈은 알아차릴 수 있었다. 그 그림자의 눈빛을. 차갑고 지독하게 아름다운 그 서늘함이 반가워 사빈이 천천히 손을 들어 올렸다. 그의 손끝에 그림자가 드리워졌다.

"꼬마, 확인해야 할 게 있다."

검은 그림자에게서 그리운 목소리가 새어 나오는 것을 듣는 사내의 푸른 입술에 그제야 미소가 번졌다.

소리는 물론이고 공기의 흐트러짐 하나 만들지 않는 움직임으로 창틀에서 뛰어내려 자신의 곁으로 다가오는 이령을 사빈이 누운 채 물끄러미 바라보았다. 달빛을 등지고 선 그녀의 모습은 너무도 아름다워 현실 같지가 않았다.

열기에 차 흐려진 눈을 사빈이 천천히 감았다 다시 떴다. 혹 열에 취해 헛것을 보는 것이라 해도 눈 안에 가득 담고 싶었다. 너무도 아름다운 모습에 이대로 심장이 멈추어도 좋겠다고 사빈이 생각했다. 아까 낮의 지옥 같던 마음은 어느새 다 사라져 버리고 그의 심장에는 지금 눈앞의 존재만이 가득 찼다.

"왜, 너를 보면 내 심장이 뛸까."

미간을 아프게 찡그린 채 내뱉는 이령의 말에 사빈의 눈이 커다랗게 열렸다.

꿈이 아니다. 헛것이 아니다. 왜냐하면 상상조차 해 보지 못한 말이 그 입술에서 새어 나오고 있었으니까.

침상 앞까지 다가온 이령이 침상에 누운 사빈을 물끄러미 내려다보았다. 투명하리만치 검은 그녀의 눈동자가 자신을 응시하고 있었다. 숨이 막혔다.

그 눈빛에 온몸이 녹아들 것 같아 사빈이 천천히 손을 뻗었다. 확인하지 않으면 미친 듯 뛰기 시작한 심장을 잠재울 수 없을 것 같았기 때문이다.

따스하고 보드라운 여인의 볼이 손끝에 닿았다. 딱딱한 그의 손이 그녀의 보드랍고 따스한 볼을 가만히 스치듯 움직였다. 그의 손끝에 그녀의 조그마한 입술이 느껴졌다.

"이게 뭔지⋯⋯ 모르겠어. 해서 불편해. 아니, 화가 나."

정말 화가 나는 듯 얼굴을 찡그린 이령이 누워 있는 사빈에게로 몸을 숙였다. 긴 머리카락이 사빈의 얼굴에 쏟아져 내렸다. 코끝을 간질이는 여인의 내음에 사빈이 숨을 멈췄다. 피 내음이 담겨 있지 않은 그녀의 내음은 온몸이 녹을 듯 달콤했다.

그렇게 잠시 그녀의 모습과 향내에 취해 그녀를 올려다보던 사빈이 천천히 몸을 일으켰다. 일어나 앉으려는 그를 느끼고 이령이 몸을 뒤로 물리려 한 순간이었다, 사빈의 손이 그녀의 팔을 잡아당긴 것은. 그대로 휘청거리며 그녀의 가는 몸이 그의 몸 안으로 스미듯 안겨 들었다.

두 사람의 얼굴이 거의 맞닿을 듯 가까워졌다. 눈꺼풀의 깜박임마저 느껴질 거리였다. 달큰한 이령의 숨결과 여전히 뜨거움을 품고 있는 사빈의 숨결이 섞여 들었다.

자신의 팔을 잡고 움직이지 않는 사빈의 품 안에서 이령은 숨을 참았다. 터질듯 뛰는 심장 고동을 사빈에게 들키고 싶지 않다는 자각이 그녀를 숨 쉬지 못하게 하고 있었다. 왜 들키고 싶지 않은지 그 감정조차 이해할 수 없는 이령이었다.

"확인, 해 봐."

파르르 떨리고 있는 이령의 속눈썹을 바라보던 사빈의 입에서 뜨거운 숨결이 새어 나온 순간 그가 그녀를 잡아끌었다. 그대로 그녀의 입술과 그의 입술이 마주쳤다.

기억 속에 남아 있는 그와의 입맞춤은 온통 뜨거움이었다. 그의 온몸을 달구고 있던 뜨거움이 자신에게 스며드는 것처럼 그 뜨거움이 전부였고 처음이었다. 정신이 아득해지는 낯선 감각. 하지만 이번은 달랐다.

뜨거움을 품고 있었지만 그때처럼 사빈은 거칠지도 다급하지도 않았다. 부드럽게 이령의 입술을 머금은 사빈의 혀가 아주 조금씩 그녀의 입술을 두드렸다.

괜찮냐고, 열어 줄 것이냐고 묻고 있었다. 감질나도록 닿아오는 달콤하고 따스한 감각이 짜증스러워 이령이 그대로 입술을 열며 사빈의 어깨를 끌어당겼다.

사빈의 몸이 작은 이령의 몸 안으로 안겨 들 듯 가까워졌다. 아니, 서로의 심장 소리까지 느껴질 정도로 두 사람의 몸은 서로에게 닿아 있었다.

지독하게 뜨거운 사빈의 몸이 뜨겁기보다는 따스하다고, 너무도 따스해서 행복하다고 이령이 생각했다. 한겨울에도 불을 지펴 주지 않아 언제나 냉골이었던 전각에서 지내 와서일까, 이 끔찍하도록 뜨거운 사내의 몸이 따스하고 행복한 것은.

사빈의 혀가 이령의 입속으로 스미듯 들어서 그녀의 고른 치아를 훑고 작은 혀를 잡아채자 놀란 이령의 혀가 도망치듯 움직였다. 하지만 그것도 잠시, 따스하고 달콤한 감촉에 중독되어 버린 이령이 그의 입술을 탐하기 시작했다.

어린아이가 원하는 것을 얻고 싶어 매달리는 것처럼 자신의 품에 안겨 오는 어색하고 익숙지 않은 그녀의 몸놀림이 좋아 사빈이 웃음을 토해 내며 그녀를 밀어냈다.

갑자기 품에서 밀려난 이령이 붉어진 얼굴로 사빈을 노려보 았다. 열기가 가득 고인 그녀의 눈동자가 사빈을 향해 타오르고 있었다. 여인의 눈이 온전히 사내로서의 사빈을 담고 있는 것이 보였다. 그 눈빛이 너무 좋아 입가가 연하게 흐트러졌다.

"뭐……야? 바보같이."

"너무 좋아서."

"이게 좋은 느낌인 거야? 이 이상하고 흐물거리는 몸이?"

스스로의 감정과 상태를 이해할 수 없는지 이령이 의아한 듯 물었다. 열정과 뜨거움을 온전히 품고 있으면서도 밤하늘의 별 처럼 순수하게 반짝이는 이령의 눈동자를 응시하는 사빈의 얼굴 에 함박웃음이 번져 왔다. 너무 예뻐서 숨이 막히는 느낌이란 이런 것일까.

"여인과 사내의 교합이란 게 이런 느낌인 거구나."

"픕!"

잠시 말없이 그를 응시하던 이령이 고개를 끄덕이며 토해 내 는 말에 사빈이 고개를 숙였다. 그의 어깨가 거칠게 흔들리는 모습에 이령이 손을 들어 어깨를 거세게 내리쳤다.

"윽!"

그저 귀엽게 내리치는 여인의 몸짓이 아닌 화를 담고 내리치 는 이령의 손힘에 사빈이 이를 악물었다. 상처가 욱신 무섭게 아려 왔다.

"놀려서 준 벌이다."

때려 놓고는 또 신경이 쓰이는지 힐끗 사빈의 상태를 곁눈질 로 살피며 이령이 입을 삐죽거렸다. 스스로 조금도 인식하지 못하는 그녀의 행동들에 사빈의 눈가에 애잔함이 고였다.

천성은 지독하리만치 여인인 이이다. 그런 이가 그 긴 시간 동안 스스로를 지키며, 또 하나뿐인 피붙이를 지키며 어찌 살아야 했었는지가 그녀의 말투 하나 행동 하나에서 느껴져 왔다. 그게 너무도 아픈 사빈이었다.

사빈이 커다란 손을 열어 그녀의 볼을 가만히 감쌌다. 움찔 놀라면서도 이령은 몸을 물리지 않았다.

쿵쾅쿵쾅 그녀의 작은 심장이 요동치는 것이 온전히 손끝에서부터 느껴져 온몸의 솜털이 곤두설 만큼 행복한 기분에 사빈이 낮게 숨을 내쉬었다. 벅차오르는 행복에 숨이 막힐 것만 같아서였다.

"내가 사내로 보이는 거다, 너에게. 그래서 이렇게 네 심장이 뛰고 네 눈빛이 어여쁜 거거든."

"그건…… 맞는 것 같아."

그녀가 시선을 돌렸다. 발갛게 달아오른 그녀의 귓불이 보였다. 그 모습에 사빈의 심장 저 깊은 곳이 아찔하게 저려 왔다.

거칠게 그녀의 작은 얼굴을 쥐어 잡은 사빈이 그대로 다시 입술을 삼켰다. 조금 전 그 달콤하고 따스하던 입맞춤과는 너무도 다르게 거칠게 파고드는 그의 숨결이 그녀를 삼킬 것처럼 뜨거웠다.

작은 몸을 안고 입안을 헤매던 입술이 그녀의 목에 닿자 뜨거움에 데이는 것처럼 아프고 짜릿해 이령이 숨을 참았다.

목을 타고 내려오는 입술과 무복 위로 자신의 몸을 더듬는 손길에 온몸이 굳어 오는 그녀였다. 밀어내야 하는데, 죽더라도 그의 손을 쳐 내야 하는데 몸이 말을 듣지 않았다. 아니, 몸이 아니라 마음이 말을 듣지 않음을 그녀는 인지하지 못했다.

자신의 뜨거운 숨결과 손길에 딱딱하게 굳은 채 꼼짝도 하지 못하는 이령을 느낀 사빈이 천천히 그녀에게서 떨어졌다. 목석처럼 굳은 이령의 눈이 그의 표정을 살피려 어지럽게 흔들렸다. 사빈의 감정을 읽고 싶은 듯 그의 눈빛을 살피는 그녀의 눈길이 어여뻤다.

"나와 가자."

사빈의 입에서 나직한 말이 새어 나왔다. 이령의 눈이 동그랗게 커졌다.

"내가 너를 데리고 가 줄게. 세상으로."

"빈, 그건……."

"조금만, 아주 조금만 기다려라."

사빈의 눈이 아프게 흔들리는 모습을 보며 이령은 느낄 수 있었다. 그가 느끼는 불안이 무엇인지. 그가 하려는 것이 무엇인지. 그가 선택하려는 것이 무엇이든 간에 그는 엄청난 대가를 치러야 할 것임을 그녀는 알고 있기에.

"내 걱정은 하지 마라. 내가 날 지킬 테니까. 네가 날 데리고 세상으로 갈 때까지 내가 나 자신을 얼마든지 지킬 수 있으니까. 그 누구도, 네가 아닌 그 누구도 날 안을 수 없으니까."

이령의 입가에 붉고 진한 미소가 번져 왔다. 아득한 그 아름다움을 보며 사빈은 깨달았다. 10년 전 그때, 핏빛 얼굴에 어리던 이 미소에 이미 자신은 모든 것을 빼앗겨 버렸다는 것을. 이 작은 아이에게.

"그런데 언제까지 꼬마라고 부를 거냐."

"……싫은 거야? 꼬마라는 부름이?"

"아니. 싫지는 않다."

"그럼 계속 그리 부를래. 난 그게 좋으니까."

"이런……."

장난스럽게 웃는 이령의 얼굴을 사빈이 커다란 손으로 가만히 쓸어내렸다. 반듯한 이마, 긴 속눈썹, 날렵하고 곧게 뻗은 작은 코와 얄팍하지만 보드랍고 고운 입술. 커다란 자신의 손안에 그 하나하나를 새기듯 사빈의 손이 조그마한 이령의 얼굴을 쓰다듬었다.

"자야 하는 거 아닐까. 너 몸이 불덩어리다."

뜨거운 열기가 서서히 어리기 시작하는 사빈의 손길을 느끼며 이령이 한 발 뒤로 물러섰다.

손끝에서부터 엄청난 열기가 느껴지는 사내를 더 이상 자극해선 안 된다는 본능적인 자각이 들었기 때문이다. 지금 이리 버티고 있는 것도 눈앞의 사내에게는 무리일 것이다.

"괜찮아."

응석을 부리듯 말하는 사빈을 이령의 동그란 눈이 하얗게 흘겨보았다.

"열 때문에 혼절까지 해 놓고."

"혼절? 혼절은 무슨. 그냥 조금 어지러웠을 뿐이다."

사빈이 고개를 저으며 걱정이 가득 어린 이령의 손을 잡았다. 작고 단단한 굳은살이 박인 손이 사빈의 손안에 잠겨 들었다.

"그래도 너 자야 하거든? 원래 범 발톱의 독이 지독하다고 하는데."

사빈이 아닌 스스로에게 말하듯 딱딱한 말투로 말한 이령이 창문 쪽으로 걸어갔다. 그런 이령의 모습을 사빈이 물끄러미 바라보았다.

"내일 밤 내가 올 거니까, 기다려."

창문턱으로 고양이처럼 가볍게 올라선 이령이 하는 말에 사빈이 천천히 고개를 끄덕였다. 아프게 일그러지는 사빈의 얼굴을 이령은 보지 못했다. 그의 얼굴을 보면 떠날 수 없을 것 같아 서둘러 창틀에서 뛰어내렸기 때문이다.

이령이 떠나서일까. 견딜 만하던 몸이 무겁게 가라앉는 것을 느끼며 사빈이 침상에 누웠다. 온몸을 들끓게 하는 뜨거운 열기가 머리끝까지 느껴져 왔지만 지금 그의 마음을 그런 열 따위가 이길 수는 없었다.

아름다운 문양이 새겨진 천장을 물끄러미 바라보는 사빈의 입가에 자꾸만 배시시 미소가 번졌다.

자신을 향해 반짝이던 그 눈동자와 붉게 물들던 고운 볼, 미치도록 탐하고 싶던 새하얀 목덜미가 떠오르자 열로 감각조차 흐려진 몸에 낯선 욕망이 느껴졌다.

"미쳤군, 내가."

쓴웃음을 지으며 사빈이 눈을 감았다. 내일은 자리에서 일어나야 했다. 일각의 시간도 이제 길기만 할 테니까.

#5. 욕망의 시작

파정을 하면서도 숨소리 하나 흐트러지지 않는 사내를 올려다보던 여인의 눈이 그대로 자신에게서 몸을 떼어 내는 사내의 움직임을 느끼고 감겼다.

조금 전까지 약하게 신음이 흘러나오던 입술을 악문 여인이 천천히 몸을 일으켰다. 이미 사내는 침의를 걸친 상태였다.

"일어나실 거 없소. 정무가 남아 태자전으로 돌아가야 하니."

싸늘하지는 않지만 애써 담은 다정함에서는 서걱서걱 낯선 바람이 새어 나왔다. 자신의 남편에게서 흘러나오는 언제나처럼 지독하게 다정하고 흐트러짐 없이 철저한 목소리에 태자비 여비가 숨을 삼켰다.

기대하지 말자 그리 다짐하고 또 다짐하건만 마음이란 우스워서일까. 남편의 등에 닿는 시선은 언제나 시리게 아팠다.

"어마마마께 청을 드려 침궁 아이의 감금을 풀어 달라 하겠습니다. 전하께서 밤이 적적하실까 저어됩니다."

침의의 매듭을 묶고 있던 태자가 천천히 고개를 돌렸다. 흐트러짐 하나 없는 매무시를 하고 침의에 감싸인 여인이 조금 전까지 자신의 품에서 색스러운 신음을 흘리던 여인이라는 것이 믿기지 않았다. 그 모습에 아무 감정도 담기지 않은 태자의 시선이 무심히 닿았다.

"괜한 일 하실 거 없습니다. 내가 언제 여인이 그리운 사람입니까."

차디차고 담담한 태자의 대답에 여비의 눈꼬리가 살짝 치켜올라갔다. 하지만 그녀의 입가에는 여전히 연한 미소가 번져 있었다. 너무도 익숙한 그녀의 미소였다.

"안빈과의 합방날도 아직 보름이나 남지 않으셨습니까."

부드럽던 태자의 시선이 살짝 일그러졌다. 보통 때와는 달리 자꾸만 자신의 신경을 긁는 태자비의 모습이 낯설고 짜증스러웠다.

"되었다 했습니다."

낮고 부드럽지만 단호한 한마디에 자경이 입술을 악물었다. 더 이상은 그를 자극해선 안 되었다.

한 치의 흔들림도 없이 걸음을 옮기는 사내의 뒷모습을 그저 멍하게 바라보던 자경이 갑자기 멈춰 서는 사내의 모습에 미간을 좁혔다. 돌아서는 이의 눈에 담긴 무엇인지 알 수 없는 흔들림에 그녀의 심장이 약하게 뛰기 시작했다.

"아, 새로 온 침궁 아이를 안빈에게 살피라 하셨다고요."

여비의 약하게 뛰던 심장이 움직임을 멈출 지경이었다.

"……예."

"조금 힘든 아이입니다. 허니 신경을 좀 쓰세요."

"그 아이가, 마음에 드십니까."

목이 조여 오는 고통을 참으며 여비가 물었다. 물을 필요도 없는 말임을 아는데도 스스로도 막을 틈 없이 입술이 먼저 움직였다. 여비의 물음에 사영의 눈썹이 슬쩍 비틀렸다. 하지만 이내 사내의 입가에는 연한 미소가 번졌다. 여비는 한 번도 보지 못했던 사내의 미소였다.

"마음에 든다기보다, 신기하달까."

사영이 문밖으로 사라지고 나서도 여비의 시선은 허공에서 내려오지 못했다. 그녀의 멍한 시선이 조각조각 부서져 내렸다.

※

"정말…… 괜찮으신 겁니까?"

거의 혼절하다시피 사준에게 끌려 자신의 전각으로 돌아왔던 것이 어제 오후였다는 것이 믿기지 않게 가벼운 몸짓으로 목검을 휘두르는 사빈을 보며 류한이 물었다. 황당한 것을 보는 듯 멍한 류한의 눈동자를 바라보며 사빈이 웃음을 지었다.

자신도 믿기지 않게 몸이 가뿐했다. 우스운 일이다. 상처가 아직 아물지도 않았고 화농이 생겨 그리 열이 터질 듯 올랐었는데 이리 하룻밤 만에 감쪽같아지다니.

"괜찮다니까."

"분명 열이 내리신 것 같기는 합니다만."

"오후에 폐하를 뵈어야겠다. 언제 찾아뵈면 좋을지 태웅전에 연통 좀 넣어 봐."

"폐하를요?"

놀라는 류한의 모습에 사빈이 피식 웃었다.

아비인 황제가 자신을 찾지 않는데 자신이 아비를 찾은 것은 철이 들고 한 번도 없었던 일이니 류한이 놀라는 것도 당연한 일이었다. 아마 모든 것을 걸어야 할 이 일이 아니라면 스스로 아비를 찾는 일 따위 할 생각조차 해 보지 않고 살았을 것이다.

"떠날 준비를 해야지."

"한동안 머물 거라 하지 않으셨습니까."

"마음이 변했다. 떠나고 싶어졌어. 그것도 바로."

"사준 저하께서 서운해하시겠습니다."

"글쎄……."

사빈의 얼굴이 차갑게 굳는 모습을 의아한 듯 바라보던 류한이 전각 안으로 급히 달려 들어오는 이의 모습에 놀라 고개를 숙였다. 목검을 들어 올리던 사빈의 시선도 류한의 움직임을 따라 돌려졌다.

"황자 저하를 뵙습니다."

"숙부님."

자신의 앞에 몸을 깊이 숙이는 중년 사내의 작고 왜소한 모습에 놀란 사빈이 급히 사내를 잡아 일으켰다. 몰라보게 초췌해진 사내의 모습이 사빈의 심장을 두근거리게 했다.

"해서…… 사촌들이 모두 변방으로 떠났단 말씀입니까."

낮게 가라앉은 사빈의 목소리에 고개를 숙인 사내가 천천히 시선을 올렸다. 세상을 다 가진 듯 언제나 당당하게 반짝이던 사내의 눈빛이 거짓이었던 것처럼 중년 사내의 눈동자는 힘겨움에 바싹 메말라 있었다.

"그것도 북쪽 가장 험한 변방으로 보내졌습니다. 아시지 않습니까. 그곳이 어떤 곳인지."

모를 리가 없었다. 사빈이 몇 년 동안 수없이 다녔던 전쟁터였고 그렇게 겨우 싸움이 끝나 힘겹게 복속되어 가는 지역들이니까. 그렇게 언제 다시 싸움이 터질지 모르는 위험한 국경으로 그의 가문을 실질적으로 지켜 가는 이들 전부가 보내졌다는 것이다. 병부의 수장, 태자의 외숙인 병부령의 명으로.

"이번 전쟁에서 황자 저하께서 엄청난 공을 세웠다는 소문이 도성 안을 가득 메웠었습니다."

"……이런."

"압니다. 저하께서 어찌해 주실 수 없다는 것을. 아니, 일부러 변방만을 다니시는 연유도 모두 알고 있습니다. 하지만 저하, 이번 일은 가문의 운명이 걸린 일입니다. 가문의 적통을 이을 젊은 사내들을 모두 변방으로 기약도 없이 보내는 일은 그 어디에도 없는 일입니다. 게다가 둘째 녀석은 지난달 혼인을 한 아이입니다."

"……."

"피하신다 하여 저희가 무사할 수는 없음을 인정하셔야 합니다. 저하."

"숙부님. 저는."

"욕심을 부리시라는 것이 아닙니다. 그저 지키시라는 것입니다. 지금 폐하께서 계실 때 저하 스스로를, 그리고 저희 가문을 지켜 낼 힘은 가지셔야 합니다. 그러지 않으시다면 저하도 저희도 살아남는 것조차 힘들어집니다."

까칠하게 말라 버린 숙부의 눈빛이 간절하게 말하고 있었다. 사빈이 이를 악물었다.

그리 피해도 이렇게 언제나 제자리인 것이다. 스스로의 존재를 드러내지 않으려 변방으로 숨어들어도 자신은 그 존재 자체로 태자를 위협하는 존재가 되니까. 그런 자신 때문에 자신의 외가가 어떤 위험을 안고 버텨 내고 있는지 사빈은 너무도 잘 알고 있었다.

"폐하를 뵙고 말씀을 드려 보겠습니다. 그리고 곧 떠날 것입니다."

"또 떠나실 생각이십니까."

"떠나야지요."

아프게 웃는 사빈을 응시하던 사내가 천천히 눈을 감았다. 예상치 못한 사내의 행동에 사빈의 얼굴에 의아함이 떠올랐다.

그렇게 잠시 눈을 감고 있던 사내가 천천히 눈을 떴다. 불안으로 일렁이던 눈이 낯선 번들거림을 담고 있었다. 무엇인가가 가슴으로 푹 박혀 드는 것을 느끼며 사빈이 마른 침을 삼켰다.

"이번에 황후마마께서 저하의 혼인을 준비 중이시라는 소문이 파다합니다. 그것에 관심을 가진 이들이 많습니다."

"그런 것 관심 없습니다."

"언제까지 도망만 다니실 것입니까."

"숙부님."

"맘만 먹으시면 언제라도 저하께 힘을 실어 줄 이들이……."

"돌아가십시오."

"저하!"

안타까움을 담은 숙부의 외침을 외면하며 사빈이 몸을 일으켰다. 싸늘하게 식은 사빈의 얼굴에 닿은 사내의 눈이 불안하게 흔들렸다.

"사촌들의 귀환은 폐하께 말씀드려 보겠습니다. 하지만 그뿐입니다. 제가 해 드릴 수 있는 일은."

차갑게 말을 뱉어 내고는 방을 나가는 사빈을 잡지 못한 사내가 이를 악물며 고개를 숙였다.

"말이 많은 사안이라고 알고 있습니다. 그런 식의 인사는 전례가 없는 일이니까요. 병부 쪽의 인사라면 그럴 수도 있으나 이부 쪽의 관리를 그런 식으로 병부에서 차출해 변방으로 보낸 일은 전무하다 합니다."

황자의 정복을 입는 사빈을 도우며 류한이 확인해 온 사실을 차근차근 설명했다. 숙부의 말이 아니더라도 이건 분명 문제가 있었다. 이번 소천을 확실하게 정복하는 일에 공을 세운 것이 이리 화로 돌아오는 것이다.

"이부에서도 말이 많습니다."

마지막 말을 낮게 내뱉으며 류한이 한 걸음 사빈에게서 물러섰다. 황자의 붉은 정복을 입은 사빈은 정말 오랜만에 보는 그였다. 언제나 피와 땀에 젖은 갑옷이나 무복에 갇혀 사는 주인이니까.

훤칠한 키와 단단한 체격, 수려한 얼굴이 붉은 정복과 함께 너무도 아름답게 보였다. 인물은 사준이 조금 더 좋을지 몰라도 전체적인 느낌은 자신의 주인이 훨씬 돋보였다. 그것조차 때론 주인의 약점이 되는 일이지만.

류한의 말에 그저 고개만 끄덕인 사빈이 방을 나서려는 순간 류한이 무엇인가 떠오른 듯 다시 입을 열었다.

"아, 그리고 궁에 머무르시는 동안 전각 경비를 조금 강화할까 합니다."

"하지 마."

당연히 그러라고 자신에게 그저 맡길 줄 알았던 주인의 의외의 반응에 류한이 놀라 주인을 바라보았다.

"예?"

"괜한 오해와 억측을 살 수도 있다. 그러니 경비 같은 거 세우지 마."

류한이 더 이상 무슨 말도 할 수 없게 하려는 듯 사빈이 그대로 방을 나갔다.

"밤 손님도 불편할 거니까."

류한에게 들리지 않을 마지막 말이 사빈의 입에서 조그맣게 새어 나왔다.

"폐하, 사빈 저하 들었사옵니다."

"들라 해라."

반가움이 묻어나는 아비의 목소리를 들으며 사빈이 황제의 집무실로 들어섰다.

문을 열자마자 코끝으로 스미는 진한 약초 향에 사빈의 얼굴이 약하게 굳었다. 이틀 전 전장에서 돌아와 아비를 보았을 때에도 건강이 좋지 않음을 확연하게 느낄 수 있었던 그였다.

집무실 전체를 감싸고 있는 약초 향은 그저 탕약의 향만은 아니었다. 아마 저 야윈 아비의 몸 곳곳에 뜸을 뜨고 침을 놓았기에 그 정화 작용을 위해 이 집무실 안을 약초 향으로 가득 채워 놓은 모양이었다. 가슴 저 깊은 곳이 아려 왔다.

다가오는 사빈을 보며 그런 아들의 마음을 알 리 없는 아비가 반갑게 손을 내밀었다.

"어서 오너라. 네가 나를 찾는 날도 있구나. 가까이 좀 보자꾸나."

어미의 죽음을 대가로 태어났던 그 작고 조그맣던 아들이 어느새 바라보는 것만으로도 한숨이 나올 만큼 강하고 아름다운 모습으로 성장해 있었다. 그 모습에 가슴 저 깊은 곳이 아려 오는 황제였다.

그녀를 잃었던 그 순간의 고통이 되살아나며 저 아이를 얻었을 때의 기쁨도 함께 뇌리에 떠올라 왔다. 가장 사랑하던 이를 잃었고 그 분신을 얻었던 그날, 세상의 모든 것이 무너져 내렸고 세상의 전부를 얻은 것 같았었다. 그날의 기억 속에 다가오는 아들의 모습이 가슴 벅찬 황제였다.

"그리 입고 있으니…… 정말 사내로구나."

황제의 시선이 사빈의 머리끝부터 발끝까지 사랑스럽게 훑어 내렸다. 따스함과 애틋함이 흐르는 아비의 눈을 마주한 사빈이 부드럽게 웃어 보이며 황제의 앞에 무릎을 꿇고 앉았다.

"무슨 일인데 내가 부르지 않았는데도 이곳에 온 것인지 너무도 궁금하구나. 말해 보거라."

"폐하."

"그래."

너무도 따스해서 심장이 두근거리는 아비의 잔잔한 미소를 물끄러미 바라보며 사빈이 조용히 황제를 불렀다.

"제가, 너무도 가지고 싶은 것이 있습니다."

"응?"

너무도 의외인 듯 황제의 눈꼬리가 살짝 치켜 올라갔다. 예상치 못한 아들의 말이었기 때문이다. 태어나 지금까지 정말 단한 번도 무엇을 달라 청해 본 적이 없는 아이였다. 물론 어려서는 황후가 사영, 사준과 달리 키우는 것을 본 적도 들은 적도 없었다. 허니 부족한 것도 분명 없었을 것이다.

하지만 조금씩 크면서 하나씩 무엇인가를 달라 하던 두 아들과 달리 눈앞의 아이는 그 무엇도 청해 본 적이 없었다. 아니, 자신의 앞에 모습을 거의 보이지 않으니 그럴 시간조차 없었을 것이다. 그리 존재감조차 없이 살아오는 아이였다. 자신의 둘째 아들은.

그런 아들의 입에서 나온 너무도 생소한 말에 황제의 얼굴이 잠시 의아함을 담다 천천히 펴졌다. 어쩌면 저것이 당연한 변화일 것이라는 마음이 들었다. 사내가 되고 세상을 알면서 왜 욕심이라는 것이 생기지 않을까.

이제야 사람으로서의 삶을 조금씩 느껴 가는 것 같아 마음 한

184

구석이 따스해지는 황제였다.

"이런, 네가 그런 말도 할 줄 알다니 반갑구나. 하하. 그래. 무엇이든 내 다 줄 것이다. 말해 보거라. 태자의 것만 아니라면 세상이들 너에게 주지 못할까."

그 순간이었다. 사빈의 투명한 눈동자에 천천히 균열이 가기 시작했다.

"폐하, 황후마마 드셨사옵니다."

차마 입을 열지 못하는 사빈의 뒤로 집무실의 문이 조용히 열렸다.

"이런. 폐하를 뵙고 나서 찾아가려 하였는데 여기 계셨습니까, 황자. 차라리 잘되었네요."

"무슨 일입니까. 황후."

아름다운 예복을 부드럽게 끌며 다가오는 황후의 앞에 사빈이 깊이 머리를 숙였다. 사빈의 앞에 멈춰 선 황후가 황제를 바라보며 부드럽게 웃었다.

"사빈 황자에게 잘 어울릴 듯한 혼처가 나와 폐하께 여쭙고자 왔는데 이리 황자도 계시니 금상첨화여서 드리는 말씀입니다."

따스함이 가득 밴 황후의 목소리에 사빈이 천천히 고개를 들어 올렸다. 언제나처럼 따스하고 다정하기 그지없는 얼굴로 황후가 그를 보고 있었다. 그 익숙한 눈빛에 사빈이 다시 고개를 숙였다.

어려서는 한없이 좋던 눈빛이었다. 그저 따스하고 다정했으니까. 그 안에 담긴 따스함의 깊이만큼 두려움과 경계심의 깊이도 같음을 알지 못했을 때에는 한없이 좋기만 하던 눈빛이었다.

그 눈빛을 제대로 읽게 된 그날부터 사빈은 눈앞의 이를 어머니라 부르지 못했다.

"사준 황자가 저를 아주 나쁜 어미라 하지 않습니까. 해서 서둘러 찾았더니 글쎄 그리 좋은 혼처가 지척에 있을 줄은 몰랐습니다. 좋은 가문의 똑똑하고 얌전한 규수라 합니다. 우리 사빈 황자의 배필로 전혀 손색이 없을 것입니다."

"황후마마, 저는……."

"어느 집안이기에 그리 칭찬을 하십니까, 황후."

사빈이 입을 열려는 순간, 황제가 흥미로움을 담고 황후를 향해 물었다. 사빈의 앞에 서 있던 황후가 황제에게로 다가섰다. 거칠게 흔들리는 사빈의 눈동자가 황제와 황후를 바라보았다.

"제 외숙이신 수찬 공의 손녀입니다."

환하게 웃는 황후의 웃음과 만족스러운 미소를 지으며 반색하는 황제를 물끄러미 바라보며 사빈이 천천히 눈을 감았다.

제대로 된 빛 하나 들어오지 않아 한낮임에도 은은한 어둠만을 드리우고 있는 침궁의 천장을 침상에 나른하게 누운 이령이 물끄러미 올려다보았다.

화려하기 그지없는 꽃들이 그려져 있고 그 꽃들에 내려앉은 나비의 그림이 천장을 가득 채우고 있었다. 움직일 수 없이 그 자리에 못 박힌 듯 피어 있는 화려한 꽃에 자유롭게 날아드는 나비. 그것이 무엇을 의미하는지 모르지 않는다.

헌데 우습게도 그 그림을 보는 이령의 뇌리에 떠오르는 것은 눈앞의 그림과는 다른 이의 모습이었다.

숨조차 제대로 내쉴 수 없던 그 순간, 끝도 없이 밀려들던 율의 군사들을 마주하고 있던 자신에게 다가오던 그. 커다랗게 열린 눈동자로 자신을 보고 이름을 불렀던 그였다.

검이 아닌 커다랗고 단단하던 손을 내밀어 주었었다. 그 전장의 지독한 핏빛 아래에서.

'령?'

하얗게 바래져 있던 머릿속으로 스며들었던 그 부름. 그것이 무엇인지 자각하기도 전에 그를 향해 휘둘렀던 검이 이제 생각하니 그저 오싹하기만 한 이령이었다.

그 검날에 그의 몸이 잘렸다면, 아주 조금의 상처라도 그에게 냈더라면 하는 생각을 하는 순간 소름이 온몸을 뒤덮었다.

"하아."

천장을 바라보던 눈을 감았다. 느껴질 리 없는 그의 내음이 코끝으로 느껴져 오는 듯한 착각이 들었다. 착각이었지만 좋았다. 단단하고 따스한 그의 손길, 은은하고 기분 좋은 그의 향. 뜨거워 입술을 태워 버릴 것 같은 입맞춤.

"아흑, 미치겠네."

이령이 몸을 비틀며 진저리를 쳤다. 너무도 낯선 경험이어서인지 그저 떠올리는 것만으로도 머리끝이 곤두설 만큼 자극적이었다. 손끝까지 파르르 부끄러움을 담고 떨렸다.

이리 부끄럽고 그저 난감한데…… 끔찍하게 좋다는 것이 문제였다. 마음이 요상하게 뜨거워지고 입가에 참을 수 없는 웃음이 머무는 느낌. 이것이 다른 이들이 말하는 연모라는 것일까.

"근데…… 너 괜찮은 거니. 정말."

그 온몸이 녹아내리는 듯한 감각을 떨치고 차갑게 식혀 가는 머릿속에 아주 조금씩 굳어 있던 그의 얼굴이 떠올랐다. 평생을 황자로 살아온 그도 평생을 궁에 갇혀 살아온 자신도 모르지 않는다. 태자의 것을 탐하는 것이 무엇을 의미하는지.

"젠장."

이를 악문 이령이 거칠게 자신의 머리를 헝클어트리며 일어나 앉았다. 그저 부수고 덤비고 싸울 수 있는 것이 더 나았던 것 같다.

자신을 죽이지는 말라는 선황의 유지가 있었기에 괴롭힐 수는 있어도 자신을 죽일 수는 없었던 소천의 형제들을 상대할 때에는 미치면 되었다. 미친 듯 그들과 싸웠고 마주하는 모든 상황과도 싸웠다. 죽는 것을 한순간도 겁내지 않았기에 싸움 따위 무서울 것도 없었으니까.

헌데…… 이 상황은 그 반대인 것이다. 나를 내던지는 것이 아니라 나를 지켜야 한다. 온전하게.

삐그덕. 문이 열리는 소리와 낯선 기척에 이령이 그대로 몸을 일으켜 섰다. 경계를 가득 품은 이령의 눈에 낯선 이가 보였다. 문 안으로 들어서는 이는 처음 보는 여인이었다.

머리카락 한 올도 흐트러지지 않게 가체로 틀어 올린 머리에는 화려한 잠들이 가득했다. 그 화려한 잠들 중 하나를 본 이령의 눈동자가 아주 조금 흔들렸다. 조그마한 산호 봉황 잠. 절대 일반 후궁들은 할 수 없는 것이다.

화려한 치마말기를 얌전히 잡고 조금의 흐트러짐도 없이 걸음을 옮긴 여인이 이령의 앞에 섰다. 여인과 이령의 눈이 서로를 응시했다. 아름다운 여인이었지만 그 무표정에서 무엇도 읽을 수 없는 이령이었다.

"태자비마마시네. 어서 예를 취하게."

안빈이 이령을 향해 낮게 말했지만 이령은 꼼짝도 하지 않았다. 예상대로 눈앞의 여인은 태자비였다.

"이보게."

"되었네, 안빈. 그대는 나가 있게."

"예. 마마."

짜증스럽게 이령을 노려보던 안빈이 태자비의 말에 급히 고개를 숙이고 밖으로 나갔다.

한 조각의 감정도 드러내지 않으려는 듯 단정하게 다물어져 있는 여인의 입술 끝이 아주 조금 떨리고 있음을 이령은 느꼈다. 참고 있는 여인의 감정이 그렇게 조금씩 흘러나오는 것을 보며 이령은 깊은 한숨을 내쉬었다. 눈앞의 여인이 무엇 때문에 자신을 보러 온 것인지 묻지 않아도 확연하게 느껴져 왔다.

"그대가 그 유명한 소천의 광화라고."

"유명한 것은 모르겠지만 광화는 맞습니다."

피식 입가를 끌어 올리며 이령이 대답했다. 10년의 세월 동안 그녀에게 붙여졌던 이름은 아마 죽을 때까지 그녀를 따라다닐 터였다.

"전하께서 그대에게 관심이 많으시네. 여인에게 관심을 주시는 법이 거의 없으신 전하신데 그대의 특별함이 마음에 드신 모양이야."

자신의 남편이 다른 여인에게 관심이 있다는 것을 무슨 정책을 말하듯 읊조리는 여인을 이령이 물끄러미 바라보았다.

저 여인의 굳어진 심장 속에선 지금 붉은 피가 철철 흘러내리고 있을 것 같았다. 태자비라는 족쇄에 갇혀 스스로의 감정 하나 제대로 뱉어 내지 못하는 모습이 지금 이 순간 자신의 처지보다 더 아파 보였다.

"헌데 어쩔까요."

이령의 대답에 태자비의 눈이 의아함을 담으며 살짝 일그러졌다.

"저는 태자 전하의 여인 따위 될 마음이 없으니 말입니다."

"그대는 이미 전하의 여인이다."

아주 잠시 흔들리던 태자비의 눈동자가 다시 제자리를 찾았다. 그리고 너무도 차갑고 냉정한 목소리가 새어 나왔다. 그런 태자비를 바라보며 이령이 고개를 저었다.

"제게 광화냐 하셨지요. 예. 맞습니다. 저는 미친 꽃, 소천의 미천한 궁주 광화입니다. 제게 왜 그런 이름이 붙었는지 아십니까."

"아름답지만 미쳤기에 그러한 것이 아닌가."

"어찌 미치는지 보시겠습니까."

"뭐라."

놀란 듯 미간을 좁힌 태자비의 음성에 약한 노기가 어렸다. 하지만 이령은 입가의 웃음을 놓지 않았다. 눈앞 여인의 감정이 아주 조금씩 흔들리고 있음을 이령은 느낄 수 있었다.

"저 스스로의 의지가 아닌 것은 죽어도 하지 않습니다. 그 대가가 무엇이라도 감당합니다. 하지만 그 누구도 제게 일방적인 강요는 할 수 없습니다. 그래서 저는 미친 꽃, 광화입니다."

태자비 자경의 눈동자가 아프게 흔들렸다. 살짝 벌어진 여인의 붉은 연지가 가득한 입술에서 한숨이 토해져 나오는 것을 보며 이령이 입술을 환하게 휘었다. 아름답게 번지는 이령의 미소에 태자비 자경의 눈이 커다랗게 열렸다.

"제 존재 따위 신경 쓰실 거 없으십니다. 곧 사라져 드릴 테니까요. 아주 잠시 이곳에 머물 뿐입니다."

"그대 마음대로 이곳을 나갈 수 있다고 생각하는 것인가, 설마?"

인위적으로 딱딱하게 굳어져 있던 태자비의 얼굴이 약하게 흐트러지며 놀라움과 기대가 어렸다. 자꾸만 흔들리는 여인의 눈동자가 안쓰럽다고 이령은 생각했다.

"마음대로 갈 수야 없겠지요. 하지만 나가야 할 때가 오면, 제가 그리하고 싶어지면 나갈 것입니다. 물론 죽을 수도 있겠지요. 그래도 나갈 것입니다. 죽어서라도, 나가고 싶으면 나갑니다."

"그대는……."

"광화입니다, 저."

"그런데 왜 지금은 이곳에 있는 것인지 물어도 되겠는가."

살짝 불안을 담고 묻는 태자비의 말에 이령이 깊게 한숨을 토해 냈다. 아주 잠깐 허공을 응시하던 이령이 다시 태자비에게로 시선을 돌렸다.

한 점의 흔들림도 없이 반짝이는 이령의 눈동자에 태자비 여비는 숨이 막힐 것만 같았다. 세상 모두가 그녀를 광화라 부르는 이유를 어렴풋이 이해할 수 있을 것 같았다. 저 타는 듯 강렬한 눈빛은 세상 모든 것을 삼켜 버릴 것 같기에 때론 모두를 미치게 하는 모양이었다.

"함께 있어야 할 이가 이곳에 있으니까요."

"오라비를 말함인가."

부드러운 목소리가 태자비에게서 흘러나왔다. 그 말에 대답하려던 이령이 말을 삼켰다. 그녀가 그리 알고 있는다 해서 나쁠 것은 없을 것 같았다. 어차피 진실을 알려 줄 수 없다면 그편이 차라리 나을 테니까.

더 이상 아무 말도 하지 않는 이령을 물끄러미 바라보던 태자비가 몽롱한 듯 풀려 있던 얼굴에 다시 차가운 가면을 뒤집어썼다.

"전하께서 관심 가지시는 이를 살피려 와 본 것이네. 오늘 그대가 한 말들은 나는 듣지 않은 것으로 하겠네."

"그리하십시오. 제가 무슨 말씀을 드리기나 했습니까."

능청스럽게 웃으며 어깨를 으쓱하는 이령의 모습에 여비의 얼굴이 아주 약하게 풀어져 내렸다.

"전하의 여인들을 살피는 것은 내 의무이네. 허니…… 내 도움이 필요하다면 언제든 나를 찾아오게."

"예. 그리하지요."

태자비가 이 방 안에 들어온 이후 처음으로 이령이 약하게 고개를 숙였다.

"황후마마의 은혜 하해와 같사옵니다. 하지만 황자 사빈, 감히 두 분께 말씀 올립니다."

반가움이 가득한 얼굴로 황후를 보며 미소를 지어 보이던 황제가 갑자기 들려온 아들의 말에 고개를 돌렸다. 환한 미소가 얼굴 가득 담긴 황후의 시선도 사빈에게로 향했다.

아직 아들의 말을 이해하지 못한 두 사람의 얼굴에는 미소가 남아 있었다.

"소자는 아직 혼인을 할 마음이 없습니다. 허니 제 혼사를 다시는 거론치 말아 주시옵소서."

"빈아."

당황이 담긴 황제의 입에서 아들의 이름이 새어 나왔다. 황후의 얼굴이 천천히 굳어져 갔다.

"사빈 황자."

따스하지만 그 안에 살짝 노여움을 담고 황후가 사빈을 불렀다. 사빈이 천천히 그런 황후와 시선을 마주했다.

이리 똑바로 황후의 눈을 마주 본 것은 아마도 철이 들고 처음일 것이다.

"그대, 올해 벌써 스물다섯입니다. 사준 황자도 이제 정혼을 논해야 할 때인데 그대가 아직 혼사를 논의하지 않으려 하는 것은 황자로서 의무를 저버리는 일입니다. 아니 그렇습니까, 폐하."

"어찌 그러느냐. 말을 해 보거라."

황후의 말에 대꾸도 없이 황제가 아들을 향해 물었다. 조금의 망설임도 없이 자신의 의견을 말하는 아들의 모습에 절대 이것이 그저 사양하는 것이 아님을 느끼는 황제였다. 무엇인가 아들의 마음에 변화가 있었다. 그것이 무엇인지는 모르지만 아들이 분명 달라져 있었다.

"황자로서의 의무를 소홀히 한 적도, 할 마음도 없는 소자이옵니다. 하지만 혼인은 제 마음이 시키는 대로 할 생각입니다. 저는 제 마음이 들어 있지 않은 혼인 하지 않을 것입니다, 폐하."

싸늘하게 굳어 가는 황후의 얼굴을 아주 잠시 바라보던 황제가 천천히 고개를 끄덕였다. 처음 자신의 마음을 있는 그대로 뱉어 내는 아들의 모습에 절대 이 혼사를 받아들이지 않아야겠다고 느끼는 황제였다. 만약 이 문제를 계속 거론한다면 더 커다란 문제가 사빈과 황후 사이에 생길 수도 있었다.

"저 아이의 의지가 저리 강하니 이 문제는 일단 보류하시는 것이 좋겠습니다, 황후."

"……예. 그리하지요."

"감사하옵니다. 황후마마."

"그건 그렇고."

사빈이 깊이 고개를 숙이자 차갑게 변했던 얼굴이 거짓인 듯 다시 부드러워진 황후의 목소리가 들려왔다.

"어찌 황궁에 돌아와 이 어미를 찾지도 않았단 말입니까. 서운합니다."

"그것은 제가 몸을 다쳐……."

"농입니다. 하하. 어젯밤까지 열이 높았다는 소리를 사준에게 전해 들었습니다. 사준 황자의 걱정이 이만저만이 아닙니다. 그리 형이 좋은지 원. 나로선 너무도 기쁜 소식을 전하느라 안부를 묻지 못했습니다. 그래, 몸은 괜찮은 것입니까."

"예. 심려치 마십시오, 황후마마."

"또 어느 날 갑자기 떠날까 저어됩니다. 떠나기 전에 꼭 이 어미에게 얼굴은 한 번 보여 주고 가셔야 합니다."

"조만간 찾아뵙겠습니다, 황후마마. 하지만 걱정하지 마십시오. 바로 떠나는 일은 없을 것입니다."

"궁에 오래 머물 생각입니까?"

의아한 듯 묻는 황후에게 사빈이 천천히 고개를 끄덕이곤 황제를 향해 고개를 들었다.

단호함을 담고 자신을 응시하는 아들의 모습에 황제가 고개를 끄덕였다. 황후가 들어오기 전 아들이 했던 말이 떠올랐기 때문이다. 갖고 싶은 것이 있다 했었다.

"아, 그래. 네가 꼭 갖고 싶다던 것이 있었지. 무엇이더냐."

반가움을 담고 묻는 황제의 말에 황후의 시선이 약하게 흔들렸다.

아무것도 담기지 않은 담담한 시선을 들어 올린 사빈이 황제를 향해 조용히 입을 열었다.

"복속시킨 나라들과 국경의 일을 처리하실 때 제가 알고 있는 것들이 많은 도움이 될 것이라 생각되옵니다. 해서 그 복속민들과 국경에 대한 정책에 참여해 보고 싶사옵니다. 제가 폐하와 태자 전하께 도움이 될 수 있는 기회를 주십시오, 폐하."

"정녕…… 궁에서 황자로서의 일을 해 보고 싶은 것이더냐?"

반가움에 황제의 얼굴에 환한 미소가 번졌다. 그런 황제를 따라 미소를 짓는 황후의 눈이 어지럽게 흔들리는 것을 느끼며 사빈이 고개를 숙였다.

"황자로서도 아들로서도 동생으로서도 부족함이 많았던 저입니다. 미령한 힘이라도 폐하의 일에 보탬이 되고 싶습니다."

"해 보거라."

일말의 망설임도 없이 황제가 입을 열었다. 아들을 바라보는 황제의 눈빛에는 따스함이 가득 담겨 있었다. 한없이 안쓰럽고 안타까웠던 아들이 자신의 자리를 찾으려는 모습이 그리 대견할 수가 없었다.

"사빈이 태자의 힘이 되어 줄 것입니다. 이번 소천과의 전장에서도 태자의 오른팔이 되어 승전을 이룬 것이 사빈임은 모두가 알고 있지 않습니까, 황후."

"예. 그렇습니다, 폐하."

"병부령과 예부령을 불러 너의 권한과 임무에 대해 적합한 자리를 마련해 보마. 태자의 힘이 되어라."

"예. 폐하. 명심하겠사옵니다."

자신의 등 뒤로 서늘한 시선이 와닿는 것을 느끼며 사빈이 황제와 황후의 앞을 떠났다.

조용히 귓가로 스미는 칠현금의 아름다운 소리를 따라 별궁 안으로 들어선 사빈이 눈앞에 보이는 현실 같지 않은 모습에 그 자리에 멈춰 섰다. 한 점 티끌도 없는 듯 새하얀 장의에 감싸인 채 무릎 위에 칠현금을 올려놓고 새하얗고 긴 손가락을 움직이는 이의 모습이 보였다.

소천이 무너져 내리던 그날, 이령이 자신의 품으로 쓰러진 후 병사들의 손에 이끌려 나왔던 사내였다. 여전히 회색빛의 머리카락을 하고 꼭 감긴 눈을 하고 있었지만 그동안 이곳에서의 생활이 편안했는지 사내의 얼굴은 그때와는 비교도 되지 않을 만큼 좋아 보였다.

한숨이 나오게 아름다웠다. 하얀빛이 도는 머리카락과 새하얀 옷 때문인지 신선이라 해도 믿길 모습이었다. 처참하게 바닥에 무릎 꿇려졌던 모습은 그 어디에도 남아 있지 않았다. 그 새하얀 얼굴이 참 많이도 그녀와 닮았음을 사빈은 느꼈다. 저 아름다움만큼 오누이의 운명은 고통스러웠다.

사내의 발치에 앉아 눈을 감고 칠현금 소리에 빠져 있던 소녀가 사빈을 보고 놀라 몸을 일으켰다. 전장에서 보았던 이령의 시녀라 하던 아이였다.

소녀가 사내의 귓가에 무엇인가 속삭이자 사내의 손이 그대로 멈췄다. 다가선 사빈의 앞에 힘겹게 몸을 일으킨 사내가 섰다. 사빈보다 한참은 작고 가녀린 사내였지만 마주한 사내의 얼굴에는 조금의 불안도 담겨 있지 않았다. 흐트러지지 않은 기품과 기운. 외적 모습보다 이게 더 닮았다고 사빈은 생각했다.

"율의 둘째 황자, 사빈입니다."

뜨거운 찻물이 든 차관을 들고, 찻잔에 차를 따르는 하루아의 움직임을 사빈이 말없이 그저 바라보았다. 눈이 보이지 않는 이답게 손끝으로 무엇이든 확인하는 모습이 너무도 자연스러워 이상해 보이지 않았다.

찻잔에 담기는 차의 양도 이미 익숙한 듯 한 치의 틀림도 없이 적당량의 차가 담겼다. 차향이 공간을 떠돌았다.

"사빈 저하라 하셨지요."

새하얀 손으로 찻잔을 쥔 채 하루아가 조용히 물었다. 얼굴은 앞을 보고 있었지만 감겨진 눈은 그가 무엇을 보고 있는지 알 길이 없었다. 그저 앞을 향한 얼굴에 시선을 주며 사빈이 입술을 열었다.

"예. 사빈입니다."

"태자 전하와는 많이 다르신 분이군요."

하루아의 푸른 기가 담긴 입술 끝이 아주 약하게 끌어 올려졌다. 무엇이 눈앞의 이를 웃게 하는지 알 길은 없었지만 그 미소가 편해 보이는 사빈이었다. 긴장을 담지 않고 자신을 대하는 하루아의 모습이 좋았다.

"그렇습니까. 보이지 않으시니 모습은 아닐 것이고 느끼시는 것이 다른 것인가요."

"기운이 다르십니다."

"기운이라."

"어려서부터 보이지 않아서인지 저는 상대를 기로 느낍니다. 느껴지는 기가 강한 이도 있고 무척이나 약한 이도 있지요. 헌데…… 사빈 저하의 기는 표현하기가 어렵군요. 맑다고 해야 할까, 시원한 바람 같다고 해야 할까요."

"그렇습니까."

"단단한 벽처럼 느껴지던 태자 전하의 기와 많이 다릅니다."

단단한 벽. 형님 태자를 하루아는 그렇게 말했다. 단단한 벽이라고. 가장 적절한 말일 것이다.

"헌데 이 별궁 구석에 숨은 듯 지내는 이를 황자께서 무슨 일로 찾으신 것입니까."

길게 늘어진 소매를 한 손으로 잘 갈무리하면서 그림 같은 모습으로 찻잔을 든 하루아가 조용히 물었다. 한 치의 불안도 담고 있지 않은 그 편안함 속에 언제나 당당하게 빛나던 이령의 모습이 느껴졌다. 눈앞의 사내가 눈을 뜬다면 아마도 이령의 눈, 그것을 가지고 있을 것 같았다.

"제한의 유민들에 대해 궁금하지 않으십니까?"

너무도 의외의 말이어서일까. 조금의 미동도 보여 주지 않던 하루아의 얼굴이 약하게 일그러졌다. 아주 미세하게 일그러지는 그 얼굴을 보며 사빈이 찻잔을 내려놓았다. 하루아도 미처 마시지 못한 채 찻잔을 가만히 내려놓았다.

"저는 철이 들면서부터 변방만을 다녀서 수많은 유민들을 만나고 그들의 삶과 생각을 알 수 있었습니다. 궁 안의 일은 하나도 모르면서 말입니다."

"……."

"제한의 유민들은 황제를 원하고 있었습니다."

"무슨…… 뜻입니까."

한없이 여유로워 보이던 하루아의 얼굴이 천천히 창백해지는 것을 느끼며 사빈이 깊게 숨을 들이마셨다.

어쩌면 정말 위험한 도박을 시작한 것일지도 몰랐다. 자신의 뜻대로 하루아가 움직여 준다면 좋겠지만 만약 눈앞의 사내가 제한에 대한 그 어떤 미련도 마음도 남아 있지 않다면, 누이에 대한 미안함의 무게가 자신의 안위보다 한참이나 가볍다면 자신은 이미 도박에 진 것이다.

"소천이나 다른 복속국들과 달리 제한은 동맹국이었습니다. 해서 소천의 정복을 피해 도망 온 유민들을 저희 폐하께서는 모두 받아들여 주셨습니다. 해서 변방에 그들만의 거주지를 갖고 자치적으로 살고 있습니다. 노예가 되거나 천민이 된 다른 복속국들의 백성들과는 확연하게 다른 시작이지요. 하지만 그렇다 해서 그들이 평화롭거나 만족스럽지는 않습니다. 율의 백성들과는 다른 처우, 언제나 거처를 위협받는 변방 생활 등 모든 것이 언제나 불안하니까요. 해서 그들은 언제나 폐하께 불만이 많고 자치권을 원합니다. 헌데 그들의 의견을 모으고 하나의 힘으로 만들 중심이 없습니다. 그래서일 것입니다. 그 오랜 세월 적지 않은 숫자로 변방 한쪽을 지키고 있으면서도 아직 제대로 된 나라도 세우지 못하고 율의 완전한 백성도 되지 못하는 것은요."

"그대의 태자께서는 그런 그들을 완전하게 복속시키고 싶어 하시는 것 같았습니다만."

"우리 쪽에 유리한 조건으로 협상을 하고 싶으신 것이겠지요. 그들의 중심이 될 이가 허락한다면, 그들의 황제가 허락한다면 구심점이 없어 제대로 의견을 정립하지 못한 그들은 황제의 결정을 따를 수밖에 없으니까요."

"그대가 원하는 것이 무엇입니까, 사빈 저하."

딱딱하게 굳은 하루아의 얼굴에는 처음에는 전혀 보이지 않았던 불안과 경계심이 가득 담겨 있었다. 청아하고 맑은 기를 가졌다고 판단한 눈앞의 이가 전혀 예상치 못한 제안을 했기 때문이리라.

"그녀의 삶입니다."

"……."

하루아가 숨을 멈췄다. 사빈의 목소리에서 느껴지는 진실됨이 하루아의 심장으로 박혀 들었다. 눈앞의 사내가 내뱉는 그녀라는 말 속에 담긴 절절함이 온몸으로 느껴져 왔기 때문이다. 보지 못하기에 들려오는 것으로 세상 전부를 판단하는 하루아에게 사람의 목소리는 그 사람의 마음이니까.

"다시는 그녀가 혼자 싸우게 하지 않을 것입니다. 다시는 그녀가 세상에 맞서 혼자 피 흘리게 하지 않을 작정입니다. 해서 저는 그녀에게…… 삶을 찾아 주려 합니다."

"우리 령이를 말하는 것입니까."

파르르 떨리는 하루아의 입술을 바라보며 사빈이 깊게 숨을 삼키고 다시 입을 열었다.

"그녀를, 제한의 황녀로 만들 겁니다."

차디차게 식어 버린 찻잔 앞에서 꼼짝도 하지 않고 있는 하루아의 모습을 걱정스럽게 바라보며 연이 발을 굴렀다. 저리 한 자세로 오래 있는 것조차 하루아에게는 독과 같은 일이었다. 저리 있으면 곧 몸이 굳고, 다시 움직이려면 끔찍한 고통을 이겨 내야 한다. 근육들이 아우성을 칠 테니까.

그럼에도 그가 자신의 부름에조차 대꾸하지 않고 저리 버티고 있을 때에는 말릴 수 없다는 걸 아는 연이었다. 그 고집은 오누이가 정말 똑같이 닮았기 때문이다. 그리고 저런 모습일 때의 하루아는 방해하면 안 된다는 것도 잘 알고 있었다. 그녀라 해도 그는 용서하지 않으니까.

"많이 어여뻐지셨다 했더니 그랬던 거네요, 우리 이령 님."

바라보는 것조차 아픈 하루아를 힘겹게 외면하며 몸을 돌린 연이 막 떠오르기 시작하는 달빛을 바라보며 낮게 속삭였다.

별궁으로 찾아왔던 그녀의 모습이 유난히 아름다웠던 이유를 이제 알 것 같았다. 반짝이던 그 고운 눈빛도 이해가 되었다. 이제야, 스물다섯이 되어서야 여인이 된 주인의 마음에 누가 있는지 알게 된 연이었다. 이 감옥과도 같은 율의 궁 안에 제 발로 주인이 걸어 들어온 이유가 있었다.

"행복해지셔야 하는데…… 우리 이령 님."

아프게 미소 지으며 달빛을 향해 고개를 드는 연의 고운 얼굴 위로 눈물이 한 방울 툭 떨어져 내렸다.

"뭐를 좀 드셔야 하지 않겠습니까. 준비시킬까요."

"됐어. 생각 없어."

따라 들어오려는 류한을 손을 들어 저지한 사빈이 방 안으로 들어서자마자 등 뒤로 문을 닫았다.

어둠이 가득한 공간이었지만 그 안에 가득 찬 낯익은 기운과 향내를 느끼지 않을 수 없었다. 하루 종일 긴장으로 굳어 있던 온몸이 풀어져 내리는 달콤함과 기분 좋은 설렘.

그 모든 것을 온전히 심장으로 들이마시며 한 발 앞으로 내민 사빈의 가슴으로 무엇인가가 안겨 든 것은 그때였다.

따스하고 조그마한, 그렇지만 제법 단단하고 강한 팔 힘으로

202

자신을 끌어안은 이를 사빈도 함께 안았다. 조금씩 익숙해져 가
는 어둠 속에 반짝이는 눈동자가 보였다. 자신을 올려다보는 그
투명하고 아름다운 눈동자에 심장이 덜컹 소리를 냈다.

"하루가 너무 길더라."

투명한 눈 밑의 조그마한 입술이 투덜거림을 담고 열리는 모
습을 사빈이 물끄러미 내려다보았다.

"내가 해야 할 일이 하나도 없어서 그런 건가."

"싸울 일이 없어서일 거다."

무엇이 재미난 것인지 코끝을 찡긋거리며 웃는 그녀를 내려
다보던 사빈이 더 이상 참지 못하고 그녀의 허리를 그대로 잡아
당겼다. 그리고 조잘거리는 작은 입술을 가득 베어 물었다. 그
녀의 작은 몸이 굳어지는 것이 심장으로까지 전해져 왔다.

전쟁터에서야 여인을 볼 일도 없으나 궁으로 돌아오면 제 주
변을 서성이는 궁녀들을 수없이 마주쳐야 했던 사빈이었다.

그저 곁으로 스치는 것만으로도 한껏 느껴지던 여인들의 사
향내와 분내가 지금 품 안의 이에게서는 한 조각도 느껴지지 않
았다. 그저 옅게 느껴지는 살 내음과 약한 꽃 향.

이 여인에게 어울리지 않는 꽃 향은 이 궁에 들어오면서부터
그녀에게서 흘러나오는 것이었다. 아마도 침궁에서 욕탕에 꽃들
을 띄우기에 그러할 것이다.

그것이 머릿속에 떠올라서일까. 지독한 소유욕이 심장을 잡
아채는 걸 느끼며 사빈이 더 깊이 그녀를 끌어당겼다. 따스하고
말캉한 혀를 잡아채고 급하게 빨아들였다.

그녀의 숨결조차 자신의 것임을 확인시키고 싶은 듯 입안 모

든 곳을 훑고 치아를 혀끝으로 더듬었다. 숨이 막히는지 자신의 어깨를 쥐어 잡는 그녀의 손아귀 힘이 약하지 않았지만 그는 그녀를 놓아주지 못했다. 탐하고 또 탐해도 끝없이 스스로를 옥죄어 오는 그녀에 대한 욕망이 그를 들끓게 했으니까.

"하아, 하아. 숨 막혀."

겨우 그를 밀어내고 숨을 토해 내며 그녀가 눈을 흘겼다. 고운 눈이 사내를 가득 담으며 새초롬하게 치켜떠지는 모습도 너무 사랑스러워 사빈이 다시 그녀를 잡아당기는 순간, 이령의 손이 사빈의 가슴을 거칠게 밀어냈다. 하지만 아주 조금 움직였을 뿐 그는 뒤로 밀려나지 않았다.

아직 다 아물지 않은 상처 때문에 조금 고통스러운 듯 그가 미간을 좁혔다. 이제 더 이상 그녀를 괴롭힐 수 없는지 사빈이 숨을 삼키며 그녀의 반듯한 이마에 자신의 이마를 가져다 댔다.

"두 번만 접문을 하다간 질식사할 것 같아. 알아?"

가쁜 숨을 내쉬며 토라진 듯 말하는 이령의 모습에 그마저도 사랑스러운지 사빈의 얼굴에 참지 못한 미소가 번졌다. 장난스러운 따스함이 그의 눈 가득 퍼졌다.

"그리 약한 이가 아닌 것으로 아는데."

"진짜거든?"

살짝 눈을 흘기며 툭, 사빈의 어깨를 주먹으로 친 이령이 그에게서 몸을 떼어 냈다. 그에게서 한 발 뒤로 물러난 그녀의 눈에 그제야 사빈이 입고 있는 붉은 정복이 들어온 모양이었다. 그녀의 눈이 동그랗게 커졌다.

"와, 그리하고 있으니 정말 황자 같다."

"나 정말 황자 맞거든."

"그리 입고 뭘 한 거야, 오늘 하루 종일?"

"……"

자신의 모습이 낯선 듯 눈을 떼지 못하고 바라보는 이령을 품 안으로 다시 끌어당긴 사빈이 그녀의 이마에 가만히 입술을 내렸다. 따스하고 편안한 그 감촉에 이령의 얼굴에 편안한 미소가 번졌다.

"처음으로 황자라는 이름으로 살았다, 오늘 하루."

"……"

자신의 정수리 위로 쏟아지는 그의 따스한 숨결에 이령이 눈을 감았다. 거세게 울리고 있는 그의 심장박동에 자신의 심장박동을 맞추며 그녀가 숨을 삼켰다.

"달빛이 좋던데…… 나가지 않을래?"

자신의 가슴으로 울려 퍼지는 그녀의 나지막한 목소리가 굳어 있던 사빈의 귓가로 들려왔다. 대답 대신 사빈의 커다란 팔이 그녀를 더욱 강하게 품어 안을 뿐이었다.

"쉿!"

커다란 몸 때문에 기와를 밟으며 소리를 낸 사빈을 향해 이령이 손을 들어 올리자 사빈이 움찔 눈을 감았다.

한숨이 나올 지경이었다. 정말 고양이라도 되는지 소리는커녕 움직임도 느껴지지 않을 정도로 전각 위로 날듯 올라가는 이령이었다. 그런 이령의 속도를 따라가기가 벅찰 정도였다.

달그림자가 가득 비치는 전각 가장 높은 곳에 올라앉은 이령의 곁에 다가앉으며 사빈이 깊은 한숨을 토해 냈다. 무복도 아니고 이런 황자의 정복을 입고 전각 위에 도둑고양이처럼 앉아 있는 자신의 모습이 당황스러웠다.

"도성이 보이네."

조금 들뜬 목소리로 이령이 말했다.

사빈의 전각은 궁 안에서도 외진 곳에 위치해 있었다. 해서 전각 지붕에 올라앉으니 궁 담 너머 저 멀리 도성이 잘 보였다. 외진 곳에 위치한 자신의 전각이 고마운 것도 처음이었다.

"춥지 않아?"

밤바람이 차가울 수밖에 없었다. 그런 밤에 높은 전각 위를 지나는 바람이 그녀의 작은 몸을 봐줄 리 없음을 알기에 걱정스러웠다. 사빈의 물음에 이령이 진하게 웃어 보였다.

"이까짓 게 추우면 나 벌써 얼어 죽었을걸."

재미나다는 듯 고개까지 까닥이며 말한 이령이 손가락을 들어 저 멀리 도성을 가리켰다.

"늦은 밤인데도 불빛들이 가득하네, 율의 도성은. 소천의 도성과는 많이 다르다."

"율은 상업의 중심지니까. 그래서 수많은 외국의 상인들이 드나들기 편하게 변방을 계속 정리해 나가고 있는 거다."

"그 변방을 정리하는 중심에 전장의 귀신이라는 둘째 황자 사빈이 있는 거네?"

"귀신은 무슨."

"소문은 그랬는데 옆에서 보니 그 소문 다 거짓부렁이었어. 이런 전각 하나 제대로 못 올라오고."

"말을 타고 전장은 많이 다녔어도 이리 도둑고양이처럼 전각 위를 다닐 일은 없었다만."

"하긴. 그러기엔 좀 너무 크긴 하다. 별로 생산적이지 못한 선택이지, 네가 이런 짓을 하는 건."

까닥까닥 고개를 끄덕이며 다시 도성의 불빛 쪽으로 고개를 돌리는 이령의 옆얼굴을 사빈이 물끄러미 바라보았다.

그녀의 삶에 대해 알고 있던 것이 하루 이틀도 아닌데 이렇게 매번 놀라고 화나고 슬퍼지는 것을 참을 수가 없는 그였다. 대체 얼마나 많은 시간 이리 살았으면 저리된 것일까 의아하면서도 화가 났다. 그것을 당연시하는 그녀의 말 한 마디 한 마디가 자신의 가슴을 아리게 한다는 것을 그녀는 모르는 것 같았다.

"내 얼굴에 구멍 나겠다."

한없이 자신의 얼굴을 바라보는 사빈의 굳은 얼굴을 본 이령이 냉큼 그의 입술에 가볍게 입을 맞췄다. 싸늘한 그녀의 입술이 자신의 입술을 스치고 지나가는 감촉에 사빈이 흠칫 놀라며 숨을 삼켰다.

"여인이 이리 자꾸만 사내를 건드리면 안 되는 것이다."

"왜 안 되는 거야? 그냥 그러고 싶어서 그러는데."

"이렇게 대가를 치러야 하니까."

사빈의 커다란 손이 이령의 목 뒤를 잡고 당겼다. 기다리기라도 한 듯 이령이 그에게로 끌려 들어갔다. 아직 한참이나 어색하지만 나름대로 자신을 탐하는 그녀를 느끼며 사빈이 그녀를 무릎 위로 올렸다.

그녀의 두 팔이 그의 목에 둘렸다. 작고 가녀린 팔이 놓치지 않겠다는 듯 그의 목을 끌어안고 그의 움직임에 따랐다. 그가 혀를 잡아채면 망설이던 그녀가 못 이긴 척 따라 움직인다.

따스하고 말캉한 혀가 자신의 입천장을 훑고 숨결을 쏟아 내는 느낌에 머릿속이 텅 비어 버리는 것을 느끼는 사빈이었다. 접문만으로도 이리 온몸이 나른하게 풀리며 몽롱해질 수 있다는 것은 난생처음 느끼는 감각이었다.

자신도 모르게 그녀의 몸을 더듬던 손이 무복 위 작은 가슴 위로 향했다. 작지만 부드러운 감촉에 자신도 모르게 커다란 손 안에 그것을 쥐어 잡은 사빈이었다. 움찔, 그녀의 몸이 굳어지며 자신의 접문에 호응하던 숨결이 흐트러졌다.

그가 조금 더 그녀의 가슴을 손길 안에 담았다. 그의 어깨를 잡은 그녀의 손에 힘이 들어갔다. 하지만 그녀는 그를 밀어내지 않았다. 조금씩 그녀의 숨결도 거칠어져 가는 것을 느끼며 사빈의 손이 그녀의 무복 안쪽으로 스미듯 들어섰다.

"하……."

미치도록 부드러운 감촉에 사빈의 입에서 삼키지 못한 숨결이 터져 나왔다. 손끝에 녹아내릴 듯 부드러운 감촉의 가슴과 금방이라도 터질 듯 뛰어 대는 심장 고동이 느껴졌다. 더 이상 그녀의 입안에 숨결을 밀어 넣는 것으로 만족하지 못한 사빈이 그녀의 입술에서 입을 떼어 그녀의 목으로 옮겼다.

부드러운 목울대를 살짝 물었다. 달큰한 살 내음이 코끝으로 훅 스며 들어왔다. 머릿속이 아찔하게 어질거렸다. 자신도 모르게 그의 입술이 점점 아래로 향하고 있었다.

살짝 벌어진 무복 깃 안쪽으로 스민 그의 입술이 봉긋한 젖무

덤을 찾아 내려가는 움직임에 헐거워진 그녀의 무복 깃이 천천히 벌어졌다. 달빛 아래 그녀의 새하얀 피부가 드러났다.

"하아."

눈부시게 새하얀 그녀의 가슴 위로 뜨거운 입술을 내리는 사빈의 귓가로 뜨거운 숨결을 머금은 신음 소리가 스며들었다. 그가 천천히 고개를 들었다.

발갛게 달아올라 있는 그녀의 작은 얼굴이 보였다. 그녀의 투명한 눈동자까지 몽롱함을 담고 촉촉하게 젖어 있었다. 그 모습이 숨이 막히게 아름다워 진저리가 쳐지는 그였다.

"너무 예쁘다."

"좋아."

"무엇이?"

가만가만 그녀의 이마 위에 흩어져 있는 머리카락을 쓸어 넘기며 묻는 사빈의 말에 이령이 그의 목을 감고 있던 손을 들어 올려 그의 입술을 가만히 쓸었다. 뜨거움이 가득 담긴 그의 입술에 손가락이 데일 것 같다고 생각했다.

"네가 날 안는 거. 너의 품이 따스해서 좋고, 네 가슴이 단단해서 편안하고, 네 입술이 닿는 것이 기분 좋아."

행복한 미소를 짓는 그녀의 발그레 물든 뺨을 가만히 응시하던 사빈이 가만히 그녀의 뺨에 입술을 내렸다.

"전하, 어찌."

새벽까지 업무를 보고 새벽의 기운이 저 멀리 하늘을 물들이기 시작할 때에야 집무실을 나서 침전 쪽으로 걸음을 옮기던 사영이 문득 걸음을 멈추자 내관이 의아함을 담고 물었다. 피곤이 가득한 태자의 시선이 낯선 곳을 바라보고 있었기 때문이다.

"태자 전하!"

잠시 그렇게 한곳을 응시하던 태자가 그대로 그쪽으로 발걸음을 돌리는 모습에 내관들이 혼비백산하여 그 뒤를 따랐다. 한 번도 예정에 없는 걸음은 하지 않았던 태자의 낯선 모습에 그들의 얼굴에 불안이 어른거렸다.

"어찌 된 일이냐."

허공이 서늘하게 얼어서 갈라지는 듯 들려오는 태자의 목소리에 침궁 궁녀들이 하얗게 질린 얼굴로 바닥에 무릎을 꿇었다.

"죽여 주십시오, 태자 전하."

"어찌 된 일이냐고 물었다. 왜 이곳이 비어 있는 것이냐."

태자가 비어선 안 될 침상을 죽일 듯 노려보며 묻고 있었다. 낮의 외출조차 자유로울 수 없는 여인이 새벽에 침궁에 없는 것이다. 있어서도 안 되고 있을 수도 없는 일에 모두의 심장이 바닥으로 곤두박질쳤다.

"분명 저녁을 드시고 침소에 드시는 것을 확인하셨습니다. 이 앞을 저희가 밤새 지키고 있었사옵니다."

"그럼 그 사람이 하늘로 솟았거나 땅으로 꺼진 것이구나."

"저희를 죽여 주시옵소서. 전하."

"모두 나가라."

"예?"

"나가라 하였다."

태자의 서늘한 목소리에 내관들과 궁녀들이 모두 몸을 움츠리며 침궁의 침전에서 나갔다.

갑자기 밀려드는 욕망이었다. 어찌하려는 것이 아니라 그저 자신의 손아귀에 쥐어져 있는 그 존재를 확인하고 싶었을 뿐이었다. 자신의 손아귀에 쥐어지길 애원하는 모든 이들과 너무도 다르게 절대 자신의 품에 안길 일 따위 없을 것이라 자신하던 그 여인이 여전히 자신의 손아귀에 있다는 것을 확인해야 마음이 놓일 테니까.

헌데…… 텅 빈 침상은 한 번도 누운 적 없는 듯 차가울 뿐이었다. 그 침상의 차가움이 자신을 보던 그녀의 눈빛 같아서 더 화가 끓어오르는 사영이었다.

천천히 걸어 침상으로 다가선 사영의 눈에 곱게 개어진 침의가 보였다. 침상에서 돌려진 그의 시선이 벽 쪽으로 향했다. 다른 옷이 걸려 있었음이 분명한 벽이 비어 있었다. 침의는 이 안에 있고 다른 옷은 없다.

"밤마실이라……."

노여움으로 가득하던 사영의 얼굴에 어이없음이 담긴 웃음이 어렸다.

나갈 때와 같이 쥐 죽은 듯 고요함만이 가득한 침궁 안으로 스미듯 들어선 이령이 자신의 방으로 들어서지 못하고 그 자리에 섰다.

아직 사빈의 체온이 남은 자신의 몸이 따스하게 느껴졌다. 이 따스함을 품고 저 차디찬 곳으로 들어가고 싶지 않았다.

우스웠다. 한 번도 자신이 가지고 있지 않은 것을 탐해 보거나 미련을 가져 보지 않고 살아왔는데 이제 사빈으로 인해 모든 것이 욕심이 난다. 그와의 시간이 너무 짧아 화가 나고 그를 마음대로 볼 수 없음에 미칠 것 같았다.

그의 품에서 죽어 버리고 싶을 만큼 좋은데 그 품을 마음대로 탐할 수 없음이 힘겨웠다. 가져 보지 못한 것을 쥔 손이 그것을 절대 놓지 못하게 자꾸만 자신을 부추기고 있었다.

"에이."

짜증스럽게 거친 손으로 얼굴을 비비며 마른세수를 한 이령이 연기가 스며들듯 침실로 숨어들었다. 그리고 그렇게 안으로 스며든 이령의 시선이 그 순간 어둠 속을 응시했다.

달빛조차 새어 들어오지 않기에 방 안은 아무것도 보이지 않았다. 하지만 날카로운 그녀의 감각에 누군가의 기척이 느껴지지 않을 리 없었다. 본능적인 움직임으로 몸을 뒤로 물리는 이령의 귓가로 낯익은, 하지만 별로 듣고 싶지 않은 이의 목소리가 들려왔다.

"밤 외출은 재미있었나."

어둠을 응시하던 이령이 손이 닿는 곳에 놓인 부싯돌을 쳐서 등잔불을 밝혔다. 그제야 그녀의 시선 안에 자신의 침상 위에 편안하게 앉아 있는 태자가 보였다.

황금색 용 문양이 새겨진 정복을 입은 이를 보자 그 순간 붉고 아름다운 황자의 옷을 입고 있던 사빈의 모습이 떠올랐다. 우습게도 닮은 두 사내의 모습이 함께 그녀의 속에 들어왔다.

사내를 바라보며 이령이 나른한 목소리로 말했다.

"뭐, 별로. 심심해서 나가 보았는데 별다른 것은 없더라고요."

"침궁의 여인이 주인의 허락도 없이 침궁을 나서면 어떻게 되는지는 알고 있나."

"그거 알아야 하나? 별로 알고 싶지 않은데."

입술을 비틀며 대꾸하는 이령의 모습에 태자가 짜증스럽게 고개를 틀며 자리에서 일어났다. 서늘함을 담은 눈동자를 한 채한 발 한 발 자신에게 다가서는 사내에게서 느껴지는 엄청난 화에 이령이 숨을 삼켰다. 물러서지 않아야 한다. 이령이 주먹을 움켜쥐었다.

이런 경우는 많이 겪었었다. 거대한 맹수 앞에 서면 일단은 움직이지 않아야 한다. 도망가려 한다는 것을 보여 주면 맹수는 그것을 잡기 위해 덤벼든다. 그것이 강한 포식자들의 습성이다. 절대 물러서지 않고 내가 우위라는 것을 확인시켜 주어야 한다. 그래야 살아남을 수 있다.

"내 인내심을 자꾸만 확인하려 하지 마라. 광화."

작은 여인의 앞에 선 채 태자 사영이 이를 갈듯 조용하게 내뱉었다. 지금 이 순간 눈앞의 여인을 그대로 끌어당겨 침상으로 눕히고 싶은 충동이 그의 온몸을 끓게 했다. 자신이 이런 우스운 욕망으로 달아오른다는 것이 자존심이 상할 만큼 지금 눈앞의 여인은 안고 싶었다.

하지만 그런 선택이 여인을 영원히 곁에 둘 수 없는 선택임을 아는 머리가 그를 붙잡고 있었다. 그저 한 번으로 끝내도 상관없을 여인이라면 참을 필요도 이유도 없을 것이다. 하지만……
이 여인은 그러고 싶지 않기에 지금 태어나 최고의 인내력을 끌어내고 있는 그였다.

"좋은 태자라 하지 않았습니까?"

능글능글 웃음까지 머금으며 대꾸하는 이령을 잠시 내려다보던 사영이 큭, 웃음을 입가에 담으며 고개를 저었다. 지독하게 화가 끓었는데 이 여인의 느긋한 표정에 이상하게 기분이 좋아지고 있었다. 한없이 나약하게 구는 것도 아니고 죽이고 싶을 만큼 화가 나게 하는 것도 아닌 이상한 여인. 그래서 자꾸만 궁금해지고 진짜 제 것으로 하고 싶은 여인이다.

"그래, 나가서 별것 없는 그곳에서 무엇을 한 것이냐."

재미있는 것을 구경하듯 자신을 향해 묻는 태자의 모습에 이령이 꽉 움켜쥐고 있던 손아귀의 힘을 풀었다. 긴장을 담고 있던 온몸의 기운이 천천히 풀어져 내렸다. 태자에게서 느껴지던 치열한 기운이 약해져 있었다.

"뭐, 찬바람도 쐬고 달구경도 하고, 전각 위도 좀 살펴보고."

"전각 위를 살펴?"

"그럼 궁 안을 막 걸어 다녀도 되는 것입니까? 제가?"

"큭!"

태자가 고개를 돌리며 웃음을 토해 냈다. 선머슴도 저런 선머슴이 없을 것이리라.

"아직 몸이 완전히 회복된 것이 아니어서 한참을 조심해야 한다는 의원의 말이 있었는데 그리 찬바람을 쐬고 다니면 곤란하지. 나는 인내심이 별로 없다."

"제 말을 잊으셨습니까?"

재미나다는 듯 말하는 태자를 똑바로 바라보며 이령이 천천히 입을 열었다.

"저는 제 마음이 가지 않는 짓은 죽어도 하지 않습니다."

"그렇다면 마음이 가게 되면…… 달라지는 것인가?"

"그렇지요. 마음이 가는 상대는 제가 먼저 잡아먹을지도 모릅니다."

"기대되는군."

"꿈도 크십니다, 전하는."

웃고 있었지만 그녀의 말투는 서늘했다. 그 말속에 담긴 뜻을 읽지 못할 태자가 아니었다. 부드럽게 풀렸던 태자의 얼굴이 다시 굳어졌다.

"내 기대를 저버리는 짓은 별로 현명한 선택이 아닐 것이다."

"……."

"다른 삶을 살고 싶지 않은가."

달콤한 유혹. 이령이 입가를 끌어 올리며 고개를 끄덕였다. 까닥까닥 그녀의 작은 머리가 귀엽게 흔들렸다.

"전하의 마음을 다 차지하여 태자비마마보다 더한 권세를 가지란 말씀입니까?"

"왜. 자신이 없는가."

"자신이 없는 것이 아니라 그런 거 가지고 싶지 않아서 말입니다. 그까짓 거 가져서 뭐에 씁니까?"

"……."

"이제 그만 가 주시겠습니까? 밤새 돌아다녔더니 잠이 와서 말입니다."

커다랗게 하품을 한 이령이 털썩 침상에 앉았다. 졸려 못 살겠다는 듯 눈을 비빈 이령이 여전히 서 있는 태자를 보았다.

"안 가십니까?"

잠이 한가득 담긴 눈을 들어 올려 자신을 보는 이령을 말없이 바라보던 태자가 몸을 돌렸다.

우스웠다. 한 줌도 되지 않는 여인이 하는 말에 화가 아니라 재미가 난다는 것이. 세상 그 누구도 자신에게 할 수 없는 말과 행동을 하는 이 여인이 자꾸만 궁금해지고 말을 섞고 싶다. 원하는 것이 없고 무서운 것이 없다는 것, 그 낯선 감정이 무엇일지 자꾸만 알고 싶은 그였다.

태자의 시선이 침상에 누워 눈을 비비고 있는 여인을 향했다.

"이 안이 갑갑하겠군."

"그걸 말이라고."

짜증스럽게 말을 뱉어 낸 이령이 머리를 벅벅 긁으며 무심한 듯 태자의 말에 대답하고는 그대로 이불에 얼굴을 파묻었다.

"후우……."

태자가 사라진 후 그의 기척이 온전히 이 전각 안에서 떠났음을 인지한 이령이 깊게 한숨을 토해 내며 침상에서 일어나 앉았다. 이제야 느껴지는 손바닥의 아픔에 천천히 주먹을 폈다. 움켜쥐어진 손바닥에 손톱자국이 깊게 패어 있었다. 붉은 핏물이 점점이 박혀 있는 자신의 손을 물끄러미 내려다보던 이령의 뇌리에 지금 이 순간 그리운 이의 얼굴이 떠올랐다.

핏물처럼 붉던 그의 입술이 떠오른다. 자신의 모든 것을 삼키고 싶은 듯 입술을, 귓불을, 가슴 위를 뜨겁게 달구던 그의 입술. 그 입술에 삼켜지고 싶다는 우스운 욕망이 지금 이 순간도 자꾸만 심장을 달구고 있었다.

생전 느껴 보지 못했던 감정이어서일까. 자꾸만 갈급증이 나고 심장이 터질 듯 원하게 되는 것은?

"그냥 둘이서 월담해 도망가자고 해야 하나?"

허공을 향해 혼잣말을 하며 이령이 털썩 침상에 드러누웠다. 자신만을 생각한다면 그래도 나쁠 것은 없었다. 물론 그것은 목숨을 걸어야 하는 일이다.

문제는 자신만의 목을 걸어야 한다면 아무 망설임도 없이 사고를 치겠지만 그의 목숨 또한 걸어야 하는 일이었다. 그의 모든 것을 걸어야 하는 선택일 것이다. 그는 모든 것을 잃을 것이고 어쩌면 죽음보다 더한 형벌을 받을 수도 있을 것이다.

그렇게 만들고 싶지는 않다. 그렇게 사는 것을 보는 것은 하루아 하나로 족하니까.

"조금만 기다리라고 했으니까, 그럼 되는 거지? 빈. 조금만 기다리면…… 되는 거지?"

이령이 몸을 웅크리며 눈을 감았다. 따스하게 감싸 주던 그의 품을 떠올리는 그녀의 입가에 연한 미소가 번졌다.

※

황후전으로 들어서던 사영이 낯익은 이의 모습에 그 자리에 멈춰 섰다. 여유로운 걸음으로 황후전을 나서던 이가 사영을 보고 놀라며 급히 몸을 숙였다. 사영의 미간이 진하게 일그러졌다.

"제가 황후전에서는 병부령을 다시 뵙지 않게 해 달라 하였던 당부를 잊으신 것입니까."

소름 돋도록 차가운 태자의 말이 허공을 울렸다. 바짝 긴장한 중년 사내의 등이 굳어졌다.

"황후마마의 부름이 있사와."

"황후마마껜 제가 다시 말씀 올리겠습니다. 제 당부 잊지 마십시오, 병부령."

"……예. 전하."

차디차게 자신을 외면하며 황후전으로 들어서는 조카의 뒷모습에 닿은 병부령의 얼굴이 불안을 담고 일그러졌다.

"어서 오세요, 태자."

"침수 편히 드셨사옵니까. 어마마마."

"지난밤은 좀 편치 못했습니다."

마주 앉는 아들을 행복한 눈길로 바라보며 황후가 미간을 살짝 찡그렸다. 태산처럼 든든한 아들의 모습은 언제 보아도 행복했다. 막내 사준이 그저 바라보는 것만으로 행복하게 가슴이 따뜻해져 온다면 이 큰아들은 그저 바라보는 것만으로 가슴 저 깊은 곳이 그득해지는 느낌이었다.

"그래서 숙부를 불러들이신 것입니까."

행복한 눈길로 아들을 바라보던 황후의 시선 앞에 찬기를 품은 아들의 눈이 보였다. 한 점 흐트러짐도 없지만 결코 따스하다 할 수 없는 아들의 눈이 그 어느 때보다 서늘하게 보였다.

"태자, 그것은 이 어미와 숙부의 일입니다."

"그것은 정무입니다. 황후마마께서 관여하실 일이 절대 아닙니다."

"태자!"

"사빈을 정무에 들일지 말지는 저와 폐하께서 결정합니다. 이미 폐하께서 허락하신 일이고 그것에 대해 그 누구도 언급해선 안 되는 일입니다."

"황족이 정무에 관여하는 것은 황실 안의 일입니다. 그것이 어찌 어미가 관여하면 안 되는 일이란 말입니까."

"제가 내린 결정에 태자비가 관여한다면 그것은 괜찮으시겠습니까."

약하게 일그러지는 황후의 얼굴을 똑바로 바라보며 사영이 다시 입을 열었다. 조금의 흔들림도 담지 않은 단단한 눈동자가 아프게 흔들리는 어미의 눈을 뚫어질 듯 응시했다.

"다시는 숙부가 이곳에 정무를 논하러 오는 일은 없게 하십시오. 숙부를 만나실 때에는 오직 외가의 일뿐이셔야 할 것입니다. 정무에 황후마마와 제 외척이 끼어든다면 그 누구도 저를 태자로 섬기려 하지 않을 것입니다. 폐하께서도 그러시길 바라십니까."

"……알겠습니다."

"헌데 사빈의 혼처를 알아보셨다고요."

차디차게 얼어 있던 아들의 얼굴이 다시 평온해지는 것을 보며 황후가 숨을 내쉬었다.

어려서부터 언제나 태자로 커 왔기 때문인지 큰아들은 때론 아들이 아니라 황제 같았다. 차라리 진짜 황제는 저리 어렵지 않은데 큰아들은 가끔씩 세상 그 무엇보다도 무섭고 힘든 존재였다.

"마땅한 아이가 있어 천거했는데 아직 혼사에 뜻이 없다고 하도 강경하게 나오니 폐하께서 일단 보류하라 하셨습니다. 어찌 그리 마음을 붙이려 하지 않는지."

"제가 다시 한 번 타일러 보겠습니다. 그 혼처, 아직 물리지는 마십시오. 사빈에게 적당한 혼처라 생각되어집니다."

"그러세요. 태자가 잘 설득해 보세요. 아우를 아끼는 태자의 마음을 이해한다면 사빈 황자도 허락할 것입니다."

황후에게 아침 문안을 마친 사영이 황후전 계단을 내려서다 고개를 들었다. 바로 앞에 있는 기둥에 기대선 채 자신을 바라보고 있는 이의 모습을 보았기 때문이다. 아마도 어마마마에게 문안을 온 듯 보이는 사준이었다.

황궁 안에서는 그리 황자의 정복을 입고 다니라 일렀는데도 사준은 그저 평범한 무복 차림이었다. 화려하게 꾸며져 있었지만 황자의 옷이 아니기에 사영에게는 마뜩잖은 모습이었다.

"오랜만이구나."

"싫다고 했다던데요. 분명."

"뭐?"

기둥에 기대섰던 몸을 바로 세우며 사준이 사영 앞에 똑바로 마주 섰다. 타오를 듯한 사준의 눈이 사영을 노려보고 있었다. 적개심이 가득한 그 눈앞에 사영이 부드럽게 웃음을 담았다.

"무슨 말이냐. 제대로 말을 해야 알 것이 아니냐."

"빈이 형님 혼사. 본인이 그 혼사 싫다고 했다고 들었습니다.

헌데 왜 또다시 거론합니까. 폐하께서도 이미 형님의 뜻대로 하라 하신 것을요."

"그 혼사, 네가 어마마마께 건의한 것이라 알고 있다. 헌데 웬 트집이냐."

"궁에 마음 둘 곳 없어 외지로만 떠도니까 인연을 만들어 주자는 것이었지, 누가 싫다는 것을 억지로 시키자는 것이었습니까. 신경도 쓰지 않았다가 이제 마음대로 할 수 있는 혼처가 나오니 갑자기 서두르는 연유는 무엇입니까?"

"서두른 적 없다."

"적당히 황권에 힘을 실어 줄 수도 있고 적당히 족쇄도 되는 혼처니 일석이조가 될 것 같으신 거 아닙니까?"

"준아!"

차갑게 자신을 노려보는 사영을 느긋한 눈으로 응시하며 사준이 사영의 코앞까지 얼굴을 들이밀었다. 사영의 호위 무사가 움찔 놀라며 움직이려 하는 것을 사영이 손을 들어 막았다. 아무리 친동기간이라 해도 태자의 몸에 가까이 하는 것은 절대 용납될 수 없는 일이었다.

"그 가면 좀…… 벗고 살면 안 됩니까? 구역질 나니까."

이를 갈듯 뱉어 내는 사준의 말에 사영의 눈썹이 확 치켜 올랐다.

"좋은 아들, 좋은 태자, 좋은 남편도 모자라 이제 좋은 형 가면까지 쓰고 사시렵니까?"

"말을 가려서 해야 할 것이다."

"저까지 말을 가려서 하면 아무도 진실을 전하 앞에서 말해 줄 이가 없을 것입니다."

사영의 숨이 멈춰졌다.

그대로 차갑게 등을 보이는 듯하던 사준이 돌아선 것은 그때였다.

"아, 그런데."

차디차던 표정은 꼭 장난이었던 듯 사준이 무엇인가가 떠올랐는지 눈을 커다랗게 뜨는 모습에 사영이 굳어 있던 숨을 토해냈다.

"침궁에 있다는 그 소천의 광화, 무지 궁금하거든요. 대체 어찌하면 여인이 그런 별칭으로 불리며 산 것일까 해서 말입니다. 그래서 말입니다, 전하."

"네가 나에게 부탁할 것이 있구나."

못 말린다는 듯 사영이 고개를 저었다. 눈앞의 막내는 정말 종잡을 수 없는 녀석이었다. 그 속에 무엇이 들었는지는 그 누구도 알 수 없을 것이다.

"가끔 제가 광화를 만나 담소도 나누고 무술도 좀 배우고 해도 되겠습니까?"

"아직 몸이 편치 않은 사람이다."

"몸져누울 정도는 아닌 듯하던데 조금씩은 움직이는 것이 더 좋지 않겠습니까? 침궁 생활이 그게, 사람 사는 게 아닐 텐데요."

얼굴을 찡그리는 사준의 말에 사영의 뇌리에 이령이 떠올랐다. 사실 그 작은 곳에 가둬 두는 것이 참 어울리지 않는 일이 분명했다. 처음 보았던 그 핏빛 모습이 그리울 지경이었으니까.

"전하께서 허락하셔야 만날 수 있는 것이 아닙니까. 침궁의 이이니 말입니다."

"바람도 좀 쐬게 해 주려무나."

"예!"

무엇이 그리 재미있는지 그 반듯한 코끝을 찡그리며 돌아서 뛰어가는 사준을 물끄러미 바라보던 사영이 의아한 듯 고개를 돌렸다.

사준이 황후에게 문안을 온 것이라 여겼는데 혹여 자신을 이곳에서 기다리고 있었던 것인가? 문안을 온 것처럼 해서?

멀어지는 동생의 뒷모습에 닿은 사영의 시선에 혼란스러움이 담겼다.

#6. 사랑아, 내 사랑아

"그쪽이…… 황자였어?"

무심한 얼굴로 앞에 있는 이를 향해 고개를 들어 올린 이령의 미간이 일그러졌다. 처음 율의 궁에 들어오던 순간 사빈의 상처 입은 몸에 달려들었던 그 소년이 침궁 앞에서 자신을 기다리고 있었기 때문이다. 화려한 비단옷에 사빈을 편하게 대하는 것을 보며 높은 이라는 것은 느꼈지만 사빈의 동생인 3황자 사준이라는 것은 몰랐던 이령이었다.

갑자기 황자가 자신을 보겠다는 소식에 의아했었다. 혹여 사빈인가 하여 조금 떨렸는데 눈앞에 나타난 이가 생각지도 않았던 이라 조금 놀라고 조금 실망스러웠다.

"3황자 사준. 그게 내 이름인데."

"그런데 여기 오면 안 되는 거 아닌가? 황자는?"

잠시의 실망감은 접고 재미있다는 듯 눈을 빛내며 묻는 이령의 말에 사준이 어깨를 추스르며 고개를 저었다.

"형님 전하의 허락을 받았으니 상관없거든."

"허락? 왜?"

일순 이령의 눈에 경계심이 가득 고이는 것을 보며 사준이 깊게 한숨을 내쉬었다. 눈앞의 여인은 금방이라도 자신을 물어뜯을 수 있는 살쾡이 같았다. 잔뜩 경계심을 갖는 여인의 온몸에서 소름이 돋을 만큼 지독한 살기가 느껴졌다.

"그대가 왜 날 만나기 위해 태자의 허락까지 받은 건데?"

"그, 궁금해서지, 그쪽이."

"뭐?"

"어떤 여인이기에 우리 두 형님의 마음을 저리 온전히 훔친 것일까 하는 지독한 궁금증?"

경계심으로 가득하던 이령의 눈이 이제는 불안과 난감함으로 물드는 것을 재미나다는 듯 바라보던 사준이 조용히 이령의 귓가에 속삭였다.

"한낮의 율 궁은 어떨지 궁금하지 않나? 이곳에만 있으려면 갑갑할 텐데?"

"내가 침궁을 나서도 된다는 말인가, 그건?"

"나와 함께라면. 어때? 거부할 수 없는 거 아닌가, 광화?"

여인의 눈빛이 아찔하게 반짝이기 시작하는 것을 보며 사준은 어렴풋이 깨달을 수 있었다. 저 시시각각 수만 가지 감정을 내어 보이는 눈빛이 두 형들을 잡아끈 것이라는 사실을.

"아무래도 나, 궁녀들의 눈빛에 타 죽을 것 같은데."

지나가는 곳마다 숨어서 자신들을 보는 시선에 이령이 팔로 몸을 감싸며 부르르 떨었다. 노골적으로 적개심을 가지고 노려보는 궁녀들부터 숨어 눈물을 훌쩍이는 궁녀들까지 정말 난리가 아니었다. 대낮에 이리 태자의 침궁 여인과 궁을 활보하는 용기를 가진 이는 눈앞의 못 말리는 막내 황자뿐일 것이었다.

"내가 좀 인기가 많아야지. 큭큭."

"형제가 다 어미가 다른 건가? 아니라고 알고 있는데?"

의아한 듯 고개를 갸우뚱하는 이령의 말에 사준이 눈을 치떴다.

"무슨 소리냐? 지금의 황후마마가 내 모후가 맞으시거든? 태자 전하가 내 동복형님이시고."

"그런데 어찌 이리 두 형님과 다른 것일까 의아해서."

정말 이상하다는 듯 눈을 가늘게 뜨고 자신을 보는 이령의 모습에 사준이 눈을 치떴다.

"그거 지금 칭찬이냐, 욕이냐?"

"둘 다."

"뭐?"

나른하게 입가를 끌어 올리며 미소를 지어 보이고 맑은 하늘을 시원한 듯 올려다보는 이령의 모습에 사준의 시선이 닿았다. 아무것에도 얽매이지 않은 듯 편안해 보이는 여인의 얼굴이 보였다. 황제의 핏줄로 태어났으나 그 어미가 타국의 황후라는 이유로 황녀로도 책봉되지 못한 채 수없이 죽을 고비를 넘기며 살아왔다던 여인이었다.

그렇게 살아남아 지금은 또다시 후궁은커녕 제대로 된 전각 하나 가지지 못하고 태자의 밤 시중을 드는 여인이 되어 있는 것이다. 헌데 그런 상황을 느끼지 못할 만큼 눈앞의 여인은 편안하고 담담해 보였다. 시원한 눈 가득 하늘을 담고 깊게 숨을 내쉬는 여인의 모습은 금방이라도 하늘로 날아오를 수도 있을 듯 가벼워 보였다. 그래서일까, 저리 아름다운 것은.

"여긴 어디냐?"

시선을 떼지 못하고 있던 사준이 갑자기 자신 쪽으로 고개를 돌리는 이령의 물음에 흠칫 놀라며 시선을 돌렸다. 어느새 자신이 목적했던 곳에 다다라 있었다.

"나와 사빈 형님만의 은신처."

그녀의 시선이 흔들리는 것이 느껴졌다. 사빈이라는 이름 때문임을 확실하게 느낄 수 있었다.

자그마한 공간이었다. 아마도 어린 황자들의 검이나 활 연습 등을 위해 만들어져 있는 곳 같았다. 오랫동안 사람이 드나들지 않았음이 느껴질 정도로 공간은 썰렁했다. 하지만 그곳을 바라보는 사준의 눈 안에는 꼭 어제 일처럼 그 공간에서의 기억들이 되살아났다.

"일고여덟 살 정도부터였을까? 이곳에서 사빈 형님과 함께 검과 활을 배웠다. 스승님께 목검으로 수도 없이 맞으면서도 제일 재미있고 행복한 순간이었다, 그때가."

잠시 그 공간을 바라보던 이령이 한쪽에 서 있는 커다란 느티나무로 다가갔다. 오랜 시간 이 공간을 지켰을 나무의 줄기에 그녀의 작은 손이 가만히 닿았다.

"검 연습에 하나도 관심이 없던 사빈 형님은 매일 그 나무 위에 올라가 하늘만 바라보다 스승님께 혼도 많이 났는데."

"검 연습에 관심이 없었다고? 그리 검을 잘 쓰는데?"

의아한 듯 자신에게 묻는 이령의 말에 옛날을 떠올리는 사준의 눈동자에 아련함이 고였다.

"진짜 싫어했던 것 같거든, 내 기억 속의 형님은. 그런데 어느 날부턴가 갑자기 검을 손에서 놓지 않고 사셨어. 내가 열 살쯤일까? 하루 종일 검을 들고 있다가 그 나무 위에 올라가 하늘을 올려 보는 형님의 모습이 내게 남은 추억이다. 궁 안에서 나와 가장 많은 시간을 보내 주었던 것이 사빈 형님이니까."

사빈의 이야기여서일까. 한순간도 시선을 돌리지 않고 자신의 이야기에 집중하는 이령을 느끼며 사준이 미간을 좁혔다. 저리 온몸으로 마음을 드러내고 있는 여인의 모습이 아팠다.

무엇 때문에 이리 가슴이 아픈지는 확실하게 알 수 없었지만 저 여인을 향한 본능적인 반응을 보이던 사빈을 느꼈던 것처럼 눈앞의 여인도 사빈을 향해 거의 무조건적인 반응을 보이고 있었다. 그게 가슴을 답답하게 했다.

"어려서는 그저 형님이기에 좋았다. 눈길 한 번 제대로 주는 적 없는 큰형님과는 달리 언제나 나를 안아 주고 웃어 주고 나와 놀아 주는 사람이었으니. 사실 궁이라는 곳이 사람이 살아가기에 참 그런 곳인데 형님이 있어서 외로움도 모르고 컸다."

아련함을 담은 사준의 눈이 사빈을 그리는 듯 커다란 느티나무 위를 맴돌았다.

"그러다 어느 날부터 보이기 시작하더군. 형님의 외로움이.

형님의 아픔이. 나랑 달리 어마마마께 편하게 안기지 못한다는 것을 알았고, 큰형님에게 억지를 부릴 수 없음도 알았다. 아버지인 폐하의 사랑을 조심해야 하고 그 어디에서도 존재감을 드러내지 못하는 형님의 존재가 이 궁 안에서 무엇인지 깨닫게 되었다. 누가 가르쳐 주지 않아도 느낄 수 있었다. 모두가 그런 눈으로 형님을 보고 있었고 형님도 그런 눈으로 모두를 보고 있었으니까."

이령의 눈이 짙게 가라앉았다. 아득하게 가라앉은 사준의 목소리가 다시 울렸다.

"형님이 궁을 떠나 버린 후부터 나 혼자서 여기를 찾았었다. 혼자 연습하고 혼자 기다리고. 그렇게 기다리고 기다리면 한 해에 한 번? 폐하의 탄신일 정도가 되어야 형님은 이곳에 아주 잠시 돌아오셨거든."

"한 해에 한 번."

무엇을 생각하는지 그 말을 되새기는 이령을 보며 사준이 고개를 끄덕였다.

"그때부터였다. 형님이 이 궁에 돌아오고 싶은 이유가 되고 싶다고. 내 존재만으로라도 이 궁이 형님에게 더 이상 아프지 않은 곳이 되었으면 좋겠다고. 그 누구도 형님을 아프게 만들게 하지 않겠다고."

"좋은 동생이네, 그쪽은."

"꼭 그렇게 하고 싶다. 해서 말인데 광화."

장난스럽게 시작했던 말끝이 차디차게 얼어붙었다. 그런 사준의 딱딱하게 굳은 시선을 이령이 마주했다.

"사빈 형님을…… 놓아라."

공간이 멈춘 듯했다.

무심하던 그녀의 시선이 천천히 타오르기 시작함을 느끼며 사준이 숨을 삼켰다. 그녀의 표정은 변화가 없었다. 일그러지지도 굳지도 않았다. 조금 전 나무를 바라보던 것처럼.

하지만 그녀의 눈빛은 그렇지 않았다. 치열하게 타오르기 시작했다. 점점 타오르다 다 소진되어 버릴 것처럼 그녀의 투명한 눈빛은 그를 향해 있었다. 그리고 마침내 그 눈빛 안에 웃음이 어렸다. 웃음일 리 없는데 웃음이 맞았다.

"싫은데."

"……."

"왜 내가 그를 놓아야 하지?"

차디차게 얼어붙어서 금방이라도 숨이 막힐 듯 조여 오는 이령의 시선을 외면하지 않고 사준 역시 그녀를 바라보았다. 터질 듯 흔들리는 그녀의 눈동자가 너무 아파서 입이 열리지 않았다. 사준이 그녀를 외면하며 허공으로 눈을 돌렸다.

"형님이 그대를 욕심내면…… 나는 형님을 잃을 테니까."

"내가 놓는다고 그가 행복해질까?"

허공을 향해 있던 사준의 시선이 이령을 돌아보았다. 아프게 흔들리던 그녀의 시선은 이제 없었다. 다시 아무 일 없던 것처럼 그녀의 투명하고 아름다운 눈동자는 빛나고 있었다. 꽉 움켜쥔 사준의 주먹에서 스르르 힘이 빠져나갔다.

"그쪽이 형님을 잃기 싫어 형님 스스로를 잃게 하고 싶은 건가?"

231

"나는……."

"나는, 그리고 그는 이 순간 정말 행복해. 그가 나를 품고 내가 그를 품는 그 순간이 일각에 그칠지라도 우리는 서로를 놓지 않아. 미래를 위해, 내가 가 보지 않은 시간을 위해 지금 내 전부를 잃고 싶진 않으니까. 그런 선택은 가진 게 많은 이들이 하는 것이다. 가져 본 것이 없는 우리는 지금 이 순간 제 손안에 있는 모든 것에 전부를 걸어. 바보 같아도 그게 우리의 선택이야."

한 점 흔들림도 없이 뱉어 내는 이령의 말 한 마디 한 마디에 사준이 움찔 몸을 떨었다. 일각보다 짧은 시간이라 해도 그 순간을 위해 모든 것을 걸 수도 있다는 그 선택이 무서웠다. 소름이 끼치도록. 상상도 할 수 없는 삶이 눈앞에 있었다.

"오늘 고마웠다. 그의 시간들을 알게 돼서 더 연모하게 되었거든."

시원한 미소가 작은 공간을 가득 물들였다. 그녀의 조그마한 얼굴을 가득 덮은 그 환하고 아름다운 미소를 물끄러미 바라보는 사준 앞에서 이령이 몸을 돌렸다. 조그마한 여인의 작은 등이 태산처럼 보이는 낯설고 황당한 경험 앞에 사준이 시선을 떼지 못했다.

그저 이끌림이었다. 환하게 달빛이 뿌려지는 공간을 날듯 전각 위 그녀와 함께했던 곳으로 올라간 것은.

하루 종일 자신을 걱정 어리게 바라보는 류한의 시선 따위 무시한 채 달빛을 타고 올라간 그곳에 하루 종일 그리웠던 모습이 있었다. 사빈의 얼굴에 더할 수 없이 진한 미소가 번져 왔다.

어둠을 다 집어삼킬 듯 아름답게 부서져 내리는 달빛 아래 앉아 있는 무복의 여인은 숨이 막히게 아름다웠다. 어여쁜 꽃잠 하나 꽂힌 적 없는 머리는 밤바람에 시원하게 흩날리고 있었고, 지금 이 순간이라도 훨훨 허공으로 날아가 버릴 것처럼 가늘고 작은 몸은 품 안에 끌어안아야 숨이 쉬어질 듯 고왔다.

"뭐야? 보고 싶어서 죽는 줄 알았는데 이리 늦고."

바람이 휘감는 머리카락이 그녀의 작은 얼굴을 반만 보여 주는 것이 못마땅해 미간을 좁히는 사빈의 귓가로 숨 막힐 듯 달콤한 목소리가 스며들었다. 눈이 부시게 환하게 웃는 그 모습에 심장이 요동쳤다.

너무도 크게 울려서 금방이라도 터지지 않을까 두려울 만큼 뛰어 대는 심장을 부여잡으며 사빈이 그녀 곁으로 다가갔다. 바람이 그들 사이를 스칠 새도 없이 다가오는 그를 그녀의 가는 팔이 끌어당겼다. 휘청, 사내의 커다란 몸이 작은 품에 갇혔다.

"네가 좋아. 너를 정말 좋아해. 빈."

정말 자신의 심장을 터지게 하려 작정이라도 한 것일까. 자신의 가슴에 얼굴을 파묻고 비벼 대며 속삭이는 그녀의 말에 사빈이 움직이지 못하고 그대로 굳어 버렸다.

꼼짝도 하지 못하는 사내를 느낀 이령이 그의 품에서 천천히 고개를 들었다. 너무 예뻐서 숨이 막히는 그 동그란 눈이 그를 향해 살짝 눈을 흘겼다.

"뭐니, 이 반응은?"

"넌 정말……."

"정말 뭐?"

"미치겠다. 이령."

억눌린 사내의 숨결이 그대로 그녀의 가는 어깨를 안고 입술을 삼켰다. 피가 날 듯 입안으로 거칠게 파고드는 사빈을 느끼며 이령이 눈을 감았다. 뜨거움이 숨결을 태워 버릴 것 같은 감각이 너무 좋아 눈물이 날 것만 같았다. 좋아서 울 수도 있으리란 것은 상상도 해 보지 못했던 감정이었다. 세상에 태어나 좋았던 날이 몇 번이나 있었을까.

"빈."

겨우 자신을 떼어 내는 사빈을 올려다보며 이령이 다정하게 그를 불렀다. 아직 숨결이 식지 않아 거칠게 숨을 토해 내는 사빈을 응시하며 이령의 작은 손이 그의 볼을 가만히 어루만졌다. 그녀의 딱딱한 손바닥이 너무도 따스해 사빈이 그녀의 손을 마주 잡았다. 붉게 달아오른 입술이 다시 열렸다.

"너를 갖고 싶어. 내 것으로."

툭, 사내의 손이 그녀의 손에서 떨어져 내렸다. 거칠게 흔들리며 어찌할 줄 모르는 사빈의 눈을 똑바로 마주 보며 이령이 재미나다는 웃었다.

이령이 침상에 앉은 채 창문을 여며 닫는 사빈의 뒷모습을 물끄러미 바라보았다. 평상시의 차디차고 흔들림 없는 모습은 어딘가로 다 사라진 듯 창문을 닫는 그의 손이 떨리는 것을 보았다.

그가 창문을 닫아걸고 걸쇠를 채운 후 천천히 몸을 돌려 그녀를 바라보았다. 불조차 밝히지 않은 방 안에는 창문 너머로 스며드는 약한 달빛만이 가득했다. 그렇게 짙은 어둠 속이었지만 두 사람은 서로를 온전하게 바라볼 수 있었다.

"이리…… 와."

이령이 손을 들어 그를 불렀다. 재미있는 장난을 앞두고 있는 것처럼 진하고 환한 미소를 담은 그녀의 얼굴에 홀린 듯 멍한 눈빛으로 사빈이 그녀 쪽으로 걸었다.

다가서는 그를 물끄러미 바라보던 이령이 그의 커다란 손을 잡아채 자신의 앞에 앉혔다. 허깨비처럼 그녀의 손짓에 이끌리는 그의 얼굴은 이미 열기가 가득했다.

방 안을 뿌옇게 밝히는 달빛 아래 사내의 열기가 가득 고인 눈동자가 보였다. 그 열기가 자신의 심장으로 스미는 감각을 느끼며 이령도 힘겹게 숨을 내쉬었다.

그녀의 작은 손이 마주 앉은 그의 가슴 위에 닿았다. 터질듯 뛰는 사빈의 심장이 그녀의 손끝에 고스란히 느껴졌다.

"내게 소천의 궁이 지옥이었던 것처럼 빈, 너에게도 이 궁은 때론 지옥이었단 걸 알았어."

거칠게 뛰던 그의 숨결이 그녀의 말에 천천히 잦아들었다.

"나 때문에 이 지옥을 떠나지 못하는 거야?"

자신의 가슴에 닿은 그녀의 손끝이 파르르 떨리는 것을 느낀 사빈이 그녀의 작은 손을 잡았다. 뜨거움이 가득한 커다란 손안에 작은 손이 온전히 갇혔다. 열기로 탁하게 잠긴 그의 목소리가 새어 나왔다.

"네가 있으면 지옥이 아니니까. 도망갈 이유 따위 이제 없으니까 가지 않는 것이다."

"……."

"아니, 이제 네가 없는 곳이 지옥이니까 떠날 수 없게 되었다는 것이 맞는 말이겠지."

두근, 그가 그녀의 손을 잡아 자신의 심장 위에 대었다. 손끝으로 너무도 강건하게 뛰는 그의 심장이 느껴졌다. 그 무엇도 멈추게 할 수 없을 것처럼 뛰는 사내의 심장에 이령의 가슴이 함께 울렸다.

"태어나 처음으로 온전히 내 것으로 하고 싶은 게 생겼으니까. 죽어도 누구에게도 주지 않아."

"너야말로 다른 이에게 가면 살려 두지 않을 거야."

무심코 살벌한 말을 내뱉고 나서 확 얼굴을 붉히는 이령의 모습에 사빈이 그대로 그녀를 끌어안았다.

무복 매듭에 사빈의 손이 닿는 감각에 이령이 질끈 눈을 감았다. 숨이 막힐 듯 떨려 와 눈을 뜨고 있을 수가 없었다. 범 앞에 섰을 때보다 더 떨리는 것 같았다. 이러다 정말 심장이 터져서 죽을 수도 있을 것 같다고 생각했다. 아직 제대로 시작도 안 했는데 이러다 정말 심장이 멈출 것만 같아 이령이 눈을 감은 채 깊게 숨을 내쉬었다.

"령아."

나직하게 공간을 울리는 사빈의 목소리가 꼭 최음제같이 느껴졌다. 예전 범에게 습격을 당했을 때에도, 전장에서 깊은 상처를 입었을 때에도 상처를 꿰매며 이런 감정을 느꼈었다. 헌데 지금 이 순간 눈앞에 있는 사내의 목소리가 그때의 최음제보다 몇 배는 더 강하게 자신의 온몸을 감싸며 정신을 몽롱하게 만들었다.

타인의 손길에 본능적으로 반응해 오던 자신의 몸이 꼼짝도 할 수 없게 되는 이상한 기분. 하나하나 매듭을 풀어 가는 그의 손길이 기분 좋고 행복했다. 머리끝이 쭈뼛거릴 정도로 자극적인데 이상하게 싫지 않았다. 조금 더, 아주 조금만 더 하는 잔인한 유혹이 자꾸만 머릿속을 휘감았다.

무복이 흘러내리고 가슴 가리개에 그의 손이 닿는 감각에 훅, 숨을 들이마신 이령이 가만히 눈을 떴다. 이 순간 그의 눈동자를 보고 싶었다. 그의 눈에 담긴 자신의 모습이 아름답기를 바랐다.

짙은 달빛처럼 일렁이는 사빈의 눈이 눈앞에 있었다. 너무도 아름다워 심장이 멈출 것 같은 감각에 이령이 가만히 그의 입술에 자신의 입술을 가져다 댔다.

촉촉하고 뜨거운 입술이 그녀를 삼킬 듯 닿아 왔다. 그렇게 그의 입술에 매달려 있는 동안 그의 손길에 어느새 그녀의 가슴 가리개가 떨어져 내렸다.

작은 가슴. 허리부터 배까지 가득 메운 지독한 흉터. 그 순간 이령이 사빈에게서 몸을 떼어 내며 팔로 자신의 몸을 가렸다.

"보지 마."

달콤한 꿈에 잠겨 있는 듯하던 그녀의 얼굴이 그 순간 거칠게 일그러졌다.

잊고 있었다. 자신의 몸이 어떤 모습인지를. 성한 곳을 찾아볼 수 없을 정도로 이곳저곳 지독하게 각인된 검상도 모자라 상체는 거의 찢겨진 상처로 뒤덮여 있다. 언제나 꽁꽁 싸매고 지내야 했던 가슴은 성장할 수조차 없었다.

차라리 여인의 몸이 어떤 모습인지 몰랐다면 좋았을 것이다. 연이나 이하의 몸을 보지 않았다면 몰랐을 것이다. 하지만 그들의 몸은 자신의 몸과 달리 너무도 아름다웠었다.

눈앞의 그를 원하는 만큼 스스로에 대한 지독한 환멸과 부끄러움이 그녀를 덮쳐 왔다. 갑자기 작은 몸을 구부리며 자신에게서 벗어나려 발버둥 치는 이령의 손을 사빈이 놓지 않았다.

"보고 싶어."

"빈. 제발."

자신의 팔을 잡은 사빈을 향해 이령이 애원했다. 아프게 그녀의 목소리가, 얼굴이 일그러져 갔다. 하지만 사빈은 그녀의 팔을 놓아주지 않았다. 그녀의 팔을 억지로 벌린 그가 그녀를 그대로 침상에 눕혔다.

따스한 입술이 그녀의 옆구리 가장 커다란 상처 위에 닿았다. 그의 움직임에 이령의 몸이 자지러지듯 움츠러들었다. 따스한 숨결이 이령의 커다란 상처 위로 흘러내렸다.

"이 상처를 네게 새긴 내가 용서되지 않는다."

아프게 흘러나오는 사빈의 목소리에 몸을 움츠리기만 하던 이령이 커다랗게 눈을 떴다. 상처 위로 뜨거운 물기가 뚝뚝 떨어져 내리고 있었기 때문이다.

"너……."

아프게 흘러드는 그녀의 부름에 대답하지 않은 사빈이 천천히, 너무도 소중한 것을 어루만지듯 입술로 그녀의 상처를 더듬어 갔다. 피부가 찢겨져 그 위에 두꺼운 피부가 앉아 있는 상처 위를 따스하고 아픈 그의 숨결이 스치고 지나갔다. 그 지독했던 고통들을 다 가져가기라도 하고 싶은 듯 그의 입술이 그녀의 상처를 핥고 물고 머금었다.

뜨거움과 따스함이 함께 온몸으로 스며드는 것을 느끼며 이령이 움츠러들었던 몸을 천천히 풀었다. 묵직하게 눌러 오는 사내의 몸이 그녀의 작은 몸을 감쌌다.

세상 그 무엇도 그녀를 탐할 수 없을 것처럼 자신을 커다란 품 안으로 감싸 안는 사빈의 몸 아래에서 이령이 그를 올려다보았다. 숨이 막히게 아름다운 사내의 붉어진 얼굴에 닿은 그녀의 입술에서 진한 숨결이 토해져 나왔다.

"하아, 하아."

자신의 가슴에 얼굴을 묻은 채 힘겹게 숨을 토해 내는 이령의 가늘고 여린 어깨를 감싸 안은 사빈이 그녀의 어깨에 입술을 내렸다. 이미 붉은 꽃들로 가득한 그녀의 어깨 위로 또다시 붉고 아름다운 꽃들이 만개하기 시작했다. 빈틈없이 채워지는 꽃들에서 진한 살 내음이 풍겨 나왔다. 이령의 몸 안에 스스로를 묻던 사빈의 몸이 다시 열기를 품어 가기 시작했다.

흐트러진 그녀의 검은 머리카락이 그의 가슴을 간지럽히며 흔들렸다. 그녀의 작은 몸을 품어 안은 사내의 커다란 몸이 움직일 때마다 작은 몸이 속절없이 허공으로 흩어졌다.

그녀의 머리가 그의 어깨에 닿아 뜨거운 숨결이 흩어져 내리는 감각에 사빈이 몸을 떨었다. 지독한 쾌락과 욕망이 들끓는 낯선 감각에 머릿속이 터질 것만 같았다.

"아! 빈, 제발."

끝없이 파고드는 그를 견디지 못한 그녀의 입에서 비명과 같은 신음이 토해져 나오는 순간 그의 움직임이 그대로 멈춰졌다. 걷잡을 수 없는 욕망에 내달리느라 그녀를 배려할 수 없었음을 이제야 깨닫는 사빈이었다. 태어나 처음 죽을 만큼 여인을 원하는 스스로의 모습이 낯설었다.

미안함이 가득한 얼굴로 촉촉하게 젖은 그녀의 검은 머리카락을 가만히 쓸어 넘기는 사빈의 손길에 그녀의 조그마한 얼굴이 드러났다. 붉은 기운을 담뿍 담은 그녀의 작은 얼굴이 너무도 아름답게 일그러져 있었다.

숨이 막히게 아름다운 그 얼굴을 마주한 순간, 열기와 자신을 담고 반짝이는 그녀의 눈을 바라본 순간 또다시 터져 나오는 욕망을 참을 수 없어진 사빈의 몸이 터질 듯 다시 뜨거워졌다. 그의 움직임에 이령의 손톱이 사빈의 어깨를 파고들었다.

"아흑!"

끝없는 파도가 그녀를, 그리고 그를 덮쳐 왔다. 까무룩 잠에 빠져드는 마지막 순간까지 사빈은 품 안에서 이령을 놓지 않았다.

죽음처럼 달콤한 잠에 빠져 있던 사빈의 의식을 깨운 것은 조심스럽게 자신의 품에서 몸을 빼내는 이의 움직임 때문이었다. 심장까지 가득 채우던 달콤함이 조금씩 멀어져 가고 있었다.

부스럭거리는 움직임은 옷을 입고 있는 것 같았다. 새벽이 오기 전에 그녀가 떠나려 하고 있었다. 그것을 느끼고 눈을 뜨려는 사빈의 이마에 따스한 온기가 닿은 것은 그때였다.

"연모해. 내…… 사랑."

가볍게, 하지만 너무도 따스하게 닿았던 숨결이 떠나가고 있었다. 더 이상 견딜 수 없는 사빈이 그대로 눈을 뜨며 몸을 일으켰다. 그리고 침상에서 몸을 일으키는 이령의 등을 그대로 끌어당겼다. 작은 몸이 그의 품 안에 다시 스며들었다.

"살고 싶어졌다."

가늘고 야윈 등을 통해 들려오는 사내의 꽉 잠긴 목소리는 그 느낌만으로도 소름이 끼치게 자극적이었다. 아직 그와의 시간들에서 헤어 나오지 못한 이령에게는 달콤한 독약처럼 밀려드는 유혹이기도 했다. 떠나야 하는데 죽을 만큼 떠나기 싫게 그의 품은 따스하고 행복했다. 코끝을 시큰하게 자극하는 땀 내음과 사내의 내음조차 숨이 막히게 좋았다.

이령이 자신의 가슴 앞에 놓인 그의 손을 꼭 쥐어 잡았다.

"미치도록 살고 싶다. 태어나 처음 이렇게 살고 싶다는 것을 느낀다. 너 때문에."

"다행이네. 나 때문에 죽고 싶어졌으면 큰일이잖아?"

일부러 가볍게 말을 잇는 이령의 뒷머리에 사빈이 가만히 입을 맞췄다. 그녀의 체취가 온몸으로 박혀 들었다.

"살기 위해서라도 나는 너를 다른 이에게 보내지 않아. 그게 누구라 해도. 그러니까…… 무엇을 보아도, 무엇을 들어도 상관마라. 내 말만, 내 눈만 보는 거다."

"다른 이의 말은 들리지도 않고 다른 이의 눈은 보이지도 않게 만들어 놓고 뭘 어찌 듣고 보라는 거야."

"픗."

짙은 아쉬움을 참으며 그녀의 등에 코를 박은 사빈이 웃음을 토해 냈다.

"저하, 접니다."

한참을 망설이던 류한이 깊게 숨을 내쉬며 안쪽으로 사빈을 불렀다. 어젯밤 이 방 안에 누가 있었는지 모르지 않는다. 상상도 하지 못했던 일 앞에 머리가 텅 비어 버린 그였다. 이처럼 무모하고 대책 없는 일을 벌일 것이라고는 상상도 해 본 적 없었기에 주인의 일탈에 심장이 조여 오고 있었다.

"들어와."

평상시처럼 아무 일도 없었던 듯 들리는 주인의 목소리에 문을 연 류한이 살짝 미간을 찡그렸다. 방 안 가득 느껴지는 열기가 지난밤 이 방 안의 모습을 고스란히 느끼게 해 주고 있었다.

"저하, 대체 어쩌시려는 것입니까."

"별궁 쪽에서는 아직 아무런 소식이 없는 거냐."

"별궁이라 하셨습니까? 그곳은 왜……."

"별궁 상황을 확인하고 병부령과 예부령에게 만나자고 연통을 해 줘."

"예?"

"사촌들이 변방으로 나갈 때 작성된 장계들 찾아오고."

류한의 움직임이 멈춰졌다. 다른 때와 달리 차디차게 빛나고 있는 주인의 눈이 낯설어서였다. 그저 하루하루 적을 베고 백성들을 살피던 주인이었다. 한 번도 정사에 관여하고 싶어 한 적이 없는. 궁에서 사흘 이상 머문 것도 철이 들어 궁을 떠난 후 이번이 처음이었다. 헌데 주인의 모든 것이 변하고 있었다.

"아, 그 장계들은 내가 직접 확인한다."

"저하, 대체 어쩌시려고 그러시는 것입니까. 그분은……."

"아무 말도 하지 마라. 류한."

황자의 정복 매듭을 여민 사빈이 류한을 똑바로 마주 보고 섰다. 낯선 정복 차림의 사빈은 전장에서의 그와 너무도 달랐다. 그런 그의 모습이 낯선 이와 마주한 듯 편치 않은 류한이었다.

"어차피 늦었으니까."

"저하."

그의 부름도 듣지 않고 걸어 나가는 사빈의 등 뒤로 두려움을 품은 류한의 눈동자만이 남았다.

"뭐……라?"

날카롭게 곤두서는 태자의 시선을 마주하지 못하고 태의가 급히 무릎을 꿇었다. 떨리는 태의의 손이 바닥을 짚었다.

"제 불찰이옵니다, 전하."

"다시 말해 보라. 누가 어떤 상태라고?"

"별궁에 계신 그, 제한의 황태자께서 며칠째 탕약과 곡기를 끊으셨다는 소식을 뒤늦게 들어……."

"며칠?"

서늘함을 담은 태자가 천천히 몸을 일으키는 움직임에 고개를 숙이고 있던 태의가 부르르 몸을 떨었다. 아무 변명도 할 수 없는 상황이었다.

태자가 직접 그리 살피라 이른 이였다. 금방이라도 바스러질 듯 온몸이 불편한 이라 의원들에게 당부하고 또 당부했던 일이었다. 헌데 이런 일이 벌어졌으니 태자의 분노가 하늘을 찌른들 이상할 것이 없었다.

"그저 몸이 좋지 않으셔서 그러신 것으로 알았다 하옵니다."

"내가 그대에게 한시도 경계를 늦추지 말라 일렀다."

"……."

"중요한 이이니 건강하게 만들라고 다짐하고 또 다짐했다."

"전하. 죽여 주시옵소서."

한 발 한 발 자신에게 다가오는 태자를 보며 태의가 부들부들 떨면서도 더욱 깊이 몸을 숙였다. 태자에게서 흘러나오는 지독한 노기가 온몸으로 느껴질 지경이었다.

"그자 스스로 탕제와 곡기를 끊었다는 것이냐? 몸이 문제가 아니라?"

무엇인가가 떠오른 듯 멈춰 선 채 묻는 태자의 말에 그제야 구명줄을 잡은 듯 태의가 크게 고개를 주억거렸다.

"예. 분명 스스로 선택한 일이라 하였습니다. 억지로 할 수 없는 일이라 며칠 기다린다는 것이 그만 몸의 상태가 급속도로 나빠진 듯합니다. 헌데 그리 상태가 악화되었는데도 탕제를 거부하고 있사옵니다."

"만약 그자가 이 상태로 시료를 거부한다면 어떻게 될 것 같으냐."

"며칠 견디지 못할 것입니다. 제한의 황태자께서는 그동안 약한 약재라 하나 꾸준히 해독제를 복용해 오셔서 버티셨던 몸입니다. 저희 궁에 들어오신 후부터 저희가 강력한 해독제와 몸의 기를 보하는 처방을 하루도 빼먹지 않아 조금이나마 상태가 좋아지고 계셨던 것입니다. 만약 이대로 며칠만 지나면 의식을 놓으실 수 있으며 그 후로는 회복이 불가능할 것입니다."

"허면…… 죽음을 각오하고 버티고 있다는 것이냐, 지금."

"그렇습니다. 허나 왜 그런지는 도무지……."

말을 끝내지도 못한 태의가 자신의 앞을 스치듯 지나가는 태자의 움직임에 다시 깊이 고개를 숙였다. 태자가 나가 버린 빈 집무실에 남은 태의의 몸이 긴장이 풀어진 채 바닥으로 주룩 쓰러져 내렸다.

굳게 닫힌 문 앞에 선 연이 작은 손을 가만히 문고리 위에 올렸다. 차디찬 기운이 손끝을 타고 심장까지 스며들 만큼 오싹한 기분이 느껴졌다. 저 안에 있는 이의 숨결조차 제대로 확인되지 않는 시간들이 지옥 같았다. 수도 없이 지옥을 느껴야 했던 소천 궁 안에서의 시간들이 우스운 장난이었던 것처럼 지금 이 순간이 더 끔찍하게 아프고 무서웠다.

그곳에서의 지옥은 벗어나기 위해 몸부림칠 수 있었다. 그와 이령이 함께했었고 모두가 살기 위해 모든 것을 걸어야 했기에 견딜 수 있었다. 살기 위해서라면 참을 수 있었으니까. 헌데 지금 그는 죽음을 각오하고 스스로를 죽음으로 몰아넣고 있었다.

'하루아 님, 제발. 제발 이 선택은 하지 마세요.'

빌고 빌었다. 부들부들 떨며 탕제를 내던져 버리는 그의 손을 잡고 빌었었다. 하지만 그는 그저 웃을 뿐이었다.

'우리 령이는 열 살도 안 되었을 때부터 내 앞을 막아서며 나를 지켰다.'

듣고 싶지 않은 한 마디 한 마디가 심장으로 박혀 들었다. 차라리 그것이 거짓이라면 좋겠다고 생각했다. 자신은 모르는, 그래서 그런 이유 따위 믿지 못하겠다고 외칠 수 있었으면 차라리 좋을 것 같았다. 하지만 그 모든 것이 진실임을 알기에 그를 말릴 명분이 없었다.

'나도 한 번쯤은 우리 령이를 지켜 주고 싶다.'
'저는요? 저는 아무것도 아니에요?'

그의 차디찬 손이 더듬거리며 자신의 볼을 어루만지던 순간을 기억한다. 한없이 좋기만 하던 그 손길이 끔찍했던 그 순간이 잊히지 않는다. 꼭 감겨 있던 그의 눈에서 눈물이 흘러내렸다.

'너는, 내 연이니까. 나를 이해해 줄 수 있지?'

싫다고. 이해 따위 하지 않을 것이라고 외쳐 주고 싶었는데, 억지로라도 그의 입을 벌리고 탕제를 부어 넣고 싶었는데 하지 못했다. 그렇게 지금 닷새가 지나가고 있었다. 이 방 안에서 그가 하루하루 죽어 가고 있었다. 더는 버틸 수 없었다.

"이해…… 안 할래요."

문 앞에서 나직하게 속삭이듯 말한 연이 문을 열려던 순간이었다. 뒤쪽에서 거친 발걸음 소리가 들려온 것은. 반사적으로 몸을 돌린 연 앞에 붉은 용포가 보였다. 반사적으로 연이 몸을 숙였다.

"열어라."

지독하게 차디찼지만 지금 이 순간 연에게는 하늘의 목소리였다. 연이 사영의 명령에 급히 문을 열었다. 어둠이 가득한 공간은 숨을 죽인 듯 고요하기만 했다. 사영이 한 발을 안으로 들여놓았다.

오싹하게 온몸으로 전율이 왔다. 분명 눈앞에 누워 있는 이가 보이는데 사람의 기운이 조금도 느껴지지 않았기 때문이다. 그저 돌덩이처럼 기운이 느껴지지 않는 존재에게로 사영이 천천히 다가섰다. 새하얗게 바랜 하루아의 얼굴이 시야에 들어왔다.

"하루아 황태자."

"……."

나직하게 눈앞의 이를 부른 사영이 몸을 숙여 하루아의 목 위에 손가락을 가져다 댔다. 너무도 약해서 금방이라도 끊어질 듯 약한 맥이 느껴지자 사영의 하얗게 질린 얼굴에 그제야 약하게 온기가 돌아왔다.

"태의."

사영의 부름에 급히 다가서는 태의의 모습이 눈물로 얼룩진 연의 눈에 가득 차 왔다.

"의식이 돌아오신 듯합니다. 하지만 긴 대화는 무리이실 것입
니다. 전하."

"잠시면 된다."

"예."

걱정스러운 얼굴로 누워 있는 하루아와 사영을 번갈아 보던
태의가 자리를 떴다.

"연유가 무엇입니까."

"……."

"어찌 살아남으신 것인데, 이리 허무하게 죽으려 드시는 것에
는 분명 연유가 있을 것이 아닙니까."

"……."

"저에 대한 시위로 느껴집니다만."

"내 누이."

차갑게 말을 내뱉던 사영이 말라 찢어진 하루아의 입술에서
새어 나오는 목소리에 시선을 내렸다. 그 한마디를 내뱉은 하얀
입술에 핏물이 고여 있었다. 바삭 말라 아주 조금의 움직임에도
찢어지는 입술. 금방이라도 그 입에서 새어 나오는 숨결이 멈출
듯 보이는 사내. 그를 물끄러미 내려다보는 사영의 눈에 약한
분노가 서렸다.

"내 누이가 침궁에 있다 들었습니다."

"이미 말씀드렸습니다. 소천의 황실 여인들은 제 여인이 되는
것이라고."

"그 아이는…… 제 누이입니다."

"어차피 소천의 핏줄입니다."

"제한의 핏줄이기도 합니다."

사영의 미간이 일그러졌다. 눈앞의 사내가 왜 목숨을 걸고 도박을 하는지 확연하게 그 이유를 확인하는 순간이었다.

"이리 목숨을 거시는 이유가 고작 그것입니까."

"고작이라…… 예. 그렇습니다. 그 아이가 살아온 시간 동안 이 보잘것없고 아무것도 할 수 없는 불구의 몸을 구하기 위해 모든 것을 걸었던 것처럼 저 역시 고작 소천의 핏줄을 위해 목숨을 거는 것입니다. 하아."

길게 말을 뱉는 것이 힘겨운지 말끝에 겨우 숨을 토해 내는 사내의 모습에 불안이 깃든 사영의 얼굴이 찡그려졌다. 짜증이 울컥 치솟아 올랐다.

"제 누이가 침궁에 있는 것은 저를 인정치 않으시는 것입니다. 동맹국의 황녀를 그리 취급하는 황제는 없으니까요."

"동맹국……."

"아니라 여기시는 것이겠지요."

하루아의 핏물이 맺힌 입술에 조소가 떠올랐다. 푸른 기와 붉은 핏물이 함께 어우러져 그의 얼굴이 더욱 아름답게 보였다.

"제가 어찌해 드리길 원하십니까."

나직하게 하는 사영의 말에 그제야 아주 조금 하루아의 얼굴이 사영 쪽으로 움직였다. 눈처럼 새하얀 얼굴에 핏기라고는 하나도 남아 있지 않은 얼굴은 소름이 끼치게 차가워 보였다. 살아 있는 이라고 느껴지지 않는 모습이었다.

"그 아이, 제 곁에 두게 해 주십시오."

"그리하면 되겠습니까."

"······예."

"알겠습니다. 광화의 거처를 별궁으로 옮기지요. 하지만 그것 뿐입니다. 광화가 그대의 동생이지만 소천의 핏줄임도 변하지 않습니다."

하루아는 더 이상 대답하지 않았다. 잠에 빠진 것인지 더 이상의 대화를 거부하는 것인지 알 수 없었다. 사영이 천천히 몸을 일으켰다.

"하루아 님!"

사영이 별궁을 떠난 후 방 안으로 달려 들어간 연이 그녀의 목소리에 겨우 고개를 돌리는 하루아를 품 안 가득 끌어안았다. 뜨거운 열기가 사내의 온몸을 달구고 있었다.

타들어 갈 듯 느껴지는 사내의 몸이 그녀의 몸 안에서 덜덜 떨렸다. 까무러칠 듯 떨면서도 그는 그녀를 끌어안았다. 힘없는 사내의 팔이 여인의 허리를 감았다.

"이제 되었어요. 된 거예요."

"연아······."

부들부들 떨리는 온몸의 힘을 쥐어짜 사내가 여인을 부른다. 조금 전 태자 앞에서 또렷하게 말을 내뱉던 이는 존재하지 않는 듯 사내의 온몸은 부서질 듯 흔들리고 있었다. 놀란 태의가 급히 침을 꺼냈다. 연이 그런 태의의 손목을 잡았다.

"침은 안 돼요."

"무슨 소리요. 이리 열이 높으신데 열 먼저 떨어뜨려야 합니다."

"침을 이기지 못하세요. 한 시진만 기다려 주세요. 그러면 열이 떨어지고 탕제를 드실 수 있을 거예요."

"그게 무슨······."

"제가 그렇게 만들 수 있어요. 허니 이 방에서 나가 주세요. 당장."

연의 피가 끓듯 내뱉는 한 마디 한 마디에 어쩔 줄 몰라 하며 태의가 망설이자 하루아가 힘겹게 들어 올린 손을 내저었다.

"모두····· 나가. 여기서."

"하아, 그럼 딱 한 시진이오. 더 이상 지체한다면 위험해지실 수 있소."

"알고 있어요. 허니 한 시진만 주세요."

어찌할 줄 모르면서도 하루아와 연의 고집스러운 모습에 태의가 방을 나가자 연이 하루아를 조심스럽게 침상에 눕혔다. 그리고 연이 가만히 옷을 벗기 시작했다.

급히 자신의 옷을 벗고 속옷마저 벗어 던진 연이 침상 위 그의 곁으로 다가가 누웠다. 부끄러움도 모르는 듯 뜨거운 열에 덜덜 떨리고 있는 사내의 커다란 몸을 연의 부드러운 맨살이 끌어당겼다. 커다란 사내가 여인의 따스한 품 안으로 밀려 들어왔다.

약 한 제 제대로 먹일 수 없을 때 열이 오르면 언제나 그랬듯 하루아는 연의 따스한 온기를 심장 가득 새기며 이를 악물었다. 그녀의 살 내음, 그녀의 체온. 그것들이 자신을 살게 하는 약이기에.

"해서…… 전하께서 허하셨다고."

높낮이도 없는 차디찬 목소리로 자신이 하는 말을 재차 확인하는 사빈의 모습에 류한이 숨을 참으며 고개를 숙였다.

목숨을 걸었던 하루아처럼 그도 숨을 쉬고 있지 않은 것처럼 보였다. 허공을 향한 그의 시선이 꼼짝도 하지 않고 있었다. 그가 무엇을 생각하는 것인지 상상도 되지 않았다.

제한의 황태자라는 이가 죽을 각오로 곡기와 탕제를 끊어 태자의 의지를 조금이라도 돌려놓았다.

광화 이령이 침궁에서 나올 수 있게 되었다 한다. 그저 태자의 하룻밤 노리개로 생이 끝날 수도 있는 그곳의 삶에서 한시적이라 해도 제한의 황녀라는 자리로 옮겨진다는 것이다.

헌데 주인의 반응이 예상과 달리 너무도 침착하고 변화가 없어 의아한 류한이었다.

"병부령과 조부령은."

차디차게 반짝이는 사빈의 낯선 눈을 바라보며 류한이 고개를 끄덕였다.

"폐하께서 저하를 위경장군으로 봉하시며 내리신 전각에서 뵙기로 했습니다."

위경장군. 변방을 수호하는 이라는 뜻으로 황제가 내린 사빈의 별칭이다. 병부, 조부와 협력관계를 이끌어 변방의 상황을 조율하라는 황제의 의지가 담긴 특별 인사였다.

"가자."

천천히 자리에서 일어서는 사빈의 뒤로 류한이 다가섰다. 거대한 사내의 온몸을 감고 있는 붉은 정복이 숨 막히게 강렬하게 느껴지는 류한이었다.

콰!
문이 부서져 나갈 듯 거칠게 열리는 기척에 하루아에게 미음을 먹이고 있던 연이 움찔 몸을 떨었다.

하지만 이미 이런 일이 일어날 것을 알고 있었다는 듯 하루아는 미동도 없이 벽에 기대고 있던 몸을 조금 일으켰다. 평온이 가득한 그의 얼굴에는 약한 미소마저 감도는 것처럼 보였다. 이 사태를 기다리고 있었기라도 한 듯.

"미쳤어!"
바닥을 울리는 거친 발소리, 금방이라도 터질 듯 아프게 터져 나오는 숨소리가 너무도 익숙해 연이 깊게 한숨을 내쉬었다. 익숙한 이의 기척에 예전 언젠가로 돌아간 듯 평온해지기까지 한 그들이었다.

"왔니."
"누가 이런 짓 하랬어! 며칠을 탕약도 안 먹었다며? 죽으려고 아주 작정을 했어? 그런 거야?"

"안 죽었잖아."
"죽었으면! 죽었으면 어쩌려고 했는데! 예전처럼 숨도 제대로 못 쉬었을 거 아니야. 틀려?"

아프게 일그러져 붉게 물든 이령의 낯익은 얼굴을 보며 연이 입가를 끌어 올렸다. 입가에 담긴 미소만큼 그녀의 눈가에 물기가 어려 왔다.

어려서부터 너무도 익숙한 이 오누이의 모습에 가슴 저 깊은

253

곳이 뻐근해지는 그녀였다. 어려서처럼, 아주 가끔은 좋았던 그 시절로 돌아간 듯 모두가 함께 평온한 공간 안에 있었다. 그것으로 충분히 행복한 연이었다.

하루아를 향해 소리를 버럭버럭 질러 대던 이령의 날카로운 시선이 연에게로 향했다. 노기가 충천한 이령의 이글거리는 눈을 보며 연이 어깨를 움츠렸다. 웃음이 고여 있던 연의 얼굴에 긴장이 어렸다. 성질이 나면 어떻게 나올지 모르는 주인의 화가 자신을 향한 것이다, 지금.

"연이 너! 네가 있으면서 그런 짓을 하게 두었다는 거냐? 너 내가 뭐라고 했어! 네가 지켜야 한다고 했어, 안 했어!"

"내가 우긴 것을 연이가 어떻게 한다고 연이에게 그러는 거냐."

"편들지 마! 둘 다 아주 가만 안 둘 거야, 내가!"

"그래. 그러려무나. 맘대로 성질도 내고 골도 내고 그래야 네 속이 풀릴 테니까. 얼마든지 받아 주마."

"아, 정말! 내가 장난하는 것 같아?"

치밀어 오르는 화를 주체하지 못하고 발을 동동 구르는 이령을 향한 하루아의 얼굴에 편안하다 못해 행복해 보이는 웃음이 담겼다.

태어나 처음, 정말 처음 누이를 위해 무엇인가를 했다는 자각에 그의 심장이 뛰고 있었다. 황제나 태자의 하룻밤 상대며 정복국의 자존심을 밟는 상징적인 존재로 전락할 수도 있는 누이를 일단 그 순간에서 빼낸 것이다.

자신이 할 수 있는 일은 여기까지였지만 자신이 시작한 일을 그 누군가가 마무리해 줄 것이라는 강한 믿음이 그를 웃게 만들고 있었다. 그 사내의 한 점 흐트러짐도 담겨 있지 않던 너무도 진지하던 목소리를 믿는 하루아였다.

"웃어? 아주 재미있는 모양이네."

"그래. 너무 재미있어서 자꾸 웃음이 나는구나. 네 화가 난 목소리도 좋거든."

"대체! 왜 이런 말도 안 되는 일을 할 생각을 한 건데?"

짜증스럽게 머리카락을 흐트러트리며 다가서는 이령을 느끼고 하루아가 연을 향해 고개를 끄덕였다. 미음 그릇을 든 연이 조용히 일어나 방을 나갔다. 방 안에는 오누이만이 남겨졌다.

연이까지 내보내고 자신을 향해 몸을 돌리는 하루아의 모습에 의아함을 품은 얼굴로 이령이 마주 앉았다.

이곳에 처음 와서 태자의 배려로 오라비를 만났을 때에는 제법 핏기도 생기고 살집도 조금 오른 것 같았는데 며칠 동안 미음은커녕 탕약조차 모두 끊었던 오라비의 얼굴은 소천에 있을 때처럼 파랗게 바래 있었다. 그 모습에 이령이 입술을 악물었다.

"연이가 그러더구나. 네가 어여뻐졌다고."

뭔가 거창한 말을 기대하고 하루아의 입술을 바라보던 이령의 미간이 살짝 일그러졌다. 이해할 수 없는 말을 하는 하루아의 얼굴에는 은은한 미소마저 감돌고 있었다.

편안함이 가득한 오라비의 얼굴은 푸른 기만 없다면 행복해 보이기까지 했다. 소천에서는 느껴 보지 못했던 여유가 온몸으로 느껴져 왔다.

"무슨 개풀 뜯어 먹는 소리야? 왜 그 말도 안 되는 고생을 한 거냐고!"

"너를 그곳에서 빼내야 했으니까."

"뭐? 설마 내가 태자의 여인이 될까 봐 걱정이라도 한 거야?"

"네가 그리 쉬울 리 없다는 것은 알고 있다."

"그런데?"

"네가 그곳에 있는데 난 이곳에서 이런 대우를 받고 있다는 것이 용서가 되지 않았다. 나 스스로에게."

"하루아. 그건."

"그리고……."

"응?"

잠시 말을 멈춘 하루아가 가만히 푸른 입술 끝을 끌어 올렸다. 하루아에게서 거의 본 적 없는 낯선 미소가 의아해 이령의 얼굴에 의문이 떠올랐다. 즐기는 듯도 하고 재미있는 것을 속에 감추고 있는 듯 하루아의 입술 끝이 실룩거렸다.

"뭐……야?"

"사빈 황자."

골이 잔뜩 난 얼굴로 하루아를 노려보던 이령의 눈이 커다랗게 열렸다. 상상도 하지 못한 이의 이름이 하루아의 입에서 흘러나왔기 때문이다.

"그자와 너, 뭐냐?"

"그, 그게 무슨 소리야? 뭐냐니?"

이제까지 금방이라도 자신이나 연을 잡아먹을 듯 굴던 것은 거짓이었던 것처럼 갑자기 이상하게 긴장하는 누이의 목소리에 하루아가 큭, 웃음을 터뜨렸다.

얼굴 표정은 보이지 않지만 누이는 목소리만으로도 얼마든지 속마음을 느낄 수 있는 이였다. 다른 이들은 모르겠지만 하루아는 그랬다. 아주 어려서부터 조그마한 누이는 목소리의 색감으로 자신의 마음을 내어 보이는 이였으니까.

"그자에게 넌 모든 것을 걸 수도 있는 존재인 것 같던데…… 너에게도 그자가 그런 남자인지 궁금해서."

"하루아……."

"그자가 나를 찾아왔었다."

이령이 숨을 죽였다. 그의 이름만으로도 가슴 저 깊은 곳이 아려 오는 그녀였다.

숨죽이는 누이의 반응을 느낀 하루아가 허공을 향해 고개를 돌렸다. 그자의 이름 하나만으로도 긴장하는 누이를 느낀다. 그 누구도 누이를 저리 긴장시킨 이는 없었다. 그것도 나쁜 의미에서의 긴장이 아님은 표정을 보지 않아도 확연하게 알 수 있었다. 지금 누이의 얼굴이 어떨지 그저 느낌으로 파악할 수 있는 그였다.

"너를 너의 자리에 돌려놓겠다고 맹세했다, 내게."

"내…… 자리?"

"그래서 조금 도와준 것뿐이야. 내가 할 수 있는 것은 그뿐이니까. 그래도 내가 명색이 오라비인데 다른 놈에게 모든 것을 맡기기엔 자존심이 허락하지 않으니까."

"그렇게 말했다고? 그 꼬마, 아니, 그자가?"

"그자의 말을 다 믿는 건 아니다. 내가 세상에서 믿는 것은 너와 연이 둘뿐이니까. 하지만 한번 지켜보려고. 그자의 목소리가 조금은 믿고 싶어지게 만들었거든. 그런데…… 꼬마? 그자의 몸집이 작은 거냐?"

"작기는. 너무 커서 한참을 올려다봐야 하는 게 짜증나는데."

"그런데 꼬마는 뭐냐?"

"그건…… 몰라!"

보이지 않았지만 확연하게 느낄 수 있었다. 지금 누이가 얼마나 쑥스러워하는지. 자신의 물음에 제대로 대답을 하지 못한 누이가 쏜살같이 자신의 곁을 떠난 것을 느낀 하루아가 입가를 천천히 끌어 올렸다. 처음으로 느껴 보는 여인으로서의 누이의 모습. 고와졌다던 연의 말이 떠올랐다. 그 사내의 이름만으로 얼어붙던 누이의 심장 고동이 들려오는 듯했었다.

"사빈 황자, 그대를 믿어도 되는 건가."

하루아의 입가에 맺혔던 미소가 천천히 사라져 갔다. 마냥 행복할 수 없는 누이의 새로운 삶에 대한 기대가 그의 심장 한쪽을 지그시 눌러 왔기 때문이다.

"와……."

끝없는 감탄이 쏟아져 나오는 이령의 모습에 활짝 웃음을 짓던 연의 눈가가 또 촉촉하게 젖어 들었다.

별궁 안 자신이 머물 곳을 보고 놀라 눈이 커다랗게 열린 이령이었다. 제법 잘 꾸며진 곳이긴 했지만 궁 안에서 이곳보다 아름답고 고급스러운 곳은 넘쳐날 것이다. 하지만 이제껏 25년을 황제의 피를 이어받은 이로 살아왔으면서도 주인에게 이런 곳은 난생처음인 것이다.

"정말 좋죠? 여긴 다른 세상 같아요."

꿈을 꾸는 듯 하는 연의 말에 크게 고개를 끄덕이던 이령이 갑자기 휙 몸을 돌렸다. 나른한 눈길로 이령을 바라보던 연이 움찔 몸을 긴장시키며 한 발 뒤로 물러섰다. 한없이 감탄을 쏟아 내던 주인이 언제 그랬냐는 듯 날카로운 눈으로 자신을 노려보기 시작했기 때문이다.

"뭐, 뭐요?"

"나 아직 너한테 화 안 풀렸거든."

"네. 알아요. 저도 저한테 아직 화가 안 풀린걸요. 막지 못해서…… 너무 힘들었어요."

"야! 그런다고 또 우냐!"

금방 울먹거리는 연의 모습에 이령이 짜증스럽게 고개를 저었다. 연은 언제나 눈물이 많은 아이였다. 그만큼 착하고 그만큼 여린 아이. 하지만 그런 모습 뒤로 누구보다 강한 마음을 가진 아이란 것을 이령은 알고 있었다. 무슨 일이 있더라도 하루아의 곁을 떠나지 않을 것이라는 것을 온전히 믿으니까. 그래서 자신이 없어도 하루아를 걱정하지 않았던 이령이었다.

"정말 돌아가시는 줄 알고……."

"오라비는 정말 독할 때 또 무지 독하다니까. 아휴."

"똑같으시잖아요, 오누이가. 저만 속 터지죠, 언제나."

"그, 그래서 이젠 정말 괜찮은 거야?"

"네. 태의가 태자 전하의 명이라며 매일매일 정말 정성을 다해서 돌봐 드리고 있어요. 그래서인지 요즘처럼 하루하루가 다

259

르시면 곧 정상적인 몸을 가지실 수도 있을 것 같다니까요."

태자 전하. 그 말에 이령의 얼굴이 약하게 일그러졌다. 자신에 대한 집착을 보이던 그 눈빛이 떠올랐기 때문이다. 사빈과 닮았지만 너무도 다르던 그 눈빛은 그래서 더 겁이 났다.

"그래, 다행이네."

"그런데…… 사빈 저하와는 정말 무슨 관계세요? 소천에서부터 좀 다르게 느껴지긴 했어요."

"정말?"

"네. 제가 이령 님 곁을 지키지 않고 하루아 님 곁을 지킨다고 화를 내신 적도 있고. 다른 이들이 소곤거리는 것을 아시면서도 이령 님을 자신의 곁에서 보호하셨잖아요."

"……인연이 있었어. 빈과 나는."

"인연요?"

놀라 커다랗게 눈을 뜨는 연의 모습에 깊게 숨을 흘린 이령이 단아하고 고급스럽게 보이는 침상에 털썩 드러누웠다.

"아, 잠이 솔솔 올 것 같다. 편해서. 나 좀 잘게."

"무슨 인연인지 말씀 안 해 주실 거예요? 궁금해 죽겠는데."

"한잠 자고."

이령이 그대로 눈을 감아 버리자 연이 입을 빼물고는 몸을 돌렸다. 이 오누이는 한 번 한다면 하늘이 두 쪽 나도 하는 것은 똑 닮았기에 이럴 땐 떼를 써보아도 아무 소용이 없음을 아는 연이었다. 지금 이야기하고 싶지 않다는 것을 온몸으로 내어 보이는 이령을 잠시 바라보던 연이 문을 나서자 침상에 누워 있던 이령이 천천히 몸을 일으켰다.

보고 싶었다. 보지 못한 지 한나절이 조금 지났을 뿐인데 그가 숨이 막히게 보고 싶었다. 밤까지 기다려야 한다는 것이 심장이 오그라들 만큼 고통스러운 느낌. 우습게도 그랬다.

"무지무지 보고 싶어. 빈."

작은 몸을 화려하고 포근한 침상 위에 눕히며 이령이 속삭였다. 그 누군가를 만날 늦은 밤을 기대하며.

✻

편치 않은 자리임을 고스란히 표정에 드러내며 맞은편에 앉아 있는 병부령 유천수와 이 상황에 대한 기대를 담은 눈빛으로 자신을 응시하는 예부령 서후를 마주한 사빈이 침묵을 깨고 입을 열었다.

"제가, 누구입니까."

예상외의 서늘한 물음에 유천수의 두꺼운 눈썹이 꿈틀 흔들렸다. 마냥 편안하게만 보이던 서후의 얼굴에도 일순 긴장이 감돌았다. 천천히 들어 올린 사빈의 눈동자가 파랗게 빛났다.

"제가 누구냐 물었습니다."

"그야 황자 저하이시지요."

"예. 저는 율국 황제의 둘째 아들, 황자 사빈입니다."

보기 좋게 붉은 입술이 나른한 미소를 담았다. 조금 전 차갑게 식어 있던 얼굴보다 지금이 더 무섭다고 서후가 생각했다.

"제가 원하든 원치 않든 저는 황제의 아들이며 이 율의 황자입니다. 해서, 그것에 충실해 볼까 합니다."

"하시려는 말씀이⋯⋯."

병부령 유천수의 입에서 살짝 짜증이 섞인 말이 새어 나왔다. 그 순간이었다. 사빈의 눈이 얼음처럼 차갑게 식어 내린 것은.

"내 말이 아직 끝나지 않았습니다."

"⋯⋯."

유천수가 깊게 숨을 삼켰다. 상상도 해 보지 못한 상황에 어찌 대처해야 할지 가늠이 되지 않는 그였다. 이제껏 맹세코 단 한 번도 눈앞의 젊은 녀석을 경계해 본 적은 없었다. 차라리 곁에 앉은 서후의 가문인 서가는 언제나 날을 세우고 경계해 왔지만 사실 경계 대상의 본체인 황자 사빈은 거의 보지도 못하고 살기에 신경도 쓰지 않았다는 것이 맞을 것이다.

헌데 지금 이 순간, 상상도 하지 못한 서늘함으로 자신들을 압도하는 눈앞의 젊은 녀석의 존재가 온몸을 덮쳐 오는 무거움으로 느껴지고 있었다.

"정치는 모릅니다. 알 필요도 없겠지요. 그것은 형님 전하의 영역이며 감히 제가 다가가서도 안 되는 길이니까요. 하지만 국경에 대한 것은 다르다 느낍니다."

"⋯⋯."

"10년 동안 국경만 다닌 저입니다. 이곳 병부의 밀실에 앉아 국경을 논하시는 분들과는 달라도 아주 많이 다릅니다, 전."

차갑게 흘러나오는 사빈의 말에 유천수가 주먹을 움켜쥐었다.

"수많은 유민들과 국경을 마주하고 있는 이방인들에겐 무조건적인 화친도, 무조건적인 적대심도 절대 금물입니다."

언제나 화친을 주장하는 예부령 서후의 얼굴도, 언제나 무력으로 그들을 눌러야 한다 주장하는 병부령 유천수의 얼굴에도 빗금이 갔다.

"필요하다면 품어 안고, 품어 안을 수 없다 판단되면…… 쓸어 내야 합니다."

"그것이……."

"두 분과 함께 국경의 문제를 풀어 가겠다 폐하께 말씀을 드렸고 윤허를 받았습니다. 해서 이제부터 저는 두 분과 함께합니다. 상도 벌도 함께 받을 것입니다."

차갑게 빛나던 사빈의 눈동자에 환한 미소가 번졌다. 조각처럼 고운 얼굴에 어리는 그 미소가 너무도 아름다워 오히려 소름이 끼치는 두 사람이었다.

전각 앞 계단을 내려서던 유천수와 서후가 천천히 고개를 돌려 방금 자신들이 나온 전각을 올려다보았다.

이 순간의 기분이 어때야 하는지 확인하고 싶어서였다. 지금 자신들이 적을 만나고 온 것인지 동지를 만나고 온 것인지 분간이 안 가는 그들이었다.

전각을 올려다보던 두 사람이 서로를 바라보았다. 언제나 대전에서 팽팽하게 맞서던 두 사람이었다. 율 군력의 상징인 유천수와 외교의 상징인 서후. 율의 가장 거대한 가문의 실질적인 힘인 두 사람에게 동시에 손을 내민 둘째 황자 사빈의 의중을 여전히 알 수 없는 두 사람이었다.

외가인 서가의 힘을 완전하게 등에 업고 태자와 맞서겠다는 것도 아니고, 태자의 가문인 유가에 붙어 실질적인 힘을 얻겠다는 것도 아닌 어정쩡한 태도. 대체 사빈의 의중이 무엇인지 느낄 수 없는 그들이었다.

"자주 뵙겠습니다."

서후가 조심스럽게 입을 열었다. 유천수의 얼굴이 살짝 굳었지만 유천수도 고개를 주억거렸다.

"그리될 것 같습니다. 황자 저하의 뜻이 함께하시니."

아무것도 손에 잡히지 않는 불편함을 심장 가득 담으며 두 사람이 전각을 나섰다.

궁녀가 전해 준 꾸러미를 풀어내던 연이 무엇인가 보지 않아야 할 것을 본 듯 놀라며 다시 꾸러미를 여미는 모습에 이령이 다가섰다. 연의 어깨 너머로 고운 빛깔의 치마저고리가 몇 벌인가 보였다.

"뭐냐?"

"깜짝이야!"

몸까지 들썩이며 놀라는 연의 모습에 이령의 얼굴이 거칠게 일그러졌다. 대체 무엇이기에 이리 도둑질하던 것처럼 놀라는 것인지 이상했다.

"뭔데 그리 놀라는 거야? 뭐냐니까?"

"궁녀들이 잘못 가져온 것이에요. 별것 아니에요."

"그러니까, 뭔데 별게 아니라는 건데?"

급히 꾸러미를 뒤로 숨기려는 연의 팔에서 이령이 거칠게 그것을 낚아챘다. 풀려 있던 꾸러미가 이령의 움직임에 바닥으로 떨어져 내리며 곱게 접혀져 있던 치마저고리가 바닥으로 날리듯 떨어졌다.

"뭐냐? 이것들이?"

"이령 님 의복을 좀 챙겨 와 달라 했더니 글쎄 이걸 가져왔지 뭐예요. 제가 다시 가져오라 할게요."

이령의 입이 떡 벌어졌다.

한 번도 제대로 된 여인의 옷 따위 입어 본 기억이 없는 그녀였다. 입을 수도 입을 일도 없었다. 하루하루 숨죽이며 목숨을 부지하기도 어려운 시간들 속에 언제 치마 솔기를 들고 뛰고 말을 타고 담을 넘을 것인가. 그녀의 삶은 그런 것들과는 너무도 달랐으니까.

"잠깐만."

"예?"

떨어진 여인의 옷들을 주섬주섬 챙기는 연을 물끄러미 바라보던 이령이 연을 불렀다. 막 연의 손에 연홍색의 치마저고리가 들려 있었다.

"그거 하나만 그냥 둬 봐."

"예?"

"그냥 하나만 두라고."

무심한 듯 말하며 돌아서는 이령의 귓불이 빨갛게 물들어 있는 것이 연의 시야에 들어왔다.

밤은 이미 한참 깊어 가고 있었다. 달빛이 벌써 밤하늘 가운데를 가득 채울 정도로 기울었으니까. 헌데도 이령은 움직일 수가 없었다. 눈앞에 보이는 것을 놓을 수도, 잡을 수도 없어서.

"미치겠네."

곱디고운 연홍색 치마 위에 올라가 있는 자신의 손을 떼어 내며 이령이 머리를 쥐어뜯었다. 눈앞의 고운 여인 옷을 입어 보고 싶다는 충동과 그것을 죽어도 입을 수 없을 것 같다는 낯섦이 그녀를 망설이게 한 지 한 식경이 지나고 있었다. 이러다 날이 새고 말 것인데, 기다릴 이를 생각하며 이령이 초조함에 입술을 악물었다.

그때였다. 달빛처럼 그녀의 뒤로 무엇인가 검은 그림자가 다가선 것은. 일순 온몸을 긴장으로 채우던 그녀가 자신의 작은 몸을 안아 오는 낯익은 체취에 입술을 끌어 올렸다. 코끝으로 스미는 밤기운과 섞인 이의 내음이 심장이 아리도록 좋았다.

"이건 뭘까?"

귓가에 따스하게 쏟아져 내리는 이의 숨결에 취해 가던 이령이 등을 타고 들려오는 목소리에 화들짝 놀라며 그제야 눈앞에 있는 것을 인지했다. 그녀의 얼굴에 당황이 가득 어렸다.

"아, 아무것도 아니야."

자신을 끌어안고 있던 한 손을 들어 눈앞의 치마저고리를 집으려는 사빈의 손을 이령이 낚아챘다. 그리고 그를 향해 그녀가 급하게 돌아섰다.

"내가 늦어서 걱정이 되어 이리 온 건가?"

최대한 눈앞의 것을 보이지 않게 하려 그를 막아서는 그녀를 보며 사빈이 빙긋 눈가를 휘었다. 시원하게 긴 눈이 달빛을 품고 아름답게 반짝이고 있었다. 그 눈빛에 취한 듯 이령이 고개를 들어 그를 올려다보았다.

하루 종일 보고 싶던 이의 모습은 머릿속에 있던 모습보다 한참이나 더 아름다웠다. 심장이 부풀어 오르는 기분을 느끼며 그의 가슴에 얼굴을 묻으려던 이령이 향기에 취해 그 순간 자신의 어깨 너머로 팔을 뻗는 그를 막지 못했다.

"안 돼!"

놀라 그의 손에서 치마저고리를 빼앗으려는 이령에게서 한 발 뒤로 물러선 사빈의 눈이 자신의 손에 잡힌 것을 물끄러미 내려다보고 있었다. 그의 손에서 그것을 빼앗지 못한 채 이령이 눈길을 돌렸다. 화끈거리는 얼굴을 감출 방법이 딱히 떠오르지 않았다. 볼썽사납게 고운 옷에 마음을 빼앗기고 있었다는 것을 들킨 것이 난감해 죽을 맛인 이령이었다. 자신과는 너무도 어울리지 않을 테니까.

"아니, 그게, 궁녀들이 내 옷을 챙겨 온다는 것이 그런 것을 가져왔대. 하, 진짜. 그게 옷이야? 그치?"

"입어 봐."

"응?"

사빈이 커다란 손에 들고 있던 치마저고리를 이령 앞에 내밀었다. 이령의 눈가가 일그러졌다. 난감함에 어지럽게 흔들리는 눈동자를 내려다보던 사빈이 옷을 들고 있지 않은 손으로 이령의 머리를 가만히 쓰다듬었다. 너무도 따스해서 눈물이 날 것 같은 커다란 손이 그녀의 작은 머리를 감쌌다.

"내가 보고 싶으니까 한번 입어 봐."

"……싫어."

"이걸 입은 네 모습, 정말 보고 싶다."

난감함에 얼굴을 붉게 물들이며 고개를 젓던 이령의 눈이 나직하게 흘러나오는 사빈의 목소리에 놀란 듯 들어 올려졌다. 치마저고리의 색처럼 아름답게 물든 이령의 얼굴에 사빈의 커다란 손이 닿았다. 말캉하고 따스한 그 작은 얼굴이 어여뻐 사빈의 심장이 쿵쿵 거칠게 울렸다.

"얼마나 어여쁠지 보고 싶어."

속삭이듯 말하며 사빈이 그녀에게로 다가섰다. 천천히, 그리고 따스하게 입술을 머금는 그의 숨결에 이령은 온몸이 녹아내리는 듯해 대꾸조차 할 수 없었다. 무너질 듯 자신의 품으로 들어오는 이령을 받아 안은 사빈의 숨결이 더욱 깊이 그녀를 삼켜갔다.

"보, 보면 안 돼. 보면, 죽는다."

율의 황태자 앞에서도 떨지 않던 이령의 달달 떨리는 가는 목소리에 사빈이 큭, 웃음을 토해 내며 고개를 끄덕였다. 돌아앉아 있는 그의 뒤로 사그락사그락 그녀가 옷을 갈아입는 소리가 들려왔다.

우스웠다. 이미 서로를 품은 사이이건만 그저 여인의 옷 벗는 소리마저 이리 숨 막히게 떨리고 온몸의 욕망이 요동치는 것이. 보고 싶은 것이 아니라 지금 이 순간 그대로 품고 싶은 것이 그의 마음이란 것을 알면 이령이 검을 뽑을지도 모를 일이었다.

상상도 해 보지 않았다. 그녀가 여인이 되는 모습. 여인임을 아는데도 그녀가 치마저고리를 입은 모습은 상상조차 해 보지 못했다는 것이 우습고 또 아픈 사빈이었다.

침궁은 숨어들기에 절대 불가능한 곳이었지만 별궁은 달랐다. 해서 기다리고 있기만 할 순 없었을 것이다. 예상보다 늦는 그녀를 기다리는 것에 조바심이 났다는 것이 더 맞을지도 모를 일이다. 계획하고 있는 일을 떠올릴 때면 차갑게 식는 심장과 달리 그녀를 떠올릴 때면 금방이라도 터질 듯 뛰는 심장은 그녀를 기다리게만 두지 않았으니까.

그렇게 숨죽이고 숨어든 별궁 안, 그녀의 뒷모습을 보고 반가이 달려들려던 사빈의 움직임을 막은 것은 무엇인가에서 시선을 떼지 못하는 그녀의 모습이었다.

서성이기도 하고, 움찔 몸을 떨기도 하는 낯선 그녀의 움직임에 의아함이 가득 밀려들었다. 언제나 모든 것에 당당하고 망설이는 것 따위 없는 그녀가 무엇을 저리 망설이고 있는지 궁금했다. 그래서 더 이상 기다리지 못하고 다가선 그녀의 앞에 놓여 있던 것은⋯⋯ 고운 치마저고리였다.

"이제⋯⋯ 돌아봐도 돼."

너무도 작아서 귀를 기울려야 들릴 정도의 목소리가 깊은 상념에 젖어 있던 사빈을 깨웠다.

"⋯⋯."

"왜? 이상해?"

자신의 모습을 바라본 채 꼼짝도 하지 못하는 사빈의 모습에 이령의 얼굴이 불안으로 일그러졌다. 동그란 검은 눈동자가 거칠게 흔들렸다. 붉은 입술이 새하얀 치아에 악물렸다.

"그러니까 왜 입으라고 해서는."

아프게 일그러진 얼굴로 이령이 그대로 저고리를 벗으려는 순간, 그녀에게로 다가선 사빈의 손이 가는 팔목을 잡았다.

"벗지 마라."

"……."

"너무 어여뻐 숨을 쉬지 못해 그랬다."

"뭐?"

"나도 명색이 사내인데, 세상에서 가장 어여쁜 여인이 이리 눈앞에 있으니 정신이 들 리 없잖아."

"……빈?"

이령이 놀란 얼굴로 올려다보는 순간 사빈이 속삭였다. 낮게 울리는 듣기 좋은 목소리가 이령의 얼굴에 붉은 꽃을 활짝 피웠다.

뜨거움에 온몸이 녹아 버릴 것만 같다고 이령이 생각했다. 어설프게 묶은 저고리의 매듭이 그의 손에 풀리자 숨이 막히게 낯설고 행복했다.

우스웠다. 한 번도 제대로 입어 본 적 없는 이 치마저고리 차림으로 그의 앞에 있는 것이 너무 행복했기에. 그 스스로의 감정이 우스워 자꾸만 베실배실 입가에 웃음이 담겼다. 하지만 그렇게 웃음을 담을 수 있는 순간은 길지 못했다.

"하아."

꿈처럼 기억되던 어젯밤의 감각들이 다시 온몸에 새겨지고 있었다. 숨이 막힐 듯 몰아치는 사내의 움직임에 바스러질 듯 부끄러운 소리를 내며 치맛자락이 침상 밑으로 흘러내렸다. 결국 실오라기 하나 걸치지 않은 상태가 되었다.

그 태초의 감각에 사내의 뜨거움이 와닿는 것만으로도 온몸의 감각들이 터질 것처럼 아우성을 쳤다. 그의 입술이 닿는 곳마다, 그의 손길이 닿는 곳마다 붉은 꽃이 피고 숨이 막힐 듯한 쾌락이 찾아들었다. 이를 악물어도, 눈을 감아도 새어 나오는 신음과 열기를 숨길 방법이란 애초에 없었다.

"령아."

거칠게 내쉬는 사내의 숨결 사이에서 자신의 이름이 새어 나왔다. 뜨거움과 따스함이 가득한 그 부름에 눈물이 날 것만 같아 이령이 질끈 눈을 감았다. 사내의 따스한 입술이 까칠한 눈가를 훑어 내렸다.

"연모한다. 너를, 내 모든 것을 걸어 연모할 것이다."

"……빈."

천천히 들어 올린 눈꺼풀 안에 사내의 모습이 가득 찼다. 이령이 행복하게 웃었다.

그녀의 입에서 흘러나오는 자신의 이름에 사내가 빙그레 입가를 끌어 올렸다. 촉촉하게 젖은 사내의 얼굴에 가득한 미소도 잠시, 여인의 품 안으로 자신을 온전히 묻은 사내가 거칠게 움직이기 시작했다. 웃음을 채 삼키지도 못한 여인의 온몸이 파르르 전율을 담으며 거칠게 휘었다. 달빛이 흔들리는 그들의 그림자를 감싸 안고 있었다.

텅 비어 있는 사빈의 방을 물끄러미 바라보고 선 사준의 뒤로 류한이 다가섰다. 갑자기 새벽에 들이닥친 막내 황자의 소식에 놀라 달려온 길이었다.

모든 것을 이미 알고 있는 듯 차갑게 빈 침상을 바라보는 사준의 얼굴에는 어떤 표정도 담겨 있지 않았다.

"저하."

"사빈 형님이 맞는 거냐?"

"예?"

"내가 아는, 내가 좋아하던 그 사빈 형님이 맞는 거냐고 물었다."

"……."

"막을 수 없게 된 것 같다. 류한."

아프게 일그러진 사준의 얼굴을 보며 류한은 아무 말도 할 수가 없었다. 이 엄청난 사건을 태자가 알아 버린다면 궁은 뒤집어질 것이다. 잠룡이 깨어났다고 모두가 느낄 것이 분명했다. 서가와 유가가 전면전을 벌일 수도 있다. 사빈의 목적이 이령만이라 해도 그것은 명백한 태자의 것을 탐한 일이 될 것이고 그것은 죽음이 아니면 반역으로 갚아야 할 것이다.

자신의 다리를 베고 누운 하루아를 위해 가만가만 부채질을 하던 연의 손이 아주 잠깐씩 망설임을 담듯 멈춰졌다. 숨소리조차 없이 그저 그녀의 부채질을 느끼며 누워 있던 하루아가 가만히 손을 들어 올려 부채를 쥔 연의 손을 잡았다. 연의 눈이 아래로 향했다.

"불안한 것이냐."

그가 무엇을 묻는지 연은 알아차릴 수 있었다. 눈이 보이지 않기에 감각이 유난히 예민한 하루아였다. 바로 곁이 아니라 해도 이 전각 안에 낯선 이가 이 밤 숨어 들어와 있음을 느끼지 못할 리가 없는 것이다.

"정말이구나."

"무엇이 말씀입니까."

자신의 팔목을 잡은 하루아의 손아귀 힘이 아주 약하지 않음에 행복한 미소를 지으며 연이 물었다. 하루아의 입가에 흐릿한 미소가 번져 있었다.

"이제 우리 령이가 누군가의 여인이 된 것이."

"정말 그런 모양입니다. 한 시진 전에는 어떤 일이 있었는지 아십니까?"

하루아에게서 놓여난 손으로 가만가만 그에게 부채질을 해 주며 연이 허공을 향해 고개를 들어 올렸다. 여인의 옷 앞에서 어쩔 줄 몰라 하며 망설이던 이령의 모습이 떠올랐다. 그 곱고 행복해 보이던 모습을 하루아가 볼 수 없다는 것이 아까울 만큼 그 모습은 너무도 고왔었다.

"이령 님이 여기 머무실 테니 의복을 좀 챙겨 와 달라 제가 궁녀들에게 부탁을 하였더니 글쎄 여인네들의 옷만을 가져왔지 뭡니까."

"이런……."

하루아의 입가에 환한 미소가 번졌다.

"당연히 노발대발하시며 다 치워 버리라 호통을 치실 줄 알았는데……."

"알았는데?"

하루아의 미간이 살짝 좁아졌다. 그로서도 그녀의 말 뒤를 예상할 수 없는 모양이었다.

"망설이시지 뭡니까. 그러고는 한 벌은 그냥 두라고 그러셨답니다. 우리 이령 님께서요."

하루아의 입이 떡 벌어졌다. 놀라 입을 다물지 못하는 그의 모습을 물끄러미 내려다보던 연이 아주 잠시 망설이다 가만히 입술을 내렸다. 그녀의 따스한 숨결이 다가오는 것을 느껴서일까. 하루아가 팔을 들어 올려 그녀의 목을 감아 자신에게로 내렸다. 따스한 숨결이 서로에게로 섞여 들었다.

어느새 얕은 숨소리를 내며 잠이 든 하루아를 연이 물끄러미 내려다보았다. 상상도 해 보지 못했던 평화가 매일매일 이어지고 있었다. 너무 행복해서, 너무 편안해서 두려움이 자꾸만 심장을 조이는 그녀였다. 이런 하루하루가 여전히 꿈만 같고 꿈이라면 깨지 않았으면 하는 지독한 바람이 그녀의 심장을 자꾸만 두근거리게 하곤 했다.

파란 입술을 한 채 칠현금만을 꼭 안고 있던, 마르고 아파 보이던 소년을 만난 지 10년이 훌쩍 넘었다. 붉디붉은 눈으로 검을 들고 산 소녀와 만난 지도 그만큼의 시간이 흘렀다. 그렇게 그들과 함께 굶고 함께 울고 함께 아파했던 시간들이었다.

하루아에게 한 제의 탕약이라도 먹이기 위해서라면 내의원에서 도둑질도 할 수 있었다. 이령이 하루아의 곁을 지킬 수 없을 때면 이령처럼 으르렁거리며 모든 이들에게서 하루아를 지켜야 했다. 죽음을 언제나 곁에 두고 살았던 시간들이었다.

그런데 우스운 것은 그때는 지금처럼 두려움이 심장을 조이지 않았다는 것이다. 하루하루, 일각의 시간을 살기 위해 이를 악물고 살기를 키워 가던 순간에는 그 순간이 전부였으니까.

하지만 지금은…… 하루 후가, 한 달 후가 두려운 그녀였다. 아마도 욕심이 생겼기 때문일 것이다. 언제나 지금처럼 행복하고 싶어진 낯선 욕심.

회색빛이 도는 하루아의 긴 머리를 연의 가는 손가락이 가만히 쓰다듬었다. 탈색되어 버린 머리카락이 손가락을 감아 왔다. 조금만 힘을 주면 끊어지거나 뽑혀 버리는 하루아의 머리카락. 그런 그의 머리카락을 가만가만 조심스럽게 쓰다듬는 연의 손길 끝에 떨림이 고여 왔다.

✂

"현재 제한 유민들의 수장은 파오라는 자입니다. 성격이 무척이나 강한 자이고 오랜 시간 동안 제한 유민들을 책임지고 있다는 자부심이 남다른 자이기에 쉽게 제한의 황태자를 받아들이지 않을 것입니다."

한 마디 한 마디 흐트러짐 없는 목소리로 말하는 사빈을 사영이 물끄러미 바라보았다.

낯선 모습이었다. 그저 언제나 자신의 말을 듣기만 하던 아이였다. 명을 수행하고 자신의 곁을 지키는 것이 전부였던 아우. 그림자처럼, 호위 무사처럼 지내던 저 아이가 자신의 생각을 정확하게 말하고 있었다.

문득, 소천과의 전쟁에서 자신을 대신해 병사들 앞에 섰던 사빈의 모습이 떠올랐다. 거대하게 모든 것을 압도하는 강한 기를 풍기던 그 모습이 지금 이 순간 눈앞의 모습과 겹쳐 왔다.

"그럼 어떻게 해야 그들이 황태자를 받아들일 것 같은가."

"타협점을 찾아야겠지요. 파오가 그동안의 권리를 다 빼앗기지 않는다는 믿음을 가져야 그들과의 협상이 가능할 것입니다."

"파오란 자가 협상에 응하지 않는다면?"

"힘을 보여 주어야지요. 스스로 자신의 상황을 인지하도록 말입니다."

"달래다가 안 되면 힘을 보여 주어야 한다?"

"그것은 정말 극한 상황의 일입니다. 파오를 제거하거나 파오를 꺾기 위해 무력을 쉽게 사용한다면 제한 유민들의 민심을 모두 잃을 것입니다. 파오는 강한 지도자는 맞지만 존경받는 지도자는 아닙니다. 해서 제한의 유민들 중에서는 황태자를 택할 이들도 있을 것입니다. 그들 모두를 적으로 돌리면 싸움이 길어집니다."

"회유책을 써야 할 것입니다."

서후가 기다렸다는 듯 태자와 사빈을 보며 눈을 빛냈다.

"제한의 유민들은 다른 정복국들의 유민들과 너무도 다릅니다. 처음부터 동맹국의 유민들로 일정한 자치권을 주었기에 터전을 제대로 잡고 살고 있습니다. 그들이 국경을 수호해 주는 것도 일정 부분은 진실입니다. 그들의 마음이 돌아선다면 그쪽의 국경이 불안해질 것입니다."

"허나 그렇다 해도 그들은 우리 율의 백성들이 아닙니다. 고작 망국의 유민들일 뿐입니다. 그런 그들에게 황태자를 보내고 그들의 자립을 도와준다면 힘을 키운 그들이 우리 말을 들을 것 같습니까. 세상은 힘의 논리가 지배합니다. 그들에게 절대 힘을 키울 기회를 주어선 안 됩니다."

서후에게 밀리지 않겠다는 것처럼 유천수가 입에 거품을 물 듯 내뱉었다. 전쟁이 일어나길 바라는 자의 욕심이 그 눈빛에 가득했다. 병권을 가진 자는 항상 원하는 법이다. 전쟁이 일어나 병권이 가장 우선시되기를.

"그들의 존재를 인정하고 국경의 방패로 쓰면서도 그들의 힘을 조절할 수 있으려면…… 원하는 것을 줄 수 있다는 믿음이 필요합니다. 미끼를 던지는 것이지요."

서후와 유천수의 말을 가만히 듣고 있던 사빈의 입에서 나온 말에 사영의 눈이 살짝 흔들렸다. 미끼?

"파오가 흔쾌히 하루아 황태자를 받아들이게만 한다면 그들의 힘을 우리가 조절할 수 있습니다."

"그것이 쉽지 않다고 하지 않았나."

"그러니 거래를 해야 합니다. 파오에게 거절하기 어려운 것을 제안하면 될 것입니다. 어차피 자신은 명분이 부족함을 잘 아는 파오입니다. 실권을 쥐고 있지만 그것은 하루아 황태자의 존재만으로도 부서질 것이 뻔한 권력입니다. 그에게 지금 쥐고 있는 실권을 지킬 수 있게 해 준다고 약조하면 그는 분명 흔들릴 것입니다. 명분과 실리, 두 가지를 다 가질 수 있는 기회를 놓치기에 그자는 욕심이 너무 많으니까요."

"그 거래…… 그대가 성사시켜 보지 않겠나. 위경장군."

흔들림 없는 눈빛으로 대신들을 향해 말을 하던 사빈이 조용히 공간을 울리는 사영의 목소리에 고개를 들었다. 사영의 무엇을 담고 있는지 알 길 없는 차디찬 시선이 사빈을 향해 있었다. 닮은 듯하지만 너무도 다른 네 개의 눈동자가 허공에서 부딪쳤다.

"제한과의 모든 협상에 대한 전권을 그대에게 위임할 테니 그 거래, 성사시켜 보라."

사영의 말에 모두의 시선이 사빈을 향했다. 전권 위임이라 하고 있었다. 태자가.

하지만 모두의 놀라는 시선과 달리 사빈의 눈동자는 약하게 흔들리고 있었다. 전권을 위임하면서까지 태자가 원하는 것은 제한과의 협상을 성공하는 것. 그것을 자신에게 이루라 하는 것은 곧 자신이 제한의 땅으로 가서 파오를 설득해 황태자 하루아의 지위를 확보하라는 명이다. 궁을 떠나라는 것이다.

"그 거래를 성사시킨다면 국경 유민들에 대한 모든 정책을 그대에게 일임하겠다."

모두의 시선이 커다랗게 열렸다. 수많은 전쟁과 주변국들의 싸움으로 국경마다 유민들이 넘쳐나는 율이었다. 그 세력들이 절대 적지 않았다. 그들 모두를 아우르기 어려워 어떤 이들에게는 자치권을 주고 어떤 이들은 힘으로 통치하고 있는 상황이었다. 그들 모두와의 관계는 그만큼 율 정치의 핵심이 될 수밖에 없었다.

그런 유민들에 대한 모든 전권을 둘째 황자에게 위임한다는 것이다. 자신의 힘을 떼어 주겠다는 엄청난 발언이기도 했다.

'보여 봐라, 아우야. 너의 힘을, 그리고 너의 충심을.'

사영의 눈에서 흘러나오는 그 말들에 사빈이 입술을 악물었다. 큰 것을 얻기 위해 지금 선택을 해야 하는 것이다. 위험한 도박이지만 물러설 수 없음이다. 제한의 모든 것을 자신이 관리할 수 있게 된다면…… 그녀를 제자리로 돌려놓을 수 있는 기회와 명분이 생길 것이다, 분명.

"전하의 명 받자와 신 위경장군 사빈, 제한의 지도자 파오와의 거래를 성공하고 돌아오겠습니다."

따스한 햇볕 아래 앉아 가만가만 이야기를 나누는 하루아와 연의 모습을 물끄러미 바라보던 이령이 짜증스럽게 머리를 흔들고는 곁에 놓인 검을 들었다. 누구 앞에서나 서로가 서로의 사람임을 드러내 보이는 하루아와 연의 모습에 심장 저 깊은 곳이 울컥 아파 오는 그녀였다.

깊은 밤이 되어서야 서로를 볼 수 있는 사람. 세상 그 무엇도 겁내 본 적 없는 그녀에게 가장 무서운 것을 가르쳐 준 이는 그 사람이었다. 그 사람을 볼 수 없게 된다면 심장이 터질지도 모른다는 두려움을 느끼게 하는 이이니까.

"아, 나 왜 이러니."

자꾸만 눈앞에 떠오르는 그 모습을 떨치고 싶은 듯 이령이 검집에서 검을 빼 들었다. 찬란한 빛이 은색 검날에 부딪치며 부서졌다. 그녀가 눈이 부신지 고개를 돌렸다. 그때였다.

"태자 전하 드십니다!"

다급한 목소리에 놀라 벌떡 일어나는 연을 보며 이령이 검을 잡은 손에 힘을 주었다. 하지만 그것도 아주 잠시, 그녀가 천천히 검집에 검을 꽂았다.

언제나처럼 조금의 흐트러짐도 없는 모습으로 별궁 안으로 들어서던 태자 사영의 시선이 연과 하루아를 지나쳐 그 뒤의 이령에게 멎었다. 차디차게 얼어붙은 모습으로 자신을 경계하듯 바라보는 여인의 모습은 침궁에 머물던 때와 아무것도 달라져 있지 않았다.

조금은 편안해진 모습을 기대한 것이었을까. 그 조금의 변화도 없이 잔뜩 날을 세운 채 자신을 바라보는 이령의 모습에 쓴 미소가 새어 나오는 사영이었다.

"오셨습니까. 전하."

연의 부축을 받으며 몸을 일으킨 하루아가 부드럽게 고개를 숙이며 사영을 맞이했다. 하루아의 목소리가 들리고 나서야 사영의 시선이 이령에게서 떨어져 나왔다.

"태의가 많이 회복되셨다 하더니 이리 나와 계신 모습을 보니 마음이 놓입니다."

"전하의 은혜입니다."

부드러운 미소를 지으며 태자를 대하는 하루아의 모습이 마음에 들지 않는지 이령의 미간이 날카롭게 곤두섰다. 자신이 마음에 들지 않아 짓는 표정임을 아는데도 그 모습에 자꾸만 입가에 미소가 번지려는 사영이었다. 일부러 이령에게는 시선을 주지 않은 채 사영이 하루아의 앞으로 다가섰다.

"더 좋아지셔야지요. 곧 제한의 황제가 되셔야 할 테니까요. 제 아우가 그대를 그렇게 만들기 위해 곧 제한으로 떠날 것입니다. 그 아이가 좋은 소식을 가지고 돌아오면 제한으로 돌아가셔야지요. 본래의 자리로 말입니다."

부드럽게 울리는 사영의 말에 이령의 눈이 거칠게 흔들렸다.

"아우라 하시면……."

하루아의 얼굴이 아주 조금 굳어졌지만 이령에게 온 신경을 쏟고 있는 사영은 알아차리지 못하는 것 같았다. 그저 무심하게 하루아의 말에 대답하며 이령에게 닿은 시선을 거두지 않았다.

"소천을 그리 만드는 데 일조했던 제 작은 아우입니다. 워낙 변방을 많이 다닌 녀석이라 변방 쪽은 가장 잘 알기에 폐하께서 그 아이에게 국경의 일을 처리할 권한을 주셨습니다. 그저 싸움 밖에 모르던 녀석인데 웬일로 이제 정치에 신경을 쓰기 시작한 듯합니다. 워낙 철저한 아이이니 이번 일도 제대로 처리할 것입니다. 마음 쓰실 것 없습니다."

"아, 예."

하루아의 몸이 긴장으로 살짝 굳어지는 것을 느낀 연이 하루아의 팔을 잡았다. 그에게서 약한 숨결이 느껴졌다.

"이령 님."

연이 고개를 돌려 이령을 불렀다. 싸늘하게 굳어 있던 이령이 연의 부름에 연과 하루아의 곁으로 다가섰다. 하루아가 그런 이령을 향해 팔을 내밀었다.

"힘이 드는구나. 부축해 다오. 그럼 저는 이만."

"예. 쉬십시오."

하얗게 질린 얼굴로 돌아서는 하루아를 바라보던 사영의 시선이 하루아를 부축해 걸음을 옮기는 이령을 향했다. 눈에서 놓고 싶지 않은 작은 인영. 알 수 없는 갈증이 목을 조여 왔다.

"이곳이, 편한가?"

무심한 듯 자신을 향해 말하는 사영의 목소리에 이령이 아주 잠시 걸음을 멈췄다. 하루아가 잡고 있는 이령의 손을 꼭 움켜쥐었다. 차가운 하루아의 손에 힘이 들어갔다.

"당연한 것 아닙니까?"

한 번 깊게 숨을 삼킨 이령이 슬쩍 입꼬리를 올리며 사영을 향해 아주 조금 고개를 숙여 보이고 돌아섰다. 조심스러운 걸음으로 안으로 들어서는 세 사람에게 닿은 사영의 시선이 움직일 줄 몰랐다.

장난기라고는 한 조각도 느껴지지 않는 사준의 낯선 표정을 보며 사빈이 눈앞의 찻잔을 들어 올렸다. 이리 마주 앉은 지 한 식경이 다 되어 가고 있었지만 사준은 아직 한 마디도 하지 않았다.

처음이었다. 언제나 자신을 보면 쉴 새 없이 말을 하며 어리광을 부리고 장난을 치던 사준이 이런 모습을 한 것은. 차디차게 굳은 사준의 잘생긴 얼굴에 닿은 사빈의 눈가에 애잔함이 고였다.

"화가 많이 났구나."

"제가 화를 낼 자격이나 있습니까."

"준아."

"한 마디 상의도, 한 마디 언질도 하지 않으시는 분 앞에서 저 혼자 애가 타지요. 언제나 저 혼자 기다리고 저 혼자 속이 상하지요. 형님께 전 아무것도 아닌데 말입니다."

쓸쓸함이 가득 고인 사준의 눈에 아주 조금 물기가 어리는 듯했지만 그뿐이었다. 차디차게 굳은 사준의 치열한 시선이 사빈을 노려보았다.

"이해를 좀 시켜 주십시오. 광화와의 관계도, 이번 제한의 일도. 대체 무엇을 어찌하시려는 것입니까."

"나에게 그녀는 전부다. 나는 그녀를 놓을 수 없다."

"형님!"

"그리고 나는…… 형님도 너도 잃고 싶지 않다."

사준의 눈이 커다랗게 열렸다.

"그 모든 것을 지킬 방법은 이것뿐이다. 그래서 이 선택을 하는 것이다."

"대체 무엇을 어찌하시려는 것입니까."

"그녀를 제한의 황녀로 만들 생각이다."

"예?"

"당당한 내 비로 맞이할 수 있도록."

"하지만 그게……."

"가능하냐고?"

허탈함이 가득 고인 사빈의 표정을 보며 사준이 입술을 악물었다. 물을 필요가 없는 말이었다. 그것이 얼마나 힘든 일인지, 불가능에 가깝다는 것을 그가 가장 잘 알고 있으니까.

하지만 그는 포기하지 않을 것이다. 누구도 잃고 싶지 않을 테니까.

"가능하게 만들 거다. 무슨 짓을 해서든."

"하아……. 제가 무엇을 도와 드리면 됩니까."

노기가 어렸던 눈가에 아픈 미소를 지으며 사준이 물었다. 아프게 일그러진 사준의 눈가에 맺히는 미소를 보며 사빈이 흐릿하게 웃었다. 형제의 미소가 너무 아파서 그 곁의 류한이 고개를 돌렸다.

"내가 도성을 떠나 있을 동안 무슨 짓을 해서든 그녀를 지켜라."

"누구에게서 말입니까."

아프게 울려 나오는 사준의 목소리에 사빈이 큭, 고개를 숙이며 아픈 신음과 같은 웃음을 토해 냈다. 심장 저 깊은 곳을 가득 채운 불안이 그를 숨조차 제대로 내쉬지 못하게 하고 있었다. 목이 조이고 심장이 오그라든다. 상상만으로도 무서워서.

"만약 말이다. 준아."

"……"

"내가 그녀를 잃게 된다면…… 나는 더 이상 그 누구도 지킬 수 없을 거다. 세상 그 무엇도 지킬 이유가 없어질 테니까."

"형님."

"그게 율이라 해도, 그게…… 누구라 해도."

온몸이 오그라들 듯 숨이 막혀 오는 것을 느끼며 사준이 숨을 참았다. 그 말의 의미가 깨닫고 싶지 않아도 너무도 선명하게 느껴져 왔기 때문이다.

그는 지금 경고하고 있는 것이다. 만약 사영이 그녀를 건드리면, 자신의 모든 것인 그녀를 차지한다면…… 그는 더 이상 사영을 지키려 하지 않을 것이다. 그런 상황이 오면 그에게 더 이상 율도 이 궁도 아무 의미가 없어질 것이다. 세상에서 가장 소중한 것을 잃은 범이 할 일은 세상을 부숴 버리는 일뿐.

아무것도 읽히지 않는 사빈의 짙은 눈동자를 응시하며 사준이 천천히 고개를 끄덕였다.

"싫어."

망설임도, 한순간의 흔들림도 없이 내뱉는 이령의 말에 사빈이 입술을 악물었다.

천천히 번들거리기 시작하는 이령의 눈이 사빈의 아픈 시선을 놓지 않겠다는 듯 그의 눈길을 따라 움직였다. 파르르 떨리는 그녀의 눈동자가 그를 향해 반짝이고 있었다.

"령아."

"싫다고 했어. 절대, 싫어."

"오래 걸리지 않을 거다. 아주 조금만 기다려. 내가 널 네 자리에 돌려놓을 수 있도록."

"싫어!"

붉어진 눈으로 거칠게 고개를 젓는 이령의 작은 몸을 사빈이 그대로 품 안으로 끌어당겼다. 그런 사빈에게서 벗어나기 위해 이령이 몸을 거칠게 틀었지만 사빈은 그녀를 놓아주지 않았다. 자신을 안아 오는 사빈의 가슴을 이령의 작은 주먹이 거세게 내리쳤다.

"도망가면 되잖아. 그냥 지금! 우리 둘이 가면 되잖아."

하얗게 바랜 얼굴에 바삭하게 말라 버린 입술로 말하는 이령을 가슴에 품은 채 사빈이 가만가만 등을 토닥였다. 거칠게 흔들리는 그녀의 몸이 그녀가 지금 얼마나 불안해하고 있는지, 두려워하고 있는지 확연하게 느낄 수 있게 했다.

"아니. 더 이상 널 광화로 살게 하지 않아."

부드러웠지만 조금의 흔들림도 없는 사빈의 목소리가 여전히 그에게서 벗어나려 애쓰는 이령의 귓가로 스며들었다. 그녀의 움직임이 그대로 멈춰졌다.

"널 다치게 하는 건 그때 한 번으로 족해. 충분해. 죽어도, 다신 그런 거 안 해."

"……빈."

"그 누구도 네가 내 비가 되는 것을 거부할 수 없게 만들 거다. 모두의 축복 속에 너를 황자 사빈의 비로 만들 거야. 그러니까…… 두려워하지 마라."

그의 품에서 벗어나길 포기한 듯 이령이 가만히 그의 가슴에 머리를 묻었다. 작고 보드라운 그녀의 작은 얼굴이 단단한 사빈의 가슴에 닿았다. 그의 커다란 팔이 그녀의 작은 머리를 꼭 끌어안았다.

"나…… 무서워."

이령의 떨리는 목소리가 사빈의 가슴에 닿아 울렸다.

"한 번도 이렇게 무서워 본 적 없는데, 죽는 것도 무서워 본적 정말 한 번도 없는데…… 지금은 정말 너무너무 무서워."

"……."

"널 보지 못하게 될까 봐. 너 없이 살아야 할까 봐. 죽는 거보다 그게 훨씬, 비교할 수도 없이 더 무서워."

아프고 아프게 울리는 여인의 목소리에 질끈 눈을 감은 사빈이 그대로 그녀의 입술을 삼켰다. 처절하리만치 자신에게 매달리는 여인의 작은 몸을 부숴 버릴 듯 안고 끝없이 그녀의 숨결을 찾았다. 온몸 가득 새겨 놓으려는 듯. 자신의 숨결 속에 그녀를 각인시켜 놓으려는 듯 그녀의 품 안으로 그가 파고들었다.

새벽의 붉은 기운이 천천히 방 안을 물들이기 시작하는 것을 느낀 이령이 사빈의 품 안으로 파고들었다. 밤새 그에게 안겨 끝없이 신음하고 끝없이 사랑을 받았는데도 부족한 듯 그녀는 그를 갈구하며 커다란 품에 스스로를 묻었다.

여전히 두려움을 담고 파르르 떨리는 그녀의 어깨를 팔로 감싸 안으며 품 안으로 끌어당긴 사빈이 가만가만 그녀의 머리를 쓰다듬었다. 그녀의 떨림을 감싸 주고 싶은 그의 손길은 따스했다.

"줄 게 있는데."

문득 잊고 있었던 것을 깨달은 듯 사빈이 그녀를 천천히 떼어 놓았다. 그리고 의아함을 담고 자신을 올려다보는 이령의 눈앞에 그가 목에 걸고 있던 것을 꺼내 보였다. 화려하게 세공된 여인의 반지였다. 이령의 눈이 동그랗게 커졌다.

"품에 한 번 안겨 본 적 없는 생모가 내게 남겨 준 단 하나가 이거다. 폐하께서 첫날밤 끼워 주셨다더군. 그것도 유모에게 전해 들은 이야기지만."

사빈이 물끄러미 반지를 바라보고 있는 이령의 모습에 씁쓸한 미소를 지으며 자신의 목에서 반지가 끼워져 있는 줄을 풀었다. 그리고 그 줄을 이령의 목에 가만히 걸었다. 동그랗게 뜬 이령의 눈이 사빈을 올려다보았다.

"손가락에 당당히 끼워 줄 수 있을 때까지, 이렇게 가지고 있어라. 내가 돌아와서 끼워 줄 거니까."

이령이 가만히 손을 들어 목에 걸린 반지를 더듬었다. 섬세한 세공이 아름다운 반지는 손끝에 차갑게 닿아 왔다.

따스한 그의 온기와 달리 차가운 반지의 감촉에 이령이 부르르 몸을 떨었다.

"만약 내가 없을 때 무엇인가 힘든 일이 생기면…… 준이를 찾아라."

"준?"

"어떤 상황이라 해도 준이가 해결해 줄 테니까."

"내가 할 수 있어."

담담하게 하는 이령의 말에 사빈이 고개를 저었다. 안타까움이 가득한 그의 고운 눈이 그녀를 응시했다. 서로의 눈에 그대로 박혀 버릴 듯 두 사람의 눈이 허공에서 엉켜들었다.

"네가 다치는 거, 네가 힘겨운 거 내가 싫다. 내가 견딜 수가 없어. 그러니까 내 말 들어."

"알았어. 들을게. 그 대신 빨리 돌아와야 해. 안 그러면 나 어떻게 할지 몰라. 보고 싶어서 견딜 수 없어지면…… 궁 담을 넘어 너에게 갈 거야."

눈동자를 반짝이며 장난스럽게 말하는 이령의 모습에 사빈이 그녀의 정수리를 가만히 쓰다듬었다. 부드러운 사빈의 손길이 좋은지 이령의 얼굴에 미소가 번졌다.

"그래, 네가 그런 사고 치기 전에 서둘러 돌아오마. 나도 네가 보고 싶으면 어떻게 될지 모르니까."

"협상하던 거 물리고 달려오려고?"

"못 할 것도 없지."

짐짓 큰소리를 치는 사빈의 모습에 이령이 크게 고개를 끄덕이며 그의 가슴에 얼굴을 묻었다. 아프게 일그러지는 얼굴을 보여 주기 싫었다.

"그거 하나만 기억해. 네가 오지 못하면 내가 갈게. 네가 어디에 있든. 어떤 상황에 있든."

가슴에서 울리는 이령의 말에 사빈이 가만가만 고개를 끄덕였다. 가슴에 안겨 있는 이 작은 여인은 분명 그럴 수 있음을 알기에.

"그래. 그러자, 우리."

세상 끝까지라도 서로를 향해 가자. 나의 령아.

#7. 지켜야 하는 시간

　어디선가 부엉이의 울음이 들려왔다. 그쪽으로 멍하게 시선을 올렸던 이령이 환하게 밝은 달을 바라보았다. 궁 안이, 아니, 세상이 텅 빈 것처럼 가슴속에 그 무엇도 남겨져 있지 않았다.

　지금이라도 그의 전각으로 숨어들면 그가 자신을 안아 줄 것만 같고, 지금이라도 자신의 거처 창문에 그가 걸터앉아 있을 것만 같았다.

　머리는 그것이 불가능한 꿈임을 알려 주고 있었지만 가슴은 자꾸만 자신에게 재촉하고 있었다. 혹시 모르니 그에게 가 보라고, 혹시 모르니 방으로 돌아가라고.

　조금 전 그림자처럼 스며들었던 그의 전각은 쥐 죽은 듯 고요했다. 낯익은 그의 옷가지들도 검도 남겨져 있지 않은 공간에 머물 수 없어 뛰쳐나온 길이었다. 그런데도 또 자꾸만 그곳으로

가 보고 싶어진다. 그의 향기가 그리워서.

"나쁜 놈, 나를 이리 바보로 만들어 놓고. 돌아오면 가만두지 않을 거다. 밤새 놓아주지 않을 거야. 두고 봐."

힘없는 걸음으로 서성이던 걸 멈추고 이령이 별궁 정원 한가운데 아름답게 자리한 정자에 대자로 몸을 눕혔다. 시원한 감촉이 등을 시리게 했다.

유난히 등이 시린 낯선 느낌. 아마도 단단하고 너무도 따스하게 품어 주던 그의 품이 벌써 그리워진 모양이었다. 따스함을 모를 때에는 따스함이 그리운 줄도 몰랐는데 이미 알아 버린 그 감각들은 그녀를 조여 오고 있었다.

"아, 미치겠네!"

"뭐가 그리 그대를 미치게 하는 거냐?"

속에서 터져 나오는 열기를 참지 못해 벌떡 몸을 일으킨 이령의 귓가로 지금 이 순간 절대 듣고 싶지 않은 이의 목소리가 들려왔다.

온몸의 솜털이 곤두서는 것 같은 서늘함을 느낀 이령이 반사적으로 몸을 움츠리면서 경계를 드러냈다. 어둠이 가득한 공간에 차갑게 반짝이는 그녀의 눈을 바라보며 천천히 다가오는 것은 분명 태자 사영이었다.

"밤새도 울지 않는 이 깊은 밤에 여기서 뭐를 하는 건가?"

"밤새도 울지 않는 이 밤에 여인이 있는 처소에 기척도 없이 들어오는 것이 율의 법도는 아니라고 알고 있습니다만."

"내 여인의 처소에 내가 들어오는 것인데 허락이나 기척이 왜 필요한가?"

그녀의 말에 사영의 부드럽지만 차디찬 대답이 들려왔다. 다가오는 사영을 바라보는 이령의 주먹이 꽉 움켜쥐어졌다.

"몸은 이미 다 회복된 듯하고, 이 깊은 밤 잠조차 제대로 이룰 수 없을 만큼 힘도 넘쳐나는 듯하니…… 그대의 책무를 다해야지? 안 그런가, 광화?"

"책무?"

"정복당한 나라의 모든 황족 여인들이 해야 하는 책무. 그대라고 예외는 아니다. 그대도 소천의 핏줄이니까."

이령이 다가서는 사영에게서 한 발 뒤로 물러섰다. 그녀는 느낄 수 있었다. 이제껏 마주했던 태자와 지금의 태자는 다르다는 것을. 조금은 장난스럽게 자신을 대하던 그가 아니었다. 지금의 태자는 여인을 원하고 있었다. 더 이상 기다리지 않겠다는 듯 사내의 눈은 욕망으로 들끓고 있었다. 눈앞의 먹이를 더는 참을 수 없을 만큼 먹고 싶어진 맹수의 그것처럼.

"해서…… 원치도 않는 여인을 책무라는 이름으로 안겠다는 것입니까?"

"원치 않는다고 말한 적 없다."

"뭐?"

"이제껏 한 번도 이리 원한 적 없다, 여인을. 그거면 되지 않나? 그대를 안는 이유가?"

기다리려 했다. 몸이 회복될 때까지 기다려 주려 했다. 그런 것 따위 상관없이 침소로 불러도, 밤에 침궁으로 들이닥쳐도 눈앞의 여인은 자신을 거부할 수 없다. 하지만 그렇게 하고 싶지 않았다. 기다려 주고 싶었고 그 눈 안에 자신이 담기길 기다렸다. 당연히 모든 여인들처럼 그러리라 생각했다.

그러나 며칠 전 하루아의 곁에서 자신을 바라보던 여인의 차디찬 시선에서 깨달았다. 눈앞의 여인은 기다려도 소용없다는 것을. 절대 자신을 원하거나 하는 일은 없을 것이라는 것을. 해서 기다리지 않기로 했다. 기다릴 필요도, 기대도 없어져 버렸으니까.

달라진 사빈의 눈동자에서 느껴지는 차디찬 욕망이 자신을 불안하게 했다. 그 불안을 해소할 대상이 필요했다. 태어나 단 한 번도 탐해 보지 않은 여인에 대한 갈망. 그것이 이 불안을 조금이라도 덜어 줄 수 있을 것 같아 그녀를 찾은 그였다.

사영이 기다란 손가락을 가만히 들어 올리자 기다리기라도 한 듯 뒤에 서 있던 궁녀들이 이령에게로 다가섰다. 자신의 팔을 잡는 여인들의 움직임에 이령이 거칠게 그들을 떼어 냈다. 궁녀 둘이 바닥으로 엉덩방아를 찧으며 넘어졌다.

"그쪽은 원하는지 몰라도 나는 아니거든. 그러니 협조할 거라는 기대는 버리는 게 좋아."

주먹을 꽉 움켜쥐고 앞을 향한 이령의 눈이 주변을 살폈다. 대관들과 궁녀들뿐이었다. 이 정도는 얼마든지 피할 수 있을 것이었다.

"여인에게 힘을 쓰는 짓 따위 하게 만들지 마라, 광화. 소천에서는 그대를 죽이지 말라는 선황의 유지가 목숨을 살렸겠지만 여긴 아니니까. 이곳에서 그대의 목숨은 별 가치가 없거든."

"가치가 있든 없든 내 목숨에 대한 선택은 내가 해. 나는 죽을 마음도 없고 그쪽의 여인이 될 마음도 없어. 뭐, 조금 다치는 정도는 각오한 것이고."

어깨를 움츠리며 큭, 웃음을 흘린 이령이 숨을 참으며 이를 악물었다. 지금 머릿속에 떠오르는 것은 한 가지. 그의 얼굴뿐이었다.

'빈, 보고 싶다.'

보고 싶으니 살아야 하고, 보고 싶으니 저 사내의 여인 따위 될 수 없는 것이다.

"내 궁 안에서 나를 바보로 만들 수 있는 것은 아무것도 없다. 그대라 해도. 광화."

차디차게 식은 사영의 입술 끝이 파르르 분노를 담고 떨렸다. 천천히, 아주 천천히 사영이 고개를 끄덕인 순간 어디선가 그림자들이 나타났다. 언제나 어둠 속에 숨어 있는 태자의 그림자.

그림자들의 등장에 이령이 하, 헛웃음을 머금으며 고개를 저었다.

"이건 좀 아니지 않나. 여인을 품겠다고 그림자들까지 쓰는 것은 좀. 아, 진짜."

이령이 고개를 절레절레 저었다. 시간을 벌어야 했다. 궁녀들이나 내관들은 상관없지만 저들을 피해 달아나는 것은 생각처럼 될 리 없으니까.

그녀의 눈이 허공을 더듬었다. 높지 않은 담의 위치와 뛰어오를 수 있는 거리에 있는 전각, 그리고 손에 들 수 있는 무기를 찾아야 했다. 저들 중 누구 하나의 무기를 빼앗기 전까지 쓸 수 있는 무기가 있어야 하니까.

"시작하지?"

눈으로 자신이 원하는 것들을 다시 한 번 훑어 내린 이령이 그대로 몸을 움직이려는 순간이었다. 별궁 입구 쪽에서 낯익은 이가 급하게 나타났다.

"전하!"

이령을 향해 달려들려던 그림자들이 갑자기 자신들 앞을 가로막는 이의 모습에 달빛이 숨듯 다시 어둠 속으로 스며들었다. 이령의 시선이 자신의 앞을 막아서는 이의 등에 닿았다. 순간, 반가운 이인 줄 알 만큼 닮은 그 뒷모습에 이령의 눈동자가 아프게 젖어 들었다.

"전하, 여기 계셨습니까? 여기 계신 줄도 모르고 궁 안을 다 찾아다녔지 뭡니까."

얼마나 급히 뛰어왔는지 모를 정도로 거칠게 숨을 토해 내며 사영의 앞에 고개를 숙이는 이는, 사준이었다. 예상치 못한 이의 등장 때문일까. 사영의 얼굴이 차갑게 굳었다.

"무슨 일이냐. 이 야심한 시각에."

"태자비마마께서 갑자기 토사곽란이 나셨다고 연통이 왔습니다. 전하를 찾을 수 없는 궁녀들이 저를 찾아왔지 뭡니까. 어서 가 보셔야 할 듯합니다, 전하."

의아함과 차디참을 담은 사영의 시선을 사준이 똑바로 받았다. 아무 흔들림도 없이 자신을 응시하는 사준의 눈동자를 한참 동안 말없이 바라보던 사영이 그대로 몸을 돌렸다. 짜증스러움이 가득한 사내의 움직임이 거칠었다.

"하……."

사영의 무리가 별궁을 다 나가자마자 흔들림 없이 이령의 앞을 막아서고 있던 사준이 짙은 숨을 토해 내며 그 자리에 주저앉았다. 커다란 사내가 다리에 힘이 풀린 듯 주저앉는 모습에 이령이 큭, 웃음을 토해 냈다.

"웃지 말지. 웃을 기분 아닌데, 지금."

겨우겨우 숨을 삼킨 사준이 자신을 내려다보고 있는 이령을 향해 퉁명스럽게 말하며 몸을 일으켰다. 다리가 부들부들 떨릴 지경이었다. 자신이 얼마나 놀랐는지 눈앞의 이 여인은 알지 못할 것이다. 다행히 사영과 이령에게 붙여 둔 이들에게서 연통을 받아 겨우 말릴 수 있었다. 자다가 정말 심장이 떨어질 뻔했다면 이 눈앞의 조그마한 여인이 믿을까.

"정말 태자비마마께서 위독하신 건가? 어째 그리 얼굴이 하얗게 질린 거지? 어울리지 않게?"

"그쪽 때문에! 아, 내가 지금 왜 이러고 있는지. 하여간 내가 이렇게 하얗게 질린 건 다 그쪽 때문이거든!"

"나? 내가 그쪽에게 뭘 했는데?"

"그게…… 아니다. 하여간 아무 일 없는 거지? 털끝도 안 상한 거 맞지?"

사준이 불안한 눈으로 이령을 훑어 내리며 물었다. 만에 하나 사영의 그림자들 때문에 이령이 털끝이라도 다쳤다가는 정말 큰일이 벌어질 수도 있을 것이었다. 사빈의 눈동자는 그러고도 남을 만큼 치열했으니까.

"일은 무슨. 그리 황급하게 달려와 막아 놓고는."

"아, 심장아. 아직도 심장이 뛰네."

사준이 커다란 손으로 자신의 심장 부근을 지그시 눌렀다. 커다란 몸에 어울리지 않게 엄살을 부리는 사준의 모습이 우스워 이령이 큭큭 웃음을 토했다. 겉모습은 많이 닮아 있는데 속은 참 많이도 다른 형제인 모양이었다. 사빈이라면 절대 보여 주지 않을 모습을 눈앞의 이는 거침없이 내보이고 있었다.

한참을 웃던 이령이 살짝 불안을 담고 사준을 바라보았다.

"헌데, 정말 태자비께서 위독하신 건가?"

"위독 같은 소리 하고 있네."

"뭐? 그럼 지금 태자에게 거짓말을 고했다는 거야, 그쪽이?"

놀라 커다랗게 열리는 이령의 눈동자를 재미있다는 듯 마주 보며 사준이 고개를 가볍게 끄덕였다. 엄청난 말을 하면서 솜털처럼 가볍게 고갯짓하는 사준의 모습에 이령은 할 말이 없었다.

"어차피 가서 확인하실 리도 없으니까 괜찮아."

"무슨 소리냐? 태자비께서 위독하시다는데 확인도 하지 않는다고?"

"안 해. 절대."

스스로의 확신이 우습고 화가 나 사준이 깊게 한숨을 토해 내며 정자에 걸터앉았다. 이령도 그의 곁에 앉았다.

"그저 모두의 앞에서 태자비마마가 위독하시다는 전갈을 무시할 수 없으니 물러나신 것뿐, 그런 거 따위 아무 상관 없는 분이니까. 세상 그 무엇이 죽어 나간다 해도 눈도 깜짝 안 하실 거다, 우리 큰형님은."

"……."

"이리 팔팔하니 이제 몸이 안 좋다는 핑계도 힘들고. 아, 진짜 또 뭘 가지고 시간을 끌지."

"무슨 소리야, 그게. 무슨 시간?"

무엇이 불안한지 손끝을 물며 초조함을 담는 사준의 모습에 이령이 의아함을 담고 물었다. 그가 하는 말이 무슨 소리인지 알 길이 없었다.

"몸은 빠른데 머리는 영 속도가 안 나네? 그쪽이 침궁에서 어찌 그리 무사했을지 이상하지 않았나?"

"뭐?"

"원래 정복당한 나라의 여인은 정복지에서부터 밤 시중을 든다. 그대의 자매인 이하 황녀가 그랬듯이. 궁에 돌아와서도 그저 황제가 내킬 때면 언제든 시중을 들어야 하지. 거부할 권리 따위 없으니까. 거부할 권리도, 원할 권리도 없어. 그저 정복국 황제의 마음일 뿐이니까."

알고 있었는데 잊고 있었다. 아니, 외면하고 싶었는지도 모를 일이었다. 그의 품에서 그 모든 것을.

"아무래도 불안해서 내가 손을 좀 써 놓았던 거야. 사빈 형님의 마음을 확인해야 했거든."

"너……."

"그 누구도 잃기 싫어. 사영 형님도, 사빈 형님도, 이 율의 그 무엇도. 해서 그쪽을 지키기로 했다, 내가."

"그 사람이 부탁한 거야?"

"부탁? 아니. 부탁이 아니라 협박이라고 해야 맞을걸. 태어나 처음 형님에게 협박을 당했다. 그쪽 때문에. 젠장."

아프게 일그러지는 사준의 얼굴을 보며 이령은 확인할 수 있었다. 그가 무슨 일이든 생기면 사준을 찾으라 했던 말의 뜻을.

만에 하나 태자가 자신을 건드리는 날, 이 궁엔 엄청난 피바람이 불 것이다. 사빈 그가 세상 모두를 부숴 버릴 것이니까. 그에게 자신은 세상인 것이다. 갑자기 행복해지는 순간이었다.

"그럼 나를 어찌 지킬 셈이야?"

불안과 짜증으로 일그러져 있던 사준의 눈이 동그랗게 커졌다. 황당하고 어이없어 말이 다 나오지 않는 사준이었다.

"나를 지키지 않으면 난리가 난다며. 그럼 나를 아주 잘 지켜야 하는 거 아닌가, 그쪽이?"

"자꾸 그쪽 그쪽 할 거냐? 황자 저하다, 난. 사준 황자 저하."

"나도 이령이라는 제대로 된 이름이 있어. 광화나 그쪽이 아니라."

"내가 그 이름 불러도 괜찮은 거냐? 형님이 허락하실까?"

"뭐? 아하하!"

불안하게 흔들리는 사준의 눈동자를 보며 이령이 크게 웃음을 토해 냈다. 별궁을 가득 울리는 이령의 웃음에 화들짝 놀란 사준이 손을 내저으며 이령의 입을 막을 듯 움직였다.

"새벽에 다 깨울 참이냐."

"몇 살인가, 황자 저하는?"

"스물."

"한참 아기네."

"아기 아니거든? 뭐 자기는 얼마나 나이를 먹었다고."

"난 빈과 동갑이거든."

"……정말?"

사준이 눈을 동그랗게 뜨고 이령을 바라보았다. 조그마한 몸

300

에 무복을 입고 있어서인지 나이를 가늠할 수 없었던 것이 사실이다. 그저 사빈과 비슷할 수도 있을 것 같다고 생각은 했지만 자신보다 한참이나 위라는 것이 실감이 나지 않았다.

사준의 눈이 이령의 짙은 검은 눈동자를 말없이 응시했다. 이해가 되지 않았다. 상상도 할 수 없는 삶을 살았다고 알고 있는데 어쩌면 저리 투명한 눈빛을 할 수 있는지.

"나 뚫어지겠다."

한없이 자신을 응시하는 사준의 시선을 마주하던 이령이 재미있다는 듯 말하자 놀란 사준이 급히 시선을 놀렸다. 살짝 붉어진 사준의 얼굴에 누군가가 떠올라 이령이 미간을 좁혔다. 입안이 썼다. 너무도 그리움이 사무치면 입안이 소태가 되는 모양이었다.

"이름은 그, 조금 그러니까 난 그냥 광화라고 할게. 그게 편해."

"내키시는 대로."

이령이 심드렁하게 말하며 고개를 돌렸다. 언제부터 불렸던 이름인지는 기억에 없다. 그저 살아남기 위해 몸부림치던 어느 날부터 모두가 자신을 보면 소곤거렸다. 광화라고. 아름다운데 미친 꽃이라고. 미치지 않으면 살 수 없게 만들어 놓고 미쳤다고 했었다.

"어디쯤 갔을까?"

머릿속이 복잡해 허공을 바라보며 골똘히 생각에 잠겨 있던 사준이 나직한 이령의 목소리에 고개를 돌렸다. 조그마한 얼굴이 어두운 밤을 가득 채운 달을 바라보고 있었다. 그 옆모습에 닮은 사준의 시선 안에 아프게 아름다운 얼굴이 들어왔다.

사내의 무복에 그저 흐트러져도 상관없다는 듯 풀어 헤쳐진 머리카락. 그 무엇도 아름다움과는 먼 것인데 우습게도 지금 눈앞에 있는 조그마한 여인은 숨이 막히게 아름다웠다.

천형처럼 지니고 태어났을 아름다움. 이 여인의 어미도 그 아름다움 때문에 망국의 황후로서 제대로 죽을 수도 없었던 운명이었다고 들었다. 아마 이 여인은 그렇게 살아야 한다면…… 망설임 없이 죽음을 택할 것이리라, 분명.

"우현성에서 오늘 밤은 머무신다고 들었다. 내일이면 국경에 도착하시겠지."

"말 한 필이면…… 하루면 되는 거리네."

"이봐."

"나 말 한 필만 구해 줄래?"

"광화."

"보고 싶어. 죽을 만큼."

이를 악문 소리를 뱉어 낸 이령이 무릎 사이에 얼굴을 묻었다. 작은 몸이 웅크리자 더 작게 보였다. 금방이라도 이 새벽의 어둠 속에 녹아 버릴 것처럼 쪼그만 여인을 물끄러미 바라보던 사준이 자꾸만 가슴으로 스미는 낯선 감정을 떨치려는 듯 거칠게 몸을 일으켰다.

"사빈 형님 괜한 고생 시키지 말고 가만히 있지."

키는 그보다 조금 작지만 우습게도 닮은 사준의 뒷모습을 잠시 바라보던 이령이 정자 기둥에 몸을 기대며 눈을 감았다. 들끓었던 심장을 잠재워야 했다.

"시간, 내가 만들 테니까 그쪽은 그냥 가만히 기다려."

"믿을게, 그쪽."

"이봐! 난 황자 저하라니까!"

짜증스럽게 고함을 치며 고개를 돌린 사준의 눈에 두 눈을 꼭 감고 정자 기둥에 기대앉은 이령의 모습이 보였다. 달빛이 그녀의 작은 몸을 감싸듯 내려앉은 공간, 숨소리조차 나지 않는 여인의 모습이 사준의 뇌리를 가득 채웠다.

"미치겠군."

거친 발걸음 소리가 사라지고 나서야 이령은 천천히 눈을 떴다. 그를 떠올리게 하는 사준 곁에 있는 게 더 괴롭던 시간이었다. 성격은 참 다른데 외모는 많이 닮은 형제. 동복인 태자보다 사빈과 더 닮은 사준의 모습은 지금 이령에겐 고통이었다.

"이래서 상사병으로 사람이 죽기도 하는구나."

킥, 스스로의 모습을 스스로 비웃으며 이령이 정자에 벌렁 드러누웠다. 달빛을 친구 삼아 잠들어야 할 것만 같은 밤이었다.

"사준 황자."

"……."

낮고 부드러운 황후의 목소리에 모두의 시선이 쏠렸다. 하지만 정작 부름을 받은 사준은 그것을 듣지 못했는지 앞에 놓인 찻잔에 닿은 시선을 거두지 않고 있었다. 곁에 앉은 태자비와 안빈의 시선에 의아함이 담겼다.

"사준 황자."

"……예?"

다시 황후의 따스한 부름이 공간을 채웠고 그제야 살짝 일그러진 사준의 얼굴이 들어 올려졌다. 언제나 자신만만하고 밝은 사준의 얼굴이 아닌 어딘지 모르게 불안해 보이는 그의 모습에 세 여인의 시선이 그에게로 향했다.

"무슨 일이 있는 것이냐? 얼굴이 어찌 그런 것이야."

"……."

"말을 해야 이 어미가 알 것이 아니냐."

평상시와 너무도 다른 막내아들의 모습에 황후의 얼굴이 불안으로 일그러졌다. 품 안의 자식이기는 일찍부터 포기한 큰아들과, 어린 시절 품에서 키웠다 하나 자신의 핏줄이 아닌 작은아들과 달리 어려서부터 한시도 품에서 떼어 놓지 않은 막내아들은 그녀에겐 입안의 혀처럼 곰살맞은 존재였다. 삶의 유일한 낙이라 해도 무방할 정도로 아끼는 아들이기도 했다. 그런 아들의 낯선 모습은 황후에겐 불안일 수밖에 없었다.

"그것이…… 아닙니다."

무엇인가 말을 하고 싶은 듯 입술을 달싹이던 사준이 흘깃 태자비와 안빈을 보고는 다시 조개처럼 입을 다물어 버렸다. 황후만이 아닌 두 여인의 얼굴에도 불안이 깃들기 시작했다.

"어서 말을 해 보거라. 어서."

"궁 안에 도는 소문이 있어서……."

"소문?"

세 여인의 얼굴에 의아함을 넘은 불안이 어리기 시작함을 느끼며 사준이 식어 버린 찻잔을 들어 목을 축였다. 제대로 시작해야 하니까.

"얼마 전 소천의 이하 황녀가 불미스러운 일로 어마마마께 근신처분을 받지 않았습니까."

"그랬지. 헌데 그것이 무슨 소문이 났단 말이냐."

"이하 황녀가 그리 안하무인으로 굴다 어마마마께 근신 처벌을 받은 것도 황실 여인들에게는 크나큰 흠이 되는 것인데 궁 안에 또 하나의 화근거리가 있으니 왜 말들이 없겠습니까."

"화근거리라니 그게 무슨 말이냐?"

전혀 이해하지 못하겠다는 듯한 표정으로 황후가 사준을 지나 태자비와 안빈을 바라보았다. 안빈과 태자비의 흔들리는 시선이 사준을 향했다. 혹여 그 여인을 말하는 것인가.

"광화라고, 들어 보셨습니까? 어마마마?"

찻잔을 들고 있던 태자비와 안빈의 손길이 멈춰졌다.

"광……화? 혹여 소천 황제가 제한의 황후를 통해 낳았다는 그 아이 말이냐?"

"예. 그 궁주가 지금 이 궁 안에 있습니다. 소천 황실의 핏줄을 지닌 여인이니 형님의 시중을 들어야 하니까요."

"그랬구나."

"헌데…… 소문처럼 그 여인의 모습이나 행실이 여인이라 하기에는 너무도 문제가 많은지라 궁녀들 사이에서 좋지 않은 소문이 나돌고 있습니다. 궁녀들뿐이 아니라 이제 곧 궁 안에 파다하게 퍼질 것 같아 불안합니다. 어마마마."

"그리 문제가 많은 아이더냐."

"만에 하나 그 여인이 제대로 되지 못한 행실로 형님이신 태자 전하에게 누를 끼친다면 이하 황녀 때의 일과는 비교도 할 수 없는 허물이 될 것입니다."

걱정이 가득한 얼굴로 말하는 사준의 모습을 안빈과 태자비가 물끄러미 바라보았다.

지금 상황을 이해할 수가 없는 그녀들이었다. 자신들도 만나 본 광화는 그리 문제가 될 것은 없어 보이는 여인이었다. 물론 황실에서 제대로 커 온 여인의 모습과는 달라도 너무 달랐지만 어차피 광화로 알려진 여인이고 태자의 밤 시중만을 들 뿐 후궁조차 될 수 없는 여인이기에 별다른 문제가 될 리도 없었다. 그럴 배경도 그럴 이유도 없었으니까. 그녀에 대해 시녀들이 소곤거리는 말 따위 자신들은 한 번도 들은 적이 없었다.

헌데 지금 사준 황자는 그녀가 지금 이 궁 안의 엄청난 화근거리라도 된 듯 거창하게 문제를 설명하고 있었다.

"이런. 그대들도 아는 이야기인가? 태자비? 안빈?"

"그것이……."

어찌 설명해야 할지 난감한 안빈이 조심스럽게 입을 열려는 순간 태자비가 고개를 들었다.

"저 역시 그럴 수도 있을 것이라 생각하옵니다. 어마마마."

서늘한 태자비의 목소리에 안빈이 고개를 들었다. 사준의 입가에 보이지 않을 만큼의 미소가 번져 갔다.

"정복국의 황실 여인들을 침궁에 두는 것도 좋지 않은 말이 충분히 있을 수 있는 상황이온데 그 여인은 평범한 여인들과는 많이 다르니 혹여 그 여인이 태자 전하께 불미스러운 행실을 보일까 걱정되는 것도 사실이옵니다."

"그렇게 생각하고 있으면서 어찌 내게 아무 언질도 없었던 것인가, 태자비."

"제가 누구입니까, 어마마마."

"응?"

"제가 이런 말을 어마마마께 먼저 올렸다면 사람들은 모두 제가 그 광화라는 여인을 투기하여 전하 곁에 두지 않으려 하는 것이라 여기지 않겠사옵니까."

"아……."

아프게 흐려지는 태자비의 눈동자를 바라보며 사준이 낮게 숨을 내뱉었다. 예상보다 태자비의 반응이 좋았다. 아마 태자비도 태자가 광화에게 갖는 관심을 느끼고 있던 모양이었다.

"형수님께서 어찌 어마마마께 이런 일을 고하겠습니까. 투기를 한다고 모두가 말할 것인데요. 이 일은 어마마마께서 처리하심이 모두에게 좋을 것 같습니다."

"그래, 그렇구나. 헌데 어찌 처리하면 좋겠느냐. 내 아무리 황후라 하나 특별한 문제가 없는 아이를 궁에서 그저 내칠 수도 없음이니."

"그 여인이 문제를 만든 것은 아니니 내치시면 아니 되지요. 다만 제대로 여인의 훈육을 받지 못한 여인이니 당분간 어마마마 곁에 두시고 태자 전하를 모실 준비를 시키시면 어떻겠습니까. 그런 후라면 그 누구도 아무 말도 하지 못할 것입니다."

"그거 좋은 생각이구나. 아니 그런가, 태자비? 안빈?"

"좋은 방법인 듯하옵니다. 황후마마께서 그리 가르치신다면 이하 황녀와 같은 실수는 하지 않을 것입니다."

"태자에게 허물을 만들 수는 없음이니 그 아이는 내가 가르쳐 보지요. 태자에게는 내가 연통할 것입니다."

황후전을 나온 후 언제 그리 어두운 얼굴을 하였냐는 듯 밝은 얼굴로 자신에게 고개를 숙여 보이고 몸을 돌리는 사준을 바라보던 태자비가 그를 불렀다.

"저하."

황후전 계단을 내려서던 사준이 태자비의 부름에 몸을 돌려 그녀를 올려다보았다. 무엇도 읽을 수 없는 태자비가 사준을 내려다보고 있었다.

"저하께서 의도하시는 것이 무엇입니까."

"의도라. 제가 일부러 그런 것이라 여기십니까?"

"……."

"뭐, 제가 다른 의도를 가지고 만든 상황이라 해도 모두에게 좋은 일이라면 상관없는 것이 아닙니까?"

모두에게 좋은 일. 태자비의 눈동자가 아프게 흔들렸다. 그런 태자비의 눈동자를 맑게 웃음 띤 얼굴로 바라보던 사준이 몸을 돌려 멀어지는 모습을 태자비 여비가 물끄러미 바라보았다.

✕

"괜찮으십니까."

류한이 손으로 머리를 짚는 사빈을 바라보며 걱정을 담아 물었다.

어젯밤 우현성의 성주가 내어 준 별실에서 하얗게 밤을 지새운 사빈이었다. 하루 종일 말을 달렸던 몸이 한순간도 잠들지 못하고 다시 이 아침 말을 타고 있음을 모를 리 없었다.

그런 상태가 힘겨운지 조금 전부터 자꾸만 미간을 좁히는 사빈의 모습에 신경이 쓰이는 류한이었다.

"괜찮아. 별것 아니야."

"한숨도 못 주무셨으니 몸이 편하실 리 없지 않습니까."

"그런가……."

불안으로 하얗게 새운 밤이었다. 그녀가 스스로를 지킬 수 있음을 너무도 잘 알고 있는데, 준이가 절대 아무 문제도 없이 그녀를 지키리란 것도 잘 알고 있는데 심장은 자꾸만 불안하게 뛰어 잠을 이룰 수 없었다. 그대로 말을 달려 그녀가 있는 곳으로 돌아가고 싶은 마음을 누르느라 밤새 이를 악물어야 했다.

"좀 쉬셨다 가시지요. 한 시진 뒤면 제한의 마을입니다."

"그럴까?"

아무래도 조금은 쉬어야겠다고 느끼는 사빈이었다. 제한의 영역에 들어가면 바로 파오를 만나고 제대로 된 협상을 시작해야 할 것이다. 스스로의 몸 상태를 준비해 둘 필요가 있었다.

커다란 나무 그늘 밑에 류한이 마련한 작은 천막 안에 몸을 누인 사빈이 잠시 눈을 감았을 때였다. 다급한 보초병의 목소리가 울려온 것은.

"기습입니다!"

그대로 곁에 놓인 검을 집어 든 채 달려 나간 사빈의 눈에 들어온 것은, 이해할 수 없는 그림들이었다. 사절단의 모습을 하고 온 자신들을 둘러싼 것은 푸른 무복의 이들이었다. 그리고 그들의 뒤로 다가서는 깃발에 새겨진 것은 제한의 상징인 송골 매였다. 제한의 유민들인 것이다.

"잠깐."

자신들을 둘러싼 이들을 향해 검과 활을 들어 올리려는 병사들을 향해 사빈이 손을 들었다. 사빈의 신호에 모두가 주춤하곤 검을 검집에서 빼지 못했다. 사빈이 무리들 앞으로 걸어갔다.

"오랜만입니다. 황자 저하."

무리들 사이에서 걸어 나오는 사빈을 향해 누군가가 활을 조준하고 있었다. 경악 어린 얼굴로 사빈의 앞을 막아서는 류한을 밀어낸 사빈이 자신을 향해 조준되어 있는 활 앞으로 천천히 걸음을 옮겼다. 양쪽 무리들 사이로 팽팽한 긴장이 흘렀다.

"이게 나에 대한 환영 인사입니까, 파오."

조금의 흔들림도 담지 않고 자신을 바라보며 묻는 사빈을 향해 활을 든 사내가 진하게 입가를 끌어 올렸다. 활시위를 당기고 있는 그의 손에서는 여전히 힘이 빠지지 않고 있었다.

"우리를 복속시키려는 이들에게 이 정도면 과한 환영 인사 아닙니까."

사내의 입에서 흘러나온 말에 사빈의 얼굴이 경악으로 물들었다.

파오의 무리들에게 이끌려 제한의 유민들이 머무는 땅으로 들어선 사빈의 눈에 자신들을 둘러싸는 유민들의 모습이 들어왔다. 두려움과 노여움으로 이글거리는 그들의 눈빛이 자신을 향해 있음을 모르려야 모를 수 없었다.

이해할 수 없는 상황이었다. 변방의 전쟁을 위해 이곳에 주둔할 때도 이런 모습은 본 적이 없었다. 율의 싸움으로 자신들이 의탁하고 있는 땅이 위험해져도 그것이 자신들의 숙명이라 여기며 감수하곤 했던 제한의 유민들이었다. 그다지 호의적이지는 않다 하여도 이렇게 적대감을 드러낸 적은 한 번도 없던 이들이 자신을 죽일 듯 노려보고 있었다.

'저하, 한 마디만 하십시오. 이곳에서 모시고 나가겠습니다.'

수많은 검과 창에 감싸여 걸음을 옮기는 사빈에게 조금 떨어진 곳에서 끌려오는 류한의 눈이 말하고 있었다.

사빈의 명 때문에 움직이지 않을 뿐, 지금 유민들에게 끌려가는 이들은 정예부대였다. 검이 없다 하여도 제대로 훈련받지 못한 유민들의 무리 따위 제압하는 것은 어려울 것이 없었다. 사절단으로 파견되어 숫자가 많지 않다 하여도 사빈을 구출해 도망가는 것쯤 그들에겐 쉬운 일이니까.

하지만 간절함을 담은 류한의 눈을 보며 사빈은 조용히 고개를 저을 뿐이었다.

"우리의 방패가 되어 주셔야겠습니다. 황자 저하."

제한의 무사들이 사빈을 의자에 묶어 놓고 자리를 피하자 파오가 사빈의 앞에 고개를 내밀었다. 불이라도 붙은 듯 붉은빛을 띤 파오의 눈이 번들거리며 사빈을 응시해 왔다.

차갑게 빛나는 사빈의 눈과 너무도 다른 뜨거움과 열기가 가득한 사내의 눈이 마주쳤다. 사빈이 꼭 악물고 있던 입술을 가만히 떼었다.

"무엇에서부터 말입니까."

"여전히 시치미를 떼시겠다는 것입니까?"

"나를 모릅니까, 파오?"

조금의 불안도 담고 있지 않은 사빈의 느릿한 목소리에 파오의 미간이 일그러졌다. 지금 이 순간 자신을 두려워해야 할 상대는 아무 감정의 변화도 없는데 그런 상대를 보는 자신의 심장이 천천히 거칠어졌기 때문이다. 게다가 들은 것과는 너무도 다른 상황 때문이기도 했다.

"저하께서 이러실 것이라고는 아무도 생각지 못했소."

"내가 무엇을 했다는 것인지 말해 주겠소."

"우리도 이미 알고 있소. 그대들이 화친을 위장하여 우리를 급습하려 한다는 것을."

사빈의 눈동자가 아프게 일그러졌다. 무엇인가 잘못되었다. 무엇인가가 이들을 오해하게 만든 것이다. 대체 무엇이!

"나도 모르는 것을 그대는 알고 있는 모양이군요."

"헛소리 마시오. 우리의 정탐꾼들이 전한 정보는 틀린 적이 없소."

"그대들의 정탐꾼이 틀렸소."

"황자!"

"그대가 어디서 무엇을 들었는지는 모르지만, 나는 제한의 황태자 하루아의 존재와, 그 존재로 인해 우리와 제한이 나누어야 할 협상에 대해 이야기하러 온 것이오."

"거짓말……."

"그대의 무사들을 보내시오. 우리를 뒤따라오는 병사들이 있

312

는지. 확인될 때까지 나는 그대들의 인질이 되어 줄 용의가 있으니까."

"만약 따라오는 병사들이 있다면⋯⋯ 그대는 죽소."

"얼마든지."

사빈이 핏빛 입술을 가만히 끌어 올려 웃음을 담았다. 웃고 있는 사빈의 얼굴과 달리 파오의 얼굴에는 당황이 역력하게 어려 있었다.

부하들에게 사빈을 잘 살피라는 듯 고갯짓을 하고 파오가 방을 나간 후 사빈이 천천히 눈을 감았다.

예상치 못한 상황에 생각이란 걸 할 시간이 없었다. 자신을 호위하는 병사들까지 고작 스물 남짓의 무리였다. 그런 자신들이 이들에게 두려운 존재일 리도 없었다.

만약 이들이 정찰병들을 중간에 두었다 해도 이런 반응은 말도 되지 않는다. 이 숫자와 이 행렬을 보고 급습을 생각하는 바보는 없을 것이니. 그런데 이들은 급습이라고 믿고 있었다. 어딘가에서 잘못된 정보가 흘러든 것이다.

"유가인가⋯⋯."

끝까지 무력으로 제한을 제압해야 한다 주장하던 병부령 유천수의 날 선 얼굴이 떠올랐다. 성격이 급한 자이지만 이런 무리수를 쓸 것이라고는 상상도 하지 못했다. 뒷수습도 하지 못할 일을 벌이는 무모함이라니.

"하루가 또 늦어지겠군."

초조함에 입술을 악물며 사빈이 중얼거렸다. 한 시진이 미치도록 아까운 이 순간 이렇게 또 하루가 지나가고 있었다. 그녀에게로 돌아갈 날이 하루가 늦어지는 것이다.

"젠장."

아득, 이를 가는 사빈의 입술에서 붉은 핏물이 한 줄기 흘러 내렸다.

✖

"뭐라 하였느냐."

눈앞의 장계에 두고 있던 시선을 거칠게 들어 올리는 태자의 움직임에 내관이 몸을 움츠리며 질끈 눈을 감았다. 이런 반응이 나오리라 예상하고 있었지만 막상 마주하고 보니 오금이 저리는 것을 견디기 힘든 내관이었다.

태자가 그 여인에게 관심이 많다는 것은 처음부터 알고 있었다. 여인을 안는 것에는 별 관심이 없던 태자가 친히 침궁을 찾는 것만으로도 충분히 느낄 수 있는 일이었으니까.

태자비나 안빈도 택일이 아니면 찾지 않는 태자였다. 그런 태자가 그저 침궁에 갇혀 있는 정복국의 여인을 일부러 찾는다는 것은 상상도 해 보지 못했을 정도의 큰일이었다.

전쟁에서 큰 상처를 입었던 여인이 아직 완치되지 않았다는 의녀의 말에 여인을 품는 것을 기다려 주던 선택도 놀랄 일이었고, 갑자기 예정에도 없던 별궁 나들이도 황당함 그 자체였다.

그 여인에 대한 것은 그 무엇 하나 예상을 뛰어넘지 않는 것이 없기에 이미 지쳐 버린 내관도 이번 일은 두려웠다, 태자의 반응이.

"소천의 이령 궁주를 황후마마께서 교육시키실 것이라 연통이 왔사옵니다."

"그게 무슨 소리냐 물었다!"

"전하, 그것이……."

씹어 먹고 싶은 듯 자신을 향해 내지르는 태자의 일갈에 내관이 어깨를 움츠렸다. 황후의 선택을 자신에게 물으면 어쩌란 말인가. 그저 자신은 연통이 온 것을 알릴 뿐이건만.

"되었다."

금방이라도 터질 듯 뛰어 대는 심장을 지그시 누르며 사영이 숨을 참았다. 눈앞의 이에게 화를 내는 것은 우스운 일일 것이다. 후궁도 아닌 그저 침궁에 두어야 할 여인에 대해 자신이 거론하는 것조차 웃기는 일이니까. 헌데 대체 왜 그런 여인을 황후가 교육시킨다는 것인가. 태자비도 후궁도 아닌 그저 일개 하룻밤 노리개로 끝날 여인을.

사영의 손에 들려 있던 장계가 그의 손안에서 무참하게 구겨졌다.

"그대의 이름이 이령인가."

나직하지만 힘이 있는 목소리에 이령이 급히 고개를 숙였다. 사준의 손에 이끌려 화려하기 그지없는 전각에 들어온 길이었다. 자신을 반기는 중년 여인은 처음 보는 얼굴이었지만 그 곁의 태자비와 안빈은 알아볼 수 있었다.

"예. 황후마마."

"소문대로구나."

소문대로? 고개를 숙이고 있는 이령의 얼굴이 살짝 구겨지는 것을 본 사준이 얼른 말을 돌렸다.

"헌데 어마마마. 소자, 한 가지 청이 있사옵니다."

"무엇이냐. 사준 황자."

자신에게 말을 할 때에는 차갑고 근엄하기 그지없던 황후의 목소리에 애정이 흘러넘칠 듯 담기는 것을 들으며 이령이 웃음을 참았다.

"광화, 아니, 이령 궁주가 그리 검술이 뛰어나다 들었습니다. 제한의 검술은 제가 이미 다 배웠지만 소천의 황실 검술이 그리 뛰어나다 하지 않습니까? 이령 궁주가 이곳에서 황실 법도를 배우는 동안 저도 이령 궁주에게 검을 조금 배워 보고 싶습니다."

"검술은 스승이 있지 않느냐. 사빈에게도 많이 배웠고."

그리운 이름에 이령의 심장이 쿵, 울려 왔다. 울컥 알 수 없는 서러움이 그녀를 덮쳤다.

"소천의 검술은 또 다르다 합니다. 정말 궁금해서 그렇습니다. 어마마마. 허락해 주십시오."

"너의 고집을 누가 말리겠느냐. 그래, 이령 궁주. 이곳에서 태자를 모시는 여인으로서의 기본 법도를 배우는 틈틈이 우리 사준 황자에게 그대의 검술을 조금 알려 주었으면 좋겠구나. 어떠하냐."

묻고 있었지만 대답은 이미 정해져 있었다. 이령으로서는 거부할 마음이 조금도 없었다. 여인으로서의 훈육은 정말 사양하고 싶은 일이지만 검술은 하지 말라 해도 하고 싶은 것이니까.

"명 받들 것입니다. 황후마마."

"어찌 말투 하나하나가 무사와 같구나."

만족스럽다는 것인지 마음에 들지 않는다는 것인지 가늠할 수 없는 황후의 말에 이령이 천천히 고개를 들었다. 그런 이령을 향해 사준이 눈을 깜박였다. 사준의 반응에 이령이 얼른 다시 고개를 숙였다.

"궁주님!"

"이령 님!"

다급하게 전각 안을 이리저리 헤매고 있는 궁녀들의 모습을 발견한 사준이 입가를 가리며 돌아섰다. 웃음이 터지려는 것을 참는 중이었다. 궁녀들에게 이끌려 간 것이 한 식경이나 되었을까 한데 벌써 이령이 참지 못하고 도망이라도 친 모양이었다. 어차피 오래 버티지 못할 것임을 알고 돌아가지 않고 기다리고 있던 중이었다. 제대로 된 문으로 나가지는 못했을 것이고 아직 이 전각 어딘가에 있을 것이다.

"어디에 있는 건가. 이 못 말리는 여인이."

재미있다는 듯 고개를 저은 사준의 시선이 위쪽을 향했다. 그리고 그의 입가에 미소가 가득 번졌다. 자신의 예상이 적중한 것이 만족스러운 듯.

"이런, 이런."

조심스럽게 지붕의 기와를 밟으며 다가서는 자신을 흘낏 바라본 이령이 다시 앞으로 시선을 돌리는 모습을 보며 사준이 이령의 곁에 앉았다. 오후의 해가 서쪽으로 기울어져 있었다. 그 지독하게 환하고 뜨거운 빛 속에 앉은 여인의 모습은 붉은 무복 때문인지 활활 타는 것 같았다.

"왔나? 애기 황자 저하."

"사준이라고, 내 이름."

"그래, 사준 저하. 지금 나를 이곳에 데려다 놓은 게 그쪽 맞지? 시간을 벌겠다더니 이게 그 방법인가?"

"괜찮지 않나? 나름 만족스러운 방법인데. 이 안에 있을 동안은 아무도 그대를 건드리지 못하거든. 큰형님이라 해도."

"얼마나 이리 있어야 하는 건데?"

벌써부터 짜증스러움이 가득한 얼굴로 말하는 이령의 모습에 사준이 깊게 한숨을 내쉬었다.

"빈이 형님이 돌아오실 때까지만 버티면 될 거야. 방법을 찾아서 오실 테니까. 내 임무도 형님이 돌아오시는 순간까지만 그대를 지키면 되는 거거든. 무슨 수를 쓰든."

이령의 얼굴에 그늘이 졌다. 이 상황이 정말 마음에 들지 않는 그녀였다. 이렇게 도망다니는 선택이 마음에 들지 않았다. 태자와 목숨을 걸고 싸우더라도 자신의 의지를 밝히는 것이 자신이 살아온 방법이었다.

헌데…… 그렇게 하면 그가 아프다고 했다. 자신이 다치면 그가 모든 것을 부숴 버릴 수도 있다고 사준이 경고하고 있다. 해서 아무것도 할 수 없는 이 상황이 미치도록 짜증스러운 이령이었다.

"조금만 참지. 며칠 안에 돌아오실 거야."

다독이듯 말하는 사준의 목소리에 이령이 천천히, 힘겹게 고개를 끄덕였다.

탁!

보고 있던 장계를 거칠게 탁자 위에 내려놓은 사영이 천천히 자리에서 일어났다.

자신을 노려보던 그 싸늘한 시선이 머리에서 떠나지 않았다. 한낱 정복당한 나라의 천한 궁주 주제에 자신을 그런 시선으로 바라보다니. 헌데 우습게도 그 시선이 자신의 심장을 조이듯 자꾸만 되살아나 미칠 것 같았다. 너무도 쉽게 안을 수 있을 것 같던 여인이 손에 들어올 듯하면서도 자꾸만 연기처럼 빠져나가는 느낌이 짜증스럽도록 화가 났다.

침궁에서 그대로 안았어야 했다. 별궁으로 옮겨 주는 짓도 하지 말고 황후의 연통도 다 무시해야 했다. 그냥 안고 자신의 여인으로 만들어 놓았어야 했던 것이다. 그래야 이 미친 미련이 남지 않았을 것이니까.

"안 되겠다. 광화."

사영이 거칠게 몸을 일으키는 순간이었다.

"태자 전하! 급보이옵니다."

누구도 안에서의 허락 없이 열 수 없는 문이 열리고 달려 들어온 이는 병부령, 사영의 외삼촌인 유천수였다.

"제한이 반기를 든 것 같습니다! 사절단으로 간 사빈 황자를 감금했다 합니다!"

"그게 무슨 말입니까."

차디차게 얼어붙은 사영의 얼굴을 보며 유천수가 붉게 물든 얼굴로 신이 난 듯 설명을 시작했다.

"혹여 있을지도 모르는 사태를 위해 제가 사절단 뒤에 척후병

319

들을 몇 붙여 두었습니다. 모든 사태를 미리 예방하는 것이 좋기에. 헌데 제한의 영역으로 들어서자마자 제한의 우두머리로 보이는 사내가 급습을 해 사빈 황자 일행을 끌고 갔다 합니다."

"척후……를 보내셨다 하셨습니까?"

"전하, 그것이 문제가 아니라 지금 사빈 저하가 그들의 볼모로 있습니다. 어서 서둘러 병력을……."

"병부령."

"예. 전하. 곧 준비시키겠습니다."

아직 사영의 말이 끝나지도 않았는데 급히 몸을 돌리던 유천수가 자신의 앞을 막아서는 사영의 움직임에 놀라 고개를 들었다. 하얗게 질린 사영의 얼굴이 유천수를 죽일 듯 노려보고 있었다. 온몸을 관통하는 서늘함에 유천수가 놀라 고개를 숙였다.

"척후만 보내신 것이 아닐 텐데요. 아니 그렇습니까, 병부령."

"저, 전하."

"그들이 수십도 채 되지 않는 우리 사절단을 오해해 가두었다 하셨습니까."

"그렇습니다. 그들이……."

"사빈을 아는 그들이 말입니까."

"그것은, 그들이 아마도 의심을 하여……."

"전쟁으로 수천의 군사가 갔을 때에도 그들은 우리를 오해한 적이 없습니다."

"전하."

"누군가의 잘못된 정보가 있었겠지요. 우리가 급습할 것이라는."

"……."

"아니 그렇습니까."

싸늘하다 못해 눈동자를 파고드는 사영의 날 선 시선에 유천수가 꿀꺽 마른 침을 삼켰다. 짜증 어린 사영의 시선이 유천수에게서 허공으로 돌려졌다. 이를 악문 사영의 입에서 신음 같은 소리가 새어 나왔다.

"병부에서 손 떼세요."

"전하!"

기겁을 하는 유천수의 멱살을 사영이 거칠게 움켜쥐었다. 상상도 하지 못했던 사영의 움직임에 유천수의 눈이 금방이라도 튀어나올 듯 커다랗게 열렸다.

"그만하셨어야 했습니다. 그만하라 제가 말씀드렸습니다."

"크윽."

숨을 내쉬지 못하는 유천수의 터질 듯 붉어지는 얼굴에 사영이 천천히 손을 떼었다. 울컥 치솟는 감정에 자신도 모르게 손아귀에 힘이 들어갔다. 자신의 모습이 스스로도 낯선 사영이었다.

"이번 일은 병부령께서 책임지시는 것입니다. 그 자리, 놓으세요."

"하지만 전하, 제가 이 자리에서 물러나면 누가 전하를 보필합니까."

"내가 아직도 누군가의 보필이 필요할 만큼 나약해 보이십니까?"

"……."

"대전회의 지금 바로 소집합니다. 상황 정확하게 알리시고, 폐하께 물러나겠다고 말씀드리세요."

차디차게 내뱉는 태자의 말에 더 이상 아무런 대꾸도 할 수 없는 유천수였다. 태자가 저리 나오니 다른 방법이 떠오르지 않았다.

일석이조를 노린 술수였다. 황자 사빈을 제한의 파오가 죽여 줄 수도 있고 그렇게까지는 안 된다 하여도 황자를 볼모로 잡고 있는 제한의 무리들을 쓸어 낼 수 있을 것이라 믿었다. 자신이 한 행동을 잘했다고까지는 안 한다 해도 모른 척은 해 줄 것이라 생각했다. 태자에게 흠이 될 것은 없으니까.

헌데 대체 무엇이 문제라고 태자가 저리 나오는지 이해할 수가 없는 유천수였다.

정복을 입은 사영이 자신의 모습을 명경에 비춰 보았다.

화려하기 이를 데 없는 자신의 모습 위로 검붉은 피를 뒤집어 쓴 채 적의 무리들 사이를 누비던 사빈의 모습이 겹쳐졌다.

사빈의 움직임 하나하나에 열광하던 병사들의 모습도 눈앞에 보였다. 화려함이라고는 한 조각도 담기지 않은 무복과 갑옷을 입었건만 한순간도 시선을 돌릴 수 없던 그 모습이 떠올랐다. 황금 색실로 수놓인 소맷자락 안에서 움켜쥐어진 사영의 주먹이 파르르 떨렸다.

"대전회의가 준비되었습니다. 전하."

이부시랑의 목소리에 사영이 거칠게 몸을 돌렸다.

초조함과 걱정으로 초췌한 얼굴을 한 황제 곁에 서 있는 이의 모습에 대전으로 들어선 사영의 얼굴에 의아함이 맺혔다. 한 번도 대전회의에 참석한 적이 없던 사준이 황제의 곁에 서 있었기 때문이다.

"어서 오세요, 태자."

"태자 사영, 폐하를 뵙습니다."

"이게 대체 무슨 일인가. 어찌 사절단을 납치하였단 말입니까. 그들은 분명 아무 무장도 않는다고 하지 않았습니까."

걱정 가득한 얼굴로 묻는 황제의 말에 그 누구도 대답하지 못했다. 하얗게 질린 얼굴로 고개만을 숙이고 있는 병부령 유천수를 향해 날카로운 시선을 두던 서후가 한 발 앞으로 나섰다.

"신 예부령 서후, 감히 아뢰옵니다. 이것은 분명 무엇인가 잘못된 것이옵니다. 혹여 누군가가 사빈 저하 일행을 음해하려 그들 쪽에 틀린 정보를 흘렸거나."

"병부령, 이 사태를 책임지셔야지요."

얼굴을 붉히며 성토하듯 황제에게 말을 하던 서후가 자신의 말을 가로막으며 서늘하게 울리는 사영의 목소리에 급히 고개를 들었다. 차디찬 사영의 목소리에 병부령 유천수가 마지못해 앞으로 나서는 것이 모두의 시선에 들어왔다.

"신 병부령 유천수, 감히 아뢰옵니다. 이번 문제는 다 제 불찰로 인한 것이옵니다. 사절단이 공격을 당하는 것을 막지 못한 것도, 그들이 점령군으로 오해받을 수도 있음을 간과해 정보를 제대로 관리하지 못한 것도 다 소신의 부덕이며 망극한 죄이옵니다. 소신 유천수, 병부령의 자리를 내어놓고 폐하께서 내리실

벌을 기다리겠사옵니다."

대전 안이 서늘한 정적에 감싸였다. 눈앞의 사태는 그 누구도 예상치 못한 것이었기 때문이다. 서후의 말속에 담긴 뼈를 모를 이는 없었다. 이 황당한 사태가 유천수가 손을 써서 발생했을 것이라 모두가 이미 알고 있었다 해도 과언이 아니었다.

서가의 힘을 업은 황자 사빈이 제대로 된 힘을 가지게 될 수도 있는 기회를 철저히 막으려 유천수가 만든 상황일 것이었다. 황자 사빈이 죽어도 그들은 아무 문제가 없고, 만에 하나 죽지 않아도 이번 일은 충분히 제한을 정복할 빌미를 제대로 주는 일이기 때문이다. 정복이 시작되면 정권의 힘은 병부에 몰리고 그것을 최종적으로 관리하는 것은 태자와 병부령일 테니.

헌데 이런 상황에서 태자가 병부령을 그 자리에서 물러나게 했다?

"이 일의 책임은 분명 병부령께서 지셔야 합니다. 하지만 책임을 논하기 전에 이 사태를 해결할 방안이 필요함은 모두가 아실 것입니다. 아무리 오해가 있었다 해도 그들은 황자를 볼모로 삼고 우리와 대치하고 있습니다. 이 문제를 어찌해야 하는지 대신들의 의견이 필요합니다."

태자의 말에 모두가 서로의 얼굴을 바라보았다. 확실하게 병부령이 책임을 지게 하겠다는 태자의 의지는 강해 보였지만 제한을 점령하려는 모습도 보이고 있었다.

태자의 속내가 정확히 무엇인지 파악하지 못한 대신들의 불안 어린 눈동자가 황제를 향했다. 잠시 깊은 한숨을 내쉰 황제의 시선이 자신의 뒤에 선 사준에게로 향한 것은 그때였다.

"이 일을 해결할 방법은 두 가지뿐일 것이오. 하나는 그들의 행동을 용납하지 않겠다고 선언하고 그들에게 선전포고를 한 후 전쟁을 하는 것이오."

황제의 입에서 흘러나온 말에 대신들이 숨을 죽였다. 타국과의 전쟁도 아니고 동맹이었던 제한 유민들과의 전쟁은 상상도 하지 못했던 일이었다.

"두 번째는 다시 그들에게 한 번의 기회를 더 주는 것이오."

대신들의 시선 안에 앞으로 나서는 사준의 모습이 보였다.

"누군가가 그들에게 불안을 심어 주었습니다. 그들은 우리가 제한의 전하를 그들에게 돌려주고 예전처럼 동맹국으로서 대해 줄 것이라는 것을 믿지 못하고 있기에 이런 선택을 한 것입니다. 문제는 서로에 대한 불신입니다. 해서 우리의 진심을 그들에게 확실하게 보여 주어야 한다고 생각합니다. 지금 그들과 전쟁을 시작한다면 우리는 아무 명분도 실리도 없는 싸움을 하는 것이기 때문입니다."

차분하게 반짝이는 사준의 눈동자가 사영을 바라보았다. 투명한 형제의 눈동자가 서로를 응시했다.

"지금, 제가 황제 폐하의 이름으로 제한의 황태자를 모시고 제한으로 가겠습니다. 협상, 거래 따위가 아니라 정말 우리를 다 열어 그들과 함께할 것을 보여 주어야 그들은 우리를 믿을 것입니다. 진정으로 그들을 우리의 동맹으로 받아들이려 시작한 일이라면 우리가 먼저 그들을 향해 손을 내밀어야 합니다."

사준의 눈이 사영을 스쳐 대신들을 향했다. 처음 대전에서 마주하는 막내 황자의 기운에 대신들의 얼굴에 긴장이 어렸다.

"설마 저까지 또 감금이야 하겠습니까?"

그런 그들을 바라본 사준이 빙그레, 그 아름다운 입술에 미소를 담았다.

"네가 하겠다 한 것이 무슨 일인지는 알고 한 소리냐."

오랜만에 들어오는 태자의 집무실이 낯선 듯 이리저리 고개를 돌리며 구경하는 사준의 모습을 바라보던 사영이 물었다. 아기처럼 동그란 눈으로 주변을 살피던 사준이 고개를 돌렸다. 냉정해 보이는 다갈색 눈동자가 사영을 바라보았다.

어딘지 낯익은 그 눈을 마주한 사영의 뇌리에 언제나 아무것도 담지 않고 자신을 바라보던 사빈의 눈동자가 떠올랐다. 그 눈동자와 너무도 똑같은 눈동자가 앞에 있었다.

"제가 그곳에 가겠다는 것이 청유나 가는 것으로 착각하는 것 같으십니까?"

"사빈마저도 감금당한 상황이다. 네가 무엇을 할 수 있다는 것이냐."

"감금하면 감금당하면 되는 것이죠. 죽이면 죽을 수밖에요."

"준아!"

"그럼 형님이 가시렵니까? 목숨을 걸어야 하는 이 상황에?"

재미있다는 듯 눈을 찡그리며 말하는 사준의 모습에 사영의 얼굴이 차갑게 굳었다.

"지금 장난을 하는 것이냐."

"목숨을 걸고 장난할 만큼 어리지는 않습니다. 게다가 저뿐이 아니라 사빈 형님의 목숨도 걸렸는데 설마 장난을 하겠습니까?

절대, 아닙니다."

"넌 한 번도 도성 밖을 나가 본 적도 없다. 헌데 그런 네가 몸도 성치 않은 제한의 태자를 데리고 제한의 땅까지 갈 수 있겠느냐. 괜한 허세는 부리지 않는 것이 좋다, 준아."

"뭐든지 처음으로 해야 하는 일은 있는 법이지요. 한 번도 나가 보지 않았다 하여 죽을 때까지 나가지 말라는 말씀입니까, 그러면? 아, 그리고 제가 그리 걱정되신다면 저를 완벽하게 보호해 줄 수 있는 이를 함께 보내 주시면 되겠습니다."

무엇인가 흥미로운 것을 생각해 낸 듯 손뼉까지 치며 말하는 사준을 사영이 의아한 듯 바라보았다.

자신의 생각이 매우 만족스러운지 사준이 흠흠 헛기침까지 하며 손바닥을 비볐다. 어려서부터 사준이 기분이 좋을 때면 나오는 버릇이었다.

"광화를 함께 보내 주시면 됩니다, 형님."

"뭐라?"

"제가 모시고 갈 분이 누구십니까? 제한의 황태자인 하루아 아닙니까? 그 하루아 황태자가 그 몸을 해 가지고서도 소천의 궁에서 살아남을 수 있었던 것이 누구 덕인지 세상에 모르는 이가 있습니까? 광화, 그 이령 궁주가 어려서부터 목숨을 내걸고 하루하루 지켜 왔다는 것은 이 타국에서도 모르는 이가 없는 전설 같은 이야기입니다. 그렇게 지킨 오라비에게 혹여 무슨 일이 생길지도 모르는 길, 광화가 함께한다면 세상 무서울 것이 무엇이겠습니까? 그 지옥 같았을 소천의 궁에서 스무 해 넘게 자신의 오라비를 지켜 낸 여인인 것을요. 저는 하루아 황태자 곁에만 있어도 살아남을 수 있을 것입니다. 광화만 믿고 있으면요."

"광화는 보내지 않는다."

"왜 보내지 않으십니까?"

"제한에서 그녀를 받아들이지 않을 것이다."

터져 나오는 감정을 삼키느라 약하게 일그러지는 사영의 얼굴을 물끄러미 바라보며 사준이 이상하다는 듯 어깨를 으쓱해 보였다.

"그건 형님께서 걱정하실 문제가 아니지요."

"그 여인은 내 여인이다."

"이젠 아닙니다."

"뭐?"

"예. 지금까지는 우리가 정복한 소천의 궁주였으니 형님의 여인이 되어야 하는 운명이었다고 치죠. 하지만 지금은 조금 달라지지 않았습니까. 이령 궁주가 하루아 황태자에게 어떤 의미인지 모르시는 것은 아니겠지요? 침궁에 둘 수 없다면서 목숨을 걸고 단식까지 한 하루아 황태자입니다. 헌데 그런 하루아 황태자가 자신의 자리로 돌아가면서 이령 궁주를 형님의 잠자리 시중이나 드는 여인으로 이 궁에 남겨 두고 가려 할까요?"

"!"

사영의 눈에 핏발이 섰다.

"말이 앞뒤가 맞지 않아요. 제한을 우리 힘으로 합병하기 위해 하루아 황태자를 제한의 황제로 인정하려면 하루아 황태자의 누이인 이령 궁주도 인정해 주어야 합니다. 그렇지 않다면 형님께서는 제한 황실은 제대로 인정치 않으시면서 제한만을 갖기

원하시는 이가 되는 것입니다. 이령 궁주를 인정치 않으시는 것은 하루아 황태자를 인정치 않으시는 것이 된다는 말입니다. 아닙니까?"

"······."

"지금 이 상황에서 형님이 만약 이령 궁주를 여인으로 원해 곁에 두기 위해 하루아 황태자와의 동행을 불허하신다면 제한을 제대로 인정하지 않으신다고 선포하는 것과 같습니다. 이령 궁주를 제한이 받아들일지 아닐지는 제한 백성들과 하루아 황태자의 몫입니다. 그것을 형님께서 정하실 수 있는 것은 아니란 말입니다."

"······."

"너무 늦으셨어요, 형님."

우당탕!

등을 돌린 채 태자 집무실의 문을 닫은 사준의 등 뒤로 무엇인가가 벽에 부딪쳐 박살이 나는 소리가 들려왔다.

"하······."

사준이 깊은숨을 내쉬며 허리를 꼿꼿이 폈다.

사영이 광화에게 관심이 있다는 것은 알고 있었지만 이 정도일 줄은 몰랐다. 저리 감정을 드러내는 법이 없는 큰형이니까. 지독하게 서늘한 얼굴 뒤에 무슨 생각을 하고 있는지 아무도 알 수 없던 태자 사영의 속내가 고스란히 드러나는 순간이었다.

어쩌면 사빈은 저런 사영의 모습을 알고 있었는지도 모른다. 해서 아마 내색하지 못했을 것이다. 광화에 대한 자신의 마음을. 만약 사빈과 광화의 관계를 사영이 알았다면 사영은 무슨

329

짓을 해서라도 광화를 자신의 여인으로 만들었을 것이니까.

✖

"령이는 동행합니까."

모든 상황을 들은 하루아의 첫마디였다.

자신의 안위나 제한의 문제가 아닌, 누이 령이가 자신과 동행하는지 이곳에 남겨지는지가 그의 모든 관심사라는 것이 굳어 있는 그의 표정에서 느껴졌다.

사준이 그런 하루아의 물음에 부드러운 미소를 지으며 고개를 끄덕였다. 하루아의 곁에 앉아 있던 여인이 사준의 미소를 보고 자신의 심장을 쓸어내리는 것이 보였다.

"하루아 황태자께서 정식으로 요구하시면 가능하리라 생각합니다. 저 역시 황태자의 안위를 위해 이령 궁주의 동행을 전하께 요청해 놓은 상황입니다."

"제 말을 태자 전하께 전해 주시겠습니까, 저하."

"말씀하십시오."

"저는 령이 없이는 제한으로 돌아가지도, 제한의 황태자로 살 이유도 없습니다."

"그 말씀 그대로 전하겠습니다."

"저하께서 함께하신다 하셨습니까."

"예. 제가 함께 제한의 땅으로 갈 것입니다. 제한의 이들에게 저희의 뜻을 정확하게 전달해야 하니까요."

"사빈 저하의 일은…… 미안합니다."

330

"황태자께서 미안해하실 일이 아닙니다. 저희 쪽에서 정보를 잘못 관리해 생긴 착오일 뿐입니다. 황태자께서 가셔서 제한의 백성들을 만나신다면 아무 문제 없이 모든 일이 해결될 것입니다."

사준의 따스하고 당당한 말투에 하루아의 얼굴에 편안한 미소가 번졌다.

태자 사영이 차가운 얼음 같다면 사빈은 바람 같았다. 헌데 지금 자신 앞에 있는 막내 황자라는 이에게서 느껴지는 것은 봄볕이었다.

한순간도 긴장을 놓을 수 없는 태자의 기운과도, 왠지 모르게 아프고 아리게 느껴지던 사빈의 기운과도 다른 너무도 편안하고 당당한 느낌. 이 눈앞의 사내와 함께 가는 길이라면 재미있는 여행이 될 것만 같았다.

"마차로 모셔야 하니 이틀은 꼬박 마차를 타셔야 할 것입니다. 필요하신 것이 있다면 미리 연통을 주십시오."

사준이 연을 향해 말했다. 한순간도 하루아에게서 시선을 떼지 않는 여인의 모습에서 그 여인의 감정이 고스란히 느껴지는 사준이었다. 눈앞에 있는 여인에게 하루아가 어떤 존재인지도.

"고맙습니다. 저하."

행복한 미소를 지으며 연이 고개를 숙였다.

막 황후의 전각으로 들어서던 사준이 근심 어린 표정으로 탕제 그릇을 들고 나오는 태자비를 보고 고개를 숙였다. 예상은 하고 있었지만 당황스러운 것은 사실이었다.

"어마마마께서 몸이…… 좋지 않으십니까."

"어젯밤부터 수라도 거부하시고 탕제조차 드시지 않고 계십니다."

"태자 전하께서는 다녀가셨습니까."

조심스럽게 묻는 사준의 말에 태자비가 가만히 고개를 저었다. 아프게 일그러진 그녀의 얼굴을 보며 더 이상 아무것도 물을 수 없는 사준이 가만히 안으로 들어섰다.

문 쪽으로 등을 보이며 누워 있는 여인의 굽은 어깨가 보였다. 아름다웠던 어머니는 이제 어디에도 없었다. 나이 든 고집스러운 여인만이 남았을 뿐. 가문의 힘과 큰아들의 힘을 위해 언제나 날카롭게 신경이 곤두서 있는 여인의 모습은 아들에게도 아프고 힘겨운 모습이었다.

"사준입니다. 어마마마."

여인의 어깨가 움찔 흔들렸다. 아마도 큰아들을 기다렸을 것이다. 어미가 드러누웠다는 연통을 받은 큰아들이 달려와 어미의 뜻을 받아들이길 기다리고 있었을 테니까.

하지만 사준은 이미 알고 있었다. 큰형님은 절대 달려오지 않을 것이고 어미가 기대하는 결정 따위 하지 않을 것이라는 것을. 이제 더 이상 태자는 어미의 치마폭에 싸인 어린아이가 아니었다.

"괜한 기운 빼지 마시고 수라도 잘 드시고 탕제도 드십시오. 그래야 큰형님과 싸우실 것이 아닙니까."

"뭐라?"

등을 돌리고 있던 여인이 벌떡 몸을 일으켜 사준을 노려보았다. 파르르 떨리는 여인의 입술이 붉었다.

"한동안 저도 없는 이 궁 안에서 형님과 싸우셔야 할 것인데 벌써 이러시면 싸움도 못 해 보고 지신단 말입니다."

"대체 네가 거길 왜 간다는 것이냐."

"허면 큰형님이 가시라 할까요?"

"조부령도 있고 대신들이 얼마나 많은데 왜 네가!"

"사빈 형님이 사절단으로 떠나실 때엔 말리지 않으셨습니다."

"그것은!"

황후의 얼굴이 차갑게 일그러졌다.

"지금의 상황과 그때의 상황은 다르지 않느냐. 지금처럼 위험한 상황이었다면 사빈 역시 가지 못하게 했을 것이다. 제한의 유민들이 어찌 나올지도 모르는 상황에 대체 황자인 네가 왜!"

"제가 가야 그들이 완전하게 믿을 테니까요. 큰형님이나 어마마마가 언제든 버릴 수 있는 사빈 형님보다는 제가 훨씬 그쪽에게 믿음을 주지 않겠습니까?"

"준아."

하얗게 질리는 황후의 모습에 사준이 피식, 입가를 끌어 올렸다.

"무사히 형님을 모시고 돌아와 뵙겠습니다. 옥체 평안케 하십시오. 아, 그리고 광화는 제가 데리고 갑니다. 제한의 황태자가 요구하는 사항입니다. 저 역시 그 여인의 힘이 필요하고요."

사준이 고갯짓을 하자 궁녀가 문을 열었다. 문 앞에서 기다리고 있던 이령이 문 안으로 한 걸음 들어서 몸을 숙였다.

"다음에 만나실 때에는 아마도 제한의 황녀로 만나시지 않을까 생각합니다."

재미있다는 듯 미소를 지으며 말을 마친 사준이 일어나는 움직임에 이령이 따라 몸을 일으켰다. 그때였다. 이령이 자신의 가슴 안에서 흘러나온 것을 다시 옷 사이로 집어넣는 모습이 이령을 눈으로 좇던 황후의 시선을 잡았다.

낯익은 반지? 의아한 듯 고개를 드는 황후의 눈앞에서 사준과 이령이 나갔다. 닫힌 문 너머로 향한 황후의 시선이 알 수 없는 흔들림을 담았다.

"태자 전하께서 잠시 뵙기를 청하십니다."

황후전을 나서 걸음을 옮기는 이령 앞에 다가선 태자전 내관의 말에 사준이 이령의 앞을 막아섰다. 싸늘하게 굳은 표정으로 자신 앞에 서는 사준의 어깨를 이령이 가만히 잡았다.

"괜찮아. 꼬마 저하."

"내가 밖에 있으니까 필요하면 소리쳐."

"쿡쿡. 소리는."

불안으로 어찌할 줄 모르는 사준을 뒤로하고 이령이 태자가 기다리고 있다는 작은 전각 안으로 들어섰다. 등을 돌리고 있는 사영의 모습이 보였다.

"나를, 보자 하였습니까."

날카롭게 울리는 이령의 목소리에 사영이 천천히 몸을 돌렸다. 그리고 사영이 문가로 걸었다. 그의 움직임을 눈으로 좇던 이령의 눈이 일그러진 것은 그때였다. 문에 다가간 사영이 문고리를 걸어 버린 것이다.

"뭐 하는 것입니까."

"그냥 보내 줄 거라고 생각했나."

"태자."

"잠시 망가지면 그만이더군. 아주 잠시 태자라는 신분 내려놓고 범인들의 입에 오르내리면 그것뿐, 그깟 일로 내가 태자 자리를 내어놓을 일도 목숨을 위협받을 일도 아니니 나도 한 번 저질러 볼까 해서."

"큭."

터질듯 타는 눈동자로 자신에게 다가서는 사영의 모습에 이령이 입가를 끌어 올리며 웃음을 흘렸다. 심장이 터질 듯한 자신과는 다르게 비웃듯 웃음을 흘리는 이령의 모습에 뜨겁던 열기가 일순 서늘하게 식어 내리는 그였다. 사영이 이령의 바로 앞에 멈춰 섰다.

"웃어?"

"이봐요. 태자님. 그게 쉬울 것 같습니까? 그대가 그걸 감당할 수 있다고?"

"할 수 있다."

"아니, 그쪽은 못 해."

"어째서?"

사영의 눈썹이 신경질적으로 치켜 올라갔다. 하지만 이령은 그런 모습 따위 흥미 없다는 듯 가는 팔을 돌려 팔짱을 끼고 사영을 물끄러미 올려다보았다. 커다란 사내에게서 풍기는 위압적인 기운을 느낄 텐데도 눈앞의 여인은 조금의 두려움도 담고 있지 않았다.

"수치심이란 목숨과도 바꾸고 싶을 만큼 끔찍한 것이거든. 죽고 싶을 만큼 아픈 거라고."

"……."

"살아남아야 해서가 아니라면, 누군가를 무슨 짓을 해서든 살려야 하는 절박함이 아니라면 그걸 이겨 낼 수 있다 자신하지 않는 게 좋아. 그저 살기 위해서 견딜 수 있을까, 그대가? 태자라는 이름에 똥칠을 하고, 뒤에서 손가락질을 받고 모두의 멸시를 받으며 그 자리에 있을 수 있어?"

"너는……."

"살기 위해서 견뎌야 했던 내 시간들을 그저 잠시 망가지면 되었던 것이라 치부하는 그대는 나를 가지지 못해. 왜인 줄 아나? 나는, 언제나 내 선택에 목숨을 거니까. 언제나 내 목숨을 걸고 견디니까. 나를 가진다고? 내가 원치 않는데 그대가? 큭. 해 봐, 어디."

그 순간이었다. 전각 안을 밝히고 있던 촛대가 그녀의 손에 들린 것은.

그대로 촛대머리를 기둥에 내리쳐 부숴 버린 이령이 날카롭게 변해 버린 촛대를 스스로의 목을 향해 겨눴다. 파랗게 불꽃이 튀는 이령의 눈이 사영의 흔들리는 시선과 맞부딪쳤다.

"너는 내 곁이 탐나지 않는 거냐? 세상을 줄 수도 있는 나다."

"세상 그까짓 거 필요 없고 그대도 필요 없거든. 세상? 그게 뭐라고."

여전히 스스로의 목에 촛대를 겨눈 채 심드렁하게 자신의 말을 받는 이령의 모습에 그녀를 한참 동안 노려보던 사영이 깊게 숨을 삼켰다. 붉게 물들었던 그의 눈이 천천히 식어 갔다.

"좋다. 강제로 안 된다는 것은 인정하지. 하지만 포기하는 것은 아니야. 그대가 그대의 발로 내게 오도록 만들어 주지. 그러면 되는 건가?"

아주 잠시 이령을 죽일 듯 노려보던 사영이 한 발 뒤로 물러서며 고개를 끄덕였다.

비웃음을 품은 그의 허탈한 웃음이 공간으로 퍼져 나갔다. 하지만 사영의 눈은 여전히 번들거리고 있었다. 가지고 싶은 것을 포기하는 법을 모르는 이의 집착이 그 눈동자 가득 여전히 남겨져 있었다.

"대체 왜 내가 그렇게 갖고 싶은 거냐?"

"나도 모른다. 하지만 미치도록 갖고 싶어."

"그럼 미치든지."

이령이 툭, 촛대를 사영에게로 던졌다. 촛대를 받아 쥔 사영의 눈동자가 아프게 흔들렸다.

욕망을 갈무리하지 못하는 사내의 모습에 이령이 한숨을 토해 내며 문 앞으로 다가섰다.

"다시는 우리 만나지 맙시다. 태자. 다음에 다시 그대가 내 앞에 서면 그땐 죽는 건 내가 아니라 그쪽이 될 테니까."

'내가 주는 기회는 이번이 마지막이니까.'

삼켜 버린 말을 머릿속에서도 지워 내며 이령이 문을 열었다. 불안을 담고 문을 응시하던 사준의 눈과 마주한 이령이 부드럽게 미소를 지었다.

마차 옆에 서서 초조하게 주변을 살피던 연이 사준과 함께 달려오는 이령의 모습에 환하게 미소를 지으며 마차 창문을 올려다보았다.

"저기 이령 님 오세요, 하루아 님!"

"그래."

연이만큼이나 초조함을 어쩌지 못하고 있던 하루아의 얼굴이 그제야 편안하게 풀어졌다.

만에 하나 태자가 이령을 보내지 않으려 할 수도 있음을 알고 있던 그였다. 사빈도 사준도 없고 자신마저 떠난 궁에 이령을 혼자 남겨 둔다는 것은 생각도 할 수 없는 일이었다. 만에 하나 그런 일이 생긴다면 자신도 떠나지 않으려 작정했던 그였다.

"어때?"

말 위로 날듯 올라탄 이령이 말고삐를 돌려 연을 향해 묻자 연이 크게 고개를 끄덕였다. 오랜만에 보는 이령의 아름다운 모습에 기분이 하늘로 날아오를 것만 같은 연이었다.

아름답고 강한 자신의 주인. 살아남기 위해 저런 모습으로 살아온 주인이지만 저런 모습이 가장 아름답다는 것을 너무도 잘 아는 연이었다. 그래서 주인에게 광화라는 별칭이 붙은 것이니까. 여인으로서 상상도 할 수 없는 삶을 살지만 그 모습이 너무도 아름다워 광화라 불리는 이이기에.

"출발할까? 꼬마 저하?"

"내키시는 대로."

너무도 익숙하게 말을 다루며 앞으로 달려 나가고 싶어 어쩔 줄 모르는 광화의 모습을 만족스럽게 바라보며 사빈이 손바닥을 들어 앞을 가리켰다. 정중하게 자신에게 선두를 양보하는 사준에게 살짝 고개를 숙여 보인 이령이 말고삐를 당겼다.

　뿌우―!

　나팔 소리가 울리자 거대한 무리가 움직이기 시작했다.

　"오해는 풀린 겁니까? 파오?"

　붉게 자국이 남은 손목을 가만히 손으로 감싸며 사빈이 눈앞에 앉아 있는 파오를 보고 물었다.

　차디찬 막사에서 묶인 채 밤을 새웠다. 아마도 이제야 척후병들이 돌아온 모양이었다. 아무 문제도 없다는 전갈을 가지고서. 날이 서 있던 파오의 얼굴이 조금은 풀어져 있는 모습이 그것을 증명해 주고 있었다.

　"아직 완전하지는 않지만 뒤따르는 병사들은 확인하지 못했으니 기다려 주는 거요. 그대를."

　"그럼 시작해야죠. 그대와 나의 협상을."

　"정말…… 우리 전하를 그대들이 모시고 있다는 거요?"

　불안과 기대를 함께 내보이며 묻는 파오의 말에 사빈이 천천히, 하지만 조금의 흔들림도 없는 모습으로 고개를 끄덕였다.

　제한이라는 나라를 다시 일으킬 수도 있는 실질적인 황실의 핏줄이 살아 있다는 기대감과 이제까지 자신이 지켜 온 모든 것을 내어 주어야 할지도 모른다는 절박함. 이 두 가지 감정을 모두 담고 있는 파오의 눈빛을 읽으며 사빈이 머릿속을 차갑게 식혔다.

눈앞의 사내를 끌어안아야 한다. 모두를 위해서.

"하루아 황태자를 기억합니까."

사빈의 말에 파오가 너무도 오래전의 일을 기억하듯 허공으로 시선을 던졌다. 아프게 일그러지는 사내의 얼굴에 아련함이 고였다.

"기억하다마다요. 황후마마를 꼭 빼닮아 그리 어여쁘실 수가 없으신 아기 전하이셨지요. 궁 안 모두가 전하의 재롱에 하루하루 행복했던 시간입니다. 그 아름다운 눈은 정말."

아름다운 눈. 사빈이 아프게 입술을 씹었다.

"하루아 황태자가 눈을 잃었다는 소식은 알고 있었습니까."

행복한 아련함에 젖어 있던 파오의 얼굴에 금세 균열이 갔다.

"소문은 듣고 있었소. 한데…… 정말입니까."

"……눈만이 아닙니다."

"허면!"

"그곳에서 견디어 내신 것도, 살아남으신 것만도 기적일 것입니다. 해서 그대의 도움이 절실합니다. 파오."

아프게 일그러졌던 사빈의 눈동자가 파오의 눈을 똑바로 바라보았다. 그 눈에 담긴 의미를 느낀 것일까. 파오의 눈동자가 아주 약하게 흔들리고 있었다.

"그런데 사빈 저하, 그대가 이리 우리의 새로운 제한을 위해 목숨까지 내어놓은 연유가 무엇입니까."

흔들리던 파오의 눈동자에 의심이 어렸다. 한 점 흐트러짐 없는 사빈의 눈동자를 보며 빨려 들어가다 문득 떠오른 생각이었다. 대체 이 눈앞에 있는 이는 왜 이리 목숨까지 내어놓고 제한에게 제대로 된 힘을 실어 주려는 것인가. 힘으로 밀어붙여 자신들을 완벽하게 합병할 수도 있음을 누구보다 잘 알 텐데.

궁 안에서 그저 탁상공론만 하는 대신들이 생각해 낸 방법이라면 이해가 되는 일이었다. 그들은 제한 유민들의 실질적인 힘을 모르고 있으니까. 예상외로 제한의 힘이 커서 싸우는 것이 불안하다 느낄 수도 있을 것이다.

헌데 눈앞의 이는 자신들의 상황을 그 누구보다 잘 아는 이였다. 타국의 병사들에게 노략질을 당하는 자신들을 눈앞의 이가 구해 준 것만도 몇 번인지 모를 일이었다.

자신들만의 힘으로는 이곳에서 제한의 영역을 지키며 산다는 것은 불가능한 일이었다. 그런 자신들에게 황족을 돌려주고 협정을 맺자는 제안을 하고 있는 것이다. 눈앞의 이는.

파오의 물음에 사빈의 얼굴에 잠시 당황이 어렸다. 하지만 그것도 잠시 사빈이 부드럽게 웃으며 입을 열었다.

"제한에 소중한 이가 있기 때문입니다."

"소중한 이라 하시면…… 누구를."

이해할 수 없는 사빈의 말에 파오가 미간을 좁혔다. 국경지역의 침략을 막아 주길 여러 번이었다. 제한의 백성들과 허물없이 어울리곤 하던 황자 사빈이었다.

하지만 한 번도 누군가를 개인적으로 만나거나 접촉하는 것은 본 적도 들은 적도 없었다. 율국의 황위 계승 서열 2위인 황자에게 소중한 이가 이곳에 있다는 것이 무슨 소리인지 이해조차 되지 않았다.

"곧 아시게 될 것입니다. 그 소중한 이를 위해서 저는 제한을 제대로 세워야겠습니다."

"파오 님!"

그때였다. 보초병으로 보이는 어린 소년이 안으로 뛰어 들어왔다. 갑작스러운 상황에 파오의 얼굴이 짜증으로 일그러졌다.

"무슨 일이냐. 어찌 이리 버릇없이."

"그게…… 저 멀리 누가 오고 있습니다."

"뭐? 혹여 율의 군대더냐!"

서늘한 파오의 시선이 놀란 듯 사빈을 노려보았다. 사빈의 놀란 시선도 소년에게로 향했다. 두 사람의 시선을 받은 소년이 거칠게 고개를 저었다.

"그것이 군대가 아니라, 흡사 황제의 행차 같은 행렬입니다. 그리고 그들이…… 우리의 기를 앞세우고 있습니다."

"우리의 기라니 그게 무슨 말이냐."

"제한 황실의 기 말입니다. 황금 송골매입니다!"

"뭐라?"

제한 유민들이 모여 사는 촌락의 입구로 달려 나간 사빈의 눈앞에 믿을 수 없는 광경이 들어왔다.

저 멀리 거대한 행렬의 앞을 장식하고 있는 것은 조금 전 소년이 말했던 그 기가 맞았다. 붉은 바탕에 황금빛 날개를 활짝 편 송골매. 제한 황실의 깃발이 분명했다. 제한이 멸망한 후 그 누구도 쓸 수 없었고 써 본 적도 없는 깃발이 아름답게 푸른 하늘을 향해 펄럭이고 있었다. 지금 이 땅 위에 저 깃발을 세울 수 있는 이는 하루아, 그뿐이었다.

"광화입니다. 저하."

멍하게 서 있는 사빈에게 류한이 속삭였다. 거대한 행렬 맨 앞에 검붉은 무복을 입고 말을 달리고 있는 작은 체구의 무사는 분명 그녀였다. 그리고 그 바로 뒤에 편안한 모습으로 말을 몰고 있는 것은 율 황실의 상징인 황금 갑옷을 제대로 받쳐 입은 사준이었다.

행렬을 바라보고 있는 사빈은 숨도 쉬지 않고 있는 것처럼 보였다. 얼어 버린 듯 멈춰 선 사내의 시선이 거대한 행렬의 맨 앞에 닿아 있었다. 아니, 정확하게는 그 행렬을 이끄는 듯 보이는 검붉은 갑옷의 작은 무사에게로 향해 있음이 분명했다.

새하얀 말 위에 작은 몸을 싣고 활기차게 말을 달려 이곳을 향해 오고 있는 무사의 검은 머리카락이 바람에 시원하게 날리는 모습이 멀리에서도 확연하게 보였다.

"전하!"

"태자 전하!"

놀라 모여든 제한 백성들 사이에서 함성이 터져 나오기 시작했다. 그 누구도 부정할 수 없는 제한 황태자의 행렬이었다. 하루아의 모습은 보이지 않았지만 앞선 무리들 뒤로 아름답고 웅장한 마차는 그 안에 누가 타고 있는 것인지 확실하게 보여 주고 있었으니까.

"하아, 하아."

사빈이 커다란 손을 들어 자신의 심장 위로 가져갔다. 꽉 막혀 있던 가슴이 이제야 제대로 숨이 쉬어지는 것 같았다.

아직 자신을 보지 못한 듯 붉은 무복의 그녀는 뒤를 보며 마차를 살피고 있었다. 한 손으로 가볍게 잡은 고삐, 말과 한 몸인 듯 너무도 자유로워 보이는 움직임, 그리고 하늘을 가득 메운 바람에 시원하게 흩어지는 그녀의 미소. 그 모든 것이 하나하나 사빈의 심장으로 가득 차 들어오고 있었다.

"광화, 저기."

달려오다 돌부리에 흔들린 마차를 뒤돌아보는 이령에게 사준이 손짓을 했다. 앞을 보라고. 사준의 손가락을 따라 시선을 돌린 이령의 눈에 저 멀리 그가 보였다.

"하아."

이령의 목에서 겨우겨우 참고 있었던 듯 힘겨운 숨이 토해져 나왔다. 조그마한 그녀의 얼굴이 천천히 붉은 기를 띠었다. 반짝이는 검은 눈동자, 발그레 물든 볼, 옅은 숨결을 토해 내는 붉은 입술…… 그 곱고 아름다운 모습에 넋을 놓는 사준의 눈앞에서 이령이 거세게 말을 달려 나갔다.

"어, 어……."

모여 있던 이들이 놀란 눈으로 자신들을 향해 달려오는 백마의 모습을 확인하고 서둘러 몸을 뒤로 물렸다. 한 사내만이 달려오는 말을 피하지 않고 정면으로 그 말을 바라보고 있을 뿐이었다.

그리고 금방이라도 사내를 덮칠 듯 달려오던 말이 사내의 앞에 거짓말처럼 멈춰 서는 모습도, 그 말 위에 앉아 있던 아름다운 무사가 날듯 말에서 뛰어내려 커다란 사내의 품 안으로 파고들듯 안기는 모습도 모두의 눈앞에 그림처럼 펼쳐졌다.

자신의 품 안에 파묻힌 작은 여인을 꼭 안은 채 사빈은 아무 말도 할 수가 없었다. 상상조차 해 보지 않은 이 상황에 지금 품 안에 있는 존재가 꼭 꿈만 같아 입을 열수도, 손을 뗄 수도 없었다. 조금이라도 움직이면 이 모든 것이 신기루처럼 사라져 버릴 것만 같아서였다.

"나, 숨 막혀."

얼마를 그렇게 있었을까. 움직일 줄 모르는 단단한 사빈의 가슴에 파묻혀 꼼짝하지 못하는 이령의 입에서 겨우겨우 목소리가 새어 나왔다. 그 목소리에 놀란 사빈이 움찔 몸을 떨며 팔을 풀었다.

"난 죽을 만큼 보고 싶었는데, 넌 뭐니?"

겨우 조금 헐거워진 사빈의 품 안에서 이령이 빼꼼히 고개를 들었다. 조그맣고 발그레한 작은 얼굴이 사빈의 굳은 얼굴을 올려다보고 있었다. 더 작아진 듯 보이고 더 어여뻐진 조그마한 얼굴을 사빈은 그저 물끄러미 내려다볼 뿐이었다. 그런 사빈을 보는 이령의 눈꼬리가 조금씩 치켜 올라가기 시작했다.

"령아."

그때였다. 꽉 잠긴 사빈의 목에서 힘겨운 부름이 새어 나왔다. 샐쭉해졌던 이령의 눈꼬리가 배시시 풀려 갔다.

"응. 나야."

"진짜…… 너냐?"

"진짜 나 맞아. 증명해 줘?"

기쁨과 두려움이 함께 고인 사빈의 눈을 올려다보던 이령이 순간 발끝을 들어 올려 사빈의 입술에 그대로 자신의 입술을 가져다 댔다. 모두의 놀란 시선이 둘을 바라보았지만 이령은 상관도 없는 듯 보였다.

"내가 왔어."

그녀의 목소리가 달콤하게 사빈의 귓가로 스며들었다.

"……."

"내가 말했지? 너무 보고 싶으면 내가 올 거라고. 그래서, 너무 보고 싶어 죽을 것 같아서 내가 왔어. 빈."

싱긋 웃는 이령의 입술에 사빈의 뜨거운 입술이 내려앉은 것은 그때였다. 뜨거움을 가득 담은 그의 숨결이 자신의 온몸으로 스미는 것을 달콤하게 음미하며 이령이 천천히 눈을 감았다.

자신의 작은 몸을 서리서리 감아 오는 단단하고 부드러운 팔, 바람을 닮은 그의 내음. 그 모든 것에 스스로를 묻으며 이령이 뜨거운 사빈의 숨결을 탐하고 또 탐했다.

"적당히 좀 하지, 이제."

세상 모든 것을 잊은 듯 서로만을 탐하던 남녀 사이로 뚱한 목소리가 스며들었다. 어느새 거대한 일행은 제한 백성들의 앞에 다다라 있었다.

"준아."

여전히 이령은 품 안에서 떼어 놓지 못한 채 사빈이 자신의 눈앞에 서 있는 동생을 바라보았다. 어느새 이리 커 버린 것일까 의아할 정도로 갑옷을 제대로 받쳐 입고 무리를 이끌고 있는 준의 모습은 듬직했다.

"무사하셔서 다행입니다. 형님."

"하루아 황태자이시냐."

사빈의 눈이 마차로 향했다. 물으나마나한 질문임을 알면서도 확인하지 않을 수 없었다. 기대가 가득한 제한 백성들의 눈도 사빈을 따라 마차로 움직였다.

"이제 제한의 황제이시지요."

마차에 쏠린 모두의 시선을 재미있다는 듯 바라보며 사준이 병사들 쪽으로 고갯짓을 하자 병사들이 마차의 문을 열었다. 열린 마차 앞으로 다가선 사준이 손을 내밀었다. 새하얗고 긴 손이 사준의 손을 잡는 모습이 모두의 시선에 들어왔다.

"하루아 전하다!"

"황후마마와 저리 똑같으시다니!"

"저분이 정말 하루아 전하이신 거예요?"

수많은 제한 유민들의 술렁거림 속에 마차에서 내린 하루아가 사준의 손에 이끌려 천천히 걸음을 옮겨 사빈의 앞에 섰다. 그제야 이령을 품에서 내어놓은 사빈이 하루아 앞에 무릎을 꿇었다. 모두의 눈이 커다랗게 열렸다.

"제한의 황제를 뵙습니다."

회색의 긴 머리카락, 그려 놓은 듯 곱고 새하얀 얼굴, 말랐지만 작지 않은 키의 사내에게 쏠렸던 제한의 시선이 그 앞에 무릎을 꿇는 율의 황자에게로 쏠렸다. 율의 황자가 무릎을 꿇는 존재인 것이다, 눈앞의 이는.

제한 유민들의 얼굴에 희열과 기대감이 가득 차올랐다. 하나둘 사람들이 사빈을 따라 하루아의 앞에 무릎을 꿇었다.

"폐하를 뵙습니다!"

제한 백성들의 한목소리가 푸른 하늘을 가득 메웠다.

"저희 땅에서 가장 좋은 전각입니다. 오늘은 이곳에서 쉬시고 내일 뵙겠습니다."

정중히 고개를 숙이면서도 파오의 시선은 여전히 흔들리고 있었다. 예상은 하고 있었지만 마주하고 보니 생각이 많은 모양이었다. 하루아를 지나친 파오의 시선이 하루아의 곁에서 한 치도 떨어지지 않는 연에게 닿았다. 분명 시중을 드는 여인인 듯한데 그녀와 황태자의 관계가 조금 특이하게 느껴졌다.

"환대에 감사드립니다. 내일 자세한 이야기를 드리도록 하겠습니다."

하루아에게 닿았던 파오의 시선이 연을 지나 사빈의 곁으로 다가서는 이령에게로 향하는 것을 감지한 사준이 사빈과 이령 두 사람의 앞을 막아서며 고개를 숙였다.

상황을 좀 보고 감정 표현을 할 것이지 아예 대놓고 서로 시선조차 떼지 못하는 사빈과 이령의 모습에 미칠 노릇인 사준이었다. 특히 이령은 사빈에게서 한시도 떨어지지 않고 있었다.

"헌데…… 저 무사분은 누구이신지 여쭈어도 되겠습니까. 혹여 광화, 이령 궁주이신지요."

흑, 사준이 숨을 삼켰다. 제대로 논의나 협상도 시작하지 않았는데 이령의 문제가 수면 위로 떠오르면 곤란했다. 제한의 유민들에게 이령의 존재는 하루아와는 달라도 너무 다를 것이었다.

"예. 제 누이인 이령입니다."

어쩔 줄 모르는 사빈과 사준을 느낀 것일까. 몸을 돌리려던 하루아의 입에서 나직한 목소리가 새어 나왔다. 당연한 것을 말하듯 나직하게 울리는 하루아의 목소리에 그 누구도 의문을 제기할 수는 없었다.

아주 잠시 모두를 응시하던 파오가 몸을 돌려 전각을 나간 후에야 사준의 입에서 참았던 숨소리가 터져 나왔다.

"대체! 좀! 광화!"

"이리 와."

버럭 고함을 지르는 사준의 모습 따위 바라보지도 않은 이령이 사빈의 손을 잡아끌었다. 못 이기는 척 그런 이령의 손에 이끌려 가는 사빈 역시 사준에게 시선도 주지 않았다.

"쉬셔야 합니다. 하루아 님."

따스한 여인의 목소리에 새하얀 사내의 입가에 아름다운 미소가 번지는 모습을 물끄러미 바라보던 사준이 고개를 저으며 한숨을 내쉬었다.

"이런 걸 서럽다고 하는 거군."

이령과 사빈, 연과 하루아도 사라져 버린 빈 공간에 남겨진 사준이 엄청난 것을 깨달은 듯 읊조리는 말에 류한이 입술을 악물었다. 웃음이 나오려 했지만 웃어선 안 된다는 자각이 본능적으로 느껴져 왔기 때문이다. 지금 웃었다간 눈앞의 막내 황자에게 척살당할 수도 있을 것이다.

"술 한잔 어때, 류한?"

커다란 눈 안에 서러움을 담고 하는 사준의 말에 류한이 크게 고개를 끄덕였다.

커다란 전각 안쪽의 소전각 안으로 들어서자마자 이령이 사빈을 그대로 밀어 침상 위로 넘어뜨렸다. 그리고 그대로 사빈의 몸 위에 몸을 숙였다. 투명하게 반짝이는 이령의 눈동자가 금방이라도 사빈을 삼키고 싶은 듯 아름답고 강렬하게 반짝이고 있었다. 그런 이령을 올려다보는 사빈의 눈 안에 웃음이 가득했다.

"이봐요, 아가씨. 날 잡아먹고 싶은 듯 보이는데."

"맞아. 잡아먹을 거야. 한입에."

이령이 으르렁거리듯 속삭였다. 뜨거운 이령의 숨결이 얼굴에 닿아 부서지는 감각에 사빈이 부르르 몸을 떨었다.

푸른빛을 품은 채 강렬하게 반짝이는 검은 눈동자, 부드러운 호선을 그리며 곱게 휘어진 붉고 어여쁜 입술에 숨이 막혀 왔다. 겨우 며칠이건만 죽을 듯 보고 싶던 얼굴이 바로 눈앞에 있었다. 그녀의 숨결이 자신에게 닿고 자신의 숨결이 그녀를 간지럽히고 있었다. 이 순간이 세상 전부가 되고 있었다.

"미칠 뻔했다. 너를 그곳에 두고 온 것에."

"네 선택이었잖아."

나른하게 빛을 품은 이령의 눈동자가 싱긋 웃었다. 붉은 입술 사이로 비치는 새하얀 이가 사빈의 눈에 가득 차 왔다.

"내 선택을 후회했어. 한순간 한순간."

"그럼 다신 하지 마, 그런 선택. 이젠 죽어도 네 곁에 있을 거니까."

작은 손으로 가만가만 사빈의 얼굴을 감싸던 이령의 입술이 사빈의 입술을 삼켰다.

"하아. 빈."

촉촉하게 땀이 배어 있는 사빈의 머리를 가슴에 안으며 이령이 그를 불렀다. 온몸 가득 피어난 붉은 꽃들이 그녀의 흔들림에 더욱 만개해 갔다.

"응."

여전히 그녀의 가슴에 얼굴을 묻은 채 사빈이 웅얼거리듯 대답했다. 달큰하고 보드라운 작은 가슴에 파묻힌 얼굴을 들 생각 따위 들지 않았다. 숨이 끊어질 만큼 목이 마르던 이가 샘을 찾듯 그녀의 향에 취한 사빈은 아무 생각도 할 수가 없었다.

"생각해 봤는데…… 아흑!"

무엇인가를 말하려던 이령이 갑자기 자신의 가슴 끝을 빨아들이는 사빈의 움직임에 거칠게 몸을 휘었다. 사빈의 어깨를 잡은 손가락에 그의 살을 파고들 듯 힘이 들어갔다. 그녀의 움직임에 그의 심장이 더 요동치기 시작한 것일까. 그의 움직임이 더욱 거칠어지기 시작했다.

거칠게 스스로를 그녀의 안에 묻으며 그의 시선이 그녀의 작은 몸을 하나하나 눈에 담았다. 풀어 헤쳐진 검은 머리카락이 침상 위로 물결치고 붉어진 그 고운 얼굴이 살짝 일그러진 채 자신을 향해 낮게 신음한다.

가는 목과 그 아래 새하얗고 보드라운 가슴, 그리고…… 얼굴과는 전혀 어울리지 않는 검상과 거대한 상처들. 다른 이들의 눈에는 보기 끔찍하고 흉할지 몰라도 사빈의 눈에 그 상처들은 아픔이었고 눈물이었다. 그리고 그녀를 놓을 수 없는 이유였다.

"뭘 생각했는데?"

"하아, 몰라."

끝도 없이 그녀를 향한 움직임을 멈추고 겨우겨우 숨을 내쉬는 그녀를 품에 안은 그가 물었다.

힘도 들어가지 못하는 이령의 작은 주먹이 사빈의 가슴을 거칠게 내리쳤다. 다른 때 같았으면 꽤나 아팠을 그녀의 주먹이 그저 솜털 날리듯 느껴졌다. 힘이라고는 남아 있지 않은 그녀의 상태를 느끼며 사빈이 큭큭 웃음을 흘렸다.

"미안, 너무 괴롭혔나."

"죽을 뻔했어, 정말."

"큭큭."

짓궂은 웃음을 흘리며 사빈이 땀에 흠뻑 젖은 그녀의 얼굴을 가만히 쓸어 보았다. 작고 보드라운 얼굴이 거친 손끝에 느껴졌다.

"뭐야? 아까 하려던 말이."

"아무래도 내가……."

"응."

말을 시작한 이령의 도톰하게 부풀어 오른 입술을 사빈의 커다란 손가락이 스치듯 쓸어내렸다. 그의 손길에 뭉개졌다 다시 도톰하게 살아나는 입술에 사빈의 입술이 가만히 닿았다 떨어졌다. 이령이 살짝 눈을 흘겼다.

"말하라고 해 놓고."

"미안, 진짜 말해, 이제."

"그때부터였던 것 같아."

"뭐가?"

"10년 전 그날, 어둠 속에서 너를 처음 보았을 때. 그때부터 너를…… 아, 몰라!"

"나를 뭐? 하던 말은 계속해야 할 것 아닌가."

"싫어. 하기 싫어졌어."

이령이 급하게 이불을 머리끝까지 뒤집어썼다. 사빈의 눈이 커다랗게 열렸다. 방금 붉게 물든 그녀의 얼굴을 본 것 같았다.

"이야기 시작해 놓고."

"아, 못 해. 아니, 안 해."

"안 하고 버틸 수 있을까."

"뭐?"

놀라 빼꼼 이불 밖으로 고개를 내미는 이령의 눈앞에 사빈의 웃음을 띤 눈이 들어왔다.

사악함이 가득 찬 그 눈 안에 담긴 뜨거움을 느낀 순간 이령이 하얗게 번지는 머릿속을 느껴야 했다. 오늘밤 그 이야기를 해 주지 않으면 자신은 정말 죽을지도 모른다는 두려움이 밀려왔다. 기가 다 빨려 죽은 최초의 여인이 될 모양이었다.

"후회하지 마라."

"꺅!"

#8. 아픈 선택, 그리고 대가

짙은 어둠을 품고 흔들리는 촛불을 물끄러미 바라보던 파오
가 문소리에 고개를 돌렸다.

"아직 주무시지 않으셨어요, 아버지? 차를 드릴까요?"

부드러운 미소를 지으며 들어서 가만히 앞으로 다가오는 소
녀에게 파오의 따스한 시선이 닿았다. 조심스러운 몸가짐으로
정갈하게 차를 우려 내민 소녀가 그의 앞에 마주 앉았다.

"모두 난리예요. 하루아 폐하에 제한의 두 황자까지. 우리 제
한이 이제 다시 되살아나는 모양이라고."

"……그렇겠지."

"그럼, 이제 아버지는 뭘 하시는 건가요?"

찻잔을 들던 파오의 손이 순간 멈춰졌다. 잠시 찻잔에 시선을
주고 있던 그가 고개를 들었다. 그리고 그 시선이 눈앞의 딸에

게 닿았다.

올해 열일곱. 거친 아들들 사이 하나 있는 외동딸이었다. 어디에 내어놓아도 부족함 없이 키운 딸.

"꿈을 꾸어야지. 다시 새로운 세상을."

곱게 반짝이는 딸의 눈동자를 바라보며 파오가 나직하게 속삭였다.

"편안하게 쉬셨습니까? 형님?"

밝고 활기찬 얼굴로 자신을 맞이하는 사빈의 모습에 사준이 살짝 눈을 흘기며 장난스럽게 말을 내뱉었다. 철든 이후로 가장 행복해 보이는 얼굴이었다, 사빈은. 맑은 눈빛 안에 따스함이 가득한 모습. 언제나 텅 비어 있던 눈동자는 어디에도 없었다.

"근데 그쪽은 눈이 왜 그 모양인가? 꼬마 저하?"

반가우면서 한편으로는 조금 가슴 시린 이의 목소리에 사준이 고개를 돌렸다. 그리고 그 순간 그의 눈이 커다랗게 열렸다.

"눈 빠지시겠네. 우리 꼬마 저하."

"……."

상상도 해 보지 못했던 모습이었다. 붉은 꽃들이 아름답게 수놓인 여인의 침의를 입은 이령이 눈앞에 있었다. 사준의 커다랗게 열린 눈이 감기지 못하고 그저 멍하게 앞만 응시하고 있었다. 그런 사준의 모습에 사빈이 큭 웃음을 토했다.

"나도 처음 보았을 때에는 그랬다. 너무 낯설어서."

"……저는 형님과는 다른 느낌으로 놀란 것입니다."

아주 잠시 이령에게서 시선을 떼지 못하던 사준이 언제 그랬

냐는 듯 사빈을 바라보며 어깨를 으쓱해 보였다. 장난스러움이
담긴 사준의 말에 사빈이 의아한 듯 고개를 갸웃거렸다.

"허깨비에 옷을 걸쳐 놓은 것 같지 않습니까? 어찌 여인이 저
리 나무토막 같은지. 대체 저 여인이 어디가 그리 마음에 드시
는 것입니까? 도저히 이해가 안 되는 것이 그것입니다."

"이봐, 꼬마 저하!"

"아실 텐데요, 광화 님. 저는 거짓말 못합니다."

"아휴!"

이령이 주먹을 쥐고 부르르 몸을 떨었다. 그런 이령의 모습에
사빈이 거칠게 웃음을 토해 냈다. 공간이 사빈의 웃음소리에 파
묻힐 정도로 그의 웃음은 시원하고 행복하게 들렸다.

아련한 눈동자로 잠시 이령을 바라보던 사준의 눈이 사빈을
향해 돌려졌다.

낯선 얼굴, 낯선 웃음소리. 저리 환하게 웃을 줄 아는 이였다
니. 저리 시원한 웃음소리를 가지고 있는 것도 몰랐다. 언제나
조금은 아프게, 조금은 허전하게 미소만을 짓는 이였으니까.

웃음을 삼키지 못하고 있는 사빈의 곁으로 다가온 이령이 사
빈의 옆에 앉아 환한 사빈의 눈을 마주했다. 투명하리만치 아름
다운 네 개의 눈동자가 서로를 심장에 새기듯 바라보고 있는 모
습에 사준이 깊게 한숨을 내쉬었다.

두 사람 사이에는 그 무엇도 끼어들 틈이란 없었다. 사영이
아무리 애를 써도 저 두 사람의 마음속에는 그 어떤 공간도 생기
지 않을 것이다. 이미 눈앞의 두 사람은 서로에게 세상이고 삶
의 전부이니까. 쓴웃음이 났다.

"그만하고 이제 가시죠. 파오가 만나자 합니다. 하루아 폐하께도 연통해 두었습니다."

서로를 눈빛으로 녹여 버릴 듯 바라보고 있는 두 사람을 향해 사준이 말했다. 그 말에 고개를 돌리는 이령을 바라본 사준이 낼름 혀를 내밀었다. 이령의 미간이 거칠게 빗금이 갔다.

"사내들만의 만남입니다. 아쉽게도."

"아, 진짜."

화가 치솟는지 붉어진 얼굴로 벌떡 몸을 일으키려는 이령을 사빈이 팔을 잡아 자신의 품 안으로 끌어당겼다. 언제 사준을 향해 화를 냈냐는 듯 이령의 달달한 눈이 자신을 당겨 안은 사빈을 향했다.

"쉬고 있어. 금방 다녀올게."

"금방 와야 해. 늦으면…… 쳐들어간다."

"오죽하려고."

"형님……."

또 그냥 두면 하루 해가 질 것이다. 사준이 지그시 눈을 부라리며 부르는 소리에 사빈이 일어섰고 사준을 향한 이령의 시선은 더욱 날카로워졌다.

긴장을 한 탓인지 안 그래도 푸른 기 가득한 입술이 더욱 푸르게 보이는 하루아의 모습을 의식하며 사빈이 자신들의 앞에 앉은 이들을 바라보았다.

제한이 소천의 말발굽 아래 짓밟힌 이후 없어져 버린 황실을 대신해 살아남은 유민들을 이끌고 이제까지 제한의 명목을 이어온 주역들이었다. 제한의 마지막 황제가 제위하던 당시 젊은 병부의 장수였던 파오를 비롯해 그 당시 나라의 일을 보던 젊은 관리들이다. 25년이 넘는 시간을 자신들의 힘으로 지켜 온 모든 권리를 그리 쉽게 내어 줄 리는 없을 것이다. 그것도 몸조차 성치 않은 황태자에게.

짧은 시간임에도 준이 어느새 준비한 것인지 제한 황실의 붉은 용포를 입고 앉아 있는 하루아를 보는 제한 관리들의 눈에는 여러 가지 감정이 담겨 있었다. 소문으로만 듣던 제한 황실의 적통 황태자가 눈앞에 있다는 감격과, 제대로 몸조차 가누지 못하는 이를 보는 안타까움, 그리고 그런 황태자에게 모든 힘을 넘겨도 되겠냐는 불안함까지.

그들의 눈에 담긴 여러 가지 감정을 보며 사준이 남몰래 깊게 한숨을 삼켰다. 이제부터가 진짜 싸움일 것이다.

"소천이 쳐들어왔다는 급보가 전해진 그날."

쥐 죽은 듯한 고요 속에 파오의 나직한 목소리가 울리기 시작했다. 모두의 시선이 그런 파오에게로 향했다.

"목숨을 내어놓고 출전을 준비 중인 우리를 격려하기 위해 황후마마께서 직접 병부까지 오셨었지요."

움찔, 하루아의 손이 움켜쥐어졌다.

"하늘의 선녀가 하강한 것이라 칭송받으시던 그 모습을 처음으로 뵈었었습니다. 지금 눈앞에 계신 하루아 님의 모습 그대로였지요."

"그랬……습니까. 저는 어머님의 모습이 기억에 없습니다."

아주 잠시 떨리는 듯하던 하루아의 목소리가 평정을 찾았다.

지그시 감겨 있는 두 눈의 길고 아름다운 속눈썹이 파르르 새하얀 얼굴 위에서 흔들렸다.

"고작 걸음마를 시작하신 어린 꼬마셨으니까요. 황제 폐하의 품에 안겨 계시던 그 조그맣던 모습을 기억합니다."

"하루아 님이 제한의 황태자인 것에는 조금의 의문도 없다는 말씀이시군요. 파오."

하루아를 향한 눈동자에 애틋함을 담는 파오의 말에 사빈이 끼어들었다. 확실하게 짚고 넘어가야 한다.

"누가 의심이라도 하겠습니까. 황후마마를 아는 이라면."

한 단계는 넘어섰다. 하루아의 정통성에는 그 누구도 토를 달지 않았다.

"다만, 그 긴 세월 제한의 황태자로서 살아 보신 적이 없기에 우리의 모든 것을 짊어지실 수 있을지 그것이 걱정이지요. 황태자로서의 삶도, 황제로서의 삶도 어떤 것인지 전혀 알지 못하실 테니 말입니다. 황태자로서의 삶조차 절대 쉬운 것은 아님을 두 분 저하께서 너무도 잘 알고 계시지 않습니까."

시작하고 있었다. 하루아의 정통성은 인정하되 그 능력을 완전하게 인정할 수 없다는 그들의 말은 무조건적인 타협은 없다는 선전포고와도 같았다.

"앞에 계신 분들이 함께해 주신다면 가능하지 않겠습니까. 하루아 황태자는 이제 혼자가 아니시니까요. 저희 율도 모든 것을 도울 작정입니다."

"외부의 도움을 전적으로 믿을 만큼 세상은 아름답지 않습니다."

차디찬 파오의 말에 모두의 얼굴이 차갑게 굳었다. 아직까지 한 마디도 하지 않는 하루아와 서늘한 눈빛으로 파오를 주시하는 사빈을 바라보는 사준의 눈에 불안이 어렸다.

"한계가 있는 외부의 도움이 아니라 우리 안에서 우리의 힘을 완벽하게 하나로 합쳐 이겨 나가야 하는 것이지요. 제한이 살아남기 위해서는 말입니다. 해서 저희는 저희 모두를 완벽하게 하나로 품고 가시겠다는 하루아 님의 약속이 필요합니다."

그려진 듯 아름다운 하루아의 눈썹이 꿈틀 흔들렸다. 사빈의 눈에도 의아함이 고였다.

"약속이라 하셨습니까. 어떤 의미의 약속을 말씀하시는 것입니까."

하루아의 푸른 입술이 천천히 열렸다. 아름다운 입술선이 아주 약하게 떨리고 있었다.

"당연한 일이겠지만, 저희의 핏줄로 황후로 맞이하시고 그 황후의 가문으로 하여금 하루아 님을 보필하게 해 주십시오. 이제껏 제한을 책임져 온 저희를 인정해 주시는 길이 될 것입니다."

공간이 숨을 죽였다. 살짝 벌어진 하루아의 입에서 옅은 숨이 토해져 나왔다. 그의 가슴이 천천히 뛰기 시작함을 곁에 앉은 사빈은 느낄 수 있었다.

예상한 일이었다. 이들이 자신들의 기득권을 지키기 위해 어떤 식으로든 황실에 피를 섞으려 할 것임을. 하지만 지금 두려운 것은 예상하고 있던 거래를 제안하는 그들이 아니라 그 제안을 하루아가 받아들일 것이냐, 였다. 그가 받아들이지 않는다면, 모든 거래는 어쩌면 물거품이 될지도 모를 일이었다.

"다시는…… 다른 핏줄이 황실에 들어오는 일이 없어야 함도 저희가 원하는 것입니다."

덧붙이는 파오의 차디찬 말에 사빈의 눈이 거칠게 일그러졌다. 사빈의 반응에 사준의 심장이 쿵 울렸다. 하지만 사준의 걱정과 달리 파오의 말에 반응을 보인 것은 사빈이 아니라 하루아였다.

"그 말은…… 내 누이를 인정치 않겠다는 말입니까."

차디차게 얼어붙은 하루아의 물음에 눈앞의 그들은 대답하지 않았다. 할 필요도 없다는 듯 그들의 눈동자는 냉담했다. 자신들이 내민 손을 잡지 않으면, 자신들이 인정치 않으면 아무것도 할 수 없다는 듯 그들은 자신만만해 보였다.

하루아의 숨결이 차갑게 식어 가는 동안 사빈의 숨결은 조금씩 거칠어져 갔다. 그리고 막 입을 열려는 사빈의 앞에 하루아가 손을 들어 올렸다. 새하얀 손가락이 사빈에게 멈추라고 하고 있었다. 사빈과 사준의 흔들리는 시선이 하루아를 향했다.

"내 누이를 인정치 않겠다는 것은 나를 인정치 않겠다는 것과 다름이 없습니다. 지금 그 말은 그대들은 나를 인정치 않는 것입니다."

"하루아 님, 그건 다릅니다. 광화 이령은 소천 패주의 핏줄입니다. 아무리 황후마마의 태를 통해 태어났다 해도……."

"내 어머님이 낳은 아이가 우리의 핏줄이 아니라면 나 역시 그대들이 인정하는 핏줄이 아닌 것이겠지요."

"하루아 님!"

"나를 지키기 위해 하루하루 목숨과 자신의 모든 것을 걸고 살아온 내 누이를 인정치 않는 나라라면, 나 역시 그런 나라 인정치 않을 것입니다."

모두의 눈에 경악이 어리는 모습에 사준이 숨을 참았다. 터질 듯 심장이 뛰기 시작했다.

"사빈 저하."

나직한 하루아의 부름에 사빈이 고개를 살짝 숙였다.

"율의 태자 전하께 연통을 넣어 주시겠습니까. 제한의 유민들이 나 하루아를 인정치 않는다고. 해서 나 하루아는 제한의 황제가 될 마음도, 명분도 가지고 있지 않다고. 허니 율의 황실에서 제한과 함께 가려 한 모든 계획은 없던 일이 될 것이라고 말입니다."

한 치의 흔들림도 없이 사빈을 향해 뱉어 낸 하루아가 자신이 입고 있던 용포를 천천히 벗기 시작했다. 새하얀 손가락이 거칠게 자신의 용포 매듭을 풀어 갔다. 그들 앞에 앉아 있던 제한 지도자들의 얼굴이 하얗게 질려 왔다.

"곧 연통하겠습니다."

"사빈 저하!"

하루아의 말에 사빈이 바로 대답을 하며 자리에서 일어나자 파오가 고함을 치듯 사빈을 불렀다. 붉어진 파오의 얼굴이 하루아와 사빈을 노려보고 있었다. 씰룩이는 사내의 얼굴에 열기가 가득했다.

"하루아 님, 이리 성급하게 판단하실 문제가 아닙니다. 광화 궁주에 대한 소문은 저희도 익히 알고 있습니다. 하루아 님에게 그분이 어떤 존재인지 모르는 바도 아닙니다. 하지만 아무리 그러하다 해도 그분은."

"제 어머님이 낳은 제 누이입니다."

"……."

"제 아버님이, 제 나라가 지키지 못한 저를 지키기 위해 태어나야 했던 제 어머님의 딸이지요."

"……."

"혹여 그대들이 지키지 못한 제한의 여인들에게서 태어난 소천의 핏줄들 모두를 그대들은 인정치 않고 있습니까."

제한 지도자들의 얼굴에 경악이 어렸다.

"그러고도 그대들은 제한을 지켜 왔다고 지금 말하고 있는 것입니까."

주루룩, 하루아의 감겨진 두 눈에서 눈물이 흘러내렸다.

"내 누이를 인정치 않는 내 나라라면, 나 역시 내 나라로 인정할 마음 따위 없습니다."

하루만 시간을 갖자는 이들의 간절한 요청에 하루아가 마지못한 듯 응하고 나서 만남은 끝났다.

하지만 사준은 이미 알고 있었다. 제한의 수장들은 하루아의 요청을 거부할 수 없을 것이다. 하루아가 없는 제한의 황실은 있을 수 없고 황태자인 하루아가 인정치 않는 제한이라는 나라는 존재 자체가 불가능하기 때문이다.

하루아가 없었을 때라면 차라리 그저 변방의 유민들로 살아갈 수도 있었겠지만 자신들을 품고 있는 율의 태자가 원하는 것을 거역하며 버틸 힘은 사실 없는 그들이니까.

제대로 된 왕을 세우고 그를 통해 제한을 효율적으로 율의 한 변방 국가로 키우려는 사영의 계획을 거부한다면 제한 유민들은 이곳에서조차 제대로 살아갈 수 없을 것이다. 자신의 뜻을 거부하는 제한의 유민들을 거둘 다른 나라 황제란 없을 테니까.

"괜찮으십니까."

사빈의 손을 잡고 천천히 걸음을 옮기던 하루아가 휘청거리는 모습에 놀란 사빈이 그의 어깨를 안았다. 가늘고 약한 사내의 어깨가 떨리고 있었다.

"걱정하실 것 없습니다. 그들은 하루아 황태자의 제안을 거부하지 못할 것입니다."

사준이 하는 말에 하루아가 입가를 살짝 끌어 올렸다. 아프게 일그러지는 그 미소는 미소가 아니라 울음처럼 보였다. 그 모습을 이해할 수 없는 사준이 의아함을 담고 사빈을 바라보았다.

사준의 눈을 마주한 사빈의 입가가 아프게 올라갔다. 하루아와 닮은 사빈의 웃음을 보며, 사준은 그제야 깨달았다. 이 일이 성사되면 자신이 모르는 무엇인가를 하루아는 내어 주어야 한다는 것을.

그때였다. 율의 별궁 안에서부터 한시도 하루아의 곁을 떠나지 않았던 작고 어여쁘지도 않던 소박한 소녀의 모습이 떠올랐다. 아름다움도, 고귀함도 하나 담고 있지 않았지만 세상에서 가장 따스한 시선으로 하루아를 보던 소녀. 사준의 아픈 눈동자가 하루아를 향했다.

"하루아 님!"

얼마의 시간을 저리 동동거렸을까 싶게 전각 안으로 들어서
는 자신들을 보고 소녀가 달려 나왔다. 그 소녀의 목소리에 하
루아의 눈가가 아프게 일그러지는 것이 사빈과 사준의 눈에 들
어왔다. 푸른 그의 입술이 아프게 악물어져 있었다.

"힘드셨어요? 안색이 왜 이러셔요?"

안타까움이 가득한 손길로 하루아를 부축해 안으로 들어서는
소녀의 뒷모습에 닿은 사빈의 시선이 아프게 젖어 들었다.

"뭐……야?"

자신의 배에 얼굴을 파묻는 사빈을 향해 이령이 낮게 물었다.
방에 들어서자마자 허깨비처럼 침상에 주저앉은 사빈이 이령을
그대로 끌어당겨 안았다. 그러고는 한참이나 아무 말도 하지 않
고 있었다. 가슴 아래로 그의 뜨거운 숨결만 느껴져 왔다.

자신의 물음에 아무 대답도 하지 않는 사빈의 머리를 이령이
가만가만 쓰다듬었다. 무슨 일이 있었다 해도 괜찮다고. 아무
걱정 하지 말라고 이야기해 주고 싶어 이령은 그의 머리를 꼭 끌
어안고 쓰다듬었다.

"날 인정치 않겠다지? 뭐, 그러라고 해. 상관없으니까."

"그 여인."

"응?"

무슨 소리인가 싶은지 이령의 얼굴이 의아함을 담았다.

"하루아 황태자 옆에 언제나 있는 너의 시녀."

"연이? 연이가 왜?"

"언제부터 하루아 황태자 곁에 있었던 거냐."

"글쎄, 너를 만나기도 전부터니까 10년도 넘었네. 내가 유모의 품에서 떠나야 할 나이가 되었을 때 내 궁에 보내진 아이야. 어차피 나는 돌볼 이유도 없었으니까 오라비를 돌보라 했거든."

"어떤 의미인가, 너에게나 하루아 황태자에게 그 아이는?"

사빈의 얼굴을 가만히 두 손으로 받쳐 들고 시선을 맞춘 이령이 의아한 듯 그와 시선을 맞췄다. 아프게 흔들리는 사빈의 시선을 따스한 시선으로 바라보며 이령이 말했다.

"함께 굶고 함께 울고 함께 죽을 각오를 했던 사이? 나한텐 동지. 오라비한텐…… 세상의 하나뿐인 여인. 그런데 그 아이는 왜?"

"하루아 황태자가 혼인을 해야 해. 이곳 수장의 딸과."

말을 마친 사빈이 다시 이령의 품 안으로 파고들었다. 조금 전과는 달리 딱딱하게 굳은 이령이 그를 밀어냈다. 어지럽게 흔들리는 그녀의 검은 눈동자가 무섭게 번들거리기 시작했다.

"오라비가 뭐를…… 해야 한다고?"

"……."

거칠게 돌아서려는 이령의 팔을 사빈이 잡았다. 꽉 움켜쥐어진 이령의 주먹이 파르르 떨렸다.

"가지 마. 지금은."

"그냥 떠나자. 지금. 하루아와 연이 데리고 지금 우리 가자. 응?"

아프게 일그러진 눈으로 애원하듯 말하는 이령을 사빈이 품 안으로 당겨 안았다. 거칠게 들썩이는 그녀의 가슴이 아프게 보였다. 터질듯 끓어 대는 그녀의 시선을 당겨 자신의 시선과 맞춘 사빈이 천천히 고개를 저었다.

"하루아 황태자는 못 가. 아니, 안 간다. 이제 갈 수가 없어, 그는."

"……."

"지켜야 할 것이 생기면…… 떠날 수 없어. 사내는."

자신을 향해 몸을 숙이던 백성들의 열기를 느껴 버린 그는 갈 수 없을 것이다. 목숨까지 걸고 자신만을 지켜 온 누이의 삶을 외면하고 떠날 수는 없을 것이다. 그는 알 테니까. 이제 떠난다 해도 절대 행복해질 수 없다는 것을. 자신도 연, 그녀도.

언제나 짙은 어둠뿐인 세상이지만 지금 이 순간이 다른 때와는 다름을 인지하며 하루아가 천천히 손을 뻗었다. 어둠이 삼켜 버린 세상은 아무것도 보이지 않았다.

내밀어진 자신의 손조차 보이지 않는 어둠임을 알지만 그래도 그는 손을 뻗었다. 그 손끝에 기다리는 감촉이 닿기를 간절히 바라는 마음으로 힘겨운 손을 내밀었다. 헌데 기다리는 따스함은 오지 않고 손끝에는 차디찬 기운만이 느껴졌다.

'연아……'

조용히 불러 본다. 아주 작은 소리에도 언제나 다가오는 그 기척임을 알기에. 하지만 기척이 느껴지지 않았다. 온몸으로 소름이 훅 끼쳐 왔다. 목줄이 당기고 숨이 막힌다. 그답지 않게 거칠게 손을 내저었다. 어둠을 가르듯 차가움이 손끝에 걸리는 느낌. 그럼에도 손끝에는 그 무엇도 느껴지지 않았다.

'연아! 연아! 어디 있어…… 연아!'

발악하듯 내뱉으려 해 보지만 목이 막혀 와 소리가 제대로 나오지 않는다. 하지만 불러야 했다. 숨 쉬기 위해서는 그녀가 필요하니까. 그녀의 손길이 필요하니까.

"하루아 님! 왜 그러세요? 저 여기 있어요."

밤새 신열에 들떠 힘겨워하던 하루아가 새벽녘 잠시 잠이 드는 것을 확인하고 탕제를 데우러 나갔다 온 길이었다. 새벽의 빛이 아주 약하게 스며든 공간을 거칠게 더듬는 하루아의 움직임에 놀라 달려온 연이었다.

촉촉하게 젖은 그의 얼굴이 지독한 아픔을 담고 일그러져 있었다. 아직 깨어나지 못한 듯한데 그의 입에서는 연신 자신의 이름이 토해져 나왔다. 놀란 연이 탕제를 급히 내려놓고 그의 까칠한 손을 잡았다.

"여, 연아."

"네. 저 여기 있어요. 꿈꾸셨어요? 나쁜 꿈이었어요?"

힘겹게 몸을 일으킨 하루아가 자신의 손을 잡은 연을 그대로 품 안으로 끌어당겼다. 앞으로 몸을 숙인 채 그를 살피던 연이 그의 커다란 품 안으로 빨려들었다. 촉촉하게 젖어 있는 그의 가슴에 그녀의 가슴이 맞닿았다.

"네가 없어서, 불러도 오지 않아서…… 두려웠다."

자신을 품에 꼭 끌어안고 꽉 잠겨 버린 목을 겨우 열어 뱉어 내는 하루아의 말에 연이 가만히 그를 마주 안았다. 말랐지만 굵은 사내의 몸을 다 안을 수 없는 그녀의 손이 그의 등을 가만히 쓸었다.

"저는 아무 데도 가지 않는걸요. 절대 가지 않으니까 걱정하지 마세요."

"너만이, 너만이 내 여인이다. 아느냐?"

"예. 알아요."

따스하고 단단하게 그녀가 대답했다. 자신의 가슴에 닿아 있는 그녀의 작은 얼굴을 가만히 손으로 받쳐 든 하루아가 그대로 그녀의 입술을 삼켰다. 작은 그녀의 몸이 그의 품에 매달렸다.

연의 숨결을 남김없이 빨아들이듯 그녀의 입안을 탐하던 하루아의 입술이 그녀의 목으로 옮겨 갔다. 낯선 감촉에 연의 몸이 움찔 떨렸다. 하지만 하루아는 멈추지 않았다. 그의 입술이 새하얀 그녀의 목에 짙은 꽃을 피우며 조금씩 밑으로 내려갔다. 어느새 벌어진 그녀의 옷깃 사이로 드러난 가슴에 닿은 그의 입술이 그녀의 보드라운 살결을 삼키자 연이 그의 품 안에서 무너져 내렸다. 눈물이 흘러내리는 그녀의 눈 안에 오늘 마주했던 고운 소녀의 눈동자가 떠올랐다.

'하루아 전하의 시녀인가?'

단아하고 고운 소녀가 물었었다. 이령처럼 아름답지는 않아도 곱고 고운 소녀였다. 귀족 집안의 소녀가 분명했다. 하루아의 방을 장식할 꽃을 꺾던 연이 조심히 고개를 숙였다.

'그분은 어떤 분인지 궁금해서.'

의아한 듯 올려다보는 연의 눈빛에 소녀의 얼굴이 붉어지고 있었다. 붉은 소녀의 뺨이 참 고왔다.

'내가 곧 그분의 황후가 될 것이라 내 아버님이 그러셨거든.'

뿌옇게 흐려지는 시선 속에서도 소녀의 고운 미소가 참 어여 뻤다. 그 복사꽃 같은 뺨이 참으로 고와서. 그래서 눈물이 났다.

타박, 타박 울리는 낮은 발소리에 연이 열심히 하던 부채질을 멈추고 고개를 돌렸다. 예상대로 낯익은 얼굴이 다가오고 있었 다. 힘이 없던 발소리만큼이나 얼굴 가득 힘겨움을 담고.

"조반 안 드셨어요? 어째 그리 기운이 없으실까? 사빈 황자님 과 혹시 다투셨어요?"

"다투긴! 우리가 어린애냐?"

뚱하게 입을 내밀며 말하는 이령의 시선이 자신에게 제대로 닿지 못함을 느끼며 연이 연한 미소를 지었다.

"그럼 혹시 저 때문에 그러세요?"

"……."

이령이 고개를 숙이고 발밑의 돌을 툭툭 걷어찼다. 한 번도 이렇게 연의 앞에서 말이 막혀 본 적이 없었다. 아니, 그 누구 앞에서도 이렇게 가슴이 답답해서 말이 나오지 않은 적은 없었 다. 죽음의 공포 앞에서도 발악을 하듯 나오던 용기가 너무도 편안해 보이는 연의 얼굴 앞에서는 도저히 나오지 않았다.

"그게 뭐라고요."

"연아."

심드렁하게까지 들릴 정도로 말하며 화로 위의 약탕기 뚜껑을 한 번 열어 보는 연의 모습에 이령의 시선이 아프게 닿았다. 너무도 아무렇지 않은 그 모습이 더 아파 심장이 저릿해져 올 지경이었다.

"황후란 거, 이령 님은 하고 싶으세요?"

"미쳤니?"

"저도 그래요. 미치지 않고는 그거 안 하고 싶거든요."

"……."

"하루아 님 곁에만 있을 수 있으면 돼요. 그게 전부예요. 차라리 저는 지금 제가 이런 신분인 것이 다행이라고 생각하는걸요. 제가 감히 그런 자리를 꿈꿀 수 있는 신분이었다면 욕심을 냈을지도 모르죠. 그러면 하루아 님은 더 힘드셨을 거잖아요. 그런 신분이었다면 이렇게 하루아 님 옆에 온전히 있을 수 없을 테니까요. 황후가 되든지 떠나든지 해야 하잖아요?"

"하지만 오라비는 이런 삶 바란 적 없잖아."

"아니요. 잘못 아신 거예요."

"응?"

"그 누구에게도, 아니, 스스로에게도 한 번도 내어 보이지 않으셨지만 한순간도 하루아 님은 자신이 제한의 황태자라는 것을 잊으신 적이 없어요. 그래서 살아 내셨고 견디셨어요."

이령이 숨을 삼켰다. 한 번도 드러내 보이지 않았던 하루아의 속내를 그녀는 알고 있었던 것일까. 자신조차 한 번도 느끼지 못했던 그의 그 깊고 깊은 곳의 마음을?

"그리고, 이제 떠날 수도 없어요. 이 약이 하루하루 하루아 님을 살게 하고 있으니까요. 율의 태의전에서 주는 이 약이 없으면 다시 예전처럼 힘들어지실 거예요. 아니, 얼마 버티지 못하실 거라고 했어요. 해서 우린 떠날 수 없어요."

우리.

연의 말에 아무런 대답도 하지 못하는 이령을 향해 환한 미소를 지어 보인 연이 탕약을 들고 일어섰다. 부드러운 걸음으로 전각 안으로 들어서는 그녀의 뒷모습에서는 그 어떤 고통도, 아픔도 보이지 않았다.

"제가 이 길로 바로 율로 돌아가 황제 폐하께 새로운 제한의 국호와 연호, 그리고 새 황제의 국세를 받아 오도록 하겠습니다. 한동안은 저희의 보호와 도움을 받으셔야 하니 저희 율의 부속 국가가 되심을 인정하셔야 할 것입니다. 그것이 제한이 독립국이 되는 조건이기도 합니다."

그것이 모두의 최종 결론이었다. 제한이 제국이 아닌 왕국이 될 것.

아무도 사준의 말을 부정할 수 없었다. 결국 율의 보호 없이 제한은 다시 설 수 없었기에. 모두가 자신의 말을 인정하는 듯한 모습에 사준이 편안한 미소를 지으며 하루아 쪽을 바라보았다.

"즉위식은 서두르는 것이 좋겠지요."

"즉위식과 함께 하루아 전하의 혼례식도 준비하도록 하겠습니다."

사준의 말에 파오가 빠트리지 않으려는 듯 덧붙였다. 아주 잠깐 하루아의 얼굴이 굳은 듯했지만 별일 아닌 듯 하루아는 다른 말을 꺼냈다.

"제 혼례식보다 먼저 제 누이의 혼례를 추진하고자 합니다."

모두의 눈이 커다랗게 열렸다. 하루아의 즉위식을 끝내고 기본적인 것들이 정리된 후 이령에게 청혼하려던 사빈에게 하루아의 말은 뜻밖이었다.

"저희가 아직은 율의 도움으로 살아가야 하지만 곧 율에게 가장 큰 협력자며 동지가 될 것입니다. 그리 만들 것이고요. 해서 저는 율과 저희 제한이 하나가 되었으면 합니다."

하루아의 말에 파오의 눈이 사빈 쪽을 바라보았다. 사준 황자 일행이 도착했을 때 이령과 사빈의 모습을 기억하고 있었다. 제한에 지켜야 할 이가 있다고 하던 사빈의 말도 떠올랐다.

"제 소망을 율의 황제 폐하께 전달해 주시겠습니까. 사준 저하."

"물론입니다. 말씀하십시오."

사준이 깍듯하게 말했다.

"제 누이, 이령 공주와 율의 둘째 황자, 사빈 저하의 혼인을 바랍니다."

조금의 흐트러짐도 없는 목소리가 공간을 울렸다. 제한의 왕으로서 하루아가 제일 처음 이루고자 하는 과업이었다.

"역시 피는 어쩔 수 없나 봅니다. 제대로 된 교육은 한 번도 받아 본 적이 없을 텐데 본능적으로 자신이 해야 하는 일을 아시는 듯하니."

파오와 제한의 여러 가지 문제에 대해 논의하는 하루아의 모습을 뒤로하고 집무실을 나서며 사준이 고개를 절레절레 저었다.

어려서 중독된 독 때문에 사실 언제 죽을지도 모르는 이라고 들었었다. 그저 하루하루 누이의 도움으로 목숨을 이어 가고 있는 허깨비 같은 존재가 제한의 하나뿐인 핏줄 하루아라는 것은 모르는 이가 없는 이야기였으니까.

하지만 지금의 그는 그의 의지 때문인지 최고의 명의라 손꼽히는 태의의 명약 때문인지는 모르지만 자신의 몸조차 제대로 가누지 못하는 이가 아니었다. 보이지 않는 눈과 건강하지 않은 몸을 하고 있지만 지금의 그는 누가 보아도 왕의 모습을 하고 있었다.

"혼인은 여기서 하는 게 좋으시겠지요? 원래 혼인은 처가에서 하는 거 아닌가?"

"그녀가 원하는 곳이면 어디든."

사준의 얼굴이 거칠게 일그러졌다.

"형님 진짜 낯선 거 아십니까?"

"그렇겠지. 나도 내가 낯설거든."

부드러운 미소를 지으며 살짝 얼굴을 붉히는 사빈을 보며 사준이 깊게 숨을 토해 냈다. 형의 미소 띤 얼굴을 보니 이제 정말 힘겨운 고비를 넘겼다는 실감이 나고 있었다.

"제가 서둘러 돌아가 폐하의 윤허를 받는 즉시 다시 혼인 준비를 해서 달려오겠습니다. 며칠만 깨 볶고 계십시오."

"아니, 함께 간다."

"예? 광화를 여기 두고 말입니까?"

"이제 절대 곁에서 떼어 놓지 않겠다고 하지 않았느냐. 데려 간다."

"하지만 왜……."

겨우 이령을 사영의 영역에서 데리고 나왔는데 다시 데리고 들어가겠다는 사빈의 생각이 의아한 사준이었다. 혼인에 대한 것은 자신이 황제에게 알리고 윤허를 받아 준비하면 될 일이다. 굳이 사빈과 이령이 율의 궁으로 돌아가야 할 이유는 딱히 없는 일이니까.

"세상 모두에게 인정받게 할 거다. 제한의 공주로, 내 여인으로."

차갑게 굳은 채 내뱉는 사빈의 말에 사준이 아무런 말도 하지 못했다.

두 나라 황실의 피를 이어받았지만 그 존재 자체를 부정당해 온 여인. 오라비의 목숨값으로 태어나 그 누구에게도 존재 따위 인정받아 본 적이 없는 것이 이령이었다.

스스로 살아남기 위해, 오라비의 목숨을 이어 가게 하기 위해 인간으로서도 여인으로서도 제대로 살지 못했던 그녀를 세상 모두에게 인정받게 해 주고 싶은 그의 마음을 다는 아니라 해도 조금은 이해할 수 있는 사준이었다.

"큰형님이 어떻게 나오실지 모르겠습니다."

제한의 공주로 인정받은 것은 자신이 사영에게 못 박은 것처럼 제한과 하루아가 감당할 문제지만 사빈의 혼사는 또 다른 문제였다. 그냥 조용히 황제에게 허락을 받아 추진하려 했던 일인데 사빈이 이령을 데리고 돌아가 그 문제를 모두의 앞에 공표한다면 사영의 반응은 예측할 수 없을 것이었다.

"어차피 한 번은 겪어 내야 할 문제일 테니까."

"그렇게 소중하십니까? 모든 것을 걸 만큼?"

걱정과 두려움이 가득 고인 눈을 하고 묻는 사준을 물끄러미 바라보던 사빈이 천천히, 그렇지만 강하게 고개를 끄덕였다. 불안이 가득한 사준의 눈동자와 달리 사빈의 눈동자는 편안해 보이기까지 했다.

"내 운명이라는 것을 알게 되면 내가 가지고 있던 것들 그 무엇도 그보다 소중한 것은 없다. 무엇을 내어 주어도 놓을 수 없고 포기할 수 없기에 운명이라 하는 것일 테니. 도망갈까 생각해 보지 않았던 것은 아니다. 외면하려 애써 보지 않은 것도 아니다. 헌데…… 죽을 것 같았거든. 그렇게 하면."

입가에 쓴 미소를 지으며 사빈이 허공을 바라보았다. 사내의 얼굴에 미소와 아픔이 함께 고였다.

"연모라는 것이 상대를 위해서 무엇이든지 할 수 있는 것이라고들 말하는데, 내가 해 보니 그건 거짓이더라."

"예?"

"나를 위해 하는 것이다. 그 모든 것이. 상대를 위한다는 허울로 포장한 것뿐이야. 내가 살아야 하니까, 내가 견딜 수 없으니까 하는 것이다. 그녀가 내 곁에 없으면 나는…… 살 수가 없으니까."

살아갈 수가 없다는 것이 무슨 의미인지 사준으로서는 이해할 수 없었다. 그저 조금 아프고 그저 조금 힘들면 될 것 같은 남녀의 관계가 어떤 마음이면 저리 숨조차 쉴 수 없을 만큼 간절해지는 것인지.

"해서 모두에게 알리려 한다. 내 여인이니 모두가 내 여인으로 기억하라고."

"와아아!"

각자의 생각에 빠져 천천히 걸음을 옮기던 사빈과 사준이 낯선 함성에 고개를 든 것은 파오의 전각을 빠져나온 직후였다. 두 사람의 앞에 보이는 것은 분명 이령 그녀였다. 헌데 그녀 혼자가 아니었다.

"미리 읽어야 하는 거다. 새의 움직임을. 새가 움직이고 나서 움직임을 쫓으면 이미 늦어."

등 뒤 활통에서 활을 꺼내 시위에 걸며 이령이 자신을 둘러싼 소년들에게 말하고 있었다. 그들의 머리 위로 하루 일과를 마친 새떼가 무리를 지어 보금자리로 날아가고 있었다.

시위에 활을 걸자마자 아무 망설임도 기다림도 없이 그녀의 손에서 활이 떠났다. 그리고 그 활은 조금의 흔들림도 없이 날아가는 새무리 속을 꿰뚫었다.

"우와!"

퍼덕거리며 떨어져 내리는 새를 향해 소년들이 달려가는 모습을 재미나다는 듯 바라보던 이령이 자신을 바라보고 있는 시선을 느꼈는지 고개를 돌렸다. 소년처럼 장난스러움이 가득하던 이령의 얼굴에 순간 홍조가 가득 퍼졌다. 싱그러움이 가득하던 동그란 눈이 발그레 빛을 품었다.

"고기가 부족한 모양이야. 사냥을 자주 가야 하는데 잘 잡지 못한다고 해서 가르쳐 주던 중이었거든."

"곰 한 마리라도 잡아야겠는데? 아니면 저번에 잡았던 범 정도는 되어야 모두가 조금씩이라도 맛을 볼 테니까."

범? 곰? 사준의 커다랗게 열리는 눈동자는 상관없다는 듯 이령이 사빈의 품 안으로 폭 몸을 파묻었다.

"곰이나 범 고기는 맛없거든. 노루나 멧돼지가 끝내주지."

"그런가."

"전쟁의 신이면 뭐하나? 그것도 모르고?"

장난스럽게 얼굴을 구기며 사빈을 놀리는 이령의 모습에 사빈이 큭큭 웃음을 흘리며 자신의 가슴에 닿아 있는 이령의 머리를 가만가만 쓸었다.

져 가는 해가 붉게 물들고 있었다. 그 아름다운 붉은빛 속에 담긴 두 사람의 모습이 너무 아름다워 사준은 숨이 막혔다.

세상 모두를 품을 수 있을 듯한 얼굴로 작은 여인을 끌어안고 있는 사내와, 세상의 모든 호기심을 담고 반짝임으로 일렁이는 눈을 들어 사내를 올려다보는 여인은 숨이 막히게 어울렸다. 저 두 사람이 함께하지 못한다는 것은 지옥일 것이다.

#9. 마지막 싸움

"그것이 정말입니까, 태자?"

이미 소식을 들었을 것임에도 모른 척 처음 듣는 듯 감탄을 쏟아 내는 황후의 모습에 쓴 미소를 지으며 사영이 고개를 끄덕였다. 곁에 앉은 태자비 여비의 얼굴이 곱게 물들었다.

"이런 경사가 어디에 있답니까. 그 긴 시간을 기다려 온 태자비의 회임이 아닙니까. 우리 율 황실의 가장 큰 광영이에요. 폐하께서 얼마나 기뻐하실지 이 어미의 가슴이 다 뜁니다."

"너무 늦어 송구할 뿐입니다. 어마마마."

큰 죄라도 짓고 있었던 듯 고개까지 조아리며 말하는 태자비에게 사영의 무심한 시선이 닿았다.

합방을 제대로 하지 않은 것은 자신이었다. 자신이 합방 날을 잘 지키지 않는데 태자비가 무슨 수로 회임을 한다는 것인가.

381

그런데도 이제까지 회임을 하지 못한 것이 자신의 죄라도 되는 듯 아파하는 태자비의 모습이 짜증스러운 그였다.

"즐거운 소식이 함께 오니 이제 죽어도 소원이 없습니다."

황후의 행복한 말에 사영의 고개가 천천히 들어 올려졌다. 무슨 소리인지 의아한 듯 자신을 바라보는 아들을 향해 황후가 붉은 입가를 환하게 끌어 올렸다.

"제한이 제자리를 잡았다지요?"

"예. 하온데 그것이 왜."

"어찌하는 것이 좋을지 걱정이던 사빈의 혼사가 그리 해결되니 좋지 않고요."

"무슨 말씀이옵니까. 사빈의 혼사라니요."

"모르셨습니까? 사빈이 그 광화라는 아이를 마음에 두고 있었음을? 이미 두 사람이 언약을 한 사이임도요?"

사영의 얼굴이 차디차게 굳었다.

"피는 어쩔 수 없나 봅니다. 뭐 다행이지요, 그리 욕심이 없으니. 어미와 그리도 똑같다니 우습군요. 세상 아무것도 욕심내지 않고 그저 연모하는 이의 곁이면 충분하다던 어미처럼 그 아이도 자신에게 어떤 힘도 주지 못할 여인을 얻고자 그리 바보처럼 자신의 모든 것을 걸 줄이야. 기다려 보세요. 사빈이 곧 그 아이와의 혼사를 진행할 테니까."

행복이 가득한 얼굴로 말하는 황후의 시선이 태자비의 배에 닿았다.

"제대로 된 가문과 엮어 주면 혹 화근이 될까 저어되고, 하찮은 가문과 엮어 주면 내 배 아파 낳은 아이가 아니라 그런다며 민심이 흉흉할까 저어되었는데 스스로 그리 택해 주니 고마울 뿐이지 않습니까. 이제 우리 태손도 곧 세상으로 나올 텐데 태자의 위치가 그 어느 때보다 확고해야 할 것입니다. 명심하세요, 태자비. 이제 어미가 됩니다. 여인이 아니라 어미로서 모든 것을 생각하셔야 합니다."

"명심, 또 명심하겠사옵니다. 어마마마."

"태자도 명심…… 태자?"

자신의 말을 듣고 있지 않은 듯 허공만을 바라보는 태자의 모습에 황후의 당황스러운 시선이 닿았다.

멍하게 흐려져 있던 사영의 시선이 다시 황후에게로 향했다. 서늘하게 식어 내린 그 눈동자가 번들거리며 반짝이고 있었다.

"그 둘이 언약을 하였다 하셨습니까."

"그 아이의 목에 제 어미의 반지를 걸어 놓았던걸요. 폐하께서 세상에서 두 개만 만들라 하신 반지이니 내가 모를 리 없지요. 내 것은 금으로, 그것은 은으로 조각되어 있답니다. 어느 사내가 언약도 하지 않은 여인에게 자신 어미의 유품을 준단 말입니까. 내가 알기에 그 아이에게 유일하게 남겨진 어미의 유품은 그것 하나뿐입니다."

무릎에 올려진 사영의 주먹이 파르르 떨리는 것을 바라보는 태자비의 시선이 두려움으로 흔들렸다. 파란 힘줄이 돋아난 주먹을 움켜쥐며 천천히 자리에서 일어난 사영이 고개를 숙여 보이고 몸을 돌렸다.

"가시려고요? 차를 들이라 했는데. 태자?"

자신을 부르는 황후를 돌아보지도 않은 사영이 거칠게 문을 나섰다.

카캉!

"전하!"

호위 무사의 검에 부딪친 태자의 검이 부서지며 태자의 얼굴을 스치는 것을 본 내관이 비명을 지르며 사영에게로 달려들었다. 그런 내관을 거칠게 밀어낸 사영이 힘겹게 몸을 일으키며 다시 손을 내밀었다.

"새 검."

"전하, 상처가."

"검!"

비명처럼 일갈을 지르는 사영의 모습에 놀란 내관이 서둘러 새 검을 사영의 손에 들려 주자마자 사영의 검이 눈앞에 있는 무사를 향해 날았다. 놀라 본능적으로 검을 받아 내는 무사의 손이 파르르 힘겨움을 담고 떨렸다.

"하아, 하아."

아무것도 원하지 않는다며 투명하게 빛나던 눈동자 안에 누가 담겨 있었는지 읽지 못했다. 그 고집스러운 입술에 누구의 입술이 닿았을 것이라고는 한 번도 생각지 않았다. 무복으로 꽁꽁 싸맨 작은 몸이 다른 이의 품에 안겼을 것이라고는 정말 단한 번도 생각해 보지 않았었다.

"큭큭."

덜덜 떨리는 손에 검을 제대로 잡지 못하고 바닥으로 떨어뜨린 사영이 무너지듯 앉으며 웃음을 토해 냈다.

태자의 모습에 놀라 달려온 내관도 호위 무사도 바닥에 널브러지듯 앉은 채 허공을 향해 웃음을 토해 내고 있는 태자의 모습에 놀라 다가서지 못하고 있었다.

부서진 검날이 스친 얼굴에서 흐르는 붉은 핏물이 눈물인 듯 사영의 볼을 타고 뚝뚝 떨어져 내렸다. 그의 아프고 끔찍한 웃음소리와 함께.

"또 왔네. 여길."

거대한 율의 도성 문을 바라보며 이령이 살짝 한숨을 토해 냈다.

처음 이 앞에 섰을 때와는 너무도 다른 상황이지만 이상하게도 이 궁의 문은 마음에 들지 않았다.

이곳으로 자신을 데려오겠다는 사빈의 말에 하루아가 정색을 하며 거부 의사를 밝혀 모두가 놀랐다. 처음 이령이 이곳에 와서 겪어야 했던 일들 때문인지 하루아는 사빈이 직접 모든 준비를 마친 후 하루아의 곁에서 혼례를 치르기를 바랐다. 하지만 사빈의 의지는 강했고 이령은 사빈을 따랐다.

어쩌면 자신을 이곳에 데려오는 것이 가장 힘겨운 사람은 사빈일지도 모른다. 자신을 하루아 옆에 두는 것이 가장 안전하다고 생각할 수도 있는 상황이었다.

하지만 사빈은 한순간도 그녀를 떼어 놓지 않겠다는 약속을 지키려 했고 그 무엇보다 그 스스로 그녀를 온전히 지켜 내고 온전히 세상에 드러내길 원했다.

그녀의 존재와 그녀가 율의 둘째 황자 사빈의 비가 될 것이라는 것을 세상 모두가 알게 하고 싶어 했다.

"얼마 머물지 않을 거다. 곧 떠날 거야. 나 역시 이곳을 좋아하지 않으니까."

싱긋 미소를 지어 보이며 이령의 옆에 다가서 그녀의 손을 꼭 잡아 주는 사빈의 모습에 사준이 짙은 한숨을 내쉬며 열리는 문을 바라보았다. 혼례를 하고나면 저 둘은 떠날 것이다. 어쩌면 영원히.

둘에게 닿았던 시선을 거두며 궁 안으로 들어서던 사준의 말이 그 자리에 멈춰졌다. 굳어 버리는 사준의 등을 의아한 듯 바라보던 사빈의 눈에 누군가의 모습이 들어왔다. 낯익지만 너무도 낯선 눈빛을 한 이의 모습이.

황금 용이 수놓인 붉은 정복을 입은 사영과 그 뒤로 수많은 문무백관들이 정문 앞에 서 있었다. 상상도 하지 못했던 그 모습에 사빈과 사준, 이령의 온몸이 얼어붙었다.

"제한의 완벽한 합병을 성사시키신 사빈 저하! 사준 저하! 만세!"

앞에 선 이들이 팔을 들어 올리며 함성을 지르자 문무백관들 모두가 따라 함성을 질렀다. 의미를 알 수 없는 진한 미소가 번지는 사영을 바라보는 사준, 사빈의 얼굴에 시리도록 차가운 어둠이 내려앉았다.

"제한의 공주이시다. 극진히 모셔야 할 것이다."

대전으로 가야 하는 자신들과 헤어져 별궁에 머물러야 하는 이령을 걱정스러운 눈으로 바라보던 사빈이 그녀를 모시는 내관들과 궁녀들을 향해 서늘함을 담아 내뱉었다.

한 치의 실수나 문제도 용납하지 않겠다는 사빈의 의지가 그 말 안에 가득 담겨 있었다.

"대전회의가 끝나는 대로 가겠다. 별궁 안에 있어."

"응."

"사준이나 내가 가지 않는 한 별궁에서 나오지 마라."

"알았어."

따스함을 담을 여유조차 없이 차디차게 식어 반짝이는 사빈의 눈을 보며 이령이 크게 고개를 끄덕였다. 그에게 자신까지 불안을 줄 수는 없었다. 자신이 그를 믿듯 그도 자신을 믿기에 떼어 놓을 수 있을 테니까.

"가자."

"예. 형님."

날카롭게 벼려진 듯 서늘한 사빈의 기운을 느끼며 사준이 깊은숨을 내쉬었다. 알 수 없는 사영의 미소도, 더할 수 없이 서늘한 사빈의 모습도 사준의 심장을 얼어붙게 했다.

앞만을 보고 걷던 사빈이 아주 잠깐 멈춰 서 고개를 돌렸다. 그의 시선에 멀어지는 자신의 뒷모습을 바라보고 있던 이령의 모습이 보였다.

그녀가 자신을 보며 웃고 있었다. 활짝 미소 짓는 그 얼굴이 말하고 있었다. 오래 기다리게 하지 말라고.

"두 분 황자 저하 드십니다!"

대전 안으로 들어서는 사빈과 사준 앞에 대신들이 모두 고개를 숙였다. 모여 선 이들 사이로 서후와 서가 가문의 이들이 보였다. 사빈의 눈가가 살짝 일그러졌다.

"해서, 제한에 하루아 황태자가 등극하게 되었다 하였느냐."

"예. 폐하. 하오나 현재 제한은 저희 율의 영토 내에 땅을 빌려 유민들이 거하고 있고 저희의 보호와 협력 없이는 건립 자체가 불가능한 나라이옵니다. 해서 제한을 우리 율의 변방국가로 인정하심이 옳은 줄 아옵니다. 폐하의 신하라 일컬으시고 왕의 칭호를 내리시며 폐하께서 국호와 연호를 하사하셔서 축하하심이 좋을 듯합니다."

태자 사영의 말에 황제가 천천히 고개를 끄덕였다. 소천에 의해 멸망하기 전까지는 동등한 나라였다 해도 지금은 아닌 것이다. 자치적으로 살아가고 있지만 율의 땅에 율의 보호를 받아 명맥을 유지해 온 것은 그 누구라도 아는 일이었다. 동등한 관계일 수는 없었다.

"제한 황실 유일의 핏줄인 하루아 황태자에게 소왕이라는 칭호를 내리고 국호는 원래대로 제한이라 할 것이다. 연호는 새로운 하늘이 열렸다는 의미로 신천이라 내릴 것이다."

"폐하의 성은에 제한 백성 모두가 감복할 것입니다."

황제 앞에 고개를 숙이는 태자 사영의 움직임을 따라 대신들 모두가 깊이 고개를 숙였다.

그렇게 잠시 침묵의 시간이 흐른 후 사준이 깊게 호흡을 삼키며 한 발 앞으로 나섰다. 이 문제는 자신이 꺼내는 것이 맞을 것이기 때문이다.

"신 사준, 폐하께 아뢰옵니다. 제한의 하루아 왕이 두 나라의 우애와 변치 않을 신의를 위해 혼인을 간곡히 청했사옵니다."

"혼인?"

황제로서는 처음 듣는 말인 듯했다. 하지만 대신들 사이에서는 미묘한 기류가 흐르기 시작하고 있었다. 황제는 모르고 있는 일을 대신들 중 일부는 이미 알고 있었다는 이야기다.

사빈의 시선이 사준의 말에 흔들리고 있는 대신들 사이를 훑었다. 서가 이들의 표정이 차디차게 굳어 있었다.

"예. 하루아 왕의 누이, 이령 공주와 형님이신 사빈 저하의 혼인을 요청해 왔습니다."

"이것은 말도 안 되는 무례이옵니다, 폐하!"

그 순간이었다. 술렁이던 대신들 사이에서 서후의 강한 목소리가 울려 퍼졌다. 놀라 고개를 돌리는 사준과 달리 이런 상황을 예상한 듯 사빈의 눈은 더욱 짙게 굳어 갔다.

"이령 공주는 소천 폐주의 핏줄이옵니다! 제한에서는 공주로 인정받았는지 모르오나 어찌 그런 천한 근본을 가진 이를 저희 사빈 저하의 정비로 요구할 수가 있사옵니까! 이것은 저희 율 황실을 능멸하는 처사이옵니다! 통촉하여 주시옵소서!"

서후가 목의 핏줄이 터질 듯 강한 어조로 일갈하며 무릎을 꿇자 서가의 다른 이들도 서후를 따라 무릎을 꿇었다.

하얗게 질린 사준의 얼굴이 사빈을 향했다. 태자 사영의 반응은 차라리 예상하고 있었지만 서가가 이리 나올 줄은 미처 알지 못한 것이다.

사빈의 서늘한 시선이 사영을 향해 있었다. 형제의 시선이 허공에서 얽혀 들었다. 연한 웃음기마저 담은 사영을 바라보는 사빈의 시선이 너무도 차가워 사준은 등줄기에 서늘함을 느껴야 할 정도였다.

차디차게 얼어붙은 둘째 아들의 시선을 느낀 황제가 잠시 눈을 감고 생각에 잠겼다 다시 눈을 떴다. 흔들리던 황제의 시선이 사빈을 향했다.

"제한의 왕이 우리를 능멸하려 이런 요구를 하였다고는 생각지 않소. 게다가 이 일은 사빈 황자와 사준 황자가 하루아 왕과 이미 이야기를 마쳤기에 이 자리에서 요구하는 것이 아니겠소. 아니 그러하냐, 사준 황자."

"하오나 폐하."

황제의 물음에 사준이 입을 열려는 순간 태자 사영이 자리에서 일어났다. 그 모습을 보면서도 사빈은 아직 아무 말도 하지 않고 있었다. 사준의 목줄이 바짝바짝 말라 왔다.

"이것은 우리 율국 황위 서열 2위인 사빈 황자의 정비에 관한 것입니다. 혹여 사빈 황자나 사준 황자가 하루아 왕과 이미 이야기를 마쳤다 해도 개인적인 일로 처리할 수는 없음을 생각해 주시옵소서."

정색을 하는 사영에게 의아함을 담은 황제의 시선이 닿았다. 사영이 몸을 돌려 대신들 쪽을 향해 섰다. 허공에서 부딪친 사영과 사빈의 시선에 불꽃이 서렸다.

"우리의 복속국입니다. 자치권을 인정한다 해도 우리의 영토에 우리의 국경을 위해 만들어진 작은 소국일 뿐입니다. 그런 소국이 감히 황자의 정비 자리를 요구할 수는 없으며, 그 신분의 문제가 작지 않음은 누구나 잘 알고 있습니다. 하지만 새로 자리를 잡아 갈 제한이 우리와 피로 맺어져야 한다는 것 또한 분명 중요할 것입니다. 해서 저 태자 사영, 감히 아뢰옵니다. 제한의 공주로 인정받은 소천 폐주의 핏줄인 이령은 황실의 정비가 아닌 후궁으로 맞이하셔도 두 나라간의 동맹은 충분할 것이라 생각합니다."

사빈의 눈이 질끈 감겼다. 움켜쥔 그의 주먹이 바르르 떨려왔다. 예상대로, 후궁을 원하고 있었다.

자신과 사준은 아직 정비가 없다. 아직 정비도 없는 미혼인 황자들이 후궁을 맞는 예는 이제껏 한 번도 없었다. 허니 후궁이라면 당연 태자 사영의 후궁이 거론될 것임은 자명했다. 대신들의 얼굴에 편안함이 떠오르는 것이 보였다.

분란이 일어나는 것은 그들 모두가 원치 않을 것이다. 허니 이 얼마나 완벽한 대안인가. 제한의 요구를 완전히 무시하는 것도 아니고 다 들어주는 것도 아닌 절충안. 아직 제대로 정비되지 않아 일개 속국에 지나지 않은 제한으로서는 만약 율이 요구한다면 더 이상 정비를 청할 수 없을 것이었다.

서로를 바라보며 수긍하듯 고개를 끄덕이는 대신들의 모습과 놀란 가슴을 쓸어내리는 서가의 수장들을 본 사준이 안타까운 표정으로 고개를 돌리다 숨을 삼켰다.

이제껏 한 마디도 하지 않고 있던 사빈이 천천히 앞으로 나서고 있었다.

이미 태자 사영의 말에 다 끝난 것으로 알고 있던 대신들의 시선이 황제의 앞으로 다가서는 사빈의 모습에 놀라 들어 올려졌다. 황제와 사영의 눈도 사빈을 향했다.

"신 황자 사빈, 폐하께 간곡히 아뢸 것이 있사옵니다. 태어나 처음으로 제 모든 것을 걸고 폐하께 아룁니다."

천천히 들어 올려진 사빈의 눈동자가 사영의 시선 안에 들어왔다. 한 치도 흔들림 없이 일렁이는 불꽃이 사빈의 눈동자 가득 담겨 있었다. 저 눈 안에 담긴 것이 터져 나오면 이 모든 것을 태워 버릴 듯 강하게 일렁이는 그 불꽃에 사영이 흠칫 숨을 멈췄다.

모든 이의 시선이 사빈을 향한 그 순간, 사준이 조용히 대전을 나갔다.

"이령 공주는 제 정비가 될 자격이 충분합니다."

"사빈 저하!"

놀란 서후가 앞으로 나서다 움찔 몸을 떨며 멈춰 섰다. 자신을 향해 돌려진 사빈의 시선이 소리도 없이 목으로 스며드는 검처럼 느껴져 금방이라도 숨이 막힐 것 같아서였다. 이를 악문 사빈이 서후를 향해 천천히 고개를 저었다. 서가 대신들이 모두 숨을 참았다.

"제가 그 여인에게 목숨 빚을 졌기 때문입니다."

"뭐……라?"

상상도 하지 못했던 이야기이기 때문일까. 대신들 사이에서 놀란 듯 감탄사가 터져 나왔다. 차디차게 얼어붙은 눈동자로 여전히 자신을 노려보며 말을 잇는 사빈의 모습을 바라보던 사영의 눈이 거칠게 흔들리기 시작했다.

"그게 무슨 말이냐. 자세히 말해 보거라."

"10년 전 그때를 기억하실 것입니다. 예부령."

갑자기 자신을 향해 묻는 사빈의 물음에 예부령 서후의 얼굴에 의아함과 당혹함이 서렸다.

10년 전? 10년 전이라니 대체.

"열다섯이던 그때, 외숙을 따라 변방들을 살피러 떠났던 적이 있었습니다. 그때 소천을 살피러 숨어든 사냥터에서 그녀를 처음 만났습니다."

한 마디 한 마디를 천천히, 그러나 씹어 삼키듯 내뱉는 사빈의 목소리에 대전 안이 숨죽인 듯 고요해졌다. 황제의 시선이 둘째 아들에게서 떨어지지 못했다. 한 번도 보지 못한 아들의 눈빛이었다.

"검 하나, 활 하나 쏘지 못하던 저를 그녀의 검이 살려 주었습니다. 그녀가 아니었다면 전 그때 늑대의 밥이 되었을 것입니다."

"그런 일이 있었더냐."

"그런 그녀가 저 사빈의 정비가 될 자격이 없다 하셨습니까."

사영을 바라보는 사빈의 눈 가득 차디찬 미소가 가득 차 있었다. 그런 사빈의 눈을 응시하는 사영의 눈이 터질듯 붉어져 갔다. 사영의 입가에서 사라져 가는 미소가 사빈의 입가에 맺혀 있었다.

"저를 살리며 얻은 상처를 고스란히 몸 가득 안고 살아가는 그 작은 여인이 제 여인이 될 자격이 없다고 모두가 생각하십니까."

"……."

"그럼 저는 평생 혼인하지 말아야겠군요. 그런 그녀가 제 정비가 될 자격이 없다면 세상 그 누구도 제 정비가 될 자격 따윈 없을 테니까요."

"사빈 황자."

으르렁거리듯 사영이 조용히 사빈을 불렀다.

"이곳은 대전이다. 개인적인 일을 논의하는 곳이 아니란 말이다."

"대전은 사람이 모인 곳이 아닙니까. 사람은 사람의 도리를 말해야 하는 것입니다."

사영이 입술을 악물었다. 파르르 떨리는 그의 주먹이 붉은 태자의 용포 안에서 움켜쥐어져 있었다.

"저는 황자이기 이전에 사람이고, 사내입니다. 그런 제가 황자라는 이유로 제게 목숨을 준 이를, 제게 마음을 준 이를, 제게 자신의 전부를 준 이를 제 비로 맞이하지 못한다면…… 저는 사람도, 사내도 아닌 것이 되겠지요."

떨리는 입술을 악물고 사빈이 천천히 눈을 감았다 떴다. 아무 말도 하지 못한 채 사빈을 바라보는 황제의 모습을, 핏발 선 눈으로 자신을 노려보는 사영의 모습을, 그리고 고개도 제대로 들지 못하고 있는 대신들의 모습을 눈으로 훑던 사빈의 눈에 천천히 물기가 어렸다. 어딘가를 향한 사빈의 눈이 아프게 미소를 담았다.

"내 모든 것인 여인을 정비로 맞이하기 위해 이렇게 우습지도 않은 모습을 보여야 하는 나를, 이러고도 한 나라의 황자라 불리는 못난 나를…… 그대의 사내로 인정해 주겠습니까."

마지막 사빈의 말에 놀란 대전 안 모든 이들의 시선이 사빈의 시선을 따라 대전 문 쪽으로 향했다. 지금 막 대전 안으로 들어선 붉은 무복의 여인에게로.

불꽃이 타오르는 듯 느껴졌다. 한 발 한 발 그 작은 몸을 움직여 대전 안을 걷는 여인에게서 뿜어져 나오는 기운이 너무도 강렬해 저 붉은 옷이 타고 있는 것 같았다. 그 아름다운 검은 눈동자 가득 내뿜는 열기가 대전 안을 태울 듯 일렁였다.

사빈의 곁으로 다가선 이령이 시선을 돌려 사빈을 바라보았다. 어느새 그녀의 눈에는 그만이 가득했다. 고운 입술에 아름다운 미소가 번졌다. 붉디붉은 무복과 잔인하리만치 아름다운 입술이 대전 안을 물들였다.

세상에서 가장 편안하고 단단한 표정으로 사빈을 응시하던 이령의 시선이 황제의 곁에 서 있는 사영을 향했다. 비웃음이 가득한 그녀의 눈이 그를 보며 웃었다.

"진정 못난이들은 여기 이렇게 가득한데 왜 그쪽이 못났다 하는 거야. 나는 못난 사내는 연모하지 않아. 사내구실도 제대로 못하는 이들 따위 관심도 없거든."

"이령 공주! 이곳은 율의 대전이오!"

비릿한 미소를 지으며 모여 선 대신들을 향해 입술을 이죽거리는 그녀를 향해 대신 하나가 고함을 질렀다. 기름진 얼굴 가득 화를 담고 소리를 지르는 사내를 바라보는 이령의 눈이 웃고 있었다.

"조금 전에 제 사내가 말했잖습니까. 대전은 사람이 모인 곳이니 사람의 도리를 이야기해야 한다고. 그 말을 아직도 이해하지 못한 겁니까? 율의 대신이라는 이가?"

"저, 저."

상상도 할 수 없는 모습이었다. 대전 안에서 여인의 모습을 본 적조차 없는 이들에게 조금의 망설임도 두려움도 담지 않고 천연덕스럽게 말하는 여인은.

자신을 어쩌지 못하고 그저 웅성거리기만 하고 있는 대신들의 모습을 재미있다는 듯 바라보던 이령의 시선이 사영에게로 향했다.

서늘하게 식어 가는 그녀의 시선에 사영이 이를 악물었다. 노골적인 적대감과 멸시가 담긴 이령의 시선이 사영의 가슴을 아프게 파고들었다.

"헌데 말입니다. 지금 이곳에서 논의되는 것이 저의 혼사인 것은 모두가 잊고 계신 모양입니다. 왜 남의 혼사를 그대들이 정하는 것입니까? 내가 누구와 혼인을 할 것인지를 내가 아닌 그대들이 정한다는 것이 우습지 않습니까?"

"이령 공주, 그대의 혼인은 사사로운 것이 아니니 물러나시오. 더 이상 우리 율의 대전을 욕보이지 말고. 뭣들 하느냐. 궁주를 모시어라."

그 순간이었다. 사영의 명으로 이령에게로 다가서려는 무사들의 움직임에 사빈이 그녀의 앞을 막아선 것은.

"누구라도 이 여인의 몸에 손을 대는 자는 나, 사빈이 절대 용서하지 않는다."

"사빈!"

사영의 고함이 대전을 울렸다.

"전하."

이령이 자신을 막아서고 있는 사빈의 어깨를 살며시 감싸며 앞으로 나섰다. 모두의 시선이 여인을 향해 움직였다. 아무 망설임도 없이 태자를 부르는 여인에게선 그 어떤 두려움도 읽히지 않았다.

"저를 왜 모두가 천한 피라 하는지 아십니까."

"뭐?"

"여기 계신 분들 중 왜 제가 천한 핏줄인지 모르시는 분들은 아니 계실 것입니다. 제 아비인 폐주 소천의 황제가 타국 황후인 제 어미를 겁박, 겁탈해 저를 낳았지요. 그저 갖고 싶다는 것이 이유였습니다. 하지만 나름 명분도 만들었겠지요."

하얗게 흘기는 이령의 눈빛에 사영이 지그시 이를 악물었다.

"명분이 무엇이었을까요? 정복국의 여인이니 자신의 것이라 했겠지요. 정복당한 제국의 여인은 모두 정복자의 여인이 되는 것이 사내들의 명분이니까요. 태자께서 언제나 말씀하시는 것처럼 말입니다."

"……."

"그래서 저는 천한 핏줄인 것입니다. 인간의 도리를 하지 않고 그저 원하는 것을 얻고자 했던 이의 핏줄이기 때문에 말입니다. 헌데 지금 여기 계신 모든 분들이 제 아비와 같은 길을 가고자 하시는 모양입니다. 속국이니, 정복국의 여인이니 그대들 마음대로 아무나 가져도 되는 그런 것이 저라고들 말씀하시고 계시지 않습니까, 지금. 참으로 우습지 않으십니까."

아득, 그녀의 이가 갈리는 소리가 대전을 울렸다. 붉게 물든 눈을 하고 대전 모든 이들을 노려보는 그녀의 눈에 투명한 물기가 천천히 어려 왔지만 그녀는 결코 울지 않았다.

아주 잠시 숨을 고른 그녀가 곁에 선 사빈을 바라보며 웃음을 보였다. 투명하게 맺히던 물기가 어느새 흔적도 없이 사라진 그녀의 눈은 다시 아름답게 반짝이고 있었다. 사빈이 그녀의 손을 가만히 쥐어 잡았다.

"인간의 도리를 지키지 않은 저의 아비와 같은 이가 되고 싶으신 분이 여기 계신 건가요?"

이령의 시선이 사영을 향했다. 그 붉은 입가에 진하디진한 미소를 담고 그녀가 그에게 묻고 있었다. 그럴 용기를 가지고나 있냐고.

아무것도 결정하지 못한 대전회의가 끝났다. 황제의 서릿발 같은 화에 모두가 물러나야 했다. 언제나 부드럽고 인자한 황제의 그런 모습은 모두가 처음 보았다.

그렇게 모두가 허겁지겁 떠난 대전 안에 사영과 사빈, 그리고 사준과 이령만이 남았다.

사빈의 시선이 사준과 이령을 향하자 사준이 고개를 끄덕였다. 이령을 데리고 나가 있으라는 의미를 읽지 못할 리 없었다.

사빈의 의중을 읽은 것인지 이령도 그를 향해 고개를 끄덕여 보였다. 믿음 가득한 미소를 사빈을 향해 지어 보이는 이령의 모습에 사영의 눈이 아득하게 가라앉았다.

텅 빈 대전 안의 거대한 공간에 숨 막히는 정적이 흘렀다. 서로 마주한 형제의 시선이 얼음처럼 서늘했다.

단 한 번도 이런 시선으로 서로를 본 적 없던 형제였다. 자신을 노려보고 있는 사영의 앞에 한 발 다가선 사빈이 잠시 허공을 향했던 시선을 사영에게로 돌렸다.

짙게 가라앉은, 그래서 더 맑고 투명한 사빈의 눈동자가 사영의 눈을 똑바로 응시했다.

"태어나 단 한 번도 형님의 것을 탐해 본 적 없는 저입니다. 모든 것이 형님의 것임을 의심해 본 적조차 없었습니다. 그래야 한다고, 그렇게 살아야 한다고 생각했습니다."

"그렇게 산 것이 분하더냐."

"제가 형님의 것을 빼앗는다고 생각하십니까."

"아니라 하는 것이냐."

싸늘한 사영의 눈을 바라보며 사빈이 미간을 좁혔다.

"세상 전부가 형님의 것은 아닙니다."

차디차게 울려나오는 사빈의 목소리에 사영이 숨을 참았다. 천천히 일렁이는 사빈의 눈동자 가득 차가운 분노가 차오르고 있었다. 서서히 커져 가는 그 분노에 숨이 막혀 왔다.

"세상은 전부 내어 드릴 수 있으나 그녀는 안 됩니다."

"내가 포기하지 않겠다 한다면?"

"그러신다면 형님은 절대 적으로 만들어선 안 되는 이를 가장 끔찍한 적으로 두셔야 할 것입니다. 형님의 전부를 빼앗아야 그녀를 지킬 수 있다면 그리할 것입니다. 이 세상을 전부 가져야 그녀를 지킬 수 있다면 또한 그렇게 할 것입니다. 세상 전부를, 형님에게서 빼앗을 것입니다."

"네가 진정."

"세상에서 유일하게 하나, 제 것이길 바라는 사람입니다. 그 사람을 지키기 위해서는 짐승도, 야차도 될 수 있습니다. 세상

399

그 무엇도 될 수 있습니다. 그런 저와 싸우실 생각이십니까."

"……."

"더 이상 잃을 것이 없는 이를 적으로 두지 말라는 것은 병법의 가장 기본입니다."

"……."

"절대, 이기실 수 없으니까요."

돌아서는 사빈을 사영은 잡을 수 없었다.

대전을 나서 천천히 걷던 사빈의 걸음이 조금씩 빨라져 갔다. 그녀를 보고 싶었다. 그녀를 안고 싶었다. 그녀를 삼켜야 숨을 내쉴 수 있을 것 같았다.

별궁으로 달려 들어가는 사빈 앞에 자신의 기척에 고개를 돌리는 이령의 모습이 들어왔다.

그녀가 웃고 있었다. 그녀가 자신을 향해 달려오고 있었다. 머릿속 어딘가가 텅 비어 버리는 것을 느끼며 사빈이 그대로 그녀를 끌어당겼다. 따스한 온기와 바람의 내음이 심장으로 스며들었다. 다시 심장이 뛰고 있었다.

"사랑해."

심장 어딘가에서 그녀의 목소리가 울렸다. 사빈이 부숴 버릴 듯 꼭 안고 있던 이령을 천천히 품에서 내려놓았다. 동그란 그녀의 눈이 환하게 웃으며 그를 올려다보고 있었다.

"못난 너를 내 사내로 인정해 줄게. 너만이 내 사내라고 인정할게."

"감사해야 하는 것이냐."

"당연히 감사해야지. 못났다며? 못난 거 알았으면 연모하지 않는 건데."

"……령아."

말을 다 마치지도 않은 이령을 끌어당긴 사빈이 그대로 그녀의 입술에 자신의 입술을 가져다 댔다. 뜨거움이 서로를 향해 스며들었다.

그들을 바라보고 있던 사준이 놀라 고개를 돌린 것도, 어찌할 줄 몰라 한동안 그렇게 서성이다 별궁을 나간 것도 그들은 알지 못했다.

"그 아이들의 관계를…… 몰랐다 할 것이냐."

아비의 주먹이 파르르 떨리고 있음을 느끼며 사영이 입술을 악물었다.

"알면서, 사빈의 마음을 알면서 그리한 것이냐."

"……."

"황제의 자리가 모든 것을 갖는 자리라 생각하느냐."

아프고 아득하게 울려 퍼지는 아비의 시린 목소리에 사영이 처음으로 고개를 들었다. 힘겹게 일그러진 아비의 눈가에 물기가 맺혀 있었다.

"그렇다면 너는 잘못 안 것이다. 황제의 자리란 제 모든 것을 내어 주어야 하는 자리이다. 제 사람들에게 모든 것을 내어 줄 수 있어야 그들이 인정해 주고 자신들의 황제로 믿어 주는 것이다."

"……."

"제 가장 소중한 이들에게조차 아무것도 내어 줄 수 없다면 너는 황제가 되어선 안 된다."

"……폐하."

"너는 내 소중한 아들이다. 하지만 나는 네 아비이기 이전에 황제다. 만약 율을 위해 너를 놓아야 한다면 나는 망설이지 않을 것이다."

아비의 눈 가득 맺혀 있는 눈물을 응시하는 사영의 심장이 아프게 저려 왔다.

"전하!"

황제의 궁을 나서던 사영이 달려오는 내관의 모습에 미간을 찡그렸다. 지옥 같은 마음에 또 무슨 일이 벌어진 것인지 짜증부터 올라오는 그였다.

"급한 일이 아니면 지금 이야기하지 마라."

"그것이, 그것이……."

무슨 일인지 식은땀까지 흘리며 어쩔 줄 몰라 하는 내관의 모습에 사영의 심장이 또 한 번 내려앉았다.

"무슨 일이냐. 말을 제대로 하여라."

"태자비마마께서 급작스러운 신열로 쓰러지셨다 하옵니다!"

"……뭐?"

달려 들어오는 태자를 보고 안빈이 급히 몸을 일으키며 뒤로 물러나자 그 움직임에 태자비의 앞에 앉아 있던 황후가 거칠게 고개를 돌렸다. 하얗게 질린 어미의 얼굴이 눈에 들어왔다.

웬만한 것은 놀라지도 않는 어미임을 알기에 그 얼굴을 보는 것만으로도 사영의 가슴은 뛰기 시작했다. 더 놀랄 것도 없을 것 같은데, 더 뛰어 댈 심장도 없는 것 같은데 심장은 더 거칠게 울리고 있었다.

"무엇을 하시다 이제 오십니까!"

버럭 고함을 치는 황후의 목소리가 공간을 울렸다. 날카롭다 못해 피가 마르는 듯 바싹 말라 버린 황후의 목소리에 사영이 천천히 태자비 여비에게로 시선을 옮겼다.

두려움이 얽힌 사영의 시선 안에 푸른 기가 맺힌 얼굴로 죽은 듯 누워 있는 여비의 모습이 보였다.

"그깟 계집애 하나 가지겠다고 이 사달을 내십니까. 태자비 태중의 태손보다! 그 천한 것이 그리 귀하십니까!"

분노를 이기지 못한 황후의 입술 끝이 바르르 떨렸다.

이해할 수도 용납할 수도 없는 눈앞의 아들에게 화가 나 미칠 것 같은 황후였다.

그딴 천한 핏줄의 계집을 사빈이 달라는데 고마워하지는 못할망정 어떻게 해서든 후궁으로 앉히려 했다는 것이 이해되지 않았다.

"태자가 후궁을 들이려 대전에서 그리 망신을 당했다는 소식에 죽 한술 뜨지 않았답니다! 그러니 견딜 수가 있겠습니까, 태손이!"

"황후마마, 지금 태자비마마께서는 안정이 필요하시옵니다. 제발."

온몸을 떨며 고함을 지르는 황후의 팔을 잡으며 내의녀가 간곡하게 말하고 나서야 황후의 고함은 멈췄다.

"병부령까지 필요 없다 내치시더니 고작 이러시려고 그러셨습니까? 모든 것을 알아서 하실 수 있다면서요? 다 알아서 잘하실 테니 어미와 외가는 정무에 한 치의 간섭도 하지 말라 하지 않으셨던가요!"

"……."

"대전 안에서 그리 망신을 당하시고, 태자비는 저리 위중하고…… 내가 태자를 믿고 그저 뒷전에 머물러 있을 수 있겠습니까? 어디 한 번 더 말해 보시지요. 다 알아서 잘하실 것이니 정무에 관여하지 말라고 말입니다."

"송구……하옵니다."

"사준의 혼사를 서두를 생각입니다."

부들부들 떨리던 어미의 목소리가 평상시처럼 다시 차분하게 가라앉았다. 사영의 놀란 눈이 거칠게 들어 올려졌다.

"태자 하나만을 믿고 있을 수 없음입니다. 게다가 그 아이를 건드려 놓으셨으니 혹여 있을지 모르는 일에 대비를 해야지요."

"다시는 이런 일이 없을 것입니다, 어마마마."

"없어야지요. 다시 한 번 이런 바보 같은 짓을 저지르신다면 내가 태자를 폐하자고 주청을 올릴 것입니다."

"어마마마!"

"태자비에게 가 보세요."

차가운 시선을 들어 아들을 바라보는 황후의 얼굴에서는 어떤 표정도 보이지 않았다.

문이 열리고 천천히 걸어 들어오는 아들의 모습에 황제의 시선이 닿았다. 큰 키에 강인해 보이는 단단한 체격, 수려하기 그지없는 얼굴과 차가우리만치 총명하게 반짝이는 눈동자.

마치 처음 아들을 품에 안았을 때처럼 자신의 심장이 쿵쿵 울리고 있음을 황제는 느꼈다. 처음 저 아들을 안던 순간에는 기쁨과 고통이 함께 심장을 조여 왔다면 지금 이순간은 몰라보게 성장해 있는 아들의 모습에 그저 감사한 마음이 들 뿐이었다.

"그때…… 네 말에 다시 한 번 물었어야 했다."

황제 앞에 무릎을 꿇고 앉던 사빈이 아비의 목소리에 고개를 들었다. 따스함과 아픔이 함께 고인 아비의 눈이 자신을 응시하고 있었다.

"처음으로 원하는 것이 있다 했을 때, 그때 그것이 무엇인지 제대로 물었어야 했어."

"……"

"평생 단 한 번 아비에게 내민 손을…… 잡아 주지 못해 미안하다."

"……"

"빈아."

빈아. 나직하고 나직하게 아비가 부르는 이름에 사빈이 입술을 악물었다. 파르르 떨리는 입술 끝에 미소가 번졌다.

"보내 주마. 가거라."

깃털만큼의 힘도 남아 있지 않은 듯 조용히 울리는 아비의 목소리에 사빈의 눈이 커다랗게 열렸다.

"알고 있었다. 이곳이 너에게 집이 아님을. 이곳의 이들이 너에게 온전한 가족이 될 수 없음을. 어차피 황족이란 모두 그런 것이지만."

"아바마마."

"네 어미가 살고 싶었던 모습처럼 살거라. 황제도 황후도 그 무엇도 상관없이 그저 바람이 불면 부는 대로, 물이 흐르면 흐르는 대로, 함께 있으면 그것으로 족한 그런 삶을 너는 살거라. 네 어미에게 해 줄 수 없던 삶을 살아."

"……."

"그 아이와 함께 그리 살거라."

따스함이 가득한 아비의 눈이 눈물을 담은 채 웃고 있었다. 언제나 따스하게 바라보던 그 눈이 말하고 있었다. 이제 그리해도 된다고. 마음대로 살아도 된다고.

✼

"떠……나자고? 우리 둘이?"

"혹시 거창한 혼례를 원하는 것이냐. 그렇다면 제한으로 돌아가 혼례를 올리고 떠날까."

자신의 말에 흔들리는 눈동자로 되묻는 이령의 모습에 사빈이 조심스럽게 말을 꺼냈다.

모두의 앞에 자신의 정비라고 내어 보이긴 했지만 혼례는 다른 문제였다. 여인들은 혼례식에 커다란 의미를 준다고 들었던 기억이 난다. 누구에게 들었었는지는 기억나지 않지만 혼인한 사내들끼리 하는 말 속에 그런 말을 들었던 것 같았다. 자신만의 생각으로 그저 지금이라도 훌쩍 떠났으면 하는 바람이 그녀에겐 서운할 수도 있을 테니까.

"그렇지만 넌 율의 황자인데…… 혼례도 없이 그저 그렇게 나랑 떠나도 되는 거야?"

"혼례라는 절차 따위 난 상관없어. 지금이라도 난 너와 떠나고 싶으니까. 하지만 네가 원한다면 제한으로 돌아가서 성대한 혼례를……."

"아니."

거칠게 고개를 젓는 이령의 모습에 사빈이 미간을 좁혔다. 무엇 때문인지 모를 흥분을 담은 이령의 눈동자가 붉게 물들고 있었다.

"가자. 지금."

들떠 하늘로 날아오를 듯 가벼운 목소리로 말하며 이령이 사빈의 품 안으로 파고들었다. 그녀의 작은 몸이 그의 커다란 몸을 놓지 않겠다는 듯 강하게 끌어안았다.

"지금 당장은 안 되겠는데……."

"응?"

꽉 잠긴 채 낮게 내뱉는 사빈의 목소리에 이령이 고개를 드는 순간, 사빈의 입술이 이령의 입술로 내려앉았다. 작은 깃털이 내려앉듯 가볍게 시작된 입맞춤이 천천히 뜨거워져 가는 순간, 서로에게 한없이 빠져들던 그들의 귓가로 낯익은 목소리가 스며들었다.

"형님……."

한 번도 본 적 없는 사준의 표정에 사빈과 이령이 불안을 담고 서로를 바라보았다. 어딘지 모르게 불안하고 들뜬 듯 이상한 표정을 지은 채 사준은 한참이나 앞에 놓인 찻잔만을 만지작거리고 있었다.

무슨 일인가가 있는 것 같은데 나쁜 일인지 좋은 일인지 알수가 없었다. 사준의 표정 때문이었다.

"준아."

"광화, 물어볼 것이 있어……요."

급히 고개를 들던 사준이 이령을 향해 말하다 사빈의 눈치를 살피며 끝에 경어를 붙였다. 그저 편하게 대하던 이령이었지만 이제 정식으로 형수님 대접을 해야 한다는 자각이 들었기 때문이다. 한 치의 빈틈도 없는 모습으로 이령의 허리를 안고 있는 사빈의 모습에서.

"뭔데? 꼬마 저하."

알 수 없는 흔들림을 담고 자신을 보는 사준의 눈빛을 재미있다는 듯 살피며 이령이 고개를 까닥거렸다. 그녀의 손이 자신을 안고 있는 사빈의 팔을 가만히 감싸 쥐었다.

"내가, 사내로서 그리 매력이 없나?"

"뭐?"

"잉?"

서로를 향해 불꽃이 튀는 눈빛을 주고받던 사빈과 이령의 눈이 커다랗게 열리며 사준을 돌아보았다. 잔뜩 일그러진 사준의 눈이 풀 죽은 강아지의 그것처럼 짙게 가라앉아 있었다.

"그러니까…… 대장군 유수의 딸과 선을 보았는데 그 유수의 딸이 이 혼인을 하고 싶지 않은데 자신이 거절하면 집안이 난리가 날 테니 너에게 거절해 달라 했다는 것이냐?"

"……예."

"그렇게 한마디만 하고 바로 돌아갔다고?"

"눈도 제대로 마주해 보지 못하고 그냥 쌩 하고! 아, 나 생각하니까 정말 열받네. 아무리 그래도 내가 황자인데 그렇게 아주 개무시를 하고 가 버려?"

불안으로 흔들리던 사준의 눈이 천천히 이글거리기 시작했다. 너무도 황당한 상황에 멍해져 있던 머리에 화가 치밀어 오르기 시작한 모양이었다.

점점 얼굴이 붉어지는 사준의 모습에 서로를 바라본 두 사람이 킥킥 웃음을 토해 냈다. 그들의 반응이 어이없다는 듯 사준의 얼굴이 더욱 진하게 붉어져 갔다.

"웃지 말지, 두 사람 다."

"둘 중 하나겠지, 이유는."

"둘 중 하나?"

짜증스럽게 고개를 젓던 사준이 이령의 입이 열리자 금세 고개를 들었다. 호기심으로 반짝이는 사준의 눈을 보는 사빈의 얼굴에 재미있어 죽겠다는 미소가 가득 번져 왔다.

"이미 연모하는 이가 있거나, 혼인에는 전혀 관심이 없는 여인이거나. 예전의 나라면 두 번째일 거고 지금의 나라면 첫 번째일 테니까."

금방이라도 그녀를 삼키고 싶은 듯 달달함이 뚝뚝 떨어지는 사빈의 눈동자를 마주한 이령이 한없이 예쁘게 웃고 있었다. 그런 두 사람의 모습을 물끄러미 바라보던 사준이 짜증난다는 듯 얼굴을 일그러뜨리며 자리에서 일어났다.

"됐습니다. 알고 있습니다. 방해해 드려 죄송합니다. 저는 물러갈 테니 계속 달달하십시오. 네."

짜증스럽게 머리를 긁으며 돌아서는 사준을 사빈이 부른 것은 그때였다.

"준아. 우린 지금 떠날 거다."

"……예?"

거친 걸음걸이로 돌아서던 사준이 놀란 눈으로 고개를 돌렸다. 조금 전의 짜증 어린 눈은 거짓인 것처럼 커다랗게 열린 그의 눈에는 불안이 천천히 고여 오고 있었다. 그런 사준의 눈을 마주 보며 사빈이 환한 미소를 지어 보였다.

"잘 지내거라. 준아."

"잘 있어. 꼬마 저하."

"지금, 간다고요? 여기서? 지금?"

"응."

"언제 돌아오는데요? 한 달? 두 달?"

불안으로 사준의 음성이 떨이고 있었다. 아프게 일그러지기 시작하는 사준의 모습을 안타깝게 바라보며 사빈이 천천히 고개를 저었다. 사빈의 고갯짓에 사준의 얼굴이 무참하게 일그러졌다.

"모르겠다. 안 돌아올 수도 있고."

"……거짓말."

"준아."

"반년에 한 번씩 돌아올 때에도 그 반년이 얼마나 길었는데, 안 돌아오실 수도 있다고요? 영영?"

"언젠간 돌아오겠지. 돌아오고 싶어지면."

아련함이 담긴 눈으로 아프게 사준을 바라보며 사빈이 이령을 당겨 품으로 끌어안았다. 그녀의 머리 위에 입술을 가져다대며 아프게, 그렇지만 행복하게 웃어 보이는 사빈의 얼굴을 보며 사준은 더 이상 아무 말도 할 수가 없었다.

더 이상 잡을 수도, 잡아서도 안 되었다. 저 두 사람에게 이곳은 절대 행복한 곳이 아니었기에. 사준이 천천히 숨을 골랐다. 억지로 지어 보이는 사준의 미소에 사빈의 얼굴에 아픔이 걸렸다.

"돌아오지 않으셔도 괜찮습니다. 제가 갈 테니까요. 형님이 계신 곳으로."

"……."

"제가 사랑하는 이가 생기면, 반드시 함께 가겠습니다. 형님과 형……수님을 만나러."

이령을 바라보는 사준의 눈이 아주 조금 흔들렸다. 아직 너무도 익숙지 않은 호칭이었고 조금은 아픈 호칭이었다. 하지만 그렇게 부를 수 있어서 행복한 사준이었다.

"꼭 오너라. 기다리고 있으마."

"예. 형님."

환하게 웃으며, 너무도 환해서 아프게 보일 만큼 그리 아름답게 웃으며 사준이 돌아섰다.

"뭐라고? 누가 어딜 가?"

"폐하의 허락을 받으셨습니다. 허니 당연히 떠나실 수 있지요. 지금 궁을 나가셨을 것입니다."

"누구 맘대로!"

버럭 고함을 치는 사영의 모습에 사준의 얼굴에 차가움이 어렸다.

"누구라 하십니까? 왜요? 형님의 허락을 받아야 가실 수 있는 것입니까? 이미 폐하의 허락을 받았다 말씀드렸습니다. 잊으신 것입니까."

"사준, 너는……."

"이제 정말 그만하십시오. 추합니다. 너무 추해서 구역질이 나려 합니다."

"……."

"조금이라도 마음에 두셨다면, 그랬다면 행복하길 바라셔야 하는 것입니다. 축복까지는 못하셔도 놓아주시긴 해야 하는 것입니다."

"네가 뭘 안다고 그리 떠드는 것이냐."

이를 갈듯 뱉어 내는 사영의 말에 사준이 입가를 비틀었다. 쓴웃음이 사준의 얼굴에 가득 고였다.

"처음으로 설렘을 가르쳐 준 분입니다. 저 역시, 아주 조금은 욕심이 나던 분입니다."

사준의 말에 사영의 눈이 경악을 담고 커다랗게 열렸다. 허공을 바라보는 사준의 눈이 무엇인가를 그리운 듯 바라보고 있었다.

"그래서 더 행복하길 바랐습니다. 사빈 형님의 품에 있을 때 가장 행복해 보였으니까요. 가장 아름다워 보였으니까요. 형님도 아시겠지만."

"……."

"사빈 형님은 떠나셨지만 저는 남아 있습니다. 허니 기억하십시오. 제가 이제 황위 서열 2위란 것을."

"뭐?"

"폐하도 어마마마도 형님을 지켜보신다 하셨습니다. 저 역시 그럴 것이고요."

"네가. 네가……."

"이곳은 황실입니다. 그 누구도 믿어선 안 되고 믿을 수 없는 곳이지요. 형제라 해도, 부모라 해도 말입니다."

얼음에 베이듯 날카롭게 입가를 올리고는 돌아서는 사준을 향해 달려 나가려던 사영의 귓가로 내관의 목소리가 들려왔다.

"전하! 태자비마마께서 깨어나셨다 하옵니다!"

돌아서 걸어가는 사준의 등에 닿았던 흔들리는 사영의 시선이 내관 쪽으로 향했다. 그리고 아주 잠시 망설임을 담던 그가 고개를 돌리고 뛰기 시작했다. 사영의 걸음이 향하는 곳을 바라보는 내관의 입가에 안도의 연한 미소가 번졌다.

✄

비상하는 송골매가 수놓인 붉은 용포에 온몸을 감싼 채 한 걸음 한 걸음을 조심스럽게 내딛는 하루아의 모습에 이령의 검은 눈동자가 닿았다.

한 점 흐트러짐 없는 모습으로 용상으로 향하는 그의 곁에는 사빈이 있었다. 사빈이 내민 손을 잡은 채 하루아는 용상으로 걸음을 옮기고 있었다.

꼭 감긴 그의 눈을 사빈이 대신한다. 다른 이들의 눈에는 너무도 낯설고 황당한 즉위식일 테지만 이령의 눈에는 세상에서 가장 행복한 모습이었다.

조심스럽게 하루아를 용상에 안내한 사빈의 시선이 자신들을 바라보고 있는 이령 쪽으로 돌려졌다. 사빈의 입가에 맺히는 환한 미소에 이령도 함께 미소를 보여 주었다.

눈이 뿌옇게 흐려 왔다. 소중히 눈에 담아야 하는 두 사내의 모습이 자꾸만 흔들렸다. 이령이 거칠게 고개를 저었다. 이 순간의 모든 것을 심장에 담고 싶기에 놓칠 수 없었다.

"중전마마 납시오!"

행복으로 물들던 이령의 시선이 아프게 일그러졌다.

즉위식과 혼인식을 함께하기로 결정했다 들었다. 해서 오늘 이 자리에서 파오의 딸이 왕비가 되는 것이다. 각오했던 일이지만 심장 저 깊은 곳이 검에 베일 때보다도 더 욱신거렸다.

화려하기 그지없는 대례복을 입은 고운 소녀가 조심스럽게 걸음을 내딛고 있었다. 아직 어린 소녀의 두 볼이 발그레 물든 모습을 바라보던 이령의 시선이 하루아의 뒤로 향했다. 하루아의 용상 바로 뒤, 연이 보였다.

'그 자리에 왜 가겠다는 거야?'

짜증을 내며 묻던 이령에게 연은 웃으며 말했었다.

'그분을 지켜야 하잖아요.'

'넌 대체! 그 자리가 무슨 자리인 줄은 아는 거야? 혼례라고! 오라버니의 혼례식!'

'네. 알고 있어요. 그래서 더 곁에 있어 드려야 해요. 그 순간 힘드시거나 하지 않도록.'

'하아…….'

'곁에 있을 수만 있으면…… 그걸로 충분해요. 행복해요, 전.'

그렇게 말해 놓고 하얗게 바랜 입술로 겨우 버티고 서 있는 연의 모습이 보였다. 금방이라도 눈물을 쏟을 것처럼 힘겨운 얼굴을 하고도 오라비에게서 시선을 떼지 않는 그녀의 모습에 이령이 그대로 몸을 일으켰다. 더 이상 보고 있을 수가 없었다.

세상의 일 따위 아무 상관없다는 듯 유유자적하게 물살을 가르며 헤엄치고 있는 물고기들을 물끄러미 내려다보던 이령이 곁에 놓인 작은 돌멩이를 집어 들었다. 알 수 없이 심통이 치솟았다. 그녀의 손에서 떠난 돌멩이가 거칠게 물속으로 떨어지자 한가롭게 움직이던 물고기들이 놀란 듯 흩어져 갔다.

"왜 괜한 붕어는 잡는 것이냐."

따스하고 다정한 목소리가 뒤에서 들려오며 단단하고 커다란 팔이 그녀의 몸을 감싸 안았다.

보지 않아도 의식하지 않아도 그 온기가 누구의 것임을 알 수 있다는 것은 좋은 일이었다. 낯선 감각에 긴장할 필요도 없이 멀리에서부터 이 온기는 확연하게 느껴지니까.

"여기 있기 싫어."

투정을 부리듯 이령이 하는 말에 사빈이 그녀의 목에 얼굴을 묻으며 큭, 연한 웃음을 토해 냈다. 그녀의 심기가 왜 이리 불편한지 알고 있었다. 하지만 해결해 줄 방법이 없으니 이리 위로해 줄 수밖에 없는 것이다.

"그럼 떠나면 되지. 오늘 밤 갈까?"

어젯밤 도착했다. 즉위식을 보고 며칠은 이곳에서 머물다 가려 했지만 아무래도 지금 떠나는 것이 좋을 것 같았다.

우습게도 이곳 역시 자신들이 머물 곳은 아닌 것 같았다. 이령의 존재는 이곳에서도 결코 환영받지 못하는 것이니까.

자신을 으스러트릴 듯 끌어안는 사빈의 품이 좋아 이령이 몸을 돌려 그의 품 안으로 파고들었다. 세상에서 이렇게 편하게 파고들 품이 존재해 본 적이 처음이어서일까. 그의 품은 안겨 있어도 그립고 언제나 아쉬웠다.

"가자, 우리 둘만의 세상으로."

"응. 가자, 지금."

환하게 웃는 이령의 얼굴에 사빈의 웃음이 내려앉았다. 뜨거운 숨결도 함께.

조심스러운 손길로 합환주를 왕과 왕비 앞에 내려놓고 연이 가만히 일어섰다. 이 방에 들어서서부터 하루아는 한순간도 움직이지 않았다. 한 마디도 내뱉지 않고 있었다. 그저 정물처럼 그렇게 앉아 있을 뿐이었다.

그에 비해 아직 어린 신부는 온몸을 몇 겹이나 감싼 대례복이 너무도 불편한지 자꾸만 꼼지락거리며 움직이고 있었다. 제한의 풍습대로 첫날밤 얼굴을 가리는 면포를 쓰고 있었지만 신부의 설렘이 움직임만으로도 고스란히 느껴질 지경이었다.

조심스럽게 몸을 일으킨 연이 둘을 향해 공손히 고개를 숙이고 몸을 뒤로 물렸다. 뿌옇게 흐려지는 자신의 시선을 그가 보지 못함이 오늘처럼 다행인 적은 없었다.

차마 미소까지는 담지 못하는 일그러진 얼굴을 고개를 숙여 감추며 연이 조심스럽게 방을 나왔다. 그리고 소리도 없이 곁방으로 들어섰다.

하루아의 몸 상태를 걱정한 어의가 곁방에 들려 했지만 그것을 거부한 것은 하루아였다. 그리고 하루아가 택한 것이 그녀였다. 잔인한 그의 선택을 그녀는 거부하지 않았다.

얇은 두 개의 문이 가로막고 있었지만 너울거리는 방 안의 붉은 불빛으로 앉아 있는 하루아와 신부의 그림자가 보였다. 짙은 어둠에 갇힌 곁방에서는 잔인하리만치 안쪽의 모습이 잘 보였다.

숨을 죽이고 문 앞에 앉은 연의 눈이 한 점 흐트러짐도 없이 꼿꼿하게 앉아 있는 그의 아름다운 그림자를 눈 안에 담았다.

"이름이…… 무엇입니까."

너무도 고요하기만 하던 공간을 울리는 낮고 부드러운 목소리에 소녀의 놀란 시선이 하루아를 향했다. 아직 제대로 쳐다보지도 못하고 있던 왕이었다.

"아로라 합니다."

"아로, 어여쁜 이름이군요."

소녀의 얼굴이 붉게 물들었지만 하루아는 알 리가 없었다. 이제까지 조금의 미동도 없던 하루아가 움직이는 모습이 아로의 눈에 들어왔다.

앉은 채로 움직인 그가 곁방 쪽 문에 등을 기댔다. 소녀의 눈이 의아함을 담고 약하게 흔들렸다.

"오늘 우리는 혼인을 했습니다."

"……예."

세상이 다 아는 일을 그는 말하고 있었다. 헌데 이상하게도 아로는 그가 자신이 아닌 다른 누군가에게 말을 하고 있는 것처럼 느껴졌다. 그럴 리 없는데 그렇게 느껴졌다. 이상하게도.

"저는 그대를 온전한 나의 왕비로 대하고 존중할 것입니다."

"……."

"궁 안의 모든 문제는 그대에게 일임하겠습니다."

"성심을 다하겠습니다."

"내 왕비로서 그대에게 한 점 소홀함도 없게 노력하겠습니다."

"……전하."

"하지만."

부드럽던 목소리가 아주 약하게 떨리는 것을 아로는 느낄 수 있었다.

"사내로서의 마음은…… 드리지 못합니다."

소녀의 붉던 얼굴이 하얗게 질려 갔다.

"이미 다른 이에게 다 주어 남은 것이 없어 드리지 못합니다. 용서하십시오."

"하지만……."

"나는 그대에게도 내 사랑에게도 죄인입니다. 평생 그대와 내 사랑에게 죄인으로 살 생각입니다."

"……."

"제한을 놓을 수 없기에 그대와 내 사랑을 아프게 한 죄의 대가는 내가, 감당할 것입니다."

눈앞의 사내가 무슨 말을 하고 있는지 아직 다 이해하지 못한 소녀의 눈동자가 거칠게 흔들렸다.

그런 소녀 앞에서 하루아가 곁방 쪽 문에 손을 가져다 댔다. 그렇게 닿지 못하는 마음을 손안에 담은 채 문 너머 들려오는 낮고 작은 울음소리에 귀를 기울이는 사내의 감겨진 두 눈에서 눈물이 흘러내렸다.

#10. 청유

땔감을 찾아 들고 그녀가 기다리고 있는 모닥불가로 다가서던 사빈이 그 자리에 멈춰 섰다. 조그마한 몸을 쉴 새 없이 움직이며 모포를 깔고 모닥불을 살피는 이령의 모습이 그의 시선을 가득 채워 왔기 때문이다.

이 짙은 어둠이 가득한 공간을 조금도 무서워하지 않는 그녀의 모습이 감사하고, 또 아팠다. 행복하고 아픈 기분이 함께 공존할 수도 있는 모양이다. 언제나 그녀를 보면 느껴지는 두 가지 상반된 기분이건만 아직도 그 감정은 낯설기만 했다.

흙바닥에 깐 모포에도 아무렇지도 않은 여인. 이 짙은 밤 어둠만이 가득한 공간에 혼자 두고 땔감을 찾으러 가도 겁을 내지 않는 여인이 자신의 여인이었다. 세상 그 어디에 데려다 놓아도 아마 두려움 따위가 뭐냐고 할 것이다, 그녀는.

"와, 땔감 많이 해 왔네? 따뜻하게 잘 수 있겠다."

검댕이가 묻어 새까매진 얼굴에 환한 미소를 지어 보이며 이령이 고개를 들었다. 모닥불을 살리려 한참이나 실랑이를 한 모양이었다. 활활 타고 있는 모닥불의 크기만큼 그녀의 얼굴에 검게 그을림이 앉아 있었다.

땔감을 내려놓고 이령의 앞에 앉은 사빈이 가만히 손을 올려 그녀의 얼굴을 닦아 냈다. 그의 손길이 좋은지 행복한 미소를 지으며 이령이 눈을 감았다. 얼굴 군데군데 검댕이 묻었는데도 그의 눈에는 한숨이 나올 만큼 곱고 유혹적인 모습이었다.

"하······."

나른한 얼굴로 눈을 감고 있던 이령이 낯선 한숨 소리에 눈을 떠 사빈을 바라보았다. 난감함이 고인 사빈의 얼굴이 보였다.

"뭐야? 무슨 문제 있는 거야?"

"큰 문제가 생겼다."

"뭐?"

사빈의 말에 이령이 그대로 옆에 놓아두었던 검을 들고 벌떡 자리에서 일어나는 모습에 사빈이 그녀의 손을 잡아당겼다.

"왜? 뭐가 쫓아온 거야?"

아직도 뭔가 문제가 생겼다 느끼는지 주변을 매의 눈을 하고 살피는 이령을 사빈이 그대로 품 안으로 당겼다.

그의 팔에 이끌려 앞을 향한 채로 그에게 안긴 이령이 자신의 어깨에 얼굴을 묻는 사빈의 행동에 그제야 배시시 웃음을 흘렸다.

"뭐가 쫓아온 것이 아니라 빈이 문제인 거였어?"

재미있다는 듯 큭큭 웃음을 뱉어 내는 이령의 움직임에 사빈이 그대로 그녀의 어깨를 물어 버렸다.

"아야!"

"자극하지 마라. 안 그래도 문제가 심각한데."

"그게 뭐 문제라고."

이령이 앞을 보던 몸을 돌려 그를 바라보았다. 그리고 그의 얼굴을 두 손으로 꼭 감싸며 그대로 그의 입술에 자신의 입술을 가져다 댔다. 이령의 움직임에 놀란 사빈이 억지로 그녀를 떼어 놓자 그녀의 볼이 빵빵하게 부풀어 올랐다.

"왜? 싫어?"

"안 돼. 참지 못한다."

"참지 마."

"여기선 안 돼."

사빈이 거칠게 고개를 저으며 그녀를 자신의 품에서 떼어 놓고 모포 안으로 몸을 묻자 이령이 짜증스러운 표정으로 그런 사빈을 노려보며 사빈이 누운 모포 안으로 슬금슬금 몸을 묻었다.

"저리 가."

"싫어. 추워."

"나를 잠 못 자게 하려는 것이냐?"

"아니, 고문하려고."

작은 몸을 자신의 품으로 파묻으며 눈을 감는 이령을 내려다보며 사빈이 깊은 한숨을 내쉬었다.

자유로워진 첫날, 이렇게 그녀를 그저 안고만 자야 한다는 현실이 화가 치밀어 올랐다. 하지만 그렇다고 이렇게 벌판 한가운

데서 그녀를 안을 수는 없었다. 내일은 서둘러 마을을 찾아야 할 모양이었다.

"미치겠네."

자꾸만 꼼지락거리며 자신의 품에서 움직이는 이령 때문에 자는 것을 포기한 것인지 사빈이 벌떡 몸을 일으켜 앉자 이령도 그를 따라 일어나 그의 품에 안겼다. 추운지 잔뜩 움츠리는 이령을 사빈이 커다란 몸을 열어 꼭 품어 안았다.

"구중궁궐을 두고 우리 왜 이러고 사는 걸까?"

저 멀리 반짝이는 새벽 별을 바라보며 묻는 이령의 말에 사빈이 그녀의 머리에 코를 박으며 큭큭 웃음을 토해 냈다.

정말 생각해 보면 우스운 일이었다. 율에서도 제한에서도 어느 것 하나 모자랄 것 없는 생활을 할 수 있는 자신들이 이리 벌판에서 노숙을 해야 하는 삶을 택했다는 것이.

다른 이들이 듣는다면 미쳤다 할 것이다. 아니, 정말 자신들은 미쳤는지도 모른다.

"돌아갈까?"

그녀의 뒷목에 지그시 입술을 누르며 묻는 사빈의 말에 이령이 거칠게 고개를 저었다. 그녀의 움직임에 그녀의 머리카락이 그의 얼굴을 쓸었다. 그녀의 체취가 심장으로 스며들었다.

"평생 이렇게 살자. 세상을 다니며."

"네가 원한다면 얼마든지."

"그런데 우선 내일은 마을을 좀 찾아야겠어. 풀어야 할 게 있잖아?"

"큭, 큭큭. 푸하하."

너무도 자연스럽게 흘러나오는 그녀의 말에 더 이상 참지 못한 사빈의 웃음소리가 어둠이 가득한 밤하늘에 울려 퍼졌다. 짙은 어둠 속 퍼져 나가는 모닥불의 불빛 안에 아름다운 인영의 모습이 가득 일렁이는 밤이었다.

"빈방은 없고 다른 손님들과 함께 묵으실라우? 뭐 사내들뿐이니 상관없으시지 않을까?"

"됐습니다."

여곽 여주인의 눈길이 자꾸만 사빈을 아래위로 훑어 내리는 것을 의식하며 이령이 머뭇거리는 사빈의 팔을 잡아끌었다.

다섯 번째 여곽이었다. 분명 이곳이 이 성안의 마지막 여곽이라고 했다.

"또 노숙하게 생겼네."

툴툴거리며 앞으로 걸어가는 이령의 뒷모습에 닿은 사빈의 눈꼬리가 짜증스럽게 일그러졌다.

넓은 벌판을 지나서 처음 만나는 작은 성이었다. 이곳저곳을 떠돌아다니는 상인들이 모두 이곳을 지난다는 사실을 미처 생각지 못한 것이 화근이었다.

이럴 줄 알았으면 서둘러 다음 마을로 갔어야 했다. 그렇다면 빈방을 구할 수 있었을지도 모른다.

하지만 이 마을에 들어와 여곽을 찾아다니며 해가 져 버렸고 이 시각에 벌판을 다시 가로지를 수는 없었다. 어둠이 찾아오면서 추위가 몰려들고 있었고 오늘 밤도 이령을 밖에서 재울 수는 없다. 아무리 그녀라 해도 그건 무리였다.

"어머! 무사님들! 술 한잔하고 가세요!"

성큼성큼 앞으로 걸음을 옮기던 이령의 팔을 잡는 기녀의 모습에 사빈이 고개를 돌려 옆을 바라보았다. 화려한 등을 가득 달아 놓은 기방이었다. 초저녁인데도 벌써 술 내음과 음악 소리가 진동하고 있었다.

안 그래도 짜증이 올라와 미칠 것 같은 이령이 자신의 팔을 잡는 기녀의 손을 거칠게 내치려는 순간, 사빈이 그런 이령의 어깨를 감싸며 기녀를 향해 입을 열었다.

"술하고 방 하나에 얼마면 되나?"

"정말…… 술상만 두고 나가란 말씀이세요?"

"왜? 은전이 부족한가?"

"아니요. 이 정도면 충분한걸요. 하지만 정말 저희가 필요하지 않으신 거예요? 두 분 다?"

떫은 감을 씹은 듯한 얼굴로 묻는 기녀의 말에 사빈이 미소를 지으며 고개를 끄덕였다.

아까부터 한 마디 말도 없이 방 안 풍경을 노려보고 있는 이령의 모습 때문에 마음이 급한 사빈이었다. 기녀들을 빨리 내보내고 싶은데 무엇이 아쉬운지 방을 안내한 두 명의 기녀는 서로의 얼굴을 보며 자꾸만 머뭇거렸다.

"쉬고 싶으니 어서들 나가 주게."

"그럼 술 한 잔만 따라 드리고 나갈게요."

"나가란 말이 안 들리는 건가?"

그 순간이었다. 사빈의 옆으로 다가앉는 기녀를 향해 이령의 서늘한 눈빛이 닿은 것은.

살기마저 감도는 이령의 눈빛에 흠칫 놀란 기녀가 서둘러 방을 나가고 방 안에 정적이 찾아왔다.

탁! 술잔에 술을 가득 채워 급하게 들이켠 이령이 그대로 술잔을 상 위에 거칠게 내려놓았다. 무엇인가 그녀의 심기가 불편하다는 것을 그 행동으로 충분히 느낄 수 있는 사빈이었다.

술이 묻은 입가를 거칠게 손등으로 닦아 낸 이령이 그대로 몸을 일으키는 순간 사빈이 이령을 잡아 품 안으로 끌어당겼다.

"왜 그러는가. 이곳이 마음에 들지 않는 것이냐? 나갈까?"

"너는……."

그녀의 목소리가 아프게 흘러나왔다. 울음을 삼키고 있는 듯 힘겹게 나오는 그녀의 목소리에 놀란 사빈이 그녀를 돌려 안으려 했지만 이령은 그에게 얼굴을 보이지 않으려는 듯 움직이지 않았다. 사빈이 부드럽게 그녀를 안으며 그녀의 머리카락을 가만히 쓰다듬었다.

"내가 왜 좋은 거야."

"뭐?"

"저리 곱지도 않고 행동도 어여쁘지 않고, 여인 같은 구석은 눈곱만큼도 없는데."

"령아."

"여인으로서의 모습은 하나도 배운 것도 없고 온몸은 끔찍한 상처투성이고, 고운 사향내보다는 혈 향을 더 많이 풍긴 내가, 대체 그런 내가 왜 좋은 거냐고."

그녀의 어깨가 아프게 흔들리고 있었다. 스스로 초라하다 느

427

낀 그녀의 목소리가 울음을 담고 있었다.

그저 스치는 것만으로도 온몸이 달아오를 듯 풍기던 여인들의 내음, 눈이 부시게 아름다운 여인들의 비단옷과 옷 사이로 내어 보이던 새하얗고 투명한 살결들. 그 모든 것들이 보고 싶지 않아도 보이던 이령이었다.

너무도 고와서 여인인 자신까지도 한숨이 나올 만큼 어여쁜 여인들의 시선이 사빈을 향하는 것이 끔찍하게 싫었다. 사빈의 시선을 갈구하는 그 모습이 두려웠을 정도로.

"너니까."

"……."

"그냥 너니까. 내 생명이고 내 모든 것이니까. 이유가 필요한 것이냐? 넌 나를 연모하는 데 이유가 있는가."

"……."

"그럼 너는 왜 나인 것이야? 형님은 너에게 세상도 줄 수 있었는데 왜 아무것도 줄 것 없는 나를 택했어."

"그건!"

"네가 얼마나 아름다운지, 네가 얼마나 어여쁜지 너는 모를 거다. 숨이 막히게 어여뻐서 내 마음 가는 대로 안다 보면 부서질까 봐 제대로 안지도 못하는 내 마음을 너는 모르니까."

자신의 목에 뜨거운 숨결을 토해 내며 신음하듯 뱉어 내는 사빈의 고백에 이령이 천천히 몸을 돌려 사빈을 마주 보았다. 그의 갈색 눈동자가 촉촉하게 젖어 있었다.

젖은 두 눈으로 자신을 보며 웃고 있는 그의 모습이 너무 아름다워서, 질식할 것처럼 아름다워서 이령이 그의 목을 끌어안으며 입술을 훔쳤다.

거칠게 자신의 옷을 찢듯 벗겨 내는 사빈의 손길에 이령이 힘겹게 숨을 삼키며 그의 목에 매달렸다. 그의 입술이 그녀의 입술을 물어뜯을 듯 탐했다.

뜨겁고 서리서리 강한 혀가 그녀의 혀를 감아 돌며 빨아들이는 감각에 머릿속이 하얗게 녹아내리는 것만 같았다. 자신의 머리를 받치고 있는 그의 힘이 아니라면 그녀의 모든 것을 삼킬 듯 몰아붙이는 그로 인해 이대로 바닥으로 녹아내릴 것만 같은 감각에 신음조차 뱉어 내지 못하는 이령이었다.

"하아, 하아."

그에게 매달려 쏟아 내는 신음마저 그를 자극하는 것일까. 뜯듯 그녀의 무복을 벗겨 낸 사빈이 그녀를 비단 침상 위에 조심스럽게 내려놓았다. 금방이라도 혀뿌리를 뽑을 듯 몰아치던 것과는 반대로 너무도 조심스러운 움직임이었다.

부드러운 비단 침상이 등을 감싸고 그의 커다란 몸이 가슴으로 밀려들었다. 단단하고 뜨거운 그의 몸이 닿는 감각만으로도 그녀의 온몸에 전율이 일었다.

가늘고 새하얀 목에 붉은 흔적이 하나둘 늘어 갔다. 어깨에 새겨진 검상의 잔혹한 자국 위에도, 허리를 온통 휘감은 늑대 이빨의 흔적 위에도 그의 숨결이 내려앉으며 진홍색 꽃이 피었다.

그 꽃들 위로 쏟아지는 그의 열기에 이령이 거칠게 몸을 휘었다. 온몸을 감싸고 도는 감각은 이제껏 한 번도 느껴 보지 못한 환희였다.

온몸이 아득한 나락으로 곤두박질치듯 힘겹다가 구름 위로 내려앉듯 포근했다. 끝없이 몰아치는 상반된 감각에 온몸의 힘이 하나도 남지 못할 지경이었다.

"아흑!"

멍하게 흐려지던 머릿속이 가슴 끝을 베어 무는 그의 날카로운 움직임에 자지러졌다. 허리가 들썩이고 허리 아래로 뜨거움이 번져 갔다.

그의 단단한 몸이 느껴지는 것이 두렵고 그 두려움 속에 알수 없는 기다림이 몽글몽글 피어오른다. 그리고 그 기다리던 감각이 그녀의 바림에 닿는 순간, 그녀가 그의 목에 팔을 둘렀다. 그녀의 허락을 얻은 그의 몸이 그녀의 안으로 아무 저항 없이 파고들었다.

이제 익숙해졌을 법도 한데 그의 움직임에 그녀가 이를 악물었다. 고통만큼의 쾌감이 숨을 쉬지 못할 만큼 몰아치고 있었다. 온몸이 뜨거움에 삼켜지고 그에게로 빠져 들어간다.

끝을 향해 달리는 그의 목에서 으르렁거리는 늑대의 숨소리가 들려왔다. 그 소리가 좋아서 이령의 입가에 미소가 번졌다.

"자러 들어온 거 아닌가?"

조금 전의 열기가 채 식기도 전에 다시 자신의 가슴 위로 슬며시 올라오는 그의 손을 이령이 부드럽게 쳐 냈다.

"아직 새벽이 오려면 멀었거든."

이령의 말 따위 조금도 신경 쓰지 않는 듯 사빈의 손이 이령의 작고 소담한 가슴을 커다란 손안에 담았다. 그녀의 단단한 몸과는 달리 가슴은 한없이 부드러웠다. 그 감각이 너무 좋아 가슴 저 깊은 곳이 아찔해져 오는 사빈이었다. 조금 전 겨우 사그라지던 욕망이 다시 천천히 끓어올랐다.

그의 팔이 그녀의 작은 몸을 품 안에 가두고 본격적으로 그녀의 몸을 지분거리기 시작했다. 뒷목을 베어 무는 그의 움직임에 이령이 움찔 놀라며 몸을 웅크렸다. 그녀의 움직임에 그의 입에서 큭큭 열기가 담긴 웃음이 토해져 나왔다.

"어젯밤 풀지 못한 거 제대로 풀어야지. 내일 밤 또 못 풀 수도 있으니까."

"밤새우려는 거야, 설마? 이 푹신한 비단 침상 위에서?"

"나쁘지 않네, 그 계획."

"빈, 그건 좀…… 아흑!"

나른하게 풀어지는 그의 목소리에 불안함을 느끼며 그의 손을 치워 내려던 이령이 몸을 휘었다. 그의 거친 손가락이 조금 전 그의 흔적들로 흠뻑 젖어 있는 공간으로 스며들듯 들어섰기 때문이다.

"그, 그만."

끝없이 자신을 자극해 가는 그의 손놀림에 손가락 하나 움직일 힘도 남아 있지 않게 지쳐 갈 즈음 그가 자신의 몸을 일으켜 앉으며 그녀를 자신의 앞으로 당겨 안았다. 그리고 그 순간, 그의 품에 안긴 자신의 몸속으로 파고드는 그의 몸에 그녀가 다시 자지러지는 신음을 내질렀다.

"흐윽!"

"하아, 미치겠다. 령아."

마주 보는 모습으로 그가 그녀의 안에서 움직이기 시작했다. 자세 때문에 더 조여 오는 감각에 미칠 것 같은 사빈이었다. 뜨겁게 달아오른 그의 붉은 얼굴과 붉어진 두 눈이 아름답게 이령의 시선에 들어왔다.

촉촉하게 젖은 그의 얼굴이 자신을 보며 짙게 미소 짓는다. 보는 것만으로도 숨이 막히게 아름답고 색정적인 그의 미소에 온몸의 감각이 곤두섰다. 그를 품고 있는 아래에 힘이 들어가서일까, 그가 고개를 휘었다.

"헉."

그의 길고 단단한 목이 휘어졌다. 꿈틀대는 그의 결후가 아름다워 보였다. 핥아 보고 싶을 만큼.

"흐윽!"

뜨거운 그녀의 혀가 자신의 결후를 핥아 내리는 낯선 감각에 사빈이 이를 악물었다. 미칠 듯한 열기가 온몸을 달궜다. 이러다간 자신도 그녀도 터져 버릴 것만 같았다. 이렇게 열기가 찬 몸이 터지지 않는 것이 차라리 이상할 지경이었다.

"안 되겠다."

으르렁거리는 신음을 삼키며 사빈이 이령을 안아 들고 일어섰다. 작은 그녀가 그에게 매달리듯 안겨 왔다.

작은 그녀의 몸을 한 팔로 받치고 그가 움직였다. 벽과 그의 몸 사이에 갇혀 그저 그에게 매달릴 수밖에 없는 이령의 입에서 참지 못한 신음이 새어 나와 그의 귓가로 스며들었다. 그 달뜬 신음이 끝없이 폭주할 듯 움직이는 그를 더 자극하고 있다는 것을 그녀는 알지 못하는 것 같았다.

그녀가 신음을 뱉어 낼 때마다 그의 움직임이 거세지고 그의 몸이 더 강하게 파고들었다. 몸 어딘가가 허공으로 떨어져 내리는 감각을 느끼며 이령이 그의 어깨 위로 머리를 떨구었다.

"이런……."

자신을 품은 채 축 늘어져 버리는 이령의 몸을 두 팔로 받아 안는 사빈의 얼굴에 난감함이 가득 고였다. 아직 밤은 너무도 길고 자신은 이제 시작이기에.

"세상에…… 남색이란 말이야? 저 두 사람이?"

"이상하다 했어. 작은 사내가 아주 우리를 도끼눈을 뜨고 보기에 좀 이상하다 했지만 설마 했잖아? 근데 글쎄 우리가 나오고 조금 이따가 그, 그 소리가. 아주 밤새 난리였대. 김 서방이 들었다던걸."

"저리 잘난 사내 둘이서 왜 하필! 우리같이 어여쁜 여인네들을 두고."

"그런데 이상하게 너무 잘 어울리는 것 같지 않니? 처음 보는 순간부터 두 사람 서로를 보는 눈빛이…… 하, 정말 내 심장이 두근두근하더라니까."

"아휴, 괜히 눈만 버렸지 뭐니. 이제 웬만한 사내를 봐도 눈에도 안 들어올 테니 어쩌니."

어젯밤 그리 난리가 났었다는 것이 거짓인 듯 가벼운 움직임으로 말을 타고 떠나는 두 사내를 바라보는 기녀들의 눈에 안타까움이 가득 고여 왔다.

"어, 어어."

조금 전부터 이상하다 싶었다. 자신의 옆에서 달리는 이령이 타고 있는 말의 속도가 빨랐다 느렸다 하고 있었기 때문이다. 의아함을 담고 고개를 돌린 사빈의 눈에 말 위에 앉은 채 졸고 있는 이령의 모습이 들어왔다. 사빈의 눈이 커다랗게 열렸다.

"이런."

어젯밤 너무 괴롭혔던 것일까. 난감함에 머리를 긁적이던 사빈이 다시 흔들리는 이령의 말을 느끼고 깊은 한숨을 내쉬었다. 그리고 그 순간 그의 몸이 그대로 곁에서 달리는 이령의 말 위로 뛰어올랐다.

"까악!"

갑자기 자신의 등 뒤로 날아오르듯 올라타 자신을 끌어안는 사빈의 움직임에 이령이 비명을 내지르며 고삐를 잡아당겼다. 급하게 고삐를 당긴 이령 때문에 말이 거칠게 움직였지만 다행히 고삐를 놓치지 않은 사빈 덕분에 말은 무사히 멈춰 섰다. 사빈이 제대로 말을 다루지 못했다면 이령과 사빈은 말에서 떨어질 뻔한 아찔한 순간이었다.

"대체 무슨! 흡!"

화를 내며 고개를 돌리는 자신의 입술에 가볍게 닿아 오는 사빈의 입술에 이령의 눈이 커다랗게 떠졌다. 빙그레 미소 지은 사빈이 그녀 대신 그녀의 말고삐를 잡았다.

"내 품에서 자야겠다. 아직 갈 길이 멀거든."

"나를 이렇게 만든 게 누군지 아는지 몰라. 나 원래 강철 체력이거든? 그런데 이리 초죽음을 만들어 놓아서, 진짜."

"그러니까 자 둬. 오늘 밤도 제대로 재울지 장담 못 하니까."

"못 살아."

투덜거리면서도 자신의 가슴에 등을 기대 오는 이령을 한 팔로 가득 안은 채 사빈이 말고삐를 당겼다. 두 사람을 태운 말이 달리기 시작했다.

얼마나 달렸을까. 자신의 가슴에 온전히 기대 잠든 이령의 얼굴에 사빈의 따스한 시선이 닿았다. 곱게 내리감은 그녀의 눈 아래 길고 아름다운 속눈썹이 보였다. 그 속눈썹에 연한 물기를 담고 애원하듯 신음하던 그녀의 모습이 떠올랐다. 한입에 삼켜도 부족할 듯 고운 모습이었다.

떠올리는 것만으로도 한숨이 나올 만큼 행복한 그녀의 모습이 꿈만 같다. 그녀를 안은 팔에 자신도 모르게 힘이 들어갔다.

아무런 긴장감도 없이 자신에게 모든 것을 맡긴 그녀의 모습을 물끄러미 내려다보는 사내의 얼굴에 진짜 미소가 가득 어렸다.

넓디넓은 벌판을 달리는 두 마리의 말 위로 찬란한 햇빛이 쏟아져 내리는 날이었다.

#그 후의 이야기

"앉으시라고 권하지도 않는 것인가, 그쪽은? 나를?"

황당한 상황에 할 말도 없는지 그저 멍하게 자신을 바라보고 서 있는 여인을 향해 사준이 싱긋 그 모든 궁녀들이 자지러지는 미소를 보여 주며 말했다.

하지만 눈앞의 여인은 그의 미소 따위 상관도 없는 듯 서서히 미간을 좁혔다.

"지금 여기서 뭐 하시는 것입니까?"

"뭐 하긴? 내 정혼자를 만나러 내가, 친히, 유수장군의 사저까지 온 것이지."

"뭐……라고요?"

여인이 버럭 고함을 지르다 짜증스럽게 발을 굴렀다. 곱게 땋아 내린 머리와 연홍색 치마저고리와는 너무도 어울리지 않는 그 몸짓에 사준의 눈이 커다랗게 열렸다.

"분명 제가 일전에 말씀드렸습니다. 저는 절대! 저하와 혼인을 할 마음이 없으니 저하께서 이 혼인을 없던 일로 만들어 달라고 말입니다."

"그랬지."

"헌데! 왜 이런 상황을 만드십니까?"

"이 상황이 어때서?"

"조금 전에! 저희 아버지께 저하께서 말씀하셨지 않습니까! 정혼자를 만나러 왔다고 말입니다!"

"맞아."

"이보세요. 저하."

"나는 혼인하지 않겠다고 말한 적이 없거든? 나는 할 거야. 이 혼인."

"누구 맘대로요?"

"내 맘대로."

부드럽게 눈까지 살짝 감았다 뜨며 사준이 말했다. 눈앞에 있는 여인의 얼굴이 붉으락푸르락 형형색색으로 물드는 모습이 재미있었다.

광화 외에 이리 재미난 여인은 처음이었다. 아니, 솔직히 그녀보다 조금 더 재미난 것 같았다.

"계속 날 여기에 세워 둘 작정인가? 벌써부터 이러면 나중에 소박을 맞을 수도 있을 텐데."

"이보세요. 황자 저하."

"사준."

"예?"

"사준이라고. 내 이름."

"알고 싶지 않습니다."

"너무하네. 정혼자 이름도 관심이 없고. 난 알고 싶은데, 그대이름."

"……."

"이름이 무엇인가, 그쪽은?"

"안 알려 드릴 겁니다."

당황으로 붉어진 얼굴을 보이기 싫은지 몸을 거칠게 돌려 걸어가는 여인의 뒤를 사준이 따랐다.

자신의 뒤를 따라 걷는 사준의 존재를 신경 쓰느라 제대로 걷지도 못하고 자꾸만 뒤를 돌아보는 여인의 모습이 재미있었다. 자신의 앞에서 시선을 끌려 교태를 부리는 것보다는 지금 이 모습이 훨씬 재미도 있고 흥미도 갔다.

씩씩거리는 여인의 붉은 얼굴이 제법 고와 보였다.

여인의 전각인 모양이었다. 수많은 꽃들로 장식된 정원은 앞서 걷는 여인과는 사뭇 어울리지 않았지만 아름다웠고 이 집안 안주인의 손길이 고스란히 느껴지고 있었다. 딸과는 다른 어미인 모양이었다.

"난 안이 좋은데. 남녀의 만남은 은밀해야 좋은 거 아닌가?"

"헉!"

정원 한가운데 작게 지어져 있는 정자에 앉아 노골적으로 싫은 얼굴을 한 채 차를 따르는 여인에게 사준이 하는 말에 여인이 경악을 담으며 사준을 노려보았다.

이리 싫다고 싫다고 표시하고 있는데도 일부러 자신의 거처까지 따라온 사준을 이해할 수 없는 여인이었다.

"이것 보세요. 저하."

"그냥 사준 님이라 불러도 괜찮은데. 난 고리타분한 사내가 아니라서."

"네. 고리타분하지 않은 황자 저하. 대체 왜 이러시는 것인지 좀 알 수 있을까요? 싫다는 여인을 잡을 만큼 여인이 부족하신 분도 아닐 텐데 이러시는 연유가 무엇입니까?"

"그대는 내가 마음에 들지 않아 이 혼인을 하고 싶지 않은 모양이지만."

도끼눈을 뜨고 노려보는 여인을 귀엽다는 듯 미소까지 담고 바라보며 사준이 딱 적당하게 식은 차를 입안으로 부어 넣었다. 은은한 차향이 콧속까지 스며들었다. 기분이 나쁘지 않았다. 차향도, 이곳의 내음도, 눈앞의 여인도.

"나는 그대가 마음에 들거든. 해서 할 거거든. 이 혼인."

"제 어디가 마음에 드십니까?"

"다. 얼굴도, 성격도. 그 말투까지."

"하······."

"식상하지 않아서 좋고. 나름 귀여워서 좋고."

"그 선택, 후회하실 텐데요."

"난 후회할 선택 따위 하지 않아."

"······."

"내기할까? 그대가 나와의 혼인을 후회할지 안 할지?"

"예?"

"혼인을 하고 딱 1년 후 그대가 후회한다고 하면…… 아무 조건 없이 그대를 놓아주지. 하지만 1년 후 후회하지 않는다고 하면, 내가 원하는 것을 한 가지 들어주어야 하는 것으로. 그게 무엇이든 간에."

"……정말 제가 후회하게 되면 저를 놓아주실 것입니까?"

"약속하지. 나 황자 사준의 명예를 걸고."

여인의 눈이 거칠게 흔들리고 있었다. 이 순간 자신의 미래를 걸고 도박을 해도 될지 망설이고 있는 것이 분명했다. 아마 세상 다시 오지 않을 기회라고 생각할 것이다.

"좋습니다. 그 약속 믿을 것입니다."

"그럼 이제 그대의 이름을 알려 주시겠소? 서로를 걸고 도박을 하는 동지니까?"

"유정인입니다."

정인. 왠지 자꾸만 입가에 웃음이 맺히는 사준이었다. 1년 후 이 소녀에게 요구할 조건을 듣는다면 그녀는 기함을 할 것이다. 그 상상만으로도 기분이 좋아지는 그였다.

"헌데…… 이건 공평치가 않은 것 같습니다."

재미난 상상으로 행복한 사준의 귓가로 소녀의 퉁명스러운 목소리가 들려왔다.

"뭐가 말인가?"

"제 조건은 이미 알고 계시지 않습니까. 저도 저하의 조건을 알아야 하겠습니다. 서로의 조건을 알아야 제대로 된 거래일 테니까요."

"1년 후 그대가 후회하지 않는다고 하면 내가 제시할 조건 말인가?"

"예."

"모르는 편이 나을 텐데."

"알고 싶습니다!"

무슨 전장에라도 나가는 듯 긴장한 얼굴을 보며 사준이 잠시 어깨를 으쓱해 보였다. 그리고 동그랗게 뜬 그녀의 눈앞에 손가락 세 개를 펴 보였다. 소녀의 눈이 의아함을 담고 그의 손가락을 응시했다.

"이게 뭡니까?"

"아들 셋. 이게 내 조건이거든."

"......예?"

숨조차 내쉬지 못하고 뒤로 물러서는 작은 소녀를 향해 사준이 빙그레 웃으며 한마디를 덧붙였다.

"아들이 세 명 될 때까지 쭈욱, 열이든 스물이든 내 자식을 낳아 주어야 해."

"미쳤습니까!"

버럭, 고함을 치며 자리를 박차고 일어나는 정인을 향해 사준의 나른함이 가득 담긴 목소리가 들려왔다.

"거래, 안 할 건가?"

그대로 걸음을 옮기려던 정인이 우뚝 멈춰 서 고개를 돌렸다. 망설이고 있는 동그란 눈이 보기에도 안쓰러울 정도로 흔들리고 있었다.

"뭐, 자신 없으시면 그냥 혼인하시든지. 1년 후의 거래 따위 잊고."

자꾸만 미어져 나오는 웃음을 참느라 사준이 이를 악물었다. 1년 후의 자유를 눈앞의 여인이 포기할 리 없음을 너무도 잘 아는 그였다.

"하겠습니다, 그 거래."

"탁월한 선택이오, 부인."

사준의 입가에 끔찍하도록 아름답게 맺히는 미소를 보며 정인은 생각해야 했다.

나 지금 잘한 거…… 맞아?

✕

1년 후 어느 날.

조그마한 얼굴을 붉은 열기로 가득 채우고 몽롱하게 풀어진 눈으로 자신을 올려다보는 정인의 부푼 입술에 사준이 가만히 입을 맞췄다.

수없이 핥고 빨아 도톰하게 부풀어 오른 입술은 부드럽고 달콤했다. 아직 절정의 여운에서 미처 헤어 나오지 못한 그녀의 입술 사이에서 약한 한숨이 새어 나왔다.

몽롱함이 가득한 그녀의 눈을 내려다보며 연하게 웃음을 보여 준 사준이 그녀에게서 몸을 떼어 곁에 눕자 버릇처럼 정인이 그의 품 안으로 파고들었다.

"이제 결정을 하셔야지요. 부인."

온몸이 녹아내릴 듯한 기분 좋은 여운에 감싸여 잠을 청하려던 정인의 귓가로 낯선 사준의 경어 섞인 목소리가 들려왔다.

평상시 그의 말투와 너무도 다른 말투. 그 순간 알 수 없는 두려움에 온몸이 서늘해짐을 느끼며 정인이 그의 가슴에 묻고 있던 얼굴을 들어 올렸다.

낯설던 목소리와는 다른 언제나처럼 부드러운 미소를 머금고 있는 사준이 거기 있었다. 상황을 이해할 수 없는 정인의 눈이 흔들렸다.

"무슨 말씀입니까, 저하?"

"오늘이 1년입니다."

"예?"

"우리가 혼인을 한 지 딱 1년 되는 날입니다. 그간 잊고 계셨습니까."

"아……."

혼인 후 한동안은 날짜를 하루하루 세고 있었지만 언제인가부터 그런 것이 무의미해졌던 정인이었다. 그에게 끝없이 빠져들어 버렸으니까.

"우리의 거래를 잊은 것은 아니겠지요, 부인?"

거래?

편안하게 풀려 있던 정인의 눈이 날카롭게 일그러졌다. 그래, 그와 거래를 했었다. 잊지는 않고 있었다. 1년 후 자신이 그와의 혼인을 후회하면 자신을 놓아주기로.

그렇지 않다면 자신은…….

그때의 일을 떠올리는 정인의 얼굴이 붉어졌다 차갑게 식어내리는 모습을 사준은 재미나다는 듯 지켜보고 있었다. 장난기

가득한 미소가 그의 입술 끝에 대롱대롱 걸려 있었다.

"어찌할까요? 놓아 드릴까요? 아니면…… 제가 이긴 것입니까?"

정인이 천천히 몸을 일으키며 흐트러져 있던 야장의를 끌어 올렸다.

일어나 앉는 그녀의 선이 고운 뒤태를 감상하듯 바라보던 사준의 미소가 맺혀 있던 눈가가 천천히 굳어져 왔다. 수없이 보아 온 그녀의 뒤태에서 느껴지는 살벌한 기운 때문이었다.

"그러니까 지금 저하께서는 제가 후회한다 하면 저를 놓으시겠다는 거군요."

그 순간 사준이 벌떡 몸을 일으켰다. 계획했던 무엇인가가 시작부터 조금씩 틀어지고 있었다.

"저와의 관계가 아직도 거래에 매여 있는 것이고요."

"부인, 그게 아니라."

"아니면 무엇입니까? 말씀해 보세요."

거칠게 자신을 향해 고개를 돌리는 정인의 얼굴을 본 사준이 흠칫, 몸을 떨었다.

하얗게 치켜뜬 그녀의 눈은 평상시 동그랗던 그 귀여운 눈이 아니었다. 생글거리며 웃어 주며 자신의 가슴 한쪽을 녹일 듯 다가오던 그 눈은 어디 가고 저리 낯설고 무서운 눈이 자신의 앞에 있는 것인지 황당하기만 했다.

"약조하지 않았습니까. 1년 후 그대가 하는 답을 듣고 거래의 승패를 정하기로 말입니다."

"그러면 대답해 보세요. 제가 보내 달라고 하면 지금 바로 보내 주실 것입니까?"

"부인!"

"저, 갈까요?"

사준의 눈이 거칠게 흔들리는 모습을 보며 정인이 살며시 고개를 틀었다.

입가에 맺히려는 웃음을 참기가 너무도 힘들었다. 어쩔 줄 몰라 하는 남편의 얼굴이 귀여워 미칠 것 같았기 때문이다.

주워 담지도 못할 말을 뱉어 놓고 자신의 반응에 놀라 당황하는 모습이 귀엽다 못해 안쓰러울 지경이었다.

하지만 마음을 굳게 먹어야 한다. 쉽게 넘어가 주면 또 저리 자신을 시험하려 할 테니까.

"대답이 없으신 것을 보니 가도 된다는 말씀이군요. 예. 알았습니다."

어쩔 줄 몰라 하는 사준 앞에서 정인이 그대로 일어섰다.

그 순간이었다. 사준이 팔을 뻗어 그녀를 자신의 품 안으로 끌어당긴 것은. 거칠게 뛰어 대는 사준의 심장 고동이 정인의 등으로 온전히 느껴져 왔다.

정인의 얼굴 가득 미소가 번졌다.

"난 허락한 적 없어."

"저하."

"정말 가고 싶은 건가? 정말…… 후회하는 거야?"

정인의 가슴 저 깊은 곳이 울컥 차올랐다.

1년의 시간 동안 처음 들어 보는 사준의 떨리는 목소리였다. 세상 아무것도 거리낄 것 없고 무서운 것 하나 없는 율국 최고의 사내가 지금 자신을 안고 떨고 있었다.

정인이 가만히 몸을 돌렸다.

"대답해 주세요, 저하. 제가 떠나길 원하십니까?"

정인의 눈을 마주 보며 사준이 천천히, 너무도 힘겹게 고개를 저었다. 정인의 눈이 발갛게 물들어 가기 시작했다.

"제가 언제까지나 저하 곁에 머물길 원하십니까?"

거칠게 흔들리는 눈을 하고, 한없이 짙어지는 눈동자를 하고 사준이 고개를 끄덕였다.

아프게 일그러져 있는 사내의 눈을 보며 정인이 그대로 사준의 커다란 몸을 끌어안았다.

"그럼 다시는 그 거래 이야기, 하지 마십시오."

"나와의 시간을 후회하지 않는다는 거야?"

"그때의 선택을 감사하고 또 감사합니다, 전."

"그럼."

살며시 눈을 감고 그의 따스한 온기를 느끼던 정인의 귓가에 너무도 따스한, 그렇지만 그 내용은 서늘한 말이 들려왔다.

"내가 이긴 거지? 그 내기?"

"예?"

기절할 듯 놀라며 사준에게서 몸을 떼어 내려는 정인의 작은 몸을 사준이 더 깊이 품 안으로 끌어안았다. 두려움이 천천히 차오르는 그녀의 심장으로 또다시 소름 끼치는 소리가 들려왔다.

"아들 셋, 시작해 볼까요? 부인?"

가슴속에 있던 심장이 바닥을 지나 지옥으로 떨어져 내리는 소리가 정인의 귀로 들려오는 순간이었다.

✕

"부인! 부인!"

오수에 빠져 있던 정인이 온 전각을 울리는 사준의 목소리에 피곤한 몸을 겨우 일으켰다.

매일 밤 천당과 지옥을 오가고 있는 중이었다. 정력에 좋다는 것은 모두 챙겨 먹으며 밤마다 아들을 만들어야 한다고 덤비는 사준을 피할 길이 없어 하루도 편히 자는 날이 없다 보니 낮에 잠시라도 눈을 붙이지 않으면 견딜 수가 없는 것이다.

이젠 낮에까지 덤비려는 것일까 하는 두려움을 담고 달려 들어오는 사준을 보던 정인의 눈에 의아함이 고였다.

1년이라는 시간을 지내는 동안 저리 행복해 보이고 들떠 보이는 그를 본 적이 없었다. 그답지 않게 의복조차 제대로 여미지 않은 모습이었기에 더욱 그러했다.

다른 이들 앞에 한 치의 흐트러짐도 보이지 않으려는 것이 사준인데 지금의 그는 머리에 동곳조차 꽂혀 있지 않은 황당한 모습이었다.

"무슨 일이 있으십니까?"

"사빈 형님에게서 서신이 왔습니다!"

정인은 볼 수 있었다. 손에 꼭 쥔 새하얀 종이를 흔들며 환하게 웃고 있는 남편의 눈에 고이는 물기를.

적당하게 따스한 잣죽을 몇 숟가락도 뜨지 않고 내려놓는 사영을 보며 사준도 따라 숟가락을 내려놓았다. 요즘 들어 자꾸만 야위어 가는 사영의 모습이 안타까웠다.

아버지인 황제가 지병으로 대리청정을 명하고 정사에서 물러난 것이 반년 전이었다. 그때부터 하루하루 권력을 잡으려는 외척 집안과 싸우며 버티고 있었다.

이젠 어머니의 집안인 유가만이 아니라 태자비 여비의 집안까지 권력을 잡고 싶어 안달이 난 상황이었다. 얼마 전 태자비가 황손을 생산하면서 외척 두 집안 사이의 권력 다툼은 점점 더 심해지고 있었다.

그런 정치권의 이들을 제대로 믿을 수 없어서일까. 사영은 자신이 대리청정을 명받은 후부터 이레에 한 번 사준과 둘만의 조식 자리를 마련했다. 세상의 이야기를 듣고 싶어서였을 것이다.

"뭔가 내게 할 말이 있는 것이냐."

다른 때와는 무엇인가 사준의 모습이 다르다 느낀 것일까. 시녀가 들여온 탕제를 비운 사영이 사준을 향해 물었다. 사준이 부드럽게 웃으며 고개를 끄덕였다.

"그리 보이십니까."

"나쁜 일은 아닌 것 같다만. 무슨 일이냐."

1년 사이 10년은 늙어 버린 것처럼 보이는 형의 얼굴에 사준의 애틋한 눈길이 닿았다. 어려서부터 한 번도 좋아해 본 적 없는 형이지만 요즘 그의 어깨에 얹혀 있는 무게가 너무 무겁게 보여 안타까울 지경이었다.

"사빈 형님에게서 서신이 왔습니다."

찻잔을 들려던 사영의 손이 굳은 듯 멈춰졌다. 그 손에 시선을 주며 사준이 조심스럽게 다시 입을 열었다.

"동쪽 변방 작은 마을에 잠시 머물고 계시는 모양입니다. 얼마 있으면 광화가, 아니, 형수님께서 출산을 하셔야 하기에 얼마 동안 그곳에 정착하실 계획이라고 합니다."

사영의 손가락이 찻잔 위를 맴돌았다. 스스로의 마음처럼 흔들리던 손가락이 조금 후 움직임을 멈췄다.

말간 사영의 눈이 사준을 향해 들어 올려졌다. 걱정과 달리 흔들림 없는 사영의 눈을 보며 사준이 심장을 쓸어내렸다.

"잘되었구나."

"해서 제 내자와 함께 형님께 다녀올까 합니다. 이번에 잠시 한곳에 머물다 또 어디로 가실지 모르니 서둘러 찾아뵙고 오겠습니다."

"그렇게 하여라."

무심한 듯 말하는 사영에게 깊이 고개를 숙여 보이고 사준이 일어서는 순간 사영이 다시 사준을 불렀다.

"준아."

"예. 전하."

"언제든 돌아오고 싶어지면 돌아오라고…… 전해 다오."

두 형제 사이에 잠깐의 정적이 흘렀다.

자신에게 그렇게 말을 해 놓고 허공을 응시하는 사영에게 닿은 사준의 눈이 그를 살폈다. 그의 무표정이 차라리 가슴 아픈 사준이었다.

모든 것을 손에 쥐고 자신의 것이라 생각할 때의 형은 답답하고 화가 나는 존재였다면 지금의 형은 안타까움이다. 이제야 온전히 자신이 가진 힘의 무게를 느끼고 있는 것 같아서.

"예, 형님."

한동안 들어 본 적 없는 사준의 부름에 사영의 시선이 동생을 향했다. 두 형제의 눈이 서로를 보며 웃는다.

너무도 오랜만에 서로에게 보이는 미소였다. 너무도 오래 기다린 서로의 마음이었다.

"말, 탈 줄 안다고 하지 않았나?"

말 등에 엎어진 채 움직이지도 못하는 정인의 모습에 화를 참지 못하며 사준이 얼굴을 찡그렸다.

분명 말 타는 법을 배웠다 했었다. 헌데 지금 눈앞에 보이는 정인의 모습은 한숨이 나올 뿐이었다. 아마도 말 위로 날듯 올라가던 이령의 모습을 떠올리기에 더욱 그러하리라.

"어려서 배웠었는데 너무 오래되어서 잊은 것뿐입니다. 조금만 연습하면 다시 탈 수 있을 겁니다."

짜증이 어린 눈으로 자신을 보는 사준을 노려보며 정인이 뾰로통하게 말했다.

무서운지 제대로 말 위에 앉지도 못하면서 입술을 악물고 고집을 부리는 정인을 잠시 바라보던 사준이 말에서 훌쩍 뛰어내려 정인이 타고 있는 말 옆으로 왔다.

사준이 무엇을 하려는지 알 길이 없는 정인의 눈이 사준을 향했다.

"자."

사준의 손이 정인을 향해 내밀어졌다.

잠시 그 커다란 손을 바라보던 정인이 가만히 손을 내밀자 사준이 그대로 그녀의 몸을 말 위에서 끌어 내려 품에 안았다.

"저하."

놀라 자신을 부르는 정인의 부름에 대답도 하지 않은 사준이 그대로 정인을 자신의 말 위에 태우고 그도 말 위에 올라타 그녀의 허리를 감싸 안았다.

"꽉 잡아야 할 거야. 난 빨리 달리니까."

"예?"

놀란 정인이 그의 허리를 끌어안는 순간 사준이 그대로 고삐를 당겼다.

✕

내관들이 안내하는 궁 안으로 걸어 들어가던 사준이 안쪽에서 나오는 이들을 보고 놀라며 그들에게로 급하게 다가섰다.

내관의 손을 잡은 채 보이지 않는 위태로운 걸음으로 자신을 향해 달리듯 걸어오는 하루아의 모습이 시선에 들어왔기 때문이다.

"사준 저하 맞으시군요."

자신의 바로 앞에 다가서 무릎을 꿇는 사준의 움직임을 느낀 하루아가 사준 앞에 다가앉았다.

자신을 찾아 두 손으로 허공을 더듬는 하루아의 손 위에 사준이 손이 닿았다.

452

따스한 하루아의 온기가 사준에게로 흘러들었다.

"강령해 보이셔서 다행입니다."

하루아를 바라보는 사준의 얼굴에 함박웃음이 번졌다. 핏기 하나 없던 1년 전의 모습과 많이 달라진 하루아의 모습에 가슴이 벅차오르는 사준이었다.

"잘, 오셨습니다."

그리운 이들 모두를 생각하는 듯 잠겨 나오는 하루아의 목소리에 사준이 손안에 힘을 주었다. 그에게 전해 줄 반가운 소식에 벌써부터 행복한 사준이었다.

"해서, 지금 령이와 사빈 저하를 만나러 가시는 길이란 말입니까."

믿기지 않는다는 듯 자신의 말을 다시 한 번 확인하는 하루아의 물음에 사준이 미소를 지었다.

"예. 오늘 아침 일찍 출발하였는데 저 혼자 가는 길이 아니라서 제한에서 하룻밤 신세를 질까 하여 들렀습니다. 전하도 뵙고 싶어서요."

"그 아이, 잘 지내고 있는 것이지요?"

살짝 떨리는 하루아의 목소리에 사준의 눈가가 애잔하게 젖어 들었다. 하루아의 긴 속눈썹이 천천히 젖어 드는 것이 보였기 때문이다.

사빈을 그리워하는 자신의 마음보다 하루아가 그녀를 그리워하는 마음이 더하면 더했지 덜하지 않음을 너무도 잘 알기에 그 그리움의 깊이가 온전히 느껴져 왔다.

"얼마 후면 엄마가 되신다고 합니다."

"우리 령이가요?"

믿기지 않는지, 아니면 너무도 놀라서인지 하루아의 목소리가 가늘게 떨렸다. 예전보다 많이 붉어진 입술 끝이 살짝 떨리는 모습도 느껴졌다.

"예. 해서 이곳을 지나 동쪽 끝 작은 마을에 잠시 정착하실 것이라 하셔서 뵈러 가는 길입니다. 또 떠나시면 뵙기 어려울 테니까요."

"행복한 모양이군요."

"그런 것 같습니다."

"황자 저하, 제 부탁 하나 들어주시겠습니까."

이령의 소식에 어쩔 줄 몰라 하며 주먹을 쥐었다 폈다 힘겨워하던 하루아가 사준을 향해 다시 입을 열었다.

"부탁이라니 무엇입니까. 제가 할 수 있는 일이라면 말씀만 하십시오."

"두 사람을 만나고 돌아오시는 길에 꼭 다시 한 번만 이곳에 들러 주십시오."

하루아의 말에 사준의 가슴이 아릿하게 저려 왔다. 얼마나 보고 싶고 그리울까. 그 그리움을 그들의 사는 모습을 확인하는 것으로 달래고 싶은 그의 마음을 느낄 수 있는 사준이었다.

"그리하겠습니다. 꼭 다시 이곳에 와 두 분의 모습을 상세히 알려 드리지요."

"고맙습니다. 아, 그리고 황자 저하를 위해 작은 만찬을 준비하라 일렀습니다. 함께해 주십시오."

"전하의 환대에 감사드릴 뿐입니다."

하루아의 앞을 떠나며 사준이 주변을 살폈다. 예전에는 언제나 하루아의 옆에 그 여인이 있었음을 기억하는데 지금은 내관들만이 하루아의 옆을 지키고 있었다.

언제나 당연히 하루아의 옆을 지킬 줄 알았던 자신의 생각이 우스웠다. 왕비가 그녀를 그리 하루아 옆에 둘 리가 없을 테니까.

"무슨 일이 있으십니까?"

살짝 어두운 얼굴로 별궁에 들어서는 사준의 모습에 정인이 의아함을 담고 물었다. 행복한 기분으로 제한의 왕을 만나러 가던 사준을 기억한다. 헌데 그의 기분이 별로 좋아 보이지 않았다.

"그냥 조금 피곤해서 그런 것뿐이니 신경 쓰지 않아도 되오."

"왕비마마와 연비께서 다과를 준비해 오셔서 잠시 담소를 나누었습니다."

"연비?"

처음 듣는 이름이었다. 그사이 벌써 하루아가 후궁을 두었단 것인가?

"두 분 다 너무 친절하고 고운 분들이시던걸요. 저녁에 만찬에서 뵙기로 했습니다."

"그래요."

들떠 있던 기분이 자꾸만 가라앉았다. 혹여 이령이 그 여인에 대해 물어보면 어찌 대답해야 할지 난감해지는 사준이었다. 하루아의 곁에 그녀는 더 이상 없고 하루아는 후궁까지 맞이했다

는 것을 안다면 이령은 뭐라고 할까. 많이 아파할 것임을 알기
에 벌써부터 마음이 좋지 않았다.

"사준 저하이십니다!"
만찬장에 들어서자 내관이 모두가 들으라는 듯 목청을 키워
외쳤다. 모여 있던 제한의 대신들이 모두 자리에서 일어나 깊이
몸을 숙였다.
자리에서 일어나 자신을 기다리고 있는 하루아를 향해 걸음
을 옮기던 사준의 시선이 무심한 듯 하루아 옆에 서 있는 두 여
인을 향했다.
화려하지 않은 옷차림이 시선을 끄는 여인들이었다. 봉황이
새겨진 왕비의 정복을 입은 여인은 아직 어린 소녀였다. 그 소
녀를 지난 사준의 시선이 수수한 예복에 감싸인 여인에게 닿았
을 때였다.
사준의 눈썹이 살짝 일그러졌다. 어딘지 낯익은 모습이었기
때문이다.
"저하?"
걸음을 멈추고 여인 앞에 선 사준의 모습에 정인이 의아함을
담고 그를 올려다보았다. 후궁인 연비 앞에 멈춰 선 사준의 행
동이 이해가 되지 않아서였다. 사준의 시선이 뚫어질 듯 연비를
응시하고 있었다.
고개를 깊이 숙이고 있던 여인이 사준의 시선을 의식한 듯 천
천히 고개를 들어 올렸다. 그리고 들어 올려진 여인의 얼굴을
정면으로 마주한 사준의 얼굴에 놀라움이 가득 번졌다.

"그대는."

"오랜만에 뵙사옵니다, 저하."

✕

허름하고 초라한 작은 초가 앞에 선 사준이 흔들리는 눈동자로 앞을 응시했다. 꿈에 그리던 이들의 모습이 바로 눈앞에 있다는 것이 믿기지 않았다.

따스한 한낮의 햇볕을 쬐고 있는 듯 평상에 앉아 있는 이령의 다리를 베고 누운 사빈의 모습이 천천히 젖어 가는 사준의 눈 안에 올곧이 들어왔다. 그 모습이 너무도 행복해 보여 쉽게 부를 수가 없는 그였다.

"저하."

"쉿."

분명 작은 초가 안에 보이는 이들이 남편이 그리던 이들일진대 그 앞에 선 채로 부르지도 못하고 있는 남편의 모습이 이상해 정인이 작게 사준을 불렀다.

그 소리가 들린 것일까. 세상에서 가장 행복한 표정으로 사빈을 내려다보고 있던 이령이 시선을 들었다. 사준을 발견한 이령의 눈이 커다랗게 열렸다.

"좋아 보이십니다."

몸이 무거운 이령이 편히 앉도록 그녀의 몸을 받쳐 주고서야 자리에 앉는 사빈의 모습을 흐뭇하게 바라보던 사준이 부드럽게 말했다.

언제나 빈의 온몸을 감아 돌던 서늘한 외로움은 한 자락도 남아 있지 않았다. 그런 형의 모습이 낯설면서도 행복해 사준의 입가에 미소가 떠나지 못했다.

"너 역시 그렇구나."

부드럽게 웃으며 사빈이 사준 옆에서 수줍은 듯 고개를 숙이고 있는 정인을 바라보았다.

처음 보는 사준의 여인이었다. 처음 만나던 순간부터 동생을 꼼짝 못 하게 하던 그 여인임을 알기에 함께 있는 두 사람의 모습이 신기하고 또 행복했다. 그녀를 보는 동생의 눈빛으로, 그리고 동생을 보는 여인의 눈빛으로 두 사람의 마음을 온전히 느낄 수 있기에.

"곧 아기가 태어날 것 같네요."

정인이 이령의 커다랗게 나온 배를 따스하게 바라보며 말하자 이령이 동그랗게 눈을 떴다.

"그런가요?"

"아기가 움직임이 적어지지 않았습니까?"

"어찌 그걸 압니까?"

"태어날 때가 되어 자리를 잡으면 아이가 잘 움직이지 않는다고 합니다. 그리고 배가 많이 내려오신 것이 곧 아기가 태어날 징조거든요."

"아이 열은 낳아 본 사람 같소. 부인."

생각지 못한 정인의 모습에 놀라면서도 사준이 장난스럽게 그녀를 보며 말하자 정인이 샐쭉 눈을 흘겼다. 아이 열이라는 말에 담긴 사준의 저의를 알기 때문이다.

"허기가 지실 것이니 무엇이든 조금 내어 올게요."

이령이 힘겹게 앉은 몸을 일으키려 하자 정인이 그녀를 부축했다. 능숙하게 이령을 부축하고 함께 부엌 쪽으로 걸어가는 정인의 모습에 두 사내의 시선이 닿았다.

"많이 아끼는구나."

정인을 바라보며 미소를 내려놓지 못하는 사준을 보며 사빈이 빙그레 웃어 보이자 사준이 멋쩍은 듯 고개를 갸웃했다.

"그래 보입니까?"

"숨길 수 없는 것이 마음이다. 네 마음이 흘러넘치고 있는 게 다 보이는걸."

"그동안 소식도 전해 주지 않으시고, 목 빠지는 줄 알았습니다."

서운한 감정을 담아 살짝 아픈 미소를 지어 보이는 사준을 향해 사준이 부드럽게 웃어 보였다. 예전에는 한 번도 본 적 없는 사빈의 편안하고 행복해 보이는 미소에 사준의 가슴이 덩달아 따스해졌다.

"세상을 다니느라 시간이 어찌 갔는지도 모르고 지냈구나."

"이젠 어쩌실 것입니까? 아무래도 아기가 태어나고 나면 한동안은 한곳에 머물러야 하실 것인데."

"그 사람이 몸을 추스르고 나면 다시 떠날 참이다. 그리 키우고 싶다, 우리는."

"바람처럼 키우실 생각이시군요."

"그리 살게 하고 싶으니까."

바람. 이령도 사빈도 그리 살고 싶었는데 살지 못했던 삶을 아이에게 꼭 살게 해 주고 싶은 모양이었다.

"돌아오고 싶어지면 언제든 오라고 전해 달라 하셨습니다."

"……."

"절대 돌아오지는 않으실 생각이시군요."

사영의 말을 전하는데도 아무 대답이 없는 사빈을 보며 사준이 아프게 일그러진 눈으로 물었다. 알고 있었는데도, 왠지 씁쓸해지는 사준이었다. 이리 만나고 또 헤어지면 언제 다시 만날 수 있을지 기약할 수 없을 것이다.

"아, 오는 길에 제한에 들렀었습니다."

살짝 어두워진 사빈의 얼굴을 보며 사준이 일부러 밝게 목소리를 높였다. 하루아를 떠올리는지 사빈의 얼굴에 반가움이 가득 번졌다.

"강녕하시더냐."

"예전보다 훨씬 건강해지신 듯 보였습니다. 요즘 제한의 사정이 많이 좋아지고 있어서 곧 독자적인 나라를 재건하실 수 있을 것 같기도 하고요. 변방의 지리적 특성을 이용해 무역상들에게 많은 특혜를 주셔서인지 상거래의 주요 거점으로 떠오르고 있습니다."

"잘하고 계시는구나."

"그리고, 그분을 만났습니다."

"그분?"

누구를 말하는 것인지 가늠할 수 없는지 사빈이 의아하게 바라보자 사준이 부엌 쪽으로 시선을 돌렸다. 이 말은 사빈보다 이령이 더 반가워할 이야기인데 부엌 안에서 두 여인이 무엇을 하는지 나오지 않고 있었다.

"하루아 전하의 곁에 언제나 함께하시던 그분 말입니다. 형수님의 시녀였던."

"아, 연이."

"그분이 전하의 후비가 되어 계셨습니다."

"뭐?"

놀라는 사빈의 눈을 보며 사준이 크게 고개를 끄덕였다.

자신도 처음 보고 믿을 수 없었으니 사빈이 믿지 못하는 것도 당연할 것이다. 시녀였던 여인이 한 나라의 후비라니.

게다가 그녀를 후비로 명한 것이 왕비였기에 대신들도 어쩌지 못했다고 했다.

"좋은 왕비를 두셨구나. 전하께서."

"두 분이 함께 하루아 전하를 보필하는 모습이 참 좋아 보였습니다."

"저 사람이 알면 정말 좋아할 거다."

"이령 님이 많이 그립다고 전해 달라며 저에게 신신당부를 하셨습니다."

"어서 알려 주어야…… 령아?"

이령이 너무도 행복할 소식을 급히 전하고 싶어 자리에서 일어서던 사빈이 그 자리에 멈춰 섰다.

일어서던 사빈과 사준의 눈에 무엇인가 문제가 생긴 듯 힘겨워하며 부엌에서 나오는 이령과 그런 이령을 부축하고 있는 정인의 모습이 보였다. 몸을 웅크리고 이를 악물고 있는 이령의 모습에 사빈의 얼굴이 새하얗게 변했다.

"령아!"

달려간 사빈이 이령을 안아 들다 흠칫 몸을 떨었다. 그녀의 옷이 무엇인가에 흠뻑 젖어 있었기 때문이다.

"출산이 시작되신 듯합니다."

두려움이 가득한 사빈의 얼굴을 보며 정인이 나직하게 말했다. 서둘러 사빈이 이령을 안으로 옮겼다.

한시도 가만히 서 있지 못하고 마당을 배회하며 어쩔 줄 모르는 사빈과 그 곁에서 함께 서성이는 사준의 모습에 뜨거운 물을 더 가져오기 위해 방을 나섰던 정인이 약하게 미소를 지었다.

전장의 신이라 불리던 사내와 세상 그 무엇도 무서운 것 없는 율 황실 최고의 문제아 사준이 금방이라도 하얗게 질려 넘어갈 것 같은 얼굴을 하고 있었다.

미리 연통해 놓아서인지 그 마을의 모든 출산을 도왔다는 경험 많은 산파가 출산을 돕고 있었다. 첫 출산치고는 경과가 빠르다며 산파는 아무 걱정도 하지 않고 있는데 사내 둘은 세상이 끝날 것 같은 얼굴을 하고 있는 것이 우스웠다.

방에서 나오는 그녀를 보고 차마 다가서지 못하는 사빈 대신 사준이 다가왔다.

"괜······찮으신 건가? 정말?"

"곧 귀여운 조카를 만나실 것이니 조금만 기다리세요."

"그녀에겐······ 아무 문제도 없는 것입니까."

참지 못하고 사빈이 그녀에게 물었다. 바싹 말라 버린 사내의 입술이 지금 산고를 겪고 있는 방 안의 이령보다 더 안쓰러워 보일 지경이었다. 정인이 환하게 웃으며 고개를 끄덕였다.

"예. 잘 견디고 계십니다. 워낙 강건하신 분이어서인지 순조롭게 순산하실 거라고 산파가 말했습니다."

그녀의 말에 사빈이 그나마 안도의 한숨을 내쉬는 순간, 정인이 들어서며 열린 문 사이로 짓눌린 이령의 힘겨운 신음 소리가 새어 나왔다. 사빈의 얼굴이 파랗게 질리는 순간이었다.

얼마의 시간이 흘렀을까. 조금만 더 이러고 있다가는 사빈이 말라서 죽어 버릴지도 모른다는 생각이 사준의 머릿속에 떠오를 즈음 안에서 우렁찬 아기의 울음소리가 들려왔다.

"축하드려요. 건강한 사내아이예요."

정인이 나와 말하는 것을 듣는지 마는지 사빈이 급히 방 안으로 달려 들어갔다. 행복한 미소를 지으며 사준에게로 다가서던 정인이 하얗게 질려 자신을 바라보는 사준의 모습에 의아함을 담았다.

"왜 그러십니까? 이제 삼촌이 되셨는데요."

"그, 치마에……."

사준이 덜덜 떨리는 손가락으로 자신의 치마를 가리키는 모습에 정인이 고개를 내렸다. 산파가 아기를 받는 순간 자신이 도와서인지 치마에 핏물이 좀 튀어 있었다.

"아기가 태어날 때 엄마에게서 조금 출혈이 있거든요."

"부인."

몇 시진 만에 얼굴이 반만 해진 사준이 급히 정인의 손을 잡았다. 차갑게 식은 사준의 손이 지금 사준이 얼마나 긴장했고 떨고 있었는지를 알려 주었다.

"예?"

대체 사준이 왜 이런 반응을 보이는지 알 길이 없는 이령의 얼굴에 황당함이 어렸다.

"아들 셋 취소요."

"예? 그게 무슨."

"아니! 아예 아이 낳지 맙시다. 난 못 견딜 것 같으니까."

"그게 무슨 말씀입니까. 무엇을 못 견디신다는 것입니까."

"하여간! 아이는 안 낳을 거요!"

버럭 고함을 치며 사준이 정인을 품 안으로 꼭 끌어안았다. 그제야 사준의 말뜻을 이해한 정인의 얼굴에 함박웃음이 한가득 맺혔다.

햇볕이 따사로운 조그마한 집에 우렁찬 아기의 울음소리가 울려 퍼지는 행복한 오후였다.

-完-